碧血の碑

赤神諒

小学館

碧血の碑

赤神諒

目次

装丁　大久保明子
装画　荻原美里

碧血《へっけつ》の碑《いしぶみ》

第一話　七分咲き

——三条大橋・沖田総司

1

——元治元年（一八六四）春うらら

——総司《そうじ》、三条《さんじょう》大橋で京娘と恋をしてこい。

近藤勇《こんどういさみ》の命令は、沖田《おきた》総司にとって絶対だった。

だから三日目の今日も、花曇りの空の下、朝から大橋の上に立っている。任務の意図と詳細は、後で土方歳三《ひじかたとしぞう》から説明があるらしい。

薄日と春霞《はるがすみ》がありがたかった。総司は眩《まぶ》しいのが苦手だ。

鴨川《かもがわ》沿いに続く満開の桜見物もあって、昼下がりの異郷の橋は、行き交う人々でごった返していた。老若男女の町人が多いが、中には京の治安を脅かす不逞《ふてい》の浪士《ろうし》たちも交じっているはずだ。

往来の邪魔にならぬよう、総司は木の欄干《らんかん》に背を預けている。

人込みの中に、桃色の小袖で着飾る娘を見つけた。雀《すずめ》の図柄が可愛《かわい》らしい。のっぺりした顔立ちで、小鳥のようにちょこちょこ歩いている。

（あの娘なら、相手をしてくれまいか）

剣技を極めた足さばきで、総司は道行く人々の間を難なくすり抜けた。

娘に近づき、同じ歩速で隣を歩き出す。

「僕と、恋をしませんか？」

笑顔を作って明るく声をかけると、小柄な娘は驚き顔で立ち止まり、総司を見上げた。

「……な、何を言《ゆ》うたはんのん？」

雀はあわてて、逃げるように小走りで駆け出した。

（また失敗か。これで、何度目だ……）

娘の後ろ姿を見送りながら突っ立っていると、総司の肩に誰かが勢いよくぶつかってきた。

振り返ると、背のひょろ高い三十絡みの商人《あきんど》だった。垂れ眉の細長い顔で、ひょいひょいっとこのように口をすぼめ、少しおどおどしていた。

「堪忍《かんにん》え、急いでましたもんで」

平謝りしてくる相手の腰の低さに、総司はかえって恐縮した。

「こちらこそすみません。悪いのは、急に立ち止まった僕のほうです」

ひょっとこが一礼して立ち去ってゆく。地味で平凡な商人の姿形《なり》だが、醤油《しょうゆ》か織物か、何を商っているのだろう。

「浪人さん、邪魔やなぁ。退《の》いてくれまへんか？」

見れば、今度はよく日焼けした老農が大八車を押していた。荷台には、空っぽの麻袋をいくつも載せてある。

「面目ない」

あわてて道を空け、総司は南の欄干へ戻った。

手持ち無沙汰に、大きな擬宝珠《ぎぼし》の頭へ手をやり、撫《な》でてみる。

ひんやりとして、軽くざらついていた。

物知りな山南敬助《やまなみけいすけ》によると、はるか天正《てんしょう》の昔、豊臣秀吉《とよとみひでよし》が作らせた代物だそうだ。橋は洪水などで何度か架け替えられたが、都の玄関口を飾る青銅の擬宝珠群は、その都度残されたという。

二百年以上にわたり無数の往来を眺めてきたはずだが、もう三十回近く、京娘相手に当たっては砕ける若侍の姿を見たのは、初めてに違いなかった。

（新選組の中で、僕はこの任務に一番向いてないと思うんだが……）

総司は剣こそ得手《えて》でも、女性《にょしょう》は苦手だった。真剣での勝負なら楽しむ余裕さえあるのに、女性と話す時は緊張する。それでも冗談を言って笑わせようとするのだが、たいていは通じず空回りした。

橋を渡る半数以上は男で、妙齢の娘は十人に一人もいない。混雑の中で見落としもあるだろう。総司は面食いでもないが、せっかく恋をするなら相手を選びたかった。

（だけど、選《え》り好《ごの》みをしてる場合でもなさそうだ）

気合いを入れ直して、人の流れへ目をやった。

三条大橋は、東海道五十三次《とうかいどうごじゅうさんつぎ》の終点に架かる石組みの立派な橋で、木製の高欄《こうらん》の下に整然と並ぶ桁隠《けたかく》しを持ち、東から京の殷賑《いんしん》へ人々を誘《いざな》う。幅三間《けん》（約五・五メートル）、長さ六十一間（約百十一メートル）の大橋を行き来する人々の数は、日に万を下るまい。

総司は江戸と多摩しか知らなかった。だから昨春、中山道《なかせんどう》を経てこの橋の袂《たもと》に立った時は「ついに京へ来たのだ」と、人並みの感慨を抱いたものだ。

鴨川の東は田畑や林が広がり、人家もまばらだが、西詰へ渡った先には建物がぎっしりと立ち並ぶ。

人の流れを眺めるうち、娘が一人、西から足早に橋を渡り始めた。

相手が急いでいると、まず駄目だ。気負った初日に三、四人試してみたが、つれなくされた。

恋をする暇などないのだろう。世情が乱れているせいか、皆、慌ただしい。

（あの女性は、よしておこう）

近ごろの京は物騒だし、真っ昼間でも娘の一人歩きは多くなかった。誰かと一緒の娘に声をかけると、たちまち連れに警戒されて、話も聞いてくれない。年増《としま》なら夫がいるだろうし、子連れはうまくあるまい。

（トシさんなら、お茶の子さいさいだろうけど、僕には難しい任務だな……）

今度は東詰から、二人組の娘が楽しそうに喋《しゃべ》りながら渡ってくる。

（あちらも、やめておくか）

一人を口説いたら、もう一人が傷つきはすまいかと、二人以上で歩く女性も見送ってきた。声をかけない言い訳ばかり思いつくのは、きっと総司が恋などしたくないからだろう。

恋というのは厄介だ。

江戸にいた頃、近藤の養女が恋心を伝えてきた。今は剣を磨きたいからと総司が断ると、深く傷ついたらしく、その夜、喉を突いて自死を図った。幸い一命はとりとめたものの、以来、総司はますます女性が苦手になった。

（日暮れまで、まだ二刻《ふたとき》〈約四時間〉近くある。何とかなるさ）

相手探しに少しばかり嫌気が差して、総司はくるりと往来に背を向け、欄干から下をのぞき込んだ。

薄もやの春日の下、それでも鴨川はわずかにきらめきながら、涼やかな音を立てて流れ続ける。広い水面《みなも》は、見える世界をそのまま映し取っていた。

は自分が勝ってしまうとわかったからで、近藤も意を察していた。土方も同じだ。京へ来てから、危ない橋をいくつも渡ってきたが、総司はかすり傷ひとつ負わなかった。

「まったく世話の焼ける組長だな。何を呆《ほう》けてやがる？」

土方の言うとおり、総司は昨夕から変だった。

心がふわふわして、体が空まで浮かんでしまいそうな気さえする。あの後、三条会所へ戻ると土方が待っていたのだが、上の空の総司を見て、「明朝、ゆっくり話を聞く」と言い残して祇園へ出かけた。眠れぬ夜を過ごし、今しがた会所へ顔を出したところ、朝帰りの土方が、歩いてすぐの三条河原へ総司を誘ったのである。二人とも隊服ではない。

「だけど、相手のほうも抜けてるな。お前ら、色恋をする気があるのかよ。いったいどんな京娘だ？」

総司はかくかくしかじかだと、三日間の経緯《いきさつ》を話した。

昨夕は、まず他愛《たわい》もない「雲」から入り、好きな「虫」の話をしてみようと臨んだのだが、娘のほうからだしぬけに「恋」を切り出されて、総司は内心あわてふためいた。すっかり動転して、「承知しました。されば今日はこれにて」と応じ、三条会所へ逃げ込んだのだった。とはいえ、三条大橋東詰の医者の娘とわかっているから、会うのは造作もない。

「つくづくお前らしいな。娘のほうも変わり者みてぇだが。さて――」

土方はにわかに笑顔を消し、声を落とした。

「実は春先から、数人の隊士から報《しら》せが上がっている。桂《かつら》らしき人物が三条大橋を渡るのを見かけたってな」

たちまち、総司は現実へ引き戻された。

桂小五郎《こごろう》は長州浪士たちの頭目だ。桂さえ消せれば、長州の動きを完全に封じられよう。新選組の大手柄だ。土方は、壬生屯所に桂の似顔絵を張り出していた。長州きっての美男だから覚えやすいが、桂は江戸三大道場の一つ、練兵館《れんぺいかん》の塾頭を務めた相当な剣豪だった。

「並みの隊士じゃ、とても手が出せねぇ。おまけに〈逃げの小五郎〉のあだ名の通り、奴《やつ》は用心深くて、なかなか捕まらん。もしも見つけたら、即座にその場で斬り捨てろ。問答無用だ」

政《まつりごと》の話になると、総司は常に沈黙を守ったが、事情は理解していた。

新選組は、攘夷論者の今上《きんじょう》天皇との繫《つな》がりを重んじる一橋慶喜《ひとつばしよしのぶ》と会津藩、桑名藩すなわち一《いち》会桑《かいそう》の連合に属する。一会桑は、幕府の立場を優先する幕閣と譜代大名の連合と対立しながらも、同時に反幕の長州を共通の敵としていた。雄藩とて、人を失えば、何もできなくなる。水戸藩が好例だ。桂さえ討てば、長州を政局から排除できる。

「了解です、トシさん」

どんな命令でも請けるから、土方から「お前はヒナみたいだな」と言われたことがある。郷里の日野《ひの》で、鶏を飼う老農から土方が聞いた、孵化《ふか》したばかりのヒナの話だ。ヒナは最初に見た動くものを親鳥と思い込み、老農を親と勘違いするという。同じように、幼き日から自分を育ててくれた近藤に、総司は絶対の忠誠を尽くすというわけだ。

「だけど、桂は真っ昼間に出歩くでしょうかね？」

「実は、桂のほうはそれほど期待してねぇんだ。抜群に運が良けりゃ、奴に会えるだろうがな」

「それで、僕はこれから、どうすればいいんですか？」

自分を「僕」と呼び始めたのは、土方だ。手紙でも用いていたし、総司にも勧めてきたのだが、いつの間にか本人はやめてしまった。まだ使っている隊士は、総司くらいか。

「逢瀬を続けろ。ただし——」

土方は周りをさりげなく見回してから、声を落とした。

5

——元治元年（一八六四）初夏

鴨川沿いの桜並木は、緑の夏葉をぎっしりと繁《しげ》らせ、春の名残はどこにもなかった。日もすっかり長くなって、まだ空は青い。

「タンタンコロリンやって。変なお化け」

総司の隣で、沙羅が声を立てて笑い出した。

実によく笑う女性だ。ちょうど春の野に花が次々と咲き出すようで、そばにいるこっちまで楽しくなる。やっぱりお菊の面影があると思い、切なくなった。

「ほんまに可笑《おか》しな名前やわぁ」

沙羅は肩を震わせているが、総司は別に笑わせようとしたわけでもない。

好きな食べ物の話になり、沙羅が干し柿を好きだと言うので、柿のお化けの話をしただけだ。

昨秋、子どもたちと屯所近くの光縁寺で柿採りをし、収穫を隊へ持ち返った時、仙台藩出身の隊士から聞いた与太《よた》話の受け売りだった。

総司が目の端で、三条大橋を渡り始めた男の顔を捉え、憶えている間も、沙羅の笑いはなかなか止まらない。

　このひと月余り、二人は毎日のように会った。

――勤め口の道場主から勧められた婿入り話を総司が断ったところ、追い出されてしまった。異郷で伝手《つて》もないから、三条大橋で強そうな侍を探して河原で手合わせを頼み、雇ってくれる道場を探している――。

　疑うことを知らない沙羅は、土方作《さく》の筋書きをあっさり丸ごと信じた。だから総司を、浪士の「中野惣次郎」だと思っている。次姉きんの嫁ぎ先を姓にして、たまに使う通称をくっつけた偽名なのだが。

　よほどの悪天候でない限り、総司は毎朝、三条大橋の界隈《かいわい》に陣取り、日暮れまで過ごした。日に何度も仕事の合間に抜け出してくる沙羅に会い、話し、時に何かを食べた。

　祇園社や清水寺に足を延ばした日もある。以前から沙羅は寺社で炊き出しの手伝いをしていたが、最近は物騒なので、「惣次郎はんかて、少しは刀をお使いになれるんでしょう？」と言い、用心棒と力仕事を頼んできたのである。気の毒な貧しい民に親身に寄り添う沙羅の姿を、総司は貴いと感じ入った。

　三条大橋から目を離さずにいるうち、やっと笑いの収まった沙羅が尋ねてくる。

「うちはお化けの話が好きなんどすけど、惣次郎はんも怖～い黒猫の怪談を聞きたいでしょう？」

洛北《らくほく》の岩倉《いわくら》という田舎に、肖像を上手に描く老絵師がいた。評判の腕前で、公家から商人までお得意先もいたのだが――。

「ある日を境に、すっかり人が変わってしもたんどす。恐ろしい絵ばっかり描くようになったんやって」

血まみれで殺された侍、恨めしそうな幽霊、おどろおどろしい骸骨など、残酷で無惨な絵だから、たちまち売れなくなり、客も離れていった。

「近所の人も、絵師を見かけんようになりました。心配になったさかい、家に入ってみたら、中に何がいたと思わはりますか？」

沙羅は可愛らしい眉を吊《つ》り上《あ》げて、とびきり怖い顔を作っている。

「黒猫のお化け」

「へえ、惣次郎はん。何で、わかんのん？」

驚き顔で、沙羅が口を尖《とが》らせた。

「だって、沙羅さんが最初に、怖い黒猫の怪談だって言っていたから」

「あ、そうやった」

また沙羅がくつくつ笑うと、総司もつられて笑った。沙羅のおかげで、一緒にいる時は心の底から笑えるようになった気がする。

「黒猫が一匹、絵具にまみれて転がってたんえ。怖いわぁ。かなり弱ってて、すぐに死んでしもたんやけど、片目が潰されてて、その絵師が若い頃にいじめてた猫やったんですって」

無理に低くした沙羅の声音に、総司はつい吹き出した。

「なんで笑うんどすか？　うちはこの話を聞いた時、ひと月ほど夜、眠れへんかったんどすえ」

「面目ない。話は怖かったんですけど、怖がらせようと必死な沙羅さんの顔つきと声が……」

総司がまた笑い出すと、今度は沙羅も笑った。

土方が聞いたら、いい若い者が興じるような話ではないと、うんざりされるだろう。だが、ふたりでいると、こんな他愛ない話でも、時が経《た》つのを忘れた。総司にとって恋とは、無垢《むく》な魂のじゃれ合いのようなものかも知れない。

「そやけど、黒猫を飼うたら、労咳《ろうがい》が治るんやって言います。恋わずらいにも効くそうどすえ」

総司は子どもと遊ぶほうが好きだし、猫を飼うなど考えたこともなかった。

「次は惣次郎はんの番や。他にも、面白い話はあるんどすか？」

「いくらでもありますよ。江戸の浅草に、空飛ぶ座布団を売ってる行商人がいたんです」

見てくれは、どこにでもある木綿の座布団なのに、目玉が飛び出るほど高い。たちまち話題になって、金持ちが実際に空を飛ぶのか確かめてから買いたいと言うと、行商人は「銭を頂戴してからでさ。おいやなら、買わなくても結構」と応じない。金持ちはどうしても欲しくなり、大金を払って、「さあ、飛ばしてみせよ！」と、行商人に迫った。

「ほんで、ほんまに飛んだんどすか？」

沙羅が身を乗り出すと、小袖に沁《し》みついている生薬の匂いがした。

「確かに座布団は空を飛びました。だけど、金持ちは飛べなかったんです」

「落ちてしもたん？」

「いや、行商人は座布団だけ飛ばしたんですよ。人を乗せて飛ぶとは、ひとことも言ってなかったから」

沙羅がまた腹を抱えて肩を震わせている。

「この話で、そこまで笑う人は初めてだな」

「惣次郎はんとお話ししてたら、笑《わろ》てばっかりでかなんわ」

笑いすぎて、沙羅は目に涙を浮かべていた。

「僕の冗談を笑ってくれるのは、せいぜい十人に一人ですけどね」

新選組の屯所でも、口を開けば冗談を飛ばすが、井上源三郎が笑い転げても、近藤にはまず通じない。土方などは忙しいと、聞く前から「後にしてくれ」と遮りもした。山南も、どこか申し訳なさそうに微笑むだけだ。

「そやかて惣次郎はん、面白いんやもん」

笑い上戸の沙羅を見ながら、ふと、これが幸せというものだろうかと、総司は思った。

さりげなく三条大橋へ目をやる。

背のひょろ高いひょっとこ男が、やはり今日も歩いていた。

多い日は三、四度、橋を渡る。たいてい手ぶらだが、何度も目にするうち、足取りと腰つきに侍の匂いをかすかに感じた。

「惣次郎はんの刀は、上等なんどすか？」

気の付かぬうち、刀の柄《つか》へ手をやっていたらしい。

「拵《こしら》えはね。だけど、〈菊一文字《きくいちもんじ》〉という名刀に似せた偽物なんです」

近藤以下が会津藩お抱えになり、やがて扶持《ふち》をもらえるようになってから、総司がふらりと寄った四条小橋近くの刀屋で、「半年に分けて払います」と約して、五十両の言い値で買った。もちろん、沙羅にはそこまで言わずにおいたが。

「なんで偽物って、わかるん？」

「本物だったら、一万両出しても買えないでしょうから」

福岡一文字派の則宗《のりむね》の手になる菊一文字は、大名でも入手が難しい値打ちものだ。だが、弘法《こうぼう》が筆を選ばなかったように、総司も剣にこだわりはない。

「刀にそんなにお金をかけはるやなんて……。偽物やのに、なんで買わはったん？」

「刀屋のおかみさんが一所懸命で、気の毒だったんです」

ひと月前に夫を亡くしたばかりだという女主人が、やつれ顔で勧めてきた刀だ。後で土方から、「あのおかみは、年に二、三回旦那を亡くすらしいぜ」と聞いたが、総司は店の前で遊んでいた幼子に自分を重ね合わせもした。女手ひとつで育てるのに、必死なのだろう。

「うちやったら、そんなもん絶対買いまへん。ほんまに仕方《しゃあ》ないお人やなぁ、惣次郎はんは」

総司の正体は冷酷無比な殺人鬼だ。真実を知ったら、沙羅はどんな顔をするのだろう。

「惣次郎はんは、花やったら何が好き？」

沙羅は総司に、何が好きかをよく尋ねてくる。以前に、虫が好きだと答えた時は、「ほな、うちも好きになってみます」と、困り顔をしながら言った。

「朴《ほお》の花、かな……」

一朱（二万円余）の謝金で、多摩へ出稽古で通っていた時、鎌倉街道沿いに朴の並木があった。ちょうど今時分、初夏に黄味《きみ》がかった白い花を咲かせる。少女の掌《てのひら》くらいの花は、土方が飲む酒杯の形にも似ていた。背の高い木で、若葉も良い香りがした。

沙羅が口を尖らせていた。顔つきで心の動きがすぐにわかる女性だ。

「ほな、朴の花も好きになってみます。そやけど、ちょっと寂しい花どすえ。せっかく咲いても、あっという間に散ってしまうもん」

朴散華《ほおさんげ》と呼ばれるように、前触れもなくある日突然に散る朴は、はかなくみじめで、不吉な花かも知れない。

「そういう沙羅さんは、何の花が好きなんですか？」

「うちは、母が好きやったなずな。可愛らしい花をぎょうさん咲かせますさかい。あれ見たら、ああ、やっと春が来たんやなって、思うんどす。この土手を北のほうへ行ったら、ありますえ」

沙羅が上流を指差すと、小袖から前腕の白い肌がこぼれた。

来年の春、世は、新選組は、総司と沙羅は、どうなっているのだろう。

「そうや。惣次郎はんは、橋から見る眺めは南か北か、どっちが好き？」

「北ですね」

南の大坂ではもう人を殺めたが、北ではまだだ。命を慈しむ沙羅と話しているうち、自分が罪深く思えてきた。総司が剣を振るわずとも、代わりに誰かがやることになるのだが。

「へぇ。なんでどす？」

取り繕うように、総司は答える。

「あの山の向こうにはまだ行ったことがないし、面白そうだから」

京都盆地は南だけ開けていて、三方を山に囲まれていた。

「ほな、秋になったら、貴船《きふね》神社にご一緒しいひん？　うちも行ったことないけど、えらい紅葉がきれいなんやって」

たしか、貴船神社は縁結びの神様のはずだ。秋なら、沙羅とまだ一緒にいられるだろうか。

「僕も、見てみたいな」

「楽しみどす。そやけど、うちは南が好きやなぁ。大坂は水の都で元気ええらしいし」

太陽が明るく照らすせいか、南には幸せが待っている気がすると、沙羅は付け足した。

「大坂も夏は蒸し暑いし、人が多くて道も混んでますからね。町奉行は川に飛び込んで、泳いで奉行所へ行くそうですよ。涼みながら裁きができますから」

「へえ、おかしなことしはるんやねぇ」

目を丸くする京娘に、総司は手を軽く振った。

「一応言っときますけど、冗談ですよ」

「なんや」と、京娘が笑う。沙羅の笑顔が咲くたび、心が軽くなり、総司の負う罪がひとつ、消えてゆく錯覚さえ抱いた。

「うちは泳ぎが得意なんどすえ。物心が付いたんも、この鴨川で水遊びしてる時やったくらいやし。惣次郎はんは、何か覚えたはる？」

沙羅は総司のことを知りたがった。自分についても隠し事なく話す。

父の道玄は、南蛮流の外科を受け継ぐ福井藩医の家に生まれたが、末子だったため、杉田玄白《すぎたげんぱく》の子で小浜《おばま》藩医の杉田立卿《りゅうけい》に就《つ》いて西洋の医学を修めた後、京へ出て町医者となった。中年になって妻を娶《めと》ったものの労咳で亡くし、その後はひとり娘と弟子たちを助手として、東詰の長屋に居を構えて開業していた。

問われるままに総司も色々話したが、肝心な所で真っ赤な嘘を吐《つ》いているのが後ろめたかった。だが、幼い頃の出来事なら話してもいい。

「沙羅さんが川なら、僕は炎の中でした」

総司の人生で最初の記憶は、美しく燃え上がる激しい炎だ。

あの時、世界は橙色に輝いていた。

長じてから姉たちに尋ねて知ったが、天保《てんぽう》十五年（一八四四）の正月に大火事があった。その頃、代々江戸詰めの下級藩士だった沖田家は、麻布《あざぶ》の長屋に住んでおり、白河藩下屋敷のあった一帯が焼けたらしい。

真夜中、眠りこけていた三歳の総司は、やにわに荒々しく抱き上げられた。炎の中、すすで薄汚れた父の精悍《せいかん》な顔はおぼろに目に浮かぶだけだが、ゴツゴツした筋肉の感触と熱いほどの温《ぬく》もりを、はっきり覚えている。

「夜なのに、昼間のように明るくて。だから今でも、眩しいのが苦手なんだと思います」

総司の父は、近所に住む足の悪いご隠居を助け出したものの、大やけどを負い、その年のうちに亡くなった。総司は母を知らない。長姉の話では、ある日突然、総司は家にやってきたらしい。つまり、齢の離れた姉たちとは母が違う。

沙羅には語らないが、総司が見たものは、火事で焼け爛《ただ》れ、悶《もだ》え苦しみながら死んでゆく人々の姿だった。生まれて初めて嗅いだのも、人肉の焦げる匂いだ。総司の命に対する執着が薄いのは、夥しい死から人生が始まったことと無縁でもなさそうだった。

「辛《つら》いことを思い出させてしもて、堪忍しておくれやす」

沙羅がほっそりした白い手を重ねてきた。しっとりと湿っている。

総司の胸がときめく。

少し驚いて傍らを見ると、沙羅は川を見ていた。首筋まで真っ赤だ。

愛《いと》おしいと思った。

総司は今、京の町で恋をしている。

やがて長い日も落ち、鴨川の流れが夜色に変わってくると、総司は夢から醒《さ》めたように、現実へ引き戻された。

先月も三人捕らえたが、新選組を騙《かた》ってゆすりたかりや悪事を働く連中が後を絶たなかった。

今夜もまた、総司は人を斬るのだろうか。

6

いつものように、ふたりは三条河原に並んで腰掛けていた。

川べりの茶屋で茶団子を食べた後ここへ来て、半刻《はんとき》（約一時間）ほどになる。

「それで、その子は？」

惣次郎の優しい問いかけに、沙羅は小さく首を横に振った。

「手遅れでした。ほんまにええ子やったのに。たった十二で亡くなるやなんて、梅之助《うめのすけ》は何のために生まれてきたんやろ……」

梅之助は研屋《とぎや》で働く貧しい助《すけ》職人の子で、少し離れたぼろ長屋に住んでいた。母親はすでに亡く、道玄が父親のひどいけがの手当てをする姿を見て医師を志した。昼は父を手伝い、夜は学問に励み、押しかけ弟子のように時間を見つけては医院に来ていたが、昨春ふっつり来なくなった。

その頃、梅之助は体がだるく、腰が痛むのを我慢しながら仕事を続けていたらしい。

ある夜、息子が倒れたと父親が駆け込んできた。道玄と二人で駆けつけたものの、手を握る沙羅に力なく微笑んでから、頑張り屋の幼い弟子は帰らぬ人となった。道玄の見立てでは、腎の病らしかった。


「咲かずに終わる花だって、ある。悲しいけれど、それでも精いっぱい生きようとしたのなら、胸を張っていいと僕は思います」

運命に納得はできなくても、沙羅は惣次郎の言葉に救いを感じた。

聞き上手の惣次郎には、何でも話してしまう。

「誰かて、悪者《わるもん》かて、精いっぱいに生きてるんですもんね。そやけど、父は悪党を助ける悪い奴なんやって、小さい頃は私もいじめられたもんどす」

道玄は誰であろうと、自分を頼る患者の命を助けようとした。ある日、札付きの悪人が賭場で騙りを働いて刃傷《にんじょう》沙汰になり、血まみれで運び込まれてきた。道玄の懸命の処置で男は命を取り留めたものの、結局縛り首になった。

「人生は不思議なもんで、その人の子が父の弟子になって、今は人の命を救ってるんどす。父は間違ってません。志士かて、新選組かて、どんな悪い人かて、一人ひとりに大切な命があるんやから」

惣次郎はこくりと頷《うなず》き返してから、言った。

「上医は国を医《い》し、中医は民を医し、下医は病を医すって言うけれど、僕は下医が一番貴いと思うんです。人は非力だ。手の施しようがない病はいくらでもある。医師にとって、患者を死なせるくらい辛いことはないはずです。どれだけ打ちのめされても、決して挫《くじ》けずに、目の前の命を助け続ける道玄先生と沙羅さんを、僕は尊敬します」

惣次郎には高い教養があり、歌を詠む風流まで弁《わきま》えている。父と自分のことをわかってくれる。この人と結ばれたいと、強く願った。

「なんか、しんみりしてしもた。惣次郎はん、何でもええし、面白い話しておくれやす」

「よしきた。両国に、ある相撲取りがいましてね。ちっとも勝てないから、法力《ほうりき》を使って強くなろうと考えて、有名な僧侶に教えを乞いに行ったんですが――」

惣次郎の話はいつも面白かった。いっしょにいると、楽しい。

「え？　触らんでも投げ飛ばせんのに、なんで負けてしもたんどすか？」

「逆立ちして使う法力だったからですよ」

頭の中で土俵の様子を思い浮かべて、沙羅は笑い転げた。

――ほんまに沙羅はよう笑う子やなぁ。笑うのはええことやねんで。

幼い沙羅が笑うと母も喜ぶから、笑い癖がついたのだと思う。

惣次郎がしてくれる面白い話をお蘭に受け売りで話しても、つまらなそうに首を傾《かし》げてしまうのだが、きっと沙羅の話し方が下手くそだからだろう。あの後、お蘭は何とか立ち直って、親の目を盗んでは壬生屯所へ通っていたが、任務で遠くへ行っているのか、沖田には一度も会えないらしかった。沙羅はまだ、お蘭に自分の恋の話をしていない。

昨日は惣次郎と一緒に、建仁寺《けんにんじ》の塔頭《たっちゅう》霊源院を訪れた。庭の甘茶《あまちゃ》（ヤマアジサイ）が咲き始めたばかりだったので、満開の頃にまた来ようと話し合った。

隣に惣次郎がいるだけで、沙羅は胸が高鳴って息苦しいほどだ。

「ほんで、惣次郎はん。雇ってくれそうな道場は、見つかりそうどすか？」

「生憎《あいにく》と、まだですね」

惣次郎は道場探しよりも、沙羅を大切に思ってくれているのではないか。だから三条大橋の界隈に、朝から夕方までいるのだ。

今は夜寝るだけの安宿を転々としているそうだが、もしも道場が見つかったら、どうするつもりだろう。惣次郎の亡父は奥州の小さな藩の足軽小頭だったそうだが、今は素浪人だ。

夫婦になりたいと、勇気を出して道玄に打ち明けたら、猛反対された。あの若者は労咳で、じきに寿命が尽きるのだと断言しながら。でも、好きになってしまったのだ。頭でわかっていても、沙羅にはどうしようもなく、父とは何度か口論していた。

「元気を出しておくれやす。京へ来る人は、だいたい三条大橋を通りますもん。明日《あした》はええ出会いがあるかも知れへんし」

沙羅は惣次郎の話を信じていたが、道玄は聞くなり、嘘だと言い切った。

確かに、橋で誰かを探すよりも、道場なりへ直接頼みに行ったほうが早そうだ。それでも沙羅は、惣次郎に問いただしたりはしなかった。隠し事をしているなら、何か理由があるのだ。いつか話してくれるだろうと思っていた。

侍に恋をするなんて、自分でも信じられなかった。でも、惣次郎はふつうの侍とは違う。偉そうにしないし、いつも冗談を言い、物腰も柔らかで、優しい。

——身を守るためやったら、惣次郎はんも人を斬るんですか？

何度も口にしかけて、やめた問いだった。

相手を殺さねば殺される時、侍は戦う。沙羅が襲われたら、惣次郎も黙って見ていないはずだ。それに、非力な沙羅だって、惣次郎のためなら、必死で抗《あらが》うだろう。

あれこれ考えるうち、ちょうど三条大橋を渡るダンダラ羽織の一群が見えた。

「新選組、大嫌いどす。すぐに人を殺すんやもん」

考え方が違うからといって人を殺すなんて、間違っている。政はわからないけれど、もしも悪い人なら捕まえて、わかるまで話し合えばいい。

「もし道場が見つからへんでも、惣次郎はんは新選組なんかに入らんといておくれやす。仕事やったら、父に言うて何か見つけますさかい」

剣を捨てて欲しいと、沙羅は願っていた。

惣次郎はさして強そうでもなかった。だから、道場の勤め口も見つからないのだ。人を斬る剣豪なんか嫌いだけれど、すぐに殺されてしまうような弱い侍も困る。このまま道場探しがうまくいかず、結局諦めて、たとえば一緒に薬売りでもできないだろうかと、沙羅は真剣に考えるようになっていた。

答える代わりに、惣次郎は軽い咳をした。

春に再会した時は気にならなかったのに、咳の回数がだんだん増えてきた。薬は飲んでいるそうだけれど、心配でたまらない。

「沙羅さんは、生まれ変わったら、何になりたいですか？」

ぎょっとした。

惣次郎は、自分の労咳に気づいているのだろうか。

「考えたこともありませんけど、うちはやっぱり人間どす。鳥とか魚みたいに食べられてしもたら、嫌やもん。惣次郎はんは？」

「以前は、鎌切に生まれ変わりたいと思っていました」

「嫌やわぁ。なんぼ虫が好きやからって。なんでどす？」

「鎌切は虫の中ではたぶん一番強くて、潔いんです。勝ち目もないのに、とかげや鳥が相手でも、鎌を振り上げて戦おうとする。だから『蟷螂《とうろう》の斧《おの》』って、馬鹿にされるんですけどね」

幼い頃の惣次郎はかえって、その姿にあこがれたらしい。

「それで、今はどう思ったはりますのん？」

「わかりませんね。今と違う時代になら、もう一度、人間でいいかも知れない」

「ほな、人間にしはりぃ」

沙羅が熱心に勧めると、惣次郎は苦笑しかけたが、突然顔つきを変えて、咳き込み始めた。

背筋が寒くなった。確実に悪化している。もしや喀血《かっけつ》も近いのではないか。

意外にゴツゴツとした男らしい背中をさすってあげながら、沙羅は泣きそうになった。労咳は、若い命でも見境なく奪う。

「薬が苦くて、時々怠けるからいけないんだろうな。餡子《あんこ》みたいに甘けりゃいいのに」

子どもっぽい人だ。年上だけれど、守ってあげたかった。

すぐそばで、体が触れ合っている。

沙羅はたまらなくなって、胸にすがりついた。

惣次郎がそっと抱きしめてくれた。香ばしい汗の匂いがした。

7

――元治元年（一八六四）入梅

梅雨の晴れ間の夕暮れに、鴨川の涼風が心地いい。

総司は三条河原に座り、対岸の長屋を見つめていた。

沙羅は今、父を手伝い、かいがいしく働いている。そろそろ仕事に区切りをつけて、橋を渡って来る頃だった。

（京の夏が暑いせいでも、なさそうだな）

体が、重い。

十日ほど前、大坂へ行き、町奉行与力《よりき》の内山彦次郎《うちやまひこじろう》を斬った日の夜から、棒を呑《の》み込《こ》んだように胸が閊《つか》えて、苦しくなった。空咳が出始めると止まらない。昨夜半も、総司は全身にぐっしょりと汗をかいて目を覚ました。

「道玄はヤブ医者だ」という噂《うわさ》も聞いた。「心配おまへん」と太鼓判を押された患者に限って、呪われたように次々と亡くなるらしく、死神だと悪態をつく者までいた。

（僕はあと何年、生きられるんだろう）

自分はおそらく労咳だ。

京にいる志士たちだって、今夜、新選組に殺されるかも知れない。それでも、自分の思想のために命を懸けている。死と隣り合わせの境涯は、取り締まる側も同じだ。

沙羅と恋をして以来、生死に執着しないはずの総司が、もう少し生きたいと願うようになった。

（この恋を、どうすべきか……）

命令された通り、総司は最初、本気でなかった。だが剣と違い、心も咳も、思い通りにはならぬものだ。逢瀬を重ねるうち、恋は本物になって、沙羅と結ばれたいと思い始めた。

だが、総司は沙羅に本名さえ名乗っていなかった。命も長くないなら、この恋が成就することはありえまい。わかってはいても、沙羅と会うたび、想《おも》いは募る一方だった。

いつも淡々と任務をこなしていたはずが、こんな仕儀になろうとは。

三カ月ほど前、沙羅と再会した翌朝、総司はこの河原で土方から一つの任務を命ぜられた——。


「桂だけじゃねぇんだ。長州の連中がひそかに京へ入り込んでいる」

土方は総司の肩へ手を回し、耳元で問うてきた。

「なあ、総司。浮浪どもは、俺たちが守る京の町を好きに歩けねぇ。連中はどうやって密談すると思う？」

「真夜中にこっそり動くか、昼の人込みに紛れるか、あるいは他の者を走らせるか……」

「そうだ。長州は京で派手に遊んで金を落としたから、あちこちに味方がいる。だけど、本人たちは面も割れてるし、下手に動けねぇ。その間を繋ぐ奴がいるんだよ。そいつを捕まえる」

新選組は夜間の捜索も行っているが、空振り続きだった。だから、真っ昼間の京にも目を光らせるという。

「今の京には、五十万もの人間がいるそうな。その中から怪しい奴を見つけ出すのは無理だって、普通なら思うだろ？」

土方から命令を受ける時、総司は合いの手も挟まず、聞き手に回る。余計な事情を知る必要はないからだ。

「長州の吉田稔麿《よしだとしまろ》、肥後の宮部鼎蔵《みやべていぞう》といった手合いが、他藩の浮浪も集めて、とんでもねぇ企み《たくら》をしているみたいでな。むろん、桂も絡んでる。で、お前に探して欲しいのは、古高俊太郎《ふるたかしゅんたろう》という浮浪だ」

市中取締にあたる新選組の任務は、暴挙の阻止だ。古高は名を変えて京の町に潜み、長州藩士たちに便宜を図っていると見られていた。

「古高を見つけてくれ。奴を捕まえて吐かせる。新選組が先手を打って、浮浪どもを討ち果たすんだよ」

「その男の似顔絵は？」

「まだない」

古高は大津《おおつ》代官所の手代《てだい》の子で三十過ぎらしいが、名がわかっているだけで、風貌や身なり、体格なども不明だった。

「だけど、トシさん。古高が三条大橋を使うとは限らないでしょう？」

「奴は三条、四条の界隈で、何かの店をやっているようだ。おまけに――」

今はまだ泳がせているが、三条大橋東詰の南に、最近目を付けた小川亭《おがわてい》なる長州藩士ら出入りの旅館があるという。

「人は、必ず橋を渡る」

上は当今《とうぎん》から下は物乞いまで、そして志士たちも、だ。

京の碁盤の目にいちいち人を張り付けて目を光らせるのは無理だが、鴨川に架かる何本かの橋を見張れば、労力が少なくて済む。

もっとも、橋でさりげなく通行人を見張るには工夫がいる。土方のような三十絡みの男がいい齢《とし》をして女の尻を追い駆け回すのはみっともないし、かえって目立つが、まだ若い総司なら、京娘と恋をしたって不思議はない。

四条、五条の橋にも面が割れていない隊士を選び、さりげなく入れ替わりで立たせてある。だが、ダンダラ羽織を着ずとも、それらしい侍が橋に張り込んでいれば、古高は警戒して避けるに違いなかった。

「古高を三条大橋へ誘い込む。俺たちは、不逞浪士どもを何人も斬ってきたろう？　お前なら、尻尾をつかめるはずだ」

土方いわく、町人に化けた武士で、古高のごとき人間は中途半端な殺気を発していよう。剣豪の総司なら、目つきと挙動でそれを感じられるはずだ。おまけに遠目も利く。

「今は季節もいい。この河原でも、桜の下でも、とにかく三条大橋の界隈で逢瀬を重ねながら、橋に目を光らせろ。お前はいつも橋が見える位置にいるんだ。橋を何度も通る怪しそうな男がいたら、三条会所に片っ端から伝えてくれ。別にはずれてもかまわねぇ。根気よく張り込んでりゃ、必ず古高を見つけられる」

恋人同士が逢瀬で話にふけっていれば、怪しまれずに橋に目を光らせられるわけだ。

「いいか、総司。相手の女は堅気だ。娘のためにも、素性は決して明かすべからず。あくまで遊びの恋真似《まね》だ。本気になるなよ。別れる時に辛くなるからな」

結局、桂小五郎は見つけられなかった。通らなかったのか、あるいはうまく変装していて、見抜けなかったのか。

古高俊太郎のほうは、怪しそうな者を二人、土方に知らせた。いずれもはずれだったが、すでに三人目を土方に伝えてある。例の背高のっぽのひょっとこだ。

数日前から、土方がその素性を調べさせていた。もしも当たりなら、任務完了だ。はずれなら成果なしとして、そろそろ打ち切りだろう。つまり総司は今日明日にも、この恋の行方を決めねばならなかった。

総司は自らの思想を持たずに生きてきた。持てば、考え、悩み、いずれ近藤や土方と対立しかねないからだ。

「惣次郎はん、何を考えたはるんどす?」

気づかないうちに、なずなの図柄の小袖がふわりと隣へ来ていた。

「沙羅さんを待ってる間、何を考えようかなって」

真意をはぐらかす冴《さ》えない冗談にも、沙羅は笑った。

この女性がそばにいれば、人生を幸せに過ごせるだろう。たとえば江戸へ戻り、深川かどこか、下町の長屋にふたりで静かに暮らして……。

いや、新選組を抜けるなど許されまい。土方の決めた隊規に反する裏切りは、ただちに死を意味した。それに、総司に残された未来があとわずかなら、過去を捨て去る意味は乏しい。

「咳のほうはいかがどすか？　もういっぺん、うちの父に診せはったら？」

体調は悪くなる一方でも、沙羅の明るい声を聞くだけで、救われる心地がした。

「大丈夫ですよ。だんだん治まってきた気もします」

「惣次郎はん。嘘つきは泥棒の始まりどすえ」

沙羅が細い眉を吊り上げ、怖い顔をしていた。

盗みはした覚えがないが、この恋は一方的な嘘の上に成り立っていた。しょせんはまがい物で、真実の光に照らされれば、たちまち崩れるもろい恋なのか。ここ三条河原は古来、処刑場とされてきた。怨念の地で育まれた仮初めの恋が、天に祝福されるとも思えなかった。

「ねぇ、惣次郎はん。祇園祭にご一緒しいひん？」

六月六日の宵山《よいやま》と、翌七日の山鉾《やまぼこ》巡行の本祭を二つとも、夕方から楽しむという。

京では祭の数日前から、たくさんの山鉾が組み立てられ、町のあちこちに明かりが灯り、笛や太鼓の音《ね》が聞こえてくる。そういえば昨年は、大坂で相撲取りと喧嘩をした後だったのに、皆で賑《にぎ》やかな酒宴を楽しんだ。今年は沙羅とふたり、祭を味わってみたかった。

「わかりました。夕方、迎えに行きますね。最近はまた少し物騒ですから」

沙羅の顔がパッと華やぐ。

「ああ、今から楽しみどす。早う宵山にならへんかなぁ。夏が終わったら、次は貴船や」

心地よい沈黙が訪れた。鴨川がせせらぐ音が聞こえる。

ここ数日、会話は少なめだった。

総司が時折咳き込むせいだけではない気がした。いずれ訪れる別れを、沙羅も感じとっているのだろうか。

三条大橋の上は人が減り、早くも千鳥足が交じり始めていた。

日が沈んでも、空にはまだ残照があった。

もう、言葉は必要ない。

鴨川が川べりの灯できらめき始めると、沙羅の瞳も輝き出した。

ふたりの距離は、肩が触れ合うほどに近い。

総司がそっと顔を近づけた。互いの息が混じり始める。

沙羅がまぶたを閉じると、総司は唇を重ね合わせた――。


長い口づけが終わると、沙羅はさっと立ち上がった。総司も続く。

沙羅は視線も合わさず、無言で一礼すると、いたずらを仕出かした子どものように土手を駆け上がっていった。

途中、三条大橋の半ばで、小柄な影が欄干から身を乗り出した。

「惣次郎はん。ほな、また明日《あした》！」

元気な声を投げながら手を振る沙羅に、総司もあわてて手を振り返す。

沙羅が踊り子のように軽やかな足取りで橋を渡り終え、人込みに姿が消えると、背後に人の気配がした。

「やっぱり、若いってのはいいねぇ」

どこか懐かしげな声は、土方だ。

「いつから見てたんですか、トシさん？」

抗議するように尋ねたが、土方は答えず、すぐ脇に立った。

「でかしたぞ、総司。山崎《やまざき》と島田《しまだ》たちに探らせたら、ひょっとこが大当たりだった。これにて、三条大橋での任務も終了。次の大仕事に入る」

総司が黙っていると、土方が念を押すように言葉を付け足してきた。

「つまり、今日で色恋遊びは終わりだ」

「まだ、沙羅さんに何も言っていません」

「このままが一番きれいな別れ方だ。愁嘆場なんて、惨めなだけさ」

木賃宿《きちんやど》に泊まっていると言ってあるだけだから、沙羅からは会いに来られない。別れを告げなくても、このまま総司が三条大橋に来なければ、恋は終わる。

また黙り込むと、土方は続けた。

「忘れたのか？　お前は非情で鳴る新選組一番隊の組長だ。美しい思い出にしておいてやれ。このまま隠し通して消えるほうが、娘のためさ」

つぼみのまま、咲かずに地へ落ちる花だってある。

「近藤さんとも話してある。局長の命令だ。従え、総司」

土方が慰めるように肩を叩《たた》いてきた時、胸の奥でまた悶えを感じた。

総司は未来がない身の上なのだ。これで、いい。

「人生は酒か女だ。今宵《こよい》は美味《うま》い酒を馳走《ちそう》してやる」

土方が乱暴に肩を組んできた。

8

――元治元年（一八六四）六月五日

四日間降り続いた梅雨も明け方には止《や》み、憂鬱な曇り空のまま、その日は夜四ツ（午後十時）になろうとしていた。

祇園会所を出た新選組の二隊は、三条大橋の東詰に到達した。

隊士たちは頭に鉢金をかぶり、重い鎖帷子《くさりかたびら》を着込んで、小袖の上に浅葱《あさぎ》麻のダンダラ羽織を着用している。中に蠟燭《ろうそく》を立てた黒塗りの龕灯《がんどう》を手に、味方を識別できるよう、会津藩の合い印である黄色の襷《たすき》も掛けていた。

総司はちらりと左手の長屋を見やった。まだ明かりは灯っている。

あれから七日、沙羅とは一度も会っていなかった。

心を半分斬り落とされたように、辛い日々だった。

急に会えなくなって、沙羅は今、どんな気持ちでいるだろう。

――総司よ。俺たちはじきに旗本になる身だ。早まって医者の娘なんてもらうんじゃねぇ。もう、会うな。

近藤の命令は絶対だ。総司が沙羅に会うことは二度とない。

土方が言った通り、この別れ方が一番いいのだ。

夜の帳《とばり》が下りた京を、武具の音を軋《きし》ませながら異様な武装集団が闊歩してゆく。

総司は近藤のすぐ後ろに従い、三条大橋を渡り始めた。

体がひどく重い。

よく知る橋なのに、いつまでも続くような錯覚に襲われた。

大橋の向こう、宵山を明日に控えた京の町はまだ賑わいが残り、山鉾の明かりに淡く照らされている。

ひょっとこは、四条小橋近くで「枡喜《ますき》」こと枡屋喜右衛門《ますやきえもん》の名で薪炭商を営む、筑前《ちくぜん》藩御用達《ごようたし》の商人だった。

枡屋は土方による過酷な拷問の末、自分が古高俊太郎だと認め、恐るべき謀議を白状した。現在、長州藩士を始めとする不逞浪士たちが京に結集しつつあり、強風の日に禁裏《きんり》御所に火を放ち、帝を奪って長州へ連れ去る暴挙を企てているという。

近いうちに詰めの謀議が行われると知った新選組は、日暮れから祇園の茶屋を一斉に洗ったが、浪士たちの姿はどこにもなかった。

最終的に、土方は目的地を二つに絞り込んだ。

総司の属する近藤隊十名は池田屋を、土方隊二十名は四国屋を検《あらた》める。

そのいずれかで、浪士たちが密談のために集まっているはずだった。むろんあの桂小五郎の姿もあるだろう。相手の数はこちらより多いらしい。いかに近藤といえども、多勢に無勢では危なかった。

(近藤先生を守って、桂小五郎を斬る)

自信はあった。総司の剣が無敵なのは、比類なき天賦の才に加えて、刀法が完全なる捨て身だからだ。

並みの剣士は皆、心の片隅で死を恐れている。たとえ小さくとも、死への怯《おび》えは、無意識にせよ必ず防御を志向し、攻撃を鈍らせる。だが、総司の剣に迷いや怯えは微塵《みじん》もなく、いかなる時も全き攻めに徹した。

総司は攻めの一手のみを以《もっ》て、守りを代替する。致命傷を負いかねない修羅場に身を置きながら、寸分も身を守らない。万人に一人の天稟《てんぴん》の剣才と、恬淡《てんたん》として欲のない生き方ゆえになせる必勝の剣と言えた。沙羅との恋さえ捨てた総司に、生への未練は毫《ごう》もなかった。

他方、桂は大義のために生きている。そこにはごくわずかでも、生へのこだわりと執着があるはずだった。

京へ来た頃は、大義を抱く者たちを冷淡に見ていた。近藤や土方も自分なりの大義に生きているが、総司はそれに共鳴してはいない。ただ、友情で従っているだけだ。

大義は、たとえ身内や仲間を犠牲にしても、より大きな民草を、国を守ろうと志向する。他方、身近な肉親や想い人を亡くしてきた総司は、身の回りにいる人を守りたかった。縁あってそばへ来た虫の命さえ愛《いと》しく思う。

だが、三条大橋で恋をして、名もなき人々を助ける沙羅を知り、総司は心を揺さぶられた。見も知らぬ人々を救おうと奮闘する姿は、大義に通じていた。大義を持つ者たちに対する無関心は、総司の中で尊敬に近い感情へ変わりつつあった。

とはいえ、残り少しの人生で、今さら自分の生き方を変えられはしない。

総司はダンダラ羽織の上から、そっと胸を押さえた。

（今日は一段とひどいな。任務が終わるまで、もってくれればいいが……）

昨夜から胸の奥が悶えて重かった。

誰にも言わぬが、熱も高い。

いつもなら、場の緊張を和らげようと、下手な冗談くらい飛ばすのに、祇園会所でもその元気が出なかった。大掛かりな討ち入りを前に、一番隊組長まで緊張しているのかと、隊士たちは思ったろうか。

よく沙羅と並んで過ごした三条河原が、闇の中にぼんやりと浮かび上がってきた。

(今夜、死ぬかも知れないな)

本当なら褥《しとね》で安静にしているべきだろうが、病を隠して討ち入りに参加したのは、死ぬなら今夜がいいと思ったからだ。いかなる剣の達人も、動けなくなれば、斬られる。それでいい。生き延びれば、総司はまた人を斬るだろうから。

たっぷり思い出の詰まった三条大橋を、もうすぐ渡り終える。

胸の内が切なさで、甘酸っぱくなった。

これから人を斬りに行くというのに、想うのは沙羅ばかりか。

総司は苦笑しながら、熱い手で剣の柄を握り締めた。

9

(血が足りない、みたいだな……)

総司はふらつきながら、真夜中の三条大橋までたどり着いた。

力尽きて、西詰へ倒れ込む。

独り、袂の欄干に背を預け、肩で息をした。

頭にかぶっていた鉢金は重くて、三条小橋で高瀬川《たかせがわ》へ放ってきた。ダンダラ羽織は殺めた相手の返り血と自身の喀血でべっとりと濡《ぬ》れ、赤黒く染まっている。

池田屋の惨劇が町方に伝わり、野次馬たちも動き出した。宵々山の明かりのおかげで、龕灯なしに歩けるほど、京の町は明るかった。

総司は欄干の隙間から、東詰に並ぶ長屋へ目をやった。

対岸は寝静まったままで、ほとんど闇に包まれている。

（近藤先生の命令に背いてまで沙羅さんと会って、どうするっていうんだ……）

総司は今日も、人を斬った。

池田屋にいた志士たちの命を手当たり次第に奪った。

龕灯だけが照らす暗がりの中で、総司が誰を殺めたのかは定かでない。三、四人を苦しまずに即死させたはずだが、桂はいなかったらしい。誰かと剣を交え、相手の刀を跳ね飛ばし、すかさず斬ろうとした時、胸の奥から喉へ血塊が込み上げてきた。それでも相手を倒したが、その後すぐに大喀血し、昏倒《こんとう》した。

総司はそのまま意識を失ったらしく、気が付くと池田屋の外で、負傷した藤堂平助《とうどうへいすけ》と並んで介抱されていた。途中から土方隊も合流し、池田屋での戦闘は一刻（二時間）ほどで終わったと聞いた。総司はふらりと立ち上がって、「先に帰って休みます」と土方に言い残し、壬生とは反対の鴨川へ向かった。最後にひと目、沙羅に会いたいと強く思ったからだ。

だが、近藤からは禁じられていた。体がもう動かないのが、ちょうどよかった。

（たぶん、死ぬには一番いい場所だ）

恋花を育んだ大切な場所で、最期を迎える。ここなら、新選組の仲間が骸《むくろ》を運んで、光縁寺の柿の木の下にでも適当に弔ってくれるだろう。

もうすぐ人生が終わると思うと、思い出がひとりでに蘇《よみがえ》ってきた。

試衛館近くの銀杏《いちょう》坂や焼餅坂を、近藤と土方、門弟たちとよく歩いた。坂の名に因《ちな》んで、銀杏《ぎんなん》や焼餅を食べながら登ったりして、楽しかった。塾頭として近藤の代稽古を務めるようになると、多摩へ出稽古に通った。鎌倉街道を往《ゆ》くのが楽しみだった。春は菜の花の野を渡り、あるいは朴の花を見上げた。夏は木陰に涼みながら野苺《のいちご》で喉の渇きを癒《いや》し、秋は色づく欅《けやき》の下を歩いた。冬は葉を落とした武蔵野《むさしの》の森で、陽《ひ》だまりの中、乾いた枯葉を踏みしめた……。

総司は欄干の隙間から、三条河原を見下ろした。

この三カ月余り、ふたりが何度も会い、話した場所だ。今は誰もいない。

山南によると、幽霊の一人や二人出てもおかしくない処刑場の跡らしいが、総司と沙羅は恋に夢中で、おかまいなしだった。

追憶に身を委ねていると、胸が切なく、温かくなった。

沙羅の笑みを思い浮かべるうち、息が楽になってきた。次第に悶えも和らいで、体に力が戻ってくる感じがした。

その気になれば立ち上がって、沙羅に会うことはできそうだ。

（……いや、よそう）

恋の相手が人殺しの沖田総司だったと知れば、沙羅は傷つくだろう。このままでいい。

総司は橋の北へ視線を移した。

今は閉じられているが、西詰の川べりの茶店にはふたりでよく行った。血の味しかしないはずの口の中で、茶団子のほの甘さが蘇ってくる気がした。

かすかに、人の気配を感じた。

視界の右端に、頬かむりの男が入った。

足早に橋を渡り始める中背の男が、こちらを一瞥《いちべつ》した瞬間――。

総司はとっさに跳ね起きた。すでに抜刀している。

「桂小五郎、だな？」

天が総司に与えた、最後の大仕事に違いない。

足を止めて振り向いた男は、鯉口《こいぐち》を切りながら横目でさっと左右を確かめた。

桂には寸毫《すんごう》も隙がない。不意討ちを試みても、仕損ずる。

「武士なのに、逃げる気か？」

「私にはやるべきことがあるのでな。池田屋には早く行き過ぎて、外へ出ているうちにまた命を拾った。時代のために、まだ死ぬわけにはいかんのだ」

桂は落ち着き払った口調だ。血まみれのダンダラ羽織で、総司が新選組だとむろん気づいている。

「世には、咲けない花だってあるんだ」

人知れず、途中で枯れる花はいくらでもある。人に切られ、虫に食われもする。人生も同じだ。

総司の周りの人間の多くはそうだった。総司が斬った連中だって、同じだろう。結ばれることなく、三条大橋の恋は終わった。

それでも総司は幸せだった。沙羅もきっとそうだ。

総司は剣先を右下段へおろし、いつもの位置でぴたりと止めた。

剣は心だ。冬空のように澄み渡る心境には、寸分の迷いもない。

全身が、剣と一体化している。

桂は頬かむりを外しながら、正面から総司に向き直った。

名だたる剣豪だけあって、抜く手も見せずに白刃をきらめかせている。

逃げきるのは無理だと判断したらしい。

対峙《たいじ》する総司に背を見せたなら、相手は次の瞬間、確実に命を落とす。もしも生き延びたいなら、戦うしかない。それでも十中八九、死は免れまいが。

「念のために尋ねるが、私の命が欲しい理由は何だ？」

「その問いには関心がない。命を奪う相手の事情も、聞かないことにしている」

総司は右の肩を引き、左肩を前に出しながら半身《はんみ》を開いた。

生涯最後の真剣勝負としては、最高の相手だ。

「国家、朝廷のあるを知らぬ輩《やから》とは。そろそろ気づかぬか？　お前たちも会津も、ただの使い捨ての駒にすぎぬということを」

桂は憐《あわ》れむような目をしていた。

「よけいなお世話だ。たとえ捨て駒でも、自分なりに生き抜けば、それでいい」

人は、大義や思想のためだけに生きるものではない。

総司はすぐそばにある友情と恋に生きる道を選んだ。それを、後悔してはいない。

間合いを保ちながら、総司は剣先をわずかに下げ、前のめりになった。

常勝不敗の捨て身の構えだ。

間合いに入った瞬間、下から敵の刀を摺《す》り上げ、三連続の突きを見舞う。万が一、それでも致命傷を与えられなければ、押し込んだ相手に向かって跳躍し、渾身《こんしん》の力でそのまま袈裟《けさ》斬りにするのだ。

総司が敗北を知らぬもう一つの理由は、他の追随を許さぬ神速の踏み込みにあった。総司が支配できる間合いは、普通の剣士たちより一歩ほど長い。相手は互いにまだ間合いの外にいると踏んで、総司の動きを見誤る。眼前に総司が出現した時には、命を落としているわけだ。

「未来ある若者を斬るのは気が進まぬが、やむを得まい」

二人の気迫がぶつかり合うや、桂はじりじりと下がり、間合いを空けてゆく。やはり並みの剣士ではない。

桂が静止した。互いの殺気がぎりぎり混じり合わない位置を見定めている。

総司を斬る気だ。今日という日を生き延びるために。

剣豪は相手の気を読みつつ、自らも発し、用いる。

総司と同じく、桂も互いの気の流れを正確につかんでいよう。

(妙だな……)

桂の発する殺気には、棘《とげ》がなかった。

丸《まる》みさえ帯びていて、ただ熱いだけだ。

（そうか。この男は人を斬ったことがない。いや、斬れないんだ）

剣豪の中には、不殺生を信条とし、相手を殺さずに倒して、身を守ろうとする者たちがいた。

その甘さは、他に通用しても、総司相手には命取りだ。

総司はいつもより半寸ほど剣先を下げ、左上部に大きな隙を作った。

目ざとく隙を見つけた桂が、今度は大胆に間合いを詰めてくる。

総司も前へにじり出た。ふだんと比べ、半歩だけ相手に近い。

あえて、剣技に雲泥の差がある素人相手の間合いにした。

相手を殺す気のない剣豪は、総司にとって案山子《かかし》にも等しい。

総司はもともと左利きだったが、近藤に直されて、結局、両利きになった。右利きの人間には不慣れな動きと角度で、三段突きを見舞う。

これまで真剣で戦った相手の七割がたは、一段目で勝負が決した。残り全部は二段目で倒れた。三段目を要したことはない。仮に三段突きで倒せぬとしても、欄干へ追い詰めれば、最後の袈裟斬りで確実に命を奪える。

深夜の三条大橋の上にいるのは、二人の剣士だけだ。

己《おの》が大義を掲げて国を救わんとする者と、いかなる思想も拒否して殺戮《さつりく》を生業《なりわい》とする者――。

この国では今、相容《あいい》れぬ大義が激しく対立し、しのぎを削っている。

どちらが正しいのか、総司は知らない。

いずれにも一理あるはずだ。

誰が正しかったのかは、勝った者が決めるだろう。

天は公正でもなければ、公平でもない。

それが、歴史というものだ。

池田屋の界隈は、今ごろ野次馬が群がり、ごった返していようが、三条大橋まで来ると静かだ。

聞こえるのは、古来変わらぬ鴨川のせせらぎと、総司の少し荒い息だけだった。

(ちっ、こんな時に……)

胸の奥底で、血塊がまた蠢《うごめ》き始めた。

池田屋の時と同じ感覚だ。だが次の喀血まで、あと少しの間なら剣を使える。

やにわに、桂が踏み込んできた。速い。

が、それよりも先に、総司は動いていた。

大きく右前方へ出ながら、竜尾のごとく己が刀を跳ね上げ、桂の刀を摺り上げる。

そのままますかさず、左の首筋を狙って突いた。

桂はとっさに欄干近くへ下がり、紙一重で一段目を免れた。

俊敏な足さばきだが、総司の剣先はとっくに二段目に入っている。

狙い定めた左胸への一撃を、桂は体を開いて辛くも避《よ》けた。

偽刀の菊一文字は、桂の小袖を切り裂いただけだ。

(読めるんだよ、あんたの動きが全部)

総司は沈み込みながら、もう桂の懐《ふところ》に入っていた。

変化させた三段目を、桂の喉元めがけて突き上げる。

桂の刀が剣先を弾《はじ》き、二本の剣が甲高い悲鳴を上げた。
総司の三連突きを生き延びるとは、さすがに剣の玄人だ。
だが、辛くも守っただけの桂は、剣を片手に姿勢を崩している。しかも後ろは欄干だ。
すでに総司は、京の夜空へ跳躍していた。
天高く振り上げた刀で、桂の左肩から袈裟斬りにする。
（もらった！）
桂が体勢を戻すまで、半瞬もある。
突然、血塊が胸から喉へ噴き出してきた。
完全に捉えた相手を前にして、総司は空中で血に溺れそうになった。
喀血の瞬間、激しい眩暈《めまい》を覚えた。
視界が消える。血が、足りない。
それでも、最後の一刀に集中した。
残っていたすべての力で、刀を振り下ろす。
——ガキッと、手応えがあった。
斬った。が、固すぎる。擬宝珠か。
総司はそのまま欄干へ倒れ込んだ。
「残り少ない人生、せいぜい体を愛《いと》え」
刀を納める音がし、桂の去ってゆく足音が聞こえた。
大魚をむざむざ逃がしたのに、なぜか悔しいとは思わなかった。

やはり桂は天に守られているのかも知れない。

総司は続けて夥しい血を吐き、突っ伏した。

一人芝居で作った血の海でのたうちながら、薄目を開いた。

（このまま、死ぬのか……）

総司は起き上がろうとした。が、足に力が入らなかった。

まがい物の菊一文字を杖代《つえ》わりに、欄干にすがりつきながら東へ渡ろうとした。

生涯で初めて、近藤の命令に背く。

この、最後の一度きりだ。

橋を渡った向こうでは、確かまだ人を斬っていない。寺社で炊き出しをする沙羅を手伝った時の、貧しくもまじめに生きる人々の笑顔を思い出した。

（やけに長い、橋だな……）

巨岩でも背負っているみたいに、体が重い。

全身が痺《しび》れたように、わずかしか動かなかった。

それでも、半寸ずつでも、総司は東へ這《は》い続けた。

深更なのに、どこかで人の声がして、橋が昼間のように明るく照らされ始めた。

眩しいのは、苦手だ。

（せめて最期に、ひと目だけ……）

総司は己が血でぬめる偽刀の柄を握り直した。

10

父に従って長屋を出た沙羅は、東詰から三条大橋を早足で渡り始めた。

真夜中なのに、人通りが多い。

志士たちが集まる三条木屋町《きやまち》の池田屋へ新選組が討ち入り、死人、けが人が多く出たという。

――まだ、助かる命があるかも知れへんしな。

父から話を聞き、沙羅は寝床から飛び出した。

もしも惣次郎が本当は長州藩士だったとしたら……。

沙羅は胸騒ぎがして、しかたなかった。

(惣次郎はん、どこで何したはんにゃろ)

たいてい三条大橋か河原にいて、いつでも会えたのに、もう七日も惣次郎の姿を見ていない。ここしばらく雨が多かったせいだと自分に言い聞かせていたが、雨でも会いに来てくれた日は何度もあった。

心当たりは乏しかったけれど、三条、四条の界隈にある安宿や道場を尋ね歩いた。でも、手がかりは何もなかった。

(あの人が、うちを捨てるはずないもん)

沙羅は惣次郎を信じていた。あの優しくて面白い若者が自分を裏切るとは、どうしても思えなかった。きっと何か事情があるのだ。

あれこれいろいろな想像をして、ひどく心配した。

もしや惣次郎は、新選組に殺されたのではないかとさえ、案じた。

いや、惣次郎は世の中について不平不満を並べたり、何かの思想を語ったことはただの一度もない。愚痴ひとつ漏らさなかった。虫とか雲とか、お化けとかの話ばかりで、惣次郎は政と何の関わりもないはずだ。

きっと三条大橋でたまたま出会った旅の武士が、大坂かどこかの道場で惣次郎を雇いたいと、そのまま連れて行ったのだろう。

明日は一緒に宵山へ行く約束だ。だから必ず迎えに来てくれると信じていた。

白い歯がこぼれる惣次郎の笑顔を想い描く。

(ぜったいそうや。ああ、会いたい。惣次郎はんに会いたい)

三条大橋の中ほど、南の欄干近くに十人近い人だかりができていた。

——すごい血やな。こら、もう死んどるで。

——いや、まだ息しとる。早う、医者ん所《とこ》連れてったらな。

——おい、あんた。無理しんとき。もう動かんほうがええ。

「ちょっと退《の》いてくれへんか?」

道玄が野次馬をかき分けて、欄干のほうへ進む。沙羅も続いた。

血まみれの侍は左手の剣を杖に、右手で欄干をつかみ、起き上がろうとしていた。が、力尽きたように、前へ倒れ込んだ。

野次馬たちが手に持つ明かりで、ダンダラ羽織とわかった。背中以外は、ほとんど真っ赤だ。

（新選組や。気の毒やけど、自業自得やんか）

道玄は侍の傍らに腰を落として、背中や脚を確かめた。斬られた様子はない。

「けがしてんのは、どこやねん」

父を手伝って、侍をそっと仰向《あおむ》けにした。

血で、顔もすっかり汚れている。

（そんな……）

沙羅は息を吞んだ。信じられなかった。

「そ、惣次郎はん！」

沙羅は夢中で惣次郎を抱き起こした。

地獄の底から呼び戻されたように、若者が薄く目を開いた。

「……沙羅、さん？」

「こんな所《とこ》で、何したはるん？」

「会いたかった。最後に、謝りたくて……」

惣次郎は苦しそうに喘《あえ》いだ。どこもかしこも血まみれだった。

「どこを斬られたんや？」

道玄が胸や腹を確かめながら問うと、惣次郎は力なく微笑みながら答えた。

「けがは、していません。だけど、もう駄目みたいです」

ついに喀血したのだ。

「お父《とう》ちゃん、お願いやし、助けたげて！」

「労咳は不治の病や。医者にできることはほとんどあらへん。気休めの薬を飲んで、安静にして、神仏に祈るのがせいぜいや」

血で汚れた惣次郎の手が、沙羅の小袖をそっと摑んだ。

「ごめんなさい。沙羅さんに、ずっと嘘を吐いていました」

「新選組……やったんですね？」

惣次郎は詫びるように小さくうなずいてから、言った。

「僕は一番隊組長、沖田総司です」

啞然《あぜん》とした。沙羅はもう、自分の心がわからなくなった。

裏切られた気持ちより、狂おしいほどの思慕の情が、心の中を駆け巡っている。

惣次郎、いや、総司がすがるように沙羅を見ていた。

どうしても言葉を見つけられなかった。

沙羅はただ泣きながら、総司の頭を胸に搔《か》き抱《いだ》いた。

血なまぐさい京の町は、まるで祭のさなかのように明るい。

いつしか北東の空の下で、比叡の山がその形を取り始めていた。

11

――慶応三年（一八六七）十一月

天高き蒼穹《そうきゅう》の下、東山の峰々は色づき、吹き下ろす風にも冷たさが混じっていた。三条大橋の人通りが少なめなのは、肌寒さのせいだろうか。

二度目の長州征伐の失敗、将軍家茂の薨去《こうきょ》、孝明《こうめい》天皇の崩御と、目まぐるしく乱世は激動し続けた。そして先月行われた大政奉還《たいせいほうかん》により、時代はますます混沌《こんとん》を極めている。

これから先、日本がどうなるのか、誰も知りはすまい。

鴨川を吹き迷う風にも、不安と希望と焦燥が入り混じっていた。

総司は道玄と並んで、大橋西詰の高札場近くに立った。

「三年前の春、沙羅さんと再会した場所です」

池田屋事件の夜、総司は何度も大喀血したが、命を拾った。その後も道玄の調薬と静養で延命できたものの、労咳は確実に総司の命を蝕《むしば》んでいた。

新選組の屯所が西本願寺へ移った頃、幕府典医の松本良順《まつもとりょうじゅん》の診察を受けたが、総司は「難患」とされた。この梅雨前からは寝込んで、新しい屯所がある不動堂村の周りを、気晴らしに散歩するくらいがせいぜいだった。

だが今日は、奇跡のように体調がよかった。自分の足で動けるのもこれが最後だと感じ、少し無理をして、思い出深い橋まで来たのである。

「ほんま人生は、わからんもんどすなぁ」

近藤が浪士徴募に応じなかったら、総司が労咳にならなかったら、土方が三条大橋での任務を考えつかなかったら、沙羅との恋はなかった。

ゆったりと、橋を渡り始める。

重い刀を持ち歩く体力はなかった。仮に襲われても、戦えないなら、得物がなくても同じだ。本当なら杖を使いたいが、近藤の手前、はばかっていた。

二人は立ち止まり、南の流れを見た。沙羅が好きだった眺めだ。

総司は擬宝珠に残る傷痕を、指先で撫でた。

池田屋事件の夜、桂を討とうとして付けた刀傷だ。

あの時、総司は桂を斬れなかったのではない。喀血を言い訳にして、斬らなかったのではないかと思う。

必殺の剣を鈍らせたのは眩暈よりも、むしろ強烈な逡巡《しゅんじゅん》だった。

視界を失った時、心の中に沙羅の笑顔が咲いた。甲高い笑い声が耳に蘇り、迷いが生まれた。大義に生きる者への尊敬が呼び起こされた。完全に桂を捉えながら、もうひとつの大義をこの世から消し去りたくないと、とっさに思った。

「沖田はん。また、戦が起こるんやろか」

一寸先は闇だが、剣の時代が、武士の世が終わろうとしている。

それは、確かだった。

「わかりません。だけど、僕の出番はもう、なさそうですね」

これからの戦では、西洋式の銃砲が主流となるらしい。新選組も、西本願寺の境内で大砲をぶっ放して、顰蹙《ひんしゅく》を買ったものだ。どのみち今の総司は戦力にならず、ただの足手まといだが。

今日も、壬生の光縁寺を経てここまで歩く間に、何度休みを入れたろう。

「局長の命令に背いたのは生涯で、あの一度きりです」

三条大橋で再喀血して倒れた総司が壬生屯所へ運ばれた日の夕方、沙羅は薬を持って現れ、以来かいがいしく看病してくれた。

養生して、少し動けるようになると、屯所近くの壬生菜とごぼう畑の畦道《あぜみち》を一緒に歩いた。屯所に通っているのに、沙羅は新選組について触れなかった。以前と同様、ふたりの会話は虫や花や、他愛もないものばかりだった。だがあの時、総司の恋は本当に花開いたのだと思う。

光縁寺の柿の木が青い実をつけ始めた頃、沙羅は壬生寺の境内で、最後に小声で言った。

——総司はん。もう、人を斬らんといて。

二度と会えないことを、沙羅はあの時知っていた。

その日の夜、総司は近藤に呼ばれ、あの娘にはもう会うなと改めて申し渡された。道玄の説得で、沙羅も納得したと付け加えられた時、総司は泣き出した。

こんこんと諭されたが、総司が沙羅を諦めた理由は労咳だった。先の短い身で夫婦になったところで、沙羅はすぐ寡婦になるのだ。身勝手な恋で、大切な人を不幸にすべきではない。

近藤が「あの娘には、金持ちの嫁ぎ先を見つけてやる」と言ったので、総司は大坂か南のほうで縁談を探して欲しいとだけ、頼んだのだった。

「沙羅は毎晩のように泣いとりましたなぁ。縁組が決まった後も、ようこの橋とか河原におりましたわ」

総司の胸が軋んだ。沙羅は何を思っていたのだろう。

「神様もほんまに意地悪《いけず》どすなぁ。もしこうなるってわかってたら、娘の想いを遂げさせてやりたかった……」

道玄がしみじみと漏らすと、総司は光縁寺から懐に入れてきた沙羅の位牌《いはい》をそっと手渡した。

沙羅は昨年、鴨川の流れが行き着くずっと先、大坂の堅気の商家に嫁いだ。近藤が口を利いた縁談で、夫もしっかり者のよい商人だったらしい。沙羅はやがて身ごもり、母になるはずだった。だが難産の末、赤子は死産で、自らもまもなく命を落とした。死病を患う総司よりも先に、あの元気な沙羅が亡くなるなどと、誰が予期できたろう。

沙羅は死ぬ間際に、自分を新選組のお墓に入れてほしいと懇願したという。嫁ぎ先で頼むような話ではなかろうが、夫は子をなさぬまますぐに死に別れた新妻の遺志を尊重した。

昨日、道玄が茶毘《だび》に付された沙羅の遺骨を持ち、不動堂村の屯所で療養中の総司を訪ねてきたのである。

光縁寺には、亡くなった新選組隊士たち二十数名が弔われていた。総司が介錯《かいしゃく》した朋輩《ほうばい》の山南もいたし、境内には沙羅と見上げた立派な大銀杏と甘柿の木があった。だから今日、道玄と総司はその一隅に沙羅を弔ったのだった。住持に「真明院照譽貞相大姉」という立派な戒名を付けてもらい、朴の木の墓標を、三条大橋に向けて立てた。寺の過去帳に「沖田氏縁者」と記されただけで、沙羅の名はない。

「これで、この橋ともお別れです」

沙羅の願いにもかかわらず、総司はその後も近藤の命令で人を斬ったが、それもできなくなった。沙羅の切ない祈りが、皮肉な形ではあれ、通じたのかも知れない。

この時代、全国から京の都に若者たちが集まり、世の中を変えようと、あるいは変えさせまいと必死で戦い、命の花を散らせた。

その狂乱の宴《うたげ》も、もうすぐ終わる。

「江戸へ戻られるんどすか？」

「まだ生きていれば、たぶん」

往路のように江戸まで歩くのは体が許さない。帰れるとすれば、船だろう。

「お世話になりました」

総司は道玄に一礼して別れの挨拶を交わすと、刀傷の擬宝珠をひと撫でしてから、三条大橋の上で踵を返した。

橋の袂近くまで来た時、欄干に手をやり、体の重みを少し預けた。

最後にもう一度だけ、鴨川の流れを見た。

昼下がりの雑踏でせせらぎの音がかき消されても、透き通った川面《かわも》は高い青空を映し続けている。

総司は振り返ることなく、西へ向かって歩み始めた。


年が明け、薩長《さっちょう》を中心とする新政府軍は、三条大橋を渡って進撃し、鳥羽伏見《とばふしみ》で旧幕府軍を撃破したが、総司は大坂城で病床にあり、戦に加われなかった。慶喜《よしのぶ》の遁走《とんそう》後、富士山丸で江戸へ戻された総司は、新選組の甲陽鎮撫隊《こうようちんぶたい》に途中まで参加したものの、病状がさらに悪化し、脱落した。

近藤は転戦して流山《ながれやま》で新政府軍に投降したが、板橋で処刑され、その首は三条大橋の高札場に晒された。総司は千駄ヶ谷《せんだがや》の植木屋の離れで、近藤の死も知らされぬまま、黒い野良猫に看取《みと》られながら、二十七歳で逝った。

第二話　蛟竜《こうりゅう》逝キテ

――養浩館・橋本左内

1

——安政三年（一八五六）盛夏

猛夏の日輪が、昼下がりの越前《えちぜん》福井を容赦なく焼いていた。

油蟬《あぶらぜみ》の合唱の中に座しているだけで、松平慶永《まつだいらよしなが》の全身から汗が滲《にじ》み出てくる。水練もできそうな広さの庭池と、藤の鮮やかな緑葉が届けてくれる涼風《すずかぜ》だけが救いだった。

「されば、御免！」

橋本左内《はしもとさない》は御座《ござ》ノ間《ま》で一礼するなり、すっくと立ち上がった。

池に面した縁側へ出るや、小柄な若侍は両手を翼のように広げた。

そのまま頭から池中《ちちゅう》へ、勢いよく飛び込む。

派手な水飛沫《みずしぶき》が立った。のんびり泳いでいた鯉《こい》たちが慌てて逃げ出す。

初引見《はついんけん》の藩士の予期せぬ奇行に、さすがの慶永も低く驚きの声を上げた。

（何者なんじゃ、この男は……）

福井城の北にある御泉水《おせんすい》屋敷は慶永のお気に入りで、在福の時はしばしばここで時局を思案し、あるいは文事《ぶんじ》に耽《ふけ》ってきた。藩主の別邸であり、本来なら家臣を呼ぶ場ではないが、慶永は旧弊《きゅうへい》に囚《とら》われなかった。

二百年余の歴史を持つこの庭園は、上水を引き込んだ七百坪に及ぶ庭池を中心に、数寄屋《すきや》造りの屋敷と小亭、茶屋、梅林や築山を配置し、池を回遊できる園路から様々な景色を楽しめる。屋敷から池を見ると、座敷の土縁《どえん》まで水面《みなも》が迫り、まるで屋形舟に乗っているような錯覚さえ抱くのだが、まさかその「水の庭」へ飛び込む者が出ようとは……。

澄んだ池の中で手足をばたつかせる若者の姿を見て、慶永はふと思い出した。

この福井藩士は瞠目《どうもく》すべき英才ゆえに、大坂《おおざか》は適塾《てきじゅく》の師、緒方洪庵《おがたこうあん》をして「彼は他日《たじつ》わが塾名を揚《あ》げん、池中の蛟竜《こうりゅう》なり」と言わしめたと聞く。

――蛟竜雲雨《うんう》を得れば、終《つい》に池中の物に非《あら》ざるなり。

三国志に登場する呉《ご》の名臣周瑜《めいしんしゅうゆ》が、蜀《しょく》の英雄劉備《りゅうび》を評した至言《しげん》だ。

蛟竜とは竜の子で、雌伏する英雄が時を得れば、万里の雲天を翔《か》ける竜と化す、との意だ。

果たして藩内で評判の橋本左内とは、本当にそれほどの人物なのか。己《おの》が眼《め》で見極めるため、呼び出したのである。

が、どうもその蛟竜が溺《おぼ》れているようにも見えた。池の深い場所は一間《けん》（約一・八メートル）ほどあり、足は着かない。

「その方《ほう》、大事ないか？」

慶永が心配になって腰を上げた時、若者は丸柱を摑《つか》んで水中から出てきたものの、激しくむせた。それでも雫《しずく》を垂らしながら、敷き詰めた那智黒《なちぐろ》の玉砂利へ上がってくる。

「見苦しい姿を、お見せいたしました」

濡《ぬ》れ鼠《ねずみ》の左内は息を切らしながら、縁側で改めて恭《うやうや》しく両手を突いた。

藩主との初対面《はつたいめん》では、身分を問わず縮み上がる藩士も多いが、物怖《ものお》じするどころか、まるで遠慮がなかった。権謀術数渦巻《けんぼうじゅっすううずま》く江戸や京の裏舞台にいる、海千山千《うみせんやません》で面《ツラ》の皮の厚い曲者《くせもの》たちといい勝負かも知れない。

「もしや、その方は泳げぬのか？」

「日々の学問で忙しく、水練をする暇《いとま》がございませんでした」

まだ荒い息の言い訳に、慶永は覚えず声を立てて笑った。

「池中の蛟竜とやらも、形なしじゃな」

カナヅチが寸毫《すんごう》の迷いも見せず飛び込んだわけか。

「竜とて、時には不覚も取りましょう。されどこれにて懸案が一つ、たちどころに片付きました。暑くてたまらぬなら、冷たい水を浴びるべし」

文字通り水の滴《したた》る顔はいたって真剣だ。端整《たんせい》で精悍《せいかん》な左内の顔立ちは、不思議に謙虚と自信が仲よく同居していた。さっきまで溺れかけていたくせに、澄まし顔で乱れ髪を整えている。

「髷《まげ》に、何か付いておるぞ」

「おお」と、左内は慌てて頭頂へ指先をやった。手中の小さな葉を凝視している。

「これは南天《なんてん》。難を転じて福となす。幸先《さいさき》が良うございますぞ、殿」

取り繕うような素振りは全くなかった。何でも前向きに捉える男らしい。

「おや、この柱には白猫がおりまするな」

「何じゃと？」

面食らった慶永が立ち上がり、左内が嬉々《きき》として指差す柱の裏へ目をやると、なるほど杢目《もくめ》と色合いが相まって、白い猫の模様にも見えた。

（この男……ますますわからぬ。が、愉快な奴《やつ》じゃ）

日に雲がさっと掛かり、水の庭の煌《きら》めきが一瞬で消えた――。

近ごろしきりと重臣たちの口《くち》の端《は》に上《のぼ》るこの藩士を初めて引見したのは、つい四半刻《しはんとき》（約三十分）前のことだ。

慶永は、若き日から知遇《ちぐう》を得ていた水戸藩主の徳川斉昭《とくがわなりあき》に感化され、尊王敬幕《そんのうけいばく》に加えて鎖国《さこく》攘夷《じょうい》を藩論《はんろん》としてきた。

異国の脅威が、間近まで迫っている。

清国《しんこく》は阿片《あへん》戦争で英国に敗れ、日本にも列強の異国船が毎年のように押し寄せていた。三年前にはペリーが来航して開国を要求。幕府が米国国書を諸大名に示して意見を求めた時、慶永は側近たちに諮《はか》ったうえ、開国に猛然と反対し、来《きた》る開戦に備えて速やかに武備を増強すべしと進言した。

ところが福井藩には、「日本は国を開き、大いに通商すべし」と声高らかに断じ、藩論を公然と批判する者がいた。聞けば、その橋本左内なる若き蘭方医《らんぽうい》は、蘭語はもとより独学で英語、独語の原書を自在に読みこなし、『西洋事情書』にまとめているという。幼時から食膳にあっても書物を手放さず、寸暇《すんか》を惜《お》しんで学問に勤《いそ》しんだ結果、すでに藩内随一の博識とされ、側用人《そばようにん》の中根雪江《なかねせっこう》などは、二十七歳も年若の左内を「老兄」と呼んで敬っているらしい。

その好学と研鑽《けんさん》はつとに聞こえ、藩も遣使褒賞《けんしほうしょう》のうえ手当金を給してはいたが、左内は蘭学を修めた一藩医にすぎなかった。本来、国事に嘴《くちばし》をいれるべき立場ではないが、乱世が兆し、国が内憂外患に呻吟《しんぎん》する今、身分など云々《うんぬん》すべきではなかった。

過日、慶永の右腕で参政の鈴木主税《すずきちから》が天下の名士藤田東湖《ふじたとうこ》に会い、「福井藩には人材がおらぬ」と嘆いたところ、言下に「橋本左内がおるではないか」と返されたという。左内と会ってみた鈴木がその人物に驚嘆し、さっそく慶永に推挙してきたため、ひとまず士分《しぶん》に列し、御書院番《ごしょいんばん》としていた。この二月、突然の病に倒れた鈴木が、左内を重用するよう死の床で遺言したため、帰福した慶永が引見したわけである。

慶永の前に現れた左内は、挨拶もそこそこに言ってのけた。

――畏《おそ》れながら、殿はわが藩と日本を滅びの道へ導いておわします。

西洋列強が目論《もくろ》む侵略から、日本の独立をいかに守り抜くか。藩主と家臣、目指す所は同じでも、やり方は正反対だった。左内は蘭学を修める中で、いち早く攘夷の不可を悟ったらしい。反駁《はんばく》する主君に対し、左内はゲベール銃から最新のエンフィールド銃に至るまで、原語で読み込んだ砲術書『スチール』も引用しつつ、西洋の武技・学術の精巧を滔々《とうとう》と語り、慶永が依拠してきた攘夷論を遠慮会釈なく木《こ》っ端微塵《ぱみじん》にした。

左内が見せる自信は、爽やかさを感じるほどに邪気がなかった。愛嬌《あいきょう》のある笑みのせいもあって、慶永は別段気分を害しなかった。

酷暑の中で、左内は目まで垂れてくる汗にもかまわず論じ続けたが、五尺（約百五十一・五センチメートル）そこそこの小軀《しょうく》から噴き出す熱気のせいで、御座ノ間はさらに暑くなった。

覚えず「今日は暑苦しいのう」と漏らす慶永に、左内は、

――いとも容易《たやす》く、この蒸し暑さを解決する思案がございまする。お許しくださいましょうや？

と、問うてきた。何か知れぬが面白そうだと思って許すと、左内は主君の眼前で、いきなり庭

池へ飛び込んでみせたのである。

雲が流れ、水の庭はきらめく光の喧騒《けんそう》を再び取り戻していた。

「お殿さま、水の音が聞こえましたけれど、何事かございましたか？」

慶永が右手へ目をやると、女中のつぎが櫛形《くしがた》ノ御間《おま》の入口で手を突いていた。

住み込みで屋敷の世話をするお花作りの内儀で、おしゃべりが玉に瑕《きず》だが、朗らかで機転が利く。倹約のため屋敷の人手を減らしたぶん仕事は多いのに、文句ひとつ言わず、万事こなしてくれる働き者だ。子だくさんの女だが、また少し腹が大きくなっていた。何人目を産むのだろう。

「あら？　た、大変なことに……」

つぎが目を丸くして、全身から雫を垂らす左内を見つめていた。当然だろう。

「急ぎお着替えのご用意を！　うちの人の一張羅をお持ちいたします！」

「あいや、お気持ちだけで結構。実に涼やか、ちょうどよい塩梅《あんばい》でな」

慌てふためくつぎを、左内が朗らかな声で止めた。慶永も助太刀してやる。

「話の途中で、ちと愉快なことがあっただけじゃ。案ずるには及ばぬ」

「……さようで、ございますか」

つぎは不思議そうに慶永と左内を交互に見ながら、深々とお辞儀して去っていった。

2

「さてと、水に飛び込めば涼しくはなろうが、服を乾かすのが面倒じゃの」

びしょ濡れの左内が目の前にいるせいか、猛暑も和らいだ気がした。青天と白い雲を映しながら、ゆったりとさざめく水の庭も、目に清々《すがすが》しい。

「わが殿に開国論へ考えをお改めいただき、藩是《はんぜ》を正反対とするには、今しばしの時を要しましょう。その間に私は服を乾かしながら、涼しゅうしていられます。汗まみれで暑苦しい私をご覧遊ばしておるより、殿のお心地もよろしいはず」

キラキラと澄んだ左内の大きな瞳は、まじろがずに慶永を捉えていた。

「鈴木と中根が申した通り、その方は面白き男のようじゃ。されど、まさか主君の前で濡れ鼠とはのう……」

「松平慶永公を藩主に仰いでよりこの方、福井藩は大きく変わり、悪《あ》しき旧弊も改められて参りました。日本が沈みかけておる今、己が衣さえ絹から綿に変えられし賢侯《けんこう》にとって、たかだか一藩士の身なりなど、この池に遊ぶ鯉の髭《ひげ》の長さを云々するようなもの。殿も如何《いかが》。ご政道のわずらわしき愚見を洗い流せば、さっぱりいたしまするぞ」

しゃあしゃあと誘ってきた。

慶永は「節倹《せっけん》こそ武士の常行《じょうぎょう》なり」と公言して藩是とし、自ら率先して綿を着た。確かに、姿形《なり》で人物は決まらない。だが慶永は、御三卿《ごさんきょう》のひとつ田安《たやす》家から、徳川第一の親藩《しんぱん》たる越前松平家に迎えられた身で、世が世なら将軍ともなりうる血筋だ。

「徳川親藩の大名がさような真似《まね》もできまいて」

苦笑する慶永に対し、左内が居住まいを正した。

「幕府では長らく譜代《ふだい》が政《まつりごと》を専断し、たとえ英主であろうと、親藩、外様《とざま》である限り、幕政の蚊帳《かや》の外に置かれて参りました。太平の世ならいざ知らず、今は陳腐なしきたりに縛られておる時ではございませぬ。いざ、殿も乱世に飛び込まれませ」

（なるほど、そういうことか）

左内が水の庭へ飛び込んでみせた真の理由に、慶永はハタと気づいた。

かねて幕政は、将軍家の家臣である譜代大名と幕臣団により独占され、外様は言うに及ばず、親藩も口出しできなかった。徳川一門の同族だからこそ、将軍家を差し置いて力を持たぬよう、長年守られてきた伝統である。ゆえに慶永も、例えば老中《ろうじゅう》にはなれない。

左内は未曽有《みぞう》の国難に際し、因襲《いんしゅう》の束縛を破るべしと訴えるため、わかりやすく奇矯《ききょう》な行動に出、身をもって進言したわけだ。

「言うは易いが、あいにく今のわが藩に、世を動かす力なぞない」

十八年前、慶永が十一歳で藩主となったころ、福井藩では火事に洪水、風雪、疫病、さらに凶作まで続いて領内の疲弊が極みに達し、借財は実に九十万両超に膨れ上がっていた。お国入りして巡検した際、貧窮に喘《あえ》ぐ民が常食する稗団子《ひえだんご》を口にしてみたが、余りの不味《まず》さに食べられなかった。

慶永は国を、民を豊かにせんと心底から願い、藩主の手元金をただちに半減、朝は香の物、昼は一汁一菜、夜は一菜と自らも徹底的に切り詰め、藩士たちの俸禄《ほうろく》も半分にして、歳費を四分の一まで激減させた。

「わが殿の清貧《せいひん》は百も承知なれど、出を減らすだけで、民は豊かになりませぬ」

「何じゃと？」

左内の口ぶりに嫌みはないが、慶永の心中は穏やかでなかった。襲封《しゅうほう》以来どれほど悩み、幾つもの手を打ってきたか、一蘭方医の身では何も知るまい。

「権臣《けんしん》国政を専《もっぱ》らにし、腐敗せる藩政を、殿は見事に一新なさいました」

慶永の内心を察したように、左内は爽やかに微笑《ほほえ》む。

「天保《てんぽう》十年（一八三九）二月には、向こう三ヵ年の俸禄を半減。三月には、同じく三ヵ年の扶持《ふち》米の借用を令し……」

藩が悪戦苦闘してきた財政改革の歴史を、左内は経でも読むように諳《そら》んじてゆく。

慶永自身も覚えていない瑣末《さまつ》な施策まで、その場で見ていたように語り続けるのだ。

（この男の頭の中は、どうなっておるんじゃ……）

半ば呆《あき》れながら、慶永が池のほうへわずかに視線を逸《そ》らすと、身を乗り出す左内の後ろの板張りの上を、鮮やかな黄緑の蟷螂《とうろう》が鎌首をもたげながらゆっくりと歩いていた。

左内はまだ、気づいていない。

「されど今日に至るも、わが福井に、目に見える成功はございませぬ」

耳が痛いが、その通りだ。

藩内守旧派の抵抗に加え、海防のための洋式兵制の導入に伴い、支出が激増した。慶永の血の滲むような節倹の努力は、空回りを続けている。

「日本を守るためには、金が要る」

内患外禍《ないかんがいか》に喘ぐ幕府の屋台骨《やたいぼね》が、かつてなく揺らいでいた。雄藩の藩主として、徳川の連枝家《れんしか》門《もん》として、慶永が現状を座視するわけにはいかぬのだ。

「然《しか》り。福井と日本の大事のため、殿は惜しげもなく金を注《つ》ぎ込んで来られました。弘化《こうか》四年（一八四七）六月には西尾教寛《にしおのりひろ》、教敏《のりとし》父子を下曽根金三郎《しもそねきんざぶろう》の門に遣わして西洋流砲術を習わしめ、嘉永《かえい》元年（一八四八）八月には洋式大砲四門を鋳造し……」

今度は、逼迫《ひっぱく》する藩財政の下で、慶永が歯を食い縛りながら実行してきた兵制改革の歴史が、武器調達の仔細《しさい》を含めて淡々と列挙されてゆく。なるほど亡き鈴木は左内の人物を信じ、すでに諮っていたわけか。

「とどのつまりわが藩は、減らすより多く支出しております。国産を奨励したとて、それが藩財政のために過ぎぬなら、真に国は富みませぬ。福井藩を名実ともに雄藩とすべく、これよりは『制産《せいさん》』を断行なさいませ」

耳慣れぬ言葉は、左内の造った新語らしい。

「志と才覚ある民に資金を貸し付け、海外で売れる生糸・蚕種紙《さんしゅがみ》・茶などを作らせまする。藩の責任で買い上げ、売って得た益《えき》を民に還元すれば、競って生産を増やしましょう」

さらに城下には、領内産物の生産・流通・販売を管理する「産物会所《さんぶつかいしょ》」を開設して「制産方頭取《せいさんかたとうどり》」に管轄させ、領内の豪商・豪農にも参画させる。開国を見据えて長崎にも貿易の拠点を置き、外国に輸出するという。

左内は尽きぬ泉のごとく、殖産興業の具体策を次から次へと披瀝《ひれき》した。

「先だって中根様に上申いたしましたが、私は日本のため、蝦夷地《えぞち》の開発に携《たずさ》わりとう存じまする」

その口からは、欧羅巴《ヨーロッパ》諸国と日本の地名人名が、まるで左内が実際に訪れ、会って話してきたごとくに飛び出してくる。広い視野で雄大な構想を開陳する一下級藩士の弁は、江戸城の御用部屋で老中から聞くような高所に立った具体案だった。

「蝦夷も大事じゃが、まずは足元よ。その方に任せておる明道館《めいどうかん》の塩梅は如何じゃな?」

慶永は二ヵ月前、鈴木の遺言を受けて、左内を江戸から福井へ戻し、明道館の改革に当たらせていた。

福井は藩祖結城秀康《ゆうきひでやす》以来、武を尊ぶ藩風で文が振るわず、学問も空論を弄ぶだけで、世の役に立たなかった。ゆえに昨年三月、鈴木らの建議に従い、福井城三ノ丸に藩校「明道館」を創建した。十五歳以上の藩士子弟一千八百余名が入学したのだが、良き師範に恵まれず、浅い見識を振りかざして喧嘩腰《けんかごし》で国是《こくぜ》を論ずる嘆かわしき場と堕《だ》していた。

「田畑の作物と同じく、教育は幼時より、よき師がよき場所で施すべし。されど、いずれも全く足りませぬな」

左内は品定めでもするように屋敷の中を見回した後、中腰になって御座ノ間から、隣の御次《おつぎ》ノ間《ま》、櫛形ノ御間、さらに御廊下のほうまで見通している。

師範たちはともかく、明道館は家臣の屋敷を御用地として建てた。何が足りぬと言うのだ。

「いつ頃、目処《めど》がつく?」

多少の不機嫌を隠さずに問うと、左内が大きな頭を傾《かし》げた。

「さてさて。あいにく明道館の師範には、新しき物事が苦手で、悪弊《あくへい》を引きずる御仁が多うございまする。私がただの講究師《こうきゅうし》同様心得《どうようこころえ》のままでは、空論を排して有用の大材を生み出すまで、あと十年、二十年はかかるかと」

何と悠長な話か。眉をひそめる慶永に、左内は言い放った。

「私めを学監《がっかん》に任じ、万事を委ねられませ。されば一年足らずで、藩士たちが浩然《こうぜん》ノ気を養う場として、明道館を蘇《よみがえ》らせてご覧に入れましょう」

慶永は内心で唸《うな》った。

孟子《もうし》は道義を身につけて得られる生命の活力として「浩然ノ気」を説く。左内の掲げる理想は慶永のそれと合致するが、二十三歳で学監とは余りにも若い。藩主とて好き放題にはできぬが、左内の力を試したいと思った。もしも明道館の改革に見事成功したなら、さらに大きな仕事を任せてみたかった。

「ひとまずその方を、近々にも幹事兼側役支配《かんじけんそばやくしはい》に任ずる。学監の件は思案しておこう」

「承知。されど、福井藩の復活は容易きこと。懸念はむしろ日本でございまする」

小気味良いほどの大言壮語の後、左内がにじり寄ってきた。服はだいぶ乾いていて、香ばしい汗と水の匂いがした。

「今は挙国一致こそが肝要。新しき公方《くぼう》様の下、わが殿、水戸公、薩摩《さつま》公が国内事務方として事に当たられませ。外国事務方として肥前鍋島《ひぜんなべしま》公、補佐に川路《かわじ》、永井《ながい》、岩瀬《いわせ》殿の三名を。蝦夷地は枢要の地なれば、宇和島の伊達《だて》公、土佐の山内《やまのうち》公を充てて大いに開発し……」

堂々と腹案を開陳する左内の姿に、慶永は老中の阿部正弘《あべまさひろ》を重ね合わせた。

阿部もまた、欧米列強に対抗するためには挙国一致で臨む必要があり、親藩・外様大名の力を借りるべしと訴えていた。それにしても、一介の藩士がこれほどの卓見を持ち、幕府の情勢をかくも正確に把握し、日本が進むべき道を腹蔵《ふくぞう》していようとは……。

「聖人南面《せいじんなんめん》して天下を聴き、明《めい》に嚮《むか》ひて治む、と申します。親藩たるわが福井藩が大いに力を持ち、名君が南面なさる時、必ずや天下も治まりましょう」

左内は易経《えききょう》・説卦伝《せっかでん》の文言を引き、慶永が北の福井から京、江戸へ乗り出し、開国論で事態を収拾すべしと説いた。左内はまた孟子を引き、「王者の道は民を安んずるにあり」とも言い切った。

「わが福井の東尋坊《とうじんぼう》は天下の絶景なれど、崖から落ちれば命取りとなりましょう。今、日本は一歩一歩、東尋坊へ向かってひた歩んでおりまする。されど進むべきは、逆の方向でござる」

鎖国攘夷が国を崖っぷちへ向かわせている。わかりやすい譬《たと》えだ。

「種痘《しゅとう》を用いるまで、日本では不幸にも多くの民が疱瘡《ほうそう》により命を落としておりました。種痘は西洋から学びし病との戦い方でございまする」

慶永も、種痘の入手につき幕閣と交渉したから、事情はよく知っている。

左内は福井藩種痘所の設置と小児への種痘にも貢献し、三年前には藩から慰労の辞を与えられていた。

鈴木によると、左内は適塾にあった頃、夜半ふらりといなくなった。不審に思った塾生たちが、女遊びでもしておるかと左内の後をつけたところ、橋の下に住む貧者たちの病を診《み》てやっていたと知り、深く恥じ入ったらしい。

「紀州藩の華岡青洲《はなおかせいしゅう》は、蘭方医学を修めた師に学んで優れた外科術を編み出し、弟子を育て、数多くの命を救いました」

左内の亡父、橋本長綱《ながつな》も青洲の弟子であり、外科に優れていた。医術は秘伝として子へ伝えられるから、左内もその技を受け継いでいる。二年前に福井における師、吉田東篁《よしだとうこう》の老母の乳癌《にゅうがん》を手術し、その命を救った話は城下に知れ渡っていた。福井では漢方医が本道であり、外科は雑科として蔑視されてきたが、左内ほどの技量を持つ藩医はいまい。

「青洲の偉業は日本が西洋より学び、さらにその先へ行った好例と申せましょう」

慶永はこれまで様々な論客と談じてきたが、医学に依拠した開国論は初めてで、新鮮だった。

「暑ければ、冷たい水を浴びるべし。強き者に勝ちたくば、強き者から学び、自らも強くなればよいのでございます。今日これより、福井藩の藩是は開国。よろしゅうございまするか？」

畳み掛けてくる左内の直截《ちょくせつ》な問いは、保身や利害打算とはまるで無縁だ。裏にも表にも、私《わたくし》がない。

左内は目を見開き、大きな瞳で藩主を見つめていた。

慶永も、初対面の藩士を見つめ返す。

水の庭を渡る涼風が、御座ノ間に流れ込んできた。

睨《にら》み合いながら、左内と会ってからの議論をゆっくりと反芻《はんすう》してみた。

いちいち腑《ふ》に落ちることばかりだった。

左内の発した言葉の数々は、数年来抱いてきた種々の思索と綯《な》い交《ま》ぜになって、慶永の頭の中を掻《か》き回した。だが今、霧が少しずつ晴れるように、澄んだ視界が眼前へ現れつつある。

実は左内に会う前から、慶永の攘夷論は揺らいでいた。

薩摩藩主の島津斉彬《しまづなりあきら》や老中の阿部らと話し、幕府がオランダ商館長に提出させた『オランダ風説書《ふうせつがき》』を通じて西洋事情を知る中で、鎖国攘夷は机上の空論ではないかとの疑念を抱いた。だが、今までの自分を完全に否定するに等しい転向に躊躇《ちゅうちょ》を覚え、ふん切りがつかないでいた。一度転向したなら、もう戻ることはありえまい。ゆえに十二分の思案が必要だった。

左内の説得にほとんど反発を覚えなかったのは、その爽やかな人柄もあるが、慶永が内心では誰かに説得されたかったからかも知れない。反駁できないほど鮮やかに、完膚なきまでに。必要なのは、迷える慶永の背を最後にひと押ししてくれる、誰かとの出会いだったのではないか。

ブンと乾いた翅音《はおと》がして、先ほど目についた蟷螂が飛び立ち、左内の頭の上にとまった。

それでも左内は、眉ひとつ動かさず、正座した膝に両手を置いたまま、真正面から慶永を見ている。

すでに議論は尽きていた。左内は無用の言説を付け足すことなく、静かにじっと慶永の言葉を待ち続けている。

対峙《たいじ》する二人が沈黙してから、四半刻近くも経《た》ったろうか。

「左内、頭に蟷螂がとまっておるぞ」

「御意。されど、今は天下の大事にござれば」

左内の頭上を気に入ったのか、蟷螂がのそのそと歩いている。

「こそばゆくはないのか」

「畏れながら、いささか」

なお見つめ合っていたが、慶永が覚えず吹き出すと、左内も同時に破顔一笑した。

驚いた蟷螂が、慌ててどこぞへ飛んで行く。

二人の笑いがようやく収まると、透き通って輝く左内の双眸《そうぼう》を見つめながら、慶永は頷《うなず》いた。

「よかろう。わが藩は今日をもって、開国論に立つ」

左内は喜ぶというより、むしろ安堵《あんど》の顔つきをした。

「さすがは、世評《せひょう》に違《たが》わぬ名君でおわします。面子《めんつ》にこだわる暗君なら、一藩士ごときの進言に、かえって頑《かたく》なになるもの。実は殿にお会いして、噂《うわさ》ほどのお方でなければ、折を見て脱藩しようかと思案いたしておりました」

「ふん、申すわ」

慶永はたまらず、笑った。

この会見で、二人は互いに相手の品定めをしていたわけか。歯の浮く世辞なぞ口走る男ではない。左内もまた、慶永に賭けると決めたのだ。

「余は当今《とうぎん》を敬いつつ、徳川宗家《そうけ》のもとで、日本を守りたい」

「殿が私を用いられれば、福井藩は大きく飛躍し、天下を動かす主役たりえましょう」

慶永はできると思った。何でもやれそうな気がした。

願望ではない。確信に支えられた大志であり、全身から湧き上がってくる渇望だ。

さらに時を忘れて開国通商について語り合ううち、夏の長い日も傾き、左内の衣服もすっかり乾いた。この若者と話していると談論風発《だんろんふうはつ》、楽しいだけではない。何やら元気が湧いてきた。これが「浩然ノ気」やも知れぬ。福井藩きっての蘭方医は、心を癒《いや》す術も会得したのか。

水の庭から吹く夏の夕風がかくも心地よいのは、左内がいるからだ。

「左内よ。この屋敷の月見《つきみ》ノ間《ま》から見る望月《もちづき》は、格別でな。白山《はくさん》の山並みから昇り、庭池にその姿を映して、池の向こうへ沈む。お前と酒を酌《く》み交わしながら、じっくりと国事を論じ合いたいものじゃ」

慶永が歩み寄って親しく肩へ手を置くと、左内は恐懼《きょうく》して両手を突いた。

「名君にお仕えできる私は、天下一の幸せ者にございまする」

今日初めて会ったはずなのに、左内が十年来の知己に思えた。

太平の世であれば、大藩の藩主と蘭方医として、ろくに言葉も交わさぬまま、それぞれの生涯を終えたろうか。だが、激動する乱世が、二人の絆《きずな》を欲したのだ。

「蛟竜が水の庭で溺れかけた一件は、余とお前だけの秘密じゃな」

「髷に南天の葉がくっ付いておりましたことも、どうかご内密に」

また二人で声を立てて笑った。いい笑顔だ。若者の純な心がそのまま表れていた。

これからは、橋本左内が松平慶永の眼となり、手足となるのだ。左内となら、混迷の日本を救える。

水の庭のさざ波に反射する橙《だいだい》の陽光が、御座ノ間の天井と壁を照らしながら、陽炎《かげろう》のようにゆらゆら揺れていた。

3

――明治十七年（一八八四）厳冬

まばらな初雪が、昼下がりの福井にちらつき始めた。

久しぶりに福井入りした松平慶永改め春嶽《しゅんがく》は、何を差し置いてもここへ来たいと考えていた。

御泉水屋敷改め「養浩館《ようこうかん》」御座ノ間の障子を開けると、雪の欠片《かけら》をまといながら、張り詰めた寒風が水の庭から入ってきた。

漏らす息がたちまち白くなる。

対岸には、青白い笏谷石《しゃくだにいし》で造られた七輪石塔の近くで、古びた手漕ぎ舟が所在なげに揺られていた。

この池中に、蛟竜はもういない。

橋本左内は結局、竜として天翔《あまが》けることなく、短すぎる生涯を終えた。

縁側に立つと、たとえ真冬でも、あの炎暑の夏を思い出す。いや、むしろ春嶽は、左内を想《おも》うためにこの別邸へ来たのだろう。幕末維新の大乱世において、左内さえ傍《そば》にあったならと、幾度《いくど》口惜《くちお》しく思ったことか。

あの初引見から約三十年、春嶽もじきに還暦を迎えるが、記憶の中の左内はいつまでも若いままだ。左内を想うたび、やるせなさで胸が苦しくなる。だから、どんな美酒もさして旨《うま》いとは思えなかった。春嶽は深い悔みと切なさを心に抱えながら、生煮えの人生を終えるのだろう。

幕末の嵐の中、志士たちは暗殺や戦で次々と斃《たお》れ、維新の元勲《げんくん》たちも相次いで世を去った。左内と共に将軍継嗣《けいし》問題に奔走し、肝胆相照《かんたんあいて》らす仲となった西郷隆盛《さいごうたかもり》も、七年前の西南戦争で自刃した。西郷が死の間際まで持ち歩いていた革の手文庫の中には、左内が送った昔の手紙が宝物のように収められていたらしい。

あの時代の生き残りたちが、死せる侍たちの屍《しかばね》の上で顕官《けんかん》となり、栄達を極めている。福井藩では、これから会う三岡石五郎《みつおかいしごろう》改め由利公正《ゆりきみまさ》も、紆余曲折《うよきょくせつ》はあれ、その一人だろう。今日は由利も珍しく帰福しており、春嶽に挨拶したいと申し入れてきたため、養浩館へ来るよう伝えさせていた。

由利の重用は、左内の進言によった。

――人間自ら適用の士あり。天下何ぞ為《な》すべきの時無からん。

人には必ずふさわしい仕事と任務がある。何人《なんぴと》も天下に活躍すべき時があるはずだと、左内は適材適所を訴えていた。自身については、日本の重い病を治す大医たらんと誓いを立てたと言い、一人の人物を推挙したのである。

――わが藩にも人あり。江戸で西洋流砲術を学びし西尾殿の弟子にて、三岡石五郎なる者、いささか灰汁《あく》が強うございますが、なかなかに使える男。されば、兵器製造所頭取に任じられませ。いずれは明道館の兵科掛《へいかがかり》として、後進の指導に当たらせとう存じまする。

左内の目に狂いはなく、由利は持てる力を藩のために大いに発揮した。

だが、すべては過ぎ去った昔話だ。

(そう言えば、御座ノ間の柱には猫がおったな)

春嶽はふと思い出し、あの日左内が嬉《うれ》しそうに指差した柱の中ほどを見て、目を疑った。白猫と向かい合って、何かがいるのだ。黒猫にも見えた。墨で描かれたとすれば年季が入っているが、経年による染みであろうか。

「お殿さま、お部屋の塩梅はいかがでございましょうか？」

白髪交じりのつぎが、御座ノ間へ火鉢の具合を確かめに来た。怪訝《けげん》そうな顔つきは、しっかり温《ぬく》めていたはずなのに、春嶽が縁側から寒風を取り入れる様子を見て、不審に思ったからだろう。

柱の黒猫について尋ねようと思ったが、些事《さじ》と考え、やめた。

「つぎのおかげで、すこぶる良いぞ。今日は筆が進みそうじゃ」

養浩館へ来ると、つぎは今でも甲斐甲斐《かいがい》しく世話をしてくれる。

「猫が喧《やかま》しくはございませんか？」

また猫か。つぎによると、いつしか屋敷に住みついた白猫がいるらしかった。

確かに時々鳴き声がする。春嶽も一度姿を見かけたが、小ぶりな体で混じりけのない真っ白な毛並みをしていた。

「気にはならぬな。あの猫にとっても、この屋敷は居心地がよいのであろう。好きにさせてやるがよい」

「夫と屋敷の者たちに申し伝えます。夕餉《ゆうげ》は召されぬと仰せでしたが、まことに酒肴《しゅこう》のみでよろしゅうございますか？」

心配顔でつぎが尋ねてくる。

春嶽は昼餉《ひるげ》の後、食欲がないゆえ夕餉は要らぬと言ってあった。

「余ももう、若《わこ》うはないでな」

つぎ、つぎが畏《かしこ》まって去ると、春嶽は文机《ふづくえ》に向かう。

初夏から書き始めた『雨窓閑話《うそうかんわ》』の続きだ。春嶽が見聞きした偉人傑士の奇行や逸話を記している。だが、ほとんど何も成しえぬまま、二十六歳で処刑された悲運の福井藩士を覚えている者など、明治の世にごくわずかだろう。

果たして左内は、あの夏ここで断言してみせた通り、短時日《たんじじつ》で明道館の改革を矢継ぎ早に成し遂げていった。

翌正月、学監同様心得《がっかんどうようこころえ》に任じられるや、左内は幼い子弟のために、城下に外塾《そとじゅく》を設けて素読をさせ、領内の粟田部《あわたべ》と松岡にも学塾を開いた。「講武館」を作って藩内の諸道場を併合し、算科局を設けて算術を修めさせ、町人たちにも教導師を派遣した。さらに、学生の賞典・考課の次第や他国への留学規定を定め、熊本の名士横井小楠《よこいしょうなん》の招聘《しょうへい》交渉を開始し、洋書習学所を設立して兵法、器械術、物産、水利、耕織などの諸術を学ばせた。

寝食を忘れ、率先して改革を断行してゆく左内の迸《ほとばし》る熱意、恐るべき博識と適材適所の人事により、春嶽の求めていた藩校が福井に出現したのである。

初引見から一年、待ち切れなくなった春嶽は、左内を江戸へ呼び、侍読兼御内用掛《じどくけんごないようかかり》に任じて傍らに置いた。時の将軍徳川家定《いえさだ》の継嗣を一橋慶喜《ひとつばしよしのぶ》とする活動のためだった。病弱凡庸《ぼんよう》な家定では、混迷を深めてゆく難局を乗り切れるはずがなかったからだ。

「開国通商により国を富ませるべし」との福井藩の建議書も、左内が書いた。

幕藩体制を保持しつつ、親藩・外様大名が幕政に参加する挙国一致の政を、左内は考案していた。日本国をあたかも一つの家のように捉え、守ろうとしたのである。左内は邪教として国禁とされたキリスト教を排撃せず、単身来日したアメリカ総領事ハリスの胆力を称賛さえした。今思えば、左内はあの若さで時代の十年、二十年先を歩いていた。

当時、将軍の継嗣は、家定の従弟《いとこ》にあたる紀伊《きい》の徳川慶福《よしとみ》（後の十四代将軍家茂《いえもち》）と水戸の徳川斉昭の七男である一橋慶喜の二人に絞られていた。血筋では慶福が勝るが、いかんせん幼少だった。親藩福井の藩主として、春嶽は徳川宗家と日本のため、年長で英明な慶喜が将軍に相応《ふさわ》しいと見た。「蘭癖《らんぺき》」と呼ばれるほどの開明派老中、堀田正睦《ほったまさよし》らと連携し、賢侯と名高い島津斉彬と手を携え、御台所《みだいどころ》からも説かせるべく斉彬の養女篤姫《あつひめ》を将軍に嫁がせた。慶喜の下で雄藩の藩主が力を合わせて、国難を乗り切ろうと考えたのである。

江戸常盤橋《ときわばし》の福井藩邸で腹案を開陳した際、左内は「日本を守るため、国内の人心を統一して旧弊を一洗《いっせん》すべし」と春嶽に応じ、将軍継嗣運動に賛同した。

〽　春嶽と　按摩《あんま》のような名をつけて
　　上を揉《も》んだり　下を揉んだり

後に江戸で流行《はや》った戯《ざ》れ歌のように、春嶽は一橋派の中核として策動した。幕閣、朝廷と雄藩の間を周旋《しゅうせん》し、内戦を避けつつ挙国一致で日本を外国から守ろうとした。幕臣の川路聖謨《としあきら》は当初一橋派への協力に難色を示したが、春嶽の命を受けた左内に説伏《せっぷく》され、助力に同意した。左内の鋭い弁論で、ほとんど半身を切り取られたようだったと、川路は漏らしたという。

政だけではない。春嶽はしばしば左内と昼夜を共にした。ある時、江戸藩邸の春嶽の部屋のすぐ下に野良猫が住みつき、その鳴き声と糞尿《ふんにょう》の臭いに悩まされた。家人が追い払っても、またやってくる。困り果てて左内に相談すると、「私から話してみましょう」とまじめな顔で応じたのだが、果たして数日後には猫がいなくなった。尋ねてみると、左内が猫を躾《しつ》けて、今は行儀よく屋敷の林に住んでいるらしい。鼠捕りにも役立つのでお許しをと、左内が猫に代わって懇願してきたものだった。

交渉条件が朝廷による通商条約の勅許《ちょっきょ》と密接に関わってくると、春嶽は懐刀《ふところがたな》の左内を京へ遣わした。「京地の事は左内が思わん様に計らうべし」とまで家臣たちに命じ、八面六臂《はちめんろっぴ》の活躍をさせたのである。左内もしばしば要人への直書をしたためるよう春嶽に求め、その下書きまで示してきた。

あの頃、春嶽と左内は一心同体だった。橋本左内という自らの分身が京を、江戸を縦横無尽に駆け巡っていた。

春嶽は左内に諮って、政敵井伊直弼《いいなおすけ》の失脚を目論み、慶喜と春嶽による幕政参与を勝ち取ろうとしたが、あと一歩の所で政争に敗れた。井伊は大老《たいろう》となって大権を握るや、一橋派の弾圧と粛清《しゅくせい》を開始した。春嶽は隠居謹慎《いんきょきんしん》を命ぜられ、左内も捕縛された。

春嶽も左内も、日本のため「天下の公論」を通そうとしただけで、後ろ指を差されるような真似は何もしなかった。度重なる糾問《きゅうもん》に対し、左内は福井藩が幕府の藩屏《はんぺい》として公明正大なる周旋を行ったのみであり、「俯仰《ふぎょう》天地に恥ずるところなし」と、正々堂々抗弁した。理路整然たる反駁に遭《あ》った幕吏は沈黙した後、「善きことなり」と漏らしたと聞く。

だが左内は、主君を諫《いさ》めることなく、軽輩《けいはい》の身で将軍継嗣推挙という重大事に関わった非が

「公儀を憚《はばか》らざるいたし方」であるとして断罪された。奉行たちの評定では「遠島《えんとう》」とされ、老中たちも承認していたところ、井伊が特に付け札をして罪一等を加えたという。一橋派の首魁《しゅかい》であり、最大の政敵たる春嶽自身を処断できぬ代わりに、その手足に等しい左内を奪い、見せしめとしたわけだ。裃《かみしも》を取られ左右の手を縛された左内は、咎人《とがにん》の駕籠《かご》で伝馬町《てんまちょう》の獄へ入った。春嶽が救命の手立てを講ずる暇もなく刑刃《けいじん》に倒れ、二十五年と七ヵ月の短い生涯を終えたのである。

後で知った話だが、冤罪《えんざい》による賜死《しし》を悟った左内は、処刑前日まで福井藩士に密書を送り、春嶽の連座を回避しようと尽くした。獄から評定所へ送られる途中、常盤橋の福井藩邸前を通過する際、駕籠の中で春嶽に向かって平伏し、永別を告げていたと聞く。

「口惜しや……」

心の乱れのせいで苦吟して、春嶽はひとまず筆を置いた。

親藩大名である春嶽も、主君への忠義篤《あつ》い左内も、幕府に対し毫《ごう》も反逆の意図を持っていなかった。福井藩は藩祖の遺訓により、事あらば徳川宗家の支持擁護に死力を尽くす藩だった。井伊は明らかに敵を間違えていた。一橋派と尊王攘夷派を粛清した安政の大獄こそが、かえって後の反幕、倒幕の流れを作ったのだ。

歴史を振り返るに、慶喜は畢竟《ひっきょう》保身の人であり、将軍の器ではなかったと春嶽は思う。だがそれでも、もしもあの時、政争に勝ち、慶喜を十四代将軍となし得ていたら、橋本左内は生きてあり、日本建国以来の国難に際し、春嶽の右腕として活躍したに違いなかった。

雪冤《せつえん》かなわず、左内が伝馬町牢舎の庭で露と消えたあの日以来、春嶽は常に己を責め苛《さいな》んできた。維新直後こそ民部卿《みんぶきょう》・大蔵卿《おおくらきょう》などを歴任したものの、まもなく辞し、隠居した。心を覆い尽くすほろ苦さに耐えられなかったせいもある。何事も心底楽しめぬのは、左内を無為に死なせた心の傷が、胸の奥底でなお疼《うず》いてやまぬからだ。どうやら周りも気づいているらしく、いつしか春嶽には左内の話を控えるようになった。

左内はその短命の人生で妻を持たず、子もなかった。

蛟竜は天翔ける前に、ただ左内をよく知る者たちに、深い悲嘆と爽やかな思い出だけを遺《のこ》し、帰天した。

藩再興にかかる左内の構想はその死後、左内が招聘を進めていた横井小楠と、莫逆《ばくぎゃく》の友であった由利公正により、実現された。

横井は明道館で講じて人材を育て、また『国是三論』を著して藩の目指すべき富国強兵策を練り上げた。由利は左内の遺志を継ぎ、制産方頭取となって外国貿易にも参入し、殖産興業と富国強兵に邁進《まいしん》した。

力を手にした福井藩は、幕末の政争に幾度も介入を試みた。春嶽は新設の政事総裁職《せいじそうさいしょく》となり、薩摩藩と渡り合い、慶喜を将軍とするなど奮闘した。だが、春嶽も福井藩も結局、大事を成しえなかった。守ろうとした徳川幕府は消滅し、内戦も止められなかった。やることなすこと悉《ことごと》く裏目に出る展開に、左内さえ生きてあればと、春嶽は何度歯軋《はぎし》りしたろうか。

新政府を作って、華族となり、第十五銀行や学習院の設立などにも関わったが、春嶽がした気の利いた真似は、せいぜい新元号を提案したことくらいやも知れぬ。「明治」の二文字も、あの日の左内が引用した易経の言葉「明に嚮《むか》ひて治む」を思い出して選んだものだ……。

「お殿さま、由利さまがお越しにございます」

老いても朗らかなつぎの声が、隣の間から聞こえてきた。

4

上等な背広姿の由利公正は笑顔で現れ、「殿、お久しゅうございます」と御座ノ間で両手を突いた。

「いよいよ降って参りましたな。郷里とは申せ、齢《とし》を取ると久しぶりの福井の寒さが身にこたえまする」

春嶽が障子を少し開けて覗《のぞ》くと、いつしか庭がうっすら雪化粧をしていた。

小さな白い欠片が花びらのように舞い、水面へ落ちては消えてゆく。

人の一生も所詮、雪片のごときものか。

近況を尋ねると、由利が朗々たる調子で報告を始めた。目立ちたがり屋なぶん、いつも元気溢《あふ》れる男だ。五箇条の御誓文《ごせいもん》の原案を作り、太政官札《だじょうかんさつ》を発行して新政府の財政を支え、藩閥政治の中で苦しみながらも、民撰議院《みんせんぎいん》設立の建白書に名を連ねるなど活躍してきた。来たる一月には元老院議官に再任される見込みらしい。

立身出世した者たちに会い、栄達の様子を聞くたび、春嶽はあの時代に、若くして逝った志士たちを切なく思い起こしてしまう。そうすると、やりきれぬほどほろ苦い思いが、濃霧のように胸中に立ち込めてやまぬのだ。

鬱々《うつうつ》たる気持ちで口をつぐんでいると、由利がぽそりと漏らした。

「もしも橋本左内が生きてあれば、齢《よわい》五十一。今ごろ、どこで何をしておりましたろうか……」

由利の口から「左内」の名が出て、春嶽は少し意外に思った。親しき友とはいえ、四半世紀も昔に世を去った過去の人間だ。

「なぜ今ここで、左内を想う？」

由利が愛らしい幼子でも慈《いつく》しむように優しげな顔になった。

「その昔、このお屋敷で春嶽公に初めてお目見《めみ》えした折の話を、左内から聞きました。何があったかは一生涯の秘密なれど、わが主君に命を捧《ささ》げんと誓ったと申すので、妬《ねた》ましゅうてなりませなんだ」

春嶽もあの時、左内に賭けようと、ここで決めた。若さもあって、あの頃は何でもできると思っていた。何もかもが真夏の日差しのように眩《まぶ》しく輝いていた。

「思うに任せぬ世の中なれど、己なんぞが顕職を歴任するたび、左内の死を思うて、己が心を引き締めまする。何やら思い迷う時は、左内に相談したら何と申すか、思案してみることもございます」

春嶽も同じだ。まだ心のどこかに、若き左内がいた。

「左内が死なねば、福井も日本も、われらの人生も、もっと面白かったじゃろうな」

「御意。何でも徹底してやる男でございましたゆえ」

何やら懐かしそうな顔で、由利が屋敷内を見渡している。

少しばかり妙に感じた。養浩館に来るのは初めてのはずだ。

「きっと福井藩も徳川も、明治の世も、すっかり変わっておりましたろう」

左内さえいれば、福井藩は幕末の政争にあって、重要な局面でより大きな力を行使できたに違いない。薩長土肥《さっちょうどひ》が今ほど幅を利かせる時世にはならなかったはずだ。戊辰《ぼしん》戦争の悲劇も避けられたのではないか。

だが、歴史に「もしも」は虚《むな》しいだけだ。生存を仮定して歴史の展開を論ずるには、あの若者は余りにも大きな可能性を秘めていた。

「左内は語学に堪能《たんのう》であったゆえ、日本におらなんだやも知れぬな」

「いかにも。異国に羽ばたいて、大いに活躍いたしましたろう。実に面白き男にて、いつぞやなぞは――」

途中で口ごもった由利に、春嶽が「何とした?」と水を向けると、むしろ楽しそうに身を乗り出してきた。

「兵事の革新について、明道館で頭の固いお歴々と侃々諤々《かんかんがくがく》議論しておった時の話でございまする」

兵学を修めていた由利は、藩の訓練は徹底して実用に適するものにすべしと、独り持論を展開した。例えば、どれほど発砲準備が的確にできても、行軍しただけで息も絶え絶えでは、実戦の役に立たない。月並みな調練でなく、鉄砲を携え大砲を引いて山野を駆け巡り、体の錬磨をも図らねばならぬと訴えた。ところが、ろくに話も聞かぬまま席上で笑いが起こり、「何ゆえ武士がさような真似を」「お主一人でやっておれ」「益なし」などの声が続いた。孤立無援の由利がばかばかしくなって、もう明道館を辞そうかと諦めかけた時、手を叩《たた》きながら隣室から飛び込んできた藩士がいた。

――いやぁ愉快、愉快。明道館開設以来、いまだかつて、かように活発愉快なる議論、耳にしたことなし。

不意打ちで乱入して座の空気を一変させた左内は突然、真剣な表情になった。

――不肖《ふしょう》橋本左内、三岡石五郎兵学の神髄、その一端を見極めましたぞ。

左内は大仰にのたまうと、部屋の隅に置いてあった文机を由利の前に持ってきた。

――方々の中で、誰ぞ石五郎に腕相撲で勝てるお人はおられますかな?

由利の武技と乗馬は藩でも知れ渡っており、家柄だけで師範になった者たちに勝ち目はない。それでも不戦敗は沽券《こけん》に関わるから、仕方なく一人が名乗り出た。二人はあぐらで向かい合ったが、由利は遠慮せずに相手を難なくひと捻《ひね》りした。座はますます険悪になっただけだ。

――さて、さればこれより、わが藩の導入する新しき兵学で、私が石五郎を軽く打ち負かしてご覧に入れましょうぞ。

袖まくりをしながら細い右腕を露《あらわ》にする左内を見て、由利は内心気が気でなかった。学問ひと筋だった左内が由利に勝てるはずがない。それらしく負けてやったところで、わざとだと誰でもわかる。

左内は文机の上に右肘をドンと置き、「いざ!」とあぐらを掻いて座った。机を由利のほうへ押し出しながら身を乗り出し、何やら思わせぶりに手首をくねくねさせている。皆が面白そうに二人を取り囲むなか、由利も仕方なく文机に右肘を置いた。左内の見開かれた目が、由利の間近にあった――。

「まさか、左内が勝ったのか？」

春嶽の問いに、由利は苦笑しながら頷く。

「まさしく一瞬の勝負でございました。手を組むや、左内のやあ！　という掛け声とともに、呆《あっ》気《け》なく負かされ申した」

「解せぬな。何があったのだ？」

「実は腕相撲を始める寸前に、左内が机の下で、私のふぐりを爪先《つまさき》で蹴ったのでございます」

皆の目は机の上に集中しており、左内の大げさな掛け声と上半身の派手な動きに惑わされて、机の下の一瞬の奇襲に気づかなかったらしい。由利も油断しており、悲鳴を上げながら、簡単に腕を捻られたという。

――方々、わが勝利の秘密を知りたくば、石五郎の話にとくと耳を傾けられよ。

左内は口達者だった。その後、掛け合いのように由利に問いを投げ、鍛錬のやり方などを面白おかしく語らせながら、師範たちをやる気にさせていった。

「藩内で何やら面倒があると、よく箇条書きにして左内の所へ持って参りました」

左内は由利が来るたび、「お主はまた皆の嫌がることを持ってきたのではないか？」と笑いながら話をよく聞き、正しいと判断すると、あらゆる手を駆使して藩内の調整に当たったという。

由利は警固《けいご》も兼ね、しばしば左内に随行して各地を廻《まわ》ったから、とりわけ濃密な時を共にしたはずだ。

「福井におる時は、誰にも邪魔されぬよう、土蔵の中で左内と話をしたものでございまする」

思い出を語り続ける由利の眼に、かすかに涙が光った。

春嶽が左内とじかに会い、共に過ごした日々はせいぜい三年ほどで、最後の一年は面会はもちろん、文を交わすことさえ禁じられていた。にもかかわらず、なぜ左内はこれほど心に残るのだろう。

「返す返すも惜しい男であった。こうして左内を偲《しの》ぶ者は今や、身内のほか、余とその方くらいであろうか」

由利がゆっくりと頭《かぶり》を振った。

「さにあらず。養蚕《ようさん》で奮闘中の佐々木権六《ささきごんろく》（長淳《ながのぶ》）もおれば、海軍で活躍しておる溝口辰五郎《みぞぐちたつごろう》もおりますぞ。先だって会《お》うた時は、左内の話ばかりしておりました。どうしても昔語りをしたくなるのでございます」

記憶を辿《たど》ると、佐々木は左内の親友で、溝口は明道館での弟子だったはずだ。

「他にも、例えば山本竜二郎《やまもとりゅうじろう》なる福井藩士をご記憶におわしましょうや？」

すぐには思い浮かばなかった。竜二郎は今「関義臣《せきよしおみ》」と名乗り、高等法院の陪席《ばいせき》裁判官を務めているという。

「噂を聞き、東京で酒を酌み交わして旧交を温めましたが、左内の話で時が経つのも忘れました」

竜二郎は明道館で左内の薫陶を受け、認められて幹事となった。さらに左内の計らいで江戸の昌平坂学問所《しょうへいざかがくもんじょ》で学び、後には春嶽も懇意にしていた坂本龍馬《さかもとりょうま》の海援隊《かいえんたい》に属したという。いずれどこぞの知事にでもなり、日本のために尽くしてくれる有為の人材だと、由利は口を極めて誉《ほ》めそやした。

いつしか降雪も収まってきて、どこぞで猫が元気に鳴いている。

二人の話に合いの手を入れるようにも、からかっているようにも聞こえた。

「そういえば、明道館の外塾に通う年端も行かぬ童たちが、ときに喧嘩をしましてな。私が叱り飛ばしても、言うことを聞きませぬ。ですが、ある日、収めに入った左内がうまく手なずけてしまいました」

喧嘩する童たちの間近で、猫の鳴き声がした。辺りを捜し回るのだが、どこにも姿がない。それなのに、また聞こえる。

不審がっていると、他ならぬ学監同様心得の左内が、猫の鳴き真似をしているとわかった。せがまれた左内がやり方を教えてやると、童たちが目の色を変えて群がってきた。以来、左内の言うことを何でも聞き、学問に励むようになったという。あの若者は、人を惹《ひ》きつけてやまぬ魅力を持っていた。

「ところで殿。初引見の折、このお屋敷で左内と何があったのでございまするか？」

由利が柔らかい微笑みを浮かべている。

「余と左内だけの秘密じゃ」

春嶽の答えに由利が悔しそうに口を尖《とが》らせると、二人は顔を見合わせて軽く笑った。

5

ほどなく日も暮れる。由利が辞す頃には雪もすっかり止《や》み、空はむしろ明るんでいた。

つぎに勧められて、春嶽は廊下を渡り、御湯殿《おゆどの》に向かう。浴衣姿になって、檜《ひのき》造りの狭い蒸し風呂の中へ入った。冬に汗を流すとは贅沢《ぜいたく》な話だ。

左内が最後の数日を過ごした伝馬町の牢舎は、ここよりも狭かったろうか。左内は獄中にあってもなお、獄制改革を考察する『獄制論』を著し、最後まで日本のために尽くそうとした。

死罪を申し渡された囚徒《しゅうと》を五日間預かっただけの牢名主《ろうなぬし》さえ、その人物に惚《ほ》れ込み、刑場へ向かう左内に対し、「自分が身代わりになれるものなら」と涙を拭《ぬぐ》ったそうだ。

また、あの切なさがぶり返してきた。

春嶽は握り拳を作ると、檜の壁に力なくぶつけた。

「さぞや、無念であったろう」

忘れもせぬ。安政六年（一八五九）十月七日。

橋本左内は切腹さえ許されず、無惨にも斬首《ざんしゅ》された。死に際し左内は、卑賤《ひせん》の身で春嶽の知遇を得ながらも事を成せなかったと、落涙していたらしい。死への恐れなぞではない。自らと春嶽、福井藩邸の方角を向き、福井藩が世に成しうる大事が仮に百あるとして、その一つも果たせぬまま生涯を終えることが、余りにも無念だったからだ。

左内の邪気のない笑顔を思い出すたび、胸が塞がってならぬ。

やり切れなくなって蒸し風呂から出た。浴衣を脱いで桶《おけ》の湯をかぶり、再び身なりを整えた春嶽は、心身のほてりを和らげようと、池の周りをそぞろ歩き、小亭「清廉《せいれん》」に入った。つぎが州浜《すはま》の落ち葉をせっせと拾っている。

「精が出るのう」

声をかけると、あわてて畏まった。

「すっかり雪も上がって、今宵《こよい》は良い月を眺められそうでございますね」

一日が暮れゆき、やがて月が昇る。世の理《ことわり》だ。

「せっかく御月見ノ間があるのですから、お殿さまも秋においでになれば、およろしいのに」

「こう見えて、余も暇ではないのじゃ」

嘘《うそ》だった。左内は獄中から月を見上げ、最後に何を考えたろう。そう思うと、月見などする気になれぬだけだ。

「出過ぎたことを申しました。夫がそろそろ御座ノ間のほうに明かりをご用意しておるはずでございます」

いま少し『雨窓閑話』を書いてから、寝《やす》むとするか。いや、左内の思い出で心が波立って、今宵はもう書けまい。

「昔、水の庭へ飛び込んだ男がいたのを覚えておるか？」

「忘れられるものですか。あの時はすっかり濡れ鼠になっていらして」

たちまち笑顔になったつぎの自信たっぷりの即答を、春嶽は嬉しく思った。だが、つぎは左内の偉才を、本来なら果たしていたはずの事の大きさを、何も知らぬ。橋本左内は蛟竜のまま逝き、何も成しえなかったのだから。

「それに景岳《けいがく》先生は、わたくしと娘の命の恩人でございますもの」

つぎは自慢するように付け足してきた。左内の号「景岳」の響きが、春嶽には懐かしかった。

「どういうことじゃな?」

「実は、わたくしの末娘が逆子《さかご》だったのでございます」

明治の今でも、逆子の場合、赤子はもちろん母親まで命を落とすことが少なくなかった。初引見の年の暮れ近く、つぎがひどい陣痛に苦しみ、産婆《さんば》では手の施しようもなく、命まで危ぶまれた時、明道館の左内が急遽《きゅうきょ》呼ばれたという。

非常の場合に、妊婦の腹を切開して赤子を取り出す試みは、すでに日本で行われていた。左内は持てる医術を駆使して、母子の命を救ったのだ。

「その娘も、息災か?」

「はい。わたくしと同じ子だくさんで、子を六人も産みました。まだまだ産みそうでございますけれど」

そうだった。橋本左内は二十二歳まで藩医として生きた。

左内が貢献した福井藩での種痘も同じだ。生かされた当人は気づいてもいまいが、左内に救われた者たちは数多くいる。そして左内の救った命が、さらに幾つもの新しい命を生み出し続けているのだ。この、今も。

「うちの婿は、近所じゃ有名なやんちゃ坊主で、喧嘩ばかりしておりましたけれど、景岳先生の薫陶を受けて以来、明道館の外塾でしっかり算術を学んだんじゃと、常々自慢しておりますよ。

今では、生糸を手堅く商っております」

福井藩が作った長崎の貿易拠点「福井屋」で、由利公正のもと生糸の輸出に携わっていたという。福井の殖産興業を支えてきた、名もなき民の一人だ。

左内は明道館を差配していた頃、士分卒分でない者でも吟味の上、志さえあれば入学を許した。算術を学ぶ町人の子弟も多かった。左内の作りあげた学制が、福井の優秀な人材を着実に生み出していたのだ。

ふっと、春嶽の心が軽くなった。

左内がいなければ、決して生かされなかった命がある。左内のおかげで人生を変え、進むべき道を選び、立派に生きている者たちがいる。

幕末維新の志士としての左内は、ほとんど何も成しえぬまま斃《たお》れた。だが藩医としても、学監同様心得としても、あの若者は持てる才を全うし、全身全霊でその時を駆け抜けたのだ。だから、今なお左内を想い、慕う者が春嶽や由利以外にもいる。

どこぞで、猫がのんびりと鳴いた。

「ささいなことを問うが、御座ノ間の柱に猫がおるように見えぬか？」

「はい、おりますね。白と黒の猫が仲よく二匹」

「あれは誰かが描いたのか？」

「白はもとの木の模様ですけれど、黒のほうは誰の落書きでしょうか。あの頃は子どもたちがたくさんいて、とにかく賑《にぎ》やかでしたから。まさか、うちの婿ではないと存じますけれど」

春嶽には何の話か、さっぱりわからない。

「いったい、ここで、いつ何があったのじゃ？」

「お屋敷が外塾だった頃でございますから、かれこれ三十年近く前のお話になりますが……」

つぎが怪訝そうに春嶽を見返している。

なんと、松平家自慢の別邸まで外塾として、教育に使っていたのか。左内なら、やりかねなかった。由利も一枚嚙《か》んでおり、さっきも往時を思い出しながら屋敷の中を見回していたわけだ。

春嶽はすこぶる愉快になって、軽く笑った。

「黒猫の落書きは、左内の悪戯《いたずら》やも知れぬな」

「もしかしたら、そうかも知れません。子どもたちを喜ばせようとなさって」

うんうんとつぎが頷くと、春嶽はもう一度笑った。

こんなに笑うのは久しぶりだ。

「つぎ、ちと腹が減って参った。台所にあるもので、軽く夕餉《ゆうげ》を用意してくれぬか。酒も頼む」

「ただちに支度いたします。甘いお蜜柑《みかん》もお持ちできますが」

蜜柑は左内の大好物だった。何度か一緒に食した。

「それは重畳」

一礼し、急ぎ立ち去ろうとする小さな背に、「つぎ」と声をかけた。

「月見ノ間を暖めてくれぬか。季節外れじゃが、そなたの家族と一緒に月見をしたい」

「お殿さまがわたくしどもと、お月見を……でございますか？」

目を丸くして問い返すつぎに向かって、春嶽は微笑んだ。

「左内と昔、ここで月見をする約束をしたが、ついに果たせなんだ。ゆえに、そなたたちと眺めたい。付き合うてくれぬか？」

左内は志半ばで短すぎる生涯を終えた。だがそれでも、蛟竜は福井ですでに竜となって、天高く翔けていたのだ。そして福井の池中には、新しき世代の蛟竜が生まれているに違いない。

維新回天において、春嶽も左内も、高き志を抱きながら大事を成しえなかった。だがここ福井で、二人は決して小さくないことをやり遂げた。たとえ世には知られずとも、胸を張っていい。

春嶽は夜を迎えようとする水の庭へ目をやった。

水辺に、赤い実を鈴なりにした南天が見えた。

心の中に巣喰っていたほろ苦いわだかまりが、痛み苦しみ悲しみが、雪解けのようにゆっくりとほどけてゆく。

胸が切なく、でも温かい。

今宵飲む酒は、きっと旨いだろう。

池の対岸に、ふっと光を感じた。

春嶽が東を見やると、柿葺《こけらぶ》きの屋根の向こう、遠く白山に、くっきりとした明月が昇り始めていた。

第三話　おいやさま

——江戸城・和宮

1

――文久元年（一八六一）十二月十日

「いやや、いやや。もう、いやや」

江戸城北の丸、清水邸《しみずてい》の外には、異郷の灰雪がちらついていた。

あさげ《朝餉》の後、また和宮《かずのみや》がだだをこね始めると、土御門藤子《つちみかどふじこ》はこわい顔と声を作って、早めにくぎを刺す。

「宮さまは徳川《とくがわ》のおなご当主となられるおん身。ええかげんにお覚悟を固められませ」

「いまのおまえの顔、ほんまに宇治《うじ》の橋姫《はしひめ》みたいやわ」

呪術にのめり込んだあげく、嫉妬のため生きたまま鬼に堕《お》ちたという平安貴族の娘の名は、女房衆《にょうぼうしゅう》の仲間うちで付けられた藤子のあだ名である。

藤子はじぶんの頭の後ろから右手で橋姫の五本角を立て、低い声色《こわいろ》を出した。

「おいやさま、お聞き分けになられませ」

幼時からお仕えする女官たちは、愛くるしいけれどわがままな和宮を、親しみを込めて「おいやさま」と呼んできた。

「ああ、こわ《怖》」

和宮は口元を手の扇で隠し、肩を震わせながら笑い出した。

やせぎすのきつねみたいな藤子とは対照的に、小柄な皇女はひな人形のように色白で、きゃしゃな野うさぎを思わせる。目が鈴のようにくりりとして、高い鼻は形がよく、おちょぼ口もかわいらしかった。

おそれおおい話ながら、藤子は和宮を大切な妹のように思ってきた。

「おまえの物まね、だい好きや」

以前は怖がっていたのに、和宮の笑いが止まらない。

好き嫌いの激しい皇女は、人でも菓子でも景色でも、だい好きか、だい嫌いかの二つに一つだった。

「ご対面はあすと決まってあらしゃいます。なんぼなんでも、これ以上は延ばせまへん」

和宮降嫁《こうか》にあたって、皇室側は「江戸にあっても京風を通す」とあらかじめ申し渡してあり、幕府の老中《ろうじゅう》たちも承知していたはずなのに、大奥側は「聞いておらぬ」と突っ張った。行き違いがふくらんで深刻なあつれきを生み、先月二十三日に予定されていた将軍・徳川家茂《いえもち》との対面は延びのびになっていた。ひと月近くも将軍を待たせるなどありえないと、幕閣のお偉方は頭を抱えており、藤子も気が気でなかった。

「そやかて、いやなもんはいやや」

もともと和宮には、にわかに降ってわいた将軍との縁談をきっぱり拒絶した経緯《いきさつ》がある。関東下向《げこう》は、あくまでも不本意な都落ちだった。もしかして和宮は、今からでも破談にして、京へ帰るつもりなのだろうか。

関東下向の道中、美濃国《みののくに》は呂久川《ろくがわ》（現・揖斐川《いびがわ》）を渡るとき、土地の者から進上されたもみじのひと枝を見て、和宮は詠んだ。

〽　落ちてゆく　身と知りながら　紅葉ばの　人なつかしく　こがれこそすれ

和宮は歌の名手である。「いやや」と愚痴をこぼされるより、歌に託されるほうが、気のふさぎがよく伝わってきた。だい好きな許婚《いいなずけ》との仲を引き裂かれ、はるか江戸へ下ってきた身だ。無理もなかった。

「藤子。ほんまに、この前の女陸尺《おんなろくしゃく》みたいにはならへんのやろな？」

内親王《ないしんのう》・和宮親子女王《ちかこじょおう》の花嫁行列は、おつきの女官や同行する公家たちだけで千数百人だが、京方と江戸方の警固《けいご》や人足を加えると三万人にも及んだ。この降嫁は、皇妹を人質として廃帝さえもくろむ幕府の策謀だとの風説が流れ、尊攘《そんじょう》派志士たちが途中で行列を襲って和宮を奪還する、との不穏な噂《うわさ》が流れた事情もあった。

十月二十日に京を発した前代未聞の大行列は、中山道《なかせんどう》を通って先月十五日、板橋宿《いたばしじゅく》を経て、江戸城へ到着した。御三卿《ごさんきょう》の邸《やしき》へ入るにあたり、和宮の輿《こし》は「女陸尺」なる女人足《おんなにんそく》たちにより玄関へ担ぎ上げられた。おまけに今後は駕籠《かご》を使うという。京にはない風儀に、藤子はもちろん京の一行は腰を抜かした。

和宮に限らず、京の貴人は駕籠でなく、輿《こし》に乗る。似てはいても、二つは別の乗り物だ。輿は人の乗る屋形が二本の棒の上にあるが、駕籠は一本の棒の下にぶらさがっているから、揺れ方も、乗り心地も違うのだ。京ではもちろん、男たちに担がせる。

「嗣子《つぐこ》さまがあちこちと話をされて、ちゃんと牛に牽《ひ》かせた糸毛車《いとげぐるま》で参ると、申し渡してあるであらしゃいます」

庭田《にわた》嗣子は四十がらみの典侍《すけ》で、和宮の腹心では最上位の女官《にょかん》である。きまじめで頼りになるものの、冗談ひとつ通じない堅物の上役で、いつも心配事を抱えており、めったに笑わなかった。藤子よりもさらにやせていて頬骨が目立つから、どくろのように見える。和宮も、四つばかり年長の藤子のほうが話しやすそうだった。

「実梁《さねやな》どのの話やと、老中たちが詫《わ》びを入れてきたみたいやな。わが夫となる将軍も、大奥の女衆《おなご》しも、皇女がひと筋縄ではいかへんと、わきまえたやろ」

すまし顔に戻った和宮の様子をまじまじと見ながら、藤子ははたと気づいた。

いつものわがままではない。これは、戦いなのだ。

京から随行した橋本《はしもと》実梁は、和宮の母方の従兄にあたる高位の公家で、幕府の表役人《おもてやくにん》たちとの交渉に当たってきた。幕府の意のままに進めさせない駆け引きにはそれ自体、政略のうえで意味があった。京風へのこだわりも朝廷の威光を守るためだが、和宮は折れてやる頃合いを見きわめていたのだ。見た目にはまだ幼さが残っていても、和宮はいつのまにか大人になりつつあるらしい。藤子は橋姫の真似《まね》をしたのが、恥ずかしくなった。

「宮さまも、おとなにおなり遊ばされまいたなぁ」

「もう十六やしな。ほんで、藤子。吉凶の見立てはどないやったん？　やっぱりなんも変わらへんのか？」

藤子は安倍晴明《あべのせいめい》直系の子孫にして、陰陽師《おんみょうじ》の牙城《がじょう》である土御門家に生まれた。女だてらに陰陽道を学びはしたものの、修養が足りないせいか、いまひとつ当たらない。今回の縁組でも「大吉」を出してやろうと渾身《こんしん》で占った結果は「凶」だった。もう一度やりなおしてみたら「大凶」だったので、「末吉であらしゃいます」とごまかしておいた。もっとも、藤子の占いはよく外れるから、和宮が気に留める節はなかったが。

「もちろん、宮さまはおしあわせにおなり遊ばすと――」

「有栖川宮《ありすがわのみや》さまの時かて、さように申してたやないか」

和宮は心なしか、視線を畳へ落とした。

今上《きんじょう》天皇の妹君である和宮は、六歳の時すでに、有栖川宮熾仁《たるひと》親王との縁談が決まっていた。十一歳年上の親王に可愛《かわい》がられ、そのまましあわせになるはずが、輿入れの直前に横槍《よこやり》が入った。幕府が〈公武一和《こうぶいちわ》〉などと言い始め、政略結婚の要が生じたのである。和宮は兄帝からの打診に対し、降嫁を「いくえにも《幾重》」お断り申し上げたが、幕府からの度重なる要請を受けて、帝はお困りになった。生まれて間もない皇女を差し出し、自らは譲位すると周囲に漏らされていると聞くに及び、紆余曲折《うよきょくせつ》のすえ、和宮はやむなく降嫁に応じたのだった。

「宮さまは聡《さと》く、おやさしいお方であらしゃいますから、お相手がどなたでも、おしあわせになられるのであらしゃいます」

明日の入城の儀からどれだけ引き延ばしても、婚礼の儀は二か月以内に行われるだろう。ここまで来たうえは、将軍と仲睦《なかむつ》まじい夫婦になってもらうほかない。

「ほな、おんな陰陽師の占いなんか要らへんなぁ」

和宮はいたずらっぽく笑うが、藤子は陰陽道を学ぶうち、世には人智《じんち》を超えた力があり、まれにせよ、それが働くときがあると感じていた。とりわけ人のかたちをした人形には、ふしぎな力がある。だから、呪詛《じゅそ》にも用いられるのだ。

こほんと、ふすまごしに咳払《せきばら》いが聞こえた。藤子はあわてて背筋を伸ばす。

「嗣子にございます」

入ってきた骨と皮のおんなは、細い肩を怒らせながら和宮に対した。

「宮さま。やっぱり天璋院《てんしょういん》めを、大奥から追い出さなりまへん」

ふんまんやる方ないといった顔つきで、嗣子は鼻を鳴らした。

江戸城大奥の頂点に立つおんな主《あるじ》は、将軍の正室たる御台所《みだいどころ》だ。だから将軍が代わるたびに、側室たちはもちろん、大奥のおんなたちはごっそり入れ替わるならわしだった。ところが、先代家定《いえさだ》の逝去《せいきょ》後も、家茂が幼少だからと、天璋院は養母としてそのまま大奥に住んだ。さらに、晴れて将軍が御台所を迎えるというのに、なおも大奥に居座り続けようとしていた。

「嫁と姑《しゅうとめ》になるのんやし、仲ようしたいのに、えらい難しいお人みたいやなぁ」

天璋院は憎たらしいほど肝の据《す》わった女傑で、大奥のおんなたちはこぞってよそ者を迎え撃つべく、新しいおんな主を待ち構えているとの噂だった。

家定は公家の姫を正室に迎えたものの二人続けて先立たれたため、次はとにかく丈夫な武家の嫁がほしいというので天璋院に白羽の矢が立ったといい、大柄で恰幅《かっぷく》のいい女らしかった。

「たかだか島津《しまづ》の分家の娘のくせに、どうも勘違いをしてるようで、飼いねこと一緒に大奥でふんぞり返っておるそうであらしゃいます」

大奥に君臨する天璋院は、みそ汁に使う薩摩《さつま》の赤みそや高菜のつけものを遠くから取り寄せさせ、三毛《みけ》ねこの「さと姫」をかわいがり、そのえさ代だけで年に二十五両もかかるという。

将軍はともかくとして、天璋院が清水邸に挨拶に来るべきだと、嗣子は憤っていた。とはいえ姑の立場もあろうと考え、和宮が体調を崩した旨を伝えて見舞いとして来られるように助け舟を出したつもりだったが、天璋院は現れなかった。実際、和宮はよく風邪をひくし、旅の疲れか江戸に着くなり寝込んだから、不調はうそでもなかった。

「虎屋《とらや》のようかんは、瀧山《たきやま》に受け取らせました」

先代から将軍つき御年寄《おとしより》を務める瀧山は、先の将軍継嗣《けいし》を巡って最初は天璋院と対立したものの、今ではまさしくその懐刀《ふところがたな》となっていた。

京と江戸の「御風違《ごふう》い」で押し問答が続くなか、嗣子は一矢を報いた。みやげの包み紙にあえて「天璋院へ」と書き捨てたのである。和宮は幕府に乞われて、しかたなく降嫁してきてやったのだ。皇女と田舎大名の分家の娘では、家格が違いすぎた。身分をわきまえよ、というわけである。

「義理とはいえ、姑になる人や。やりすぎんようにしなあかんえ」

「大奥から追い出すまで、なさけなどご無用。宮さま、これは女子《おなご》の戦《いくさ》にあらしゃいます！」

嗣子の声音に、藤子はびくりとしたが、和宮は落ち着き払っている。

「かんじんの公方《くぼう》はんは、どんなお人なんやろなぁ」

窓の外へ目をやる和宮は、物憂げな面持ちだ。

歴代将軍の大奥における悪評なら、いくらでも聞いていた。和宮と同じ弘化《こうか》三年（一八四六）に生まれ、十三歳で将軍となり、ちやほやされて育った若者が、人品すぐれた人物だとは、藤子には思えなかった。そんな将軍と夫婦になり、千人のおんなたちがひしめく伏魔殿《ふくまでん》で、これからの長い一生を過ごすのだ。

こわくて不安だらけだが、藤子も生涯ついてゆく覚悟はできていた。

(大事な戦いや。負けるわけにはいかへん)

江戸に舞う雪は、積もる気もなさそうだが、止《や》む気配もなかった。

2

きのうに続き、どんよりと曇った冬空が小雪をちらつかせている。

清水邸の門前が騒がしくなってきた。いよいよ入城の儀だ。

和宮は納戸《なんど》に入り、京から運ばせた黒塗りの長持《ながもち》を開く。

「きょうも、ご機嫌さんやったか?」

なかにいる人形たちに話しかけた。

和宮は、きらびやかなふすま絵に飾られた部屋で、侍女たちにかしずかれながら、幼き日を過ごした。いつも色とりどりのおもちゃに囲まれていたが、人形がいちばん好きで、自作したものまである。

「ほな、行ってくるわ」

稲荷大社《いなりたいしゃ》の初午《はつうま》人形と目が合った。十歳のころに御所から拝領した宝物で、同じ年に兄帝から賜ったひな人形一対と稚児《ちご》人形も連れてきたから、遠く離れた異郷でもさびしくはないはずだ。

かわいがるうち、人形に魂が入った気がして邪険にできなくなり、日々話しかけるようになった。

あのころすでに異国船が現れ、世はてんやわんやであったろうに、和宮はほとんど何も知らず、おとなたちに守られ、のどやかに暮らしていた。

和宮は長持から花鳥文様の文箱《ふばこ》を取り出して、ふたを開けた。

ぼろぼろになった紙人形を両手で抱き上げる。

六歳のとき、鬢《びん》の髪をそぐふかそぎの儀のおりに、祝いの座でたまわった少女の人形は「ふき」と名づけて毎晩一緒に寝たものだ。初めて出会ったこの人形がいちばんのお気に入りだが、ぼろぼろになってしまい、これ以上傷まないよう文箱に入れてあった。

「ふき。こわいし、ついて来てんか」

和宮は母がくれた、おしどりの柄のふくさに紙人形を寝かせると、そっとたたんで懐へ忍ばせた。母の観行院《かんぎょういん》も江戸へ同行してくれたが、生まれつき体が弱く寝込みがちだった。政争など解さない病身の母には、いっさい心配をかけたくなかった。

(皇室の誇りは、わたくしが守る)

催促するような牛の鳴き声がして、和宮は目を窓の外へやった。小雪は止んだようだ。

〽　すみなれし《住慣》　都路出《みやこじいで》て　今日幾日　いそく《急ぐ》もつらき　あづまぢ《東路》の旅

江戸への道中でこの歌を詠んでから、ふた月近くになる。

あらゆるものに心を寄せて、じぶんの気持ちをすなおに言葉にしてみる、その繰り返しが大事だと、有栖川宮は教えてくれた。でも、徳川家の嫁となる身には、ふさわしくない歌だろう。

故郷へ思いを馳《は》せると、あの実直そうな顔がまず浮かぶ。

和宮は六歳で、歌と墨書《ぼくしょ》に優れた有栖川宮の父君から「てには」などを習い始め、宮家の父子ともに親交があった。有栖川宮は和宮の幼いわがままをぜんぶ受け入れてくれた。歌が得意なのは、教え上手に加え、許嫁《いいなずけ》への愛情がたっぷり伝わってきて、それに和宮ががんばって応じたからだ。桂御所《かつらごしょ》で舟遊びをしたときの楽しい思い出が、よみがえってくる。

あのころはしあわせだった。いまはただ、切ないばかりだ。

婚約の解消につき、有栖川宮は「手元不如意《てもとふにょい》のためお迎えできない」と、逆に詫びを入れてきた。政情を十二分にわきまえたうえで、自ら身を引く形をとったわけだ。いったい、どんな気持ちだったろう。

(心が、痛い……)

幼き日の教えにしたがって、和宮の心はずっと西へ向かっていたのに、そなたはやはり東へ行くべきだと、後から言われたみたいだ。和宮も、有栖川宮も、なにも悪くない。それなのに、これまでの人生をすべて打ち消されたような心地がした。

(誰もしあわせになれへん縁組や)

互いに望みもしない政略結婚である。相手の将軍にとっても、気位《きぐらい》の高い皇女など迷惑に違いなかった。

——すぐにお手つきが出るに決まっておるであらしゃいます。

嗣子はきっぱりと断言していた。

将軍つきお中﨟《ちゅうろう》は八名おり、見目うるわしく血筋もよいおんなたちが、着衣や髪結いなど将軍の世話を毎日する。よく目に触れるから、その中から気に入ったおんながいれば、側室とするならわしだ。家茂は若い。きっと後継ぎを作るために、何代か前のおっとせい将軍と同じように、たくさんの側室を大奥にはべらせるに決まっていた。

——公方はんのお手がついたら、『汚《きたな》い方《かた》』と裏で呼ばれるそうであらしゃいます。なんとまぁ浅ましい呼び名ですこと。

嗣子が汚物でも見るような顔をしながら続けたものだ。

——みんな、汚い方になろうと、必死の形相でお世話をしておるんであらしゃいます。

女の子を出産すると「お腹さま」、お世継ぎを得ると「お部屋さま」になり、一族郎党の大出世も夢ではなかった。十六歳の和宮が、汚らわしい欲望がうずまく女護《にょご》が島《しま》を取りしきるのだ。

「いややなぁ、ふき」

和宮は懐に手を当てながら、話しかける。

正室はひとりぼっちらしいから、人形たちは大切な話し相手だ。

「宮さま。いよいよ戦いのときが参りました」

声をかけられて納戸を出ると、正装をした嗣子が両手を突いていた。すぐ後ろに藤子がいる。

「おまえは、いつもおおげさやなぁ」

夫婦仲がうまく行くなどという甘い期待は抱いていないが、どのような婚姻であっても、妻となる以上、和宮は夫に誠実に対しようと考えていた。

「先手必勝にあらしゃいます。天璋院はもちろん、公方はんにも、身分はこっちが上やと、わからせななりまへん。宮さまの一挙手一投足、ぜんぶ駆け引きやと思《おぼ》し召《め》されませ」

ことあるごとに嗣子は、主が現実に打ちのめされぬよう、これからの大奥での暮らしがいかにつらいものとなるかを、和宮に念入りに諭してきた。

「しんどい話やわ」

気心の知れた有栖川宮と結ばれていたら、戦いなどしなくてもよかった。

つくづく運が悪い。

「きょうの占いは末吉であらしゃいました。もしかして水をかけられたりしませんやろか」

藤子が口を挟んできた。占いでまた「凶」でも出したらしく、心配そうな表情だ。それにしても、このおんな陰陽師はくじで「凶」ばかり引き当てる。

「占いはともかく、やりかねん相手であらしゃいます」

嗣子は出陣前の武将のように硬い表情をしていた。

気になる噂があった。数年前、家茂は書を教わっている最中に、いきなり師の頭から水差しの中身をぜんぶ浴びせかけ、「明日また来るように」といい、笑いながら去っていったというのだ。将軍の奇矯な振舞いに、側近たちは驚き慌てた。将軍とはいえ孫のような齢《とし》の弟子にこけにされた師は、屈辱のあまり泣いていたそうだ。きっと堪《こら》え性《しょう》のない生意気な若者なのだろう。

「この結婚は、食うか食われるかであらしゃいます。宮さま、かくなるうえは、かまきりにおなり遊ばせ」

和宮の虫ぎらいは知っていように、言うにこと欠いてかまきりになれ、という嗣子の心底がわかりかねた。

「なんで、あないにきもち悪い虫にならなあかんのん？」

「かまきりのめす《雌》は、おす《雄》を食べるんであらしゃいます」

おすは匂いに誘われて、じぶんより大きなめすの背なかに飛び乗る。鎌《かま》で首の後ろを摑《つか》まえ、己《おの》が子孫を残そうとする。ところが、めすはしばしば振り向き、そのおすを頭からばりばり食べ始めるのだ。驚くべきことに、それでもおすは、残った腹だけで交尾を果たして、死んでゆく。おすの体に滋養があるのか、食べためすのほうが、食べないめすよりもよく子を産むという。

「想像しただけで、吐きそうや」

「なにも、そこまでせんでもええでしょうに」

藤子もくさいような顔をして、首でいやいやをしている。

「宮さま。皇家《こうけ》のおんため、徳川をわがものにするのであらしゃいます」

嗣子が和宮ににじり寄り、声を落とした。

「お世継ぎをお産みになって、大奥に君臨なされませ」

降嫁にあたり嗣子がよく引き合いに出すのは、三代将軍家光《いえみつ》の正室・鷹司孝子《たかつかさたかこ》だった。形ばかりの妻は、大奥からも追放されて江戸城中ノ丸で終生を過ごしたという。むろん子もなかった。そもそも、過去に徳川家で正室の子が将軍となった例は、二百年前の家光のみだ。正室は家格で選ぶが、嫡子に将軍家を継がせれば、正室の実家が力を持ちかねないため、とされている。つまり正室はお飾りにすぎなかった。

「おまえは簡単に言うけど、相手は水かけ公方《くぼう》やないか」

とても好きになれそうになかった。きっと、儀式のおりに中身のない言葉を交わすだけの、見せかけの夫婦になる。だから、降嫁など絶対にしたくなかったのだ。

「とにかく五、六年の間だけ、お心をお殺し遊ばされませ。お世継ぎさえ産んでしまえば、こっちのもの。さもなくば、側室どもがどんどん増えて、宮さまをないがしろにするであらしゃいます。皇家にとって、これほどの屈辱はあらしまへん」

　ほとんどの兄弟姉妹に先立たれた事情もあり、帝は幼少から和宮をいたく可愛がられた。生まれる前に父を失った和宮にとっては、父にも等しい。兄には父の面影があると聞き、父を想《おも》うときは兄の姿をいつも思い浮かべてきた。幕府からの降嫁の打診に際しても、相思相愛の許婚がいる妹の意を汲《く》み、「宮を遠く東海の浜に住まわせるのは忍びがたい」と申出を強く拒まれていた。

「よろしゅうございますね、おいやさま？」

「覚悟はできてる。うるそう申すな」

　藤子たちに「いやや」とこぼしはしても、和宮はもう子どもではなかった。朝廷と幕府の間の難しい事情もわきまえている。

　和宮には、使命があった。

　大老を白昼暗殺された幕府に昔日《せきじつ》の威はなく、関東の覇権は地に堕ちた。外交はもとより内政についても、幕府による奏聞《そうもん》の後に行わせる。公武一和により朝廷が政権を取り戻して、鎖国を継続し攘夷《じょうい》を実行するのだ。江戸まで供奉《ぐぶ》してきた育ての親の伯父橋本実麗《さねあきら》・実梁父子や忠臣の中山忠能《なかやまただやす》たちからも、朝廷が復権するための縁組だと説かれていた。

　和宮は政略のために関東へ下ってきた。気の毒な有栖川宮を想えば、江戸でしあわせになろうなどと、露ほども考えていない。そう割り切って、和宮は中山道を揺られてきたのだ。

「かまきり、か。ええかも知れへん。ほな、おまえたち。向かいまするえ」

　和宮は衣服ごしに手で懐の中のふきを感じながら、すっと立ち上がった。

おそれ多いことに、幕府は国学者の塙次郎《はなわじろう》に命じて廃帝の故事を調べさせたとも聞く。

和宮にとって、夫となる家茂は屈服させるべき政敵にほかならなかった。

京とは、言葉も食べ物も髪型もしきたりも、なにもかも違うのだ。夫婦として、うまく行くはずがなかった。

武家の棟梁《とうりょう》と差し違える覚悟で、初対面《はったいめん》に臨む。

3

和宮は大垂髪《おすべらかし》に五衣《いつつぎぬ》を装い、京から運ばせた牛車《ぎっしゃ》で、清水邸を出た。

まもなく、大手門《おおてもん》をくぐる。

嗣子を乗り添わせ、牛の牽《ひ》く糸毛車《いとげぐるま》でゆったりと進む。

「やっぱり女陸尺と違《ちご》て、牛車はゆったりしてて、気持ちがよろしゅうございます」

「さようか」

大仰なやり口は好みでないが、これは政争だ。いま大事なのは、乗り心地ではない。朝廷の威信にかけて京風を通すか、江戸風に屈するかという瀬戸ぎわだった。嗣子以下、能登《のと》、松江《まつえ》、藤子、玉島《たましま》、少進《しょうしん》ら京の女官二十四名を引き連れ、堂々と大奥へ乗り込む。

「天璋院つきの奥女中は、六十人もおるであらしゃいます」

これに対抗して、御台所たる和宮つきは、京組を入れて六十七人にするよう申し入れてあった。

それでも、大奥のしきたりを知る者という名目で天璋院が選ぶから、その意を受けた者ばかりだろう。いろいろな役柄のつき人はほかにもいて、誰にもつかない奥女中たちも大勢いるそうだが、そのすべてに天璋院の息がかかっていると見て、まず間違いなかった。

「お火の番も、はやめに入れ替えたほうがよさそうであらしゃいます」

火事は江戸の華《はな》らしいが、昼夜かかわりなく大奥のなかを見回り、出火しないように火元を確かめるおんなたちだ。天璋院の回し者だろう。

「宮さま。きょう《今日》かて、京組のほかはゆめゆめご油断なきように」

和宮がうなずいたとき、牛車が止まった。

これ見よがしに、門前の車寄せに横づけにさせた。

(いよいよ大奥やな、ふき)

和宮は懐に手を当てながら、深呼吸をひとつした。

牛が車の軛《くびき》から解かれ、嗣子が御簾《みす》を巻き上げてゆく。

和宮は添え木に手をかけながら浅沓《あさぐつ》を履《は》くと、榻《しじ》を踏み台にして地面に降り立った。

気の強そうな老女が、笑みひとつ浮かべずに待っていた。これが瀧山か。天璋院の腹心は噂にたがわず、図々《ずうずう》しそうな顔つきだった。

「ようこそ大奥へ。天璋院さまがお待ちかねでございます」

やはり自らは出迎えず、和宮から挨拶に来いというわけか。

かたわらの嗣子と目で合図を交わす。

この応対は予想していた。和宮からは決して出向かないと決めてある。それで揉《も》めるなら、別にきょう会わなくてもいい。

「お化粧なおしがございますよって、先に宮さまの新御殿《しんごてん》へお導きを」

御台所の住まいは大奥の西にあり、「新御殿」と呼ばれている。婚礼も引越しも年明け以降だが、自室に入ってしまえばこっちのものだ。きょうは下見をすると幕閣を通じて申し入れてあり、了承も得ていた。将軍に挨拶をした後に天璋院を呼び出すが、まず来ないだろうから、そのまま清水邸へ戻る段取りだ。

「かしこまりました。こちらへ」

瀧山は腹痛《はらいた》でも起こしたように不愛想な顔つきのまま、先頭に立った。

和宮は嗣子以下を引き連れ、広敷門《ひろしきもん》をくぐる。

広敷向《むき》の前庭も、玄関も、人であふれ返っていた。数百人はいるだろうか。

新しき御台所の出迎えというより、武家の権勢を見せつけるためだ。無礼なほど頭《ず》が高く、上目遣いに皇女を見る無数の目には、好奇と挑戦が宿っている気がした。

そのなかを、和宮はちいさな体で堂々と歩む。

事務や警固を担う男の広敷役人の数は、天璋院つきが百七十一人に対し、和宮はたったの三十二人になると聞いていた。不利な戦いだ。

（ここが、大奥かいな……）

和宮はまっすぐに前だけを見て、玄関へ足を踏み入れた。

これからは京風で、大奥二百年の歴史を塗り替えてみせる。

入り組んだ迷路のような道を進む。

やがて、きらびやかな長い廊下へ出た。

贅《ぜい》を尽くしたおんなの園は、年に二十万両以上も費消するという。

「ここから北は、上さまの寵を得ようと、おんなたちが競い合って住まう長局向《ながつぼねむき》でございます」

瀧山が右手を指した。はるか先まで続く出仕《しゅっし》廊下には、おなごし《女衆》が列をなして平伏している。

二百人はいるだろうか。

そのおんなたちの間を、和宮はゆっくりと歩いた。

おんな主の座を天璋院から奪い、この者たちのうえに立たねばならない。

──もしも、天璋院が乗り込んできたときは……

嗣子たちと思案をかさねたが、応対もさることながら、大事なのは座る場所だ。

嫁と姑の上下は、武家においても家格で決まると聞いた。嫁の側から遠慮して上座を譲ることはありうるが、天璋院は一外様《とざま》大名の、それも分家の娘にすぎない。家格に差がありすぎるから、いかにもわざとらしい。ゆえに嗣子からは「決してご遠慮なさらず、どんなときも宮さまが上座にお座り遊ばせ」ときつく戒められていた。

長廊下を途中で曲がるなり、瀧山が叱りつけるような大声を出した。

「ここから先は、御殿向《ごてんむき》にございます。しもじもはご遠慮を」

ぞろぞろ付き従っていたおんなたちが廊下の角でいっせいに立ち止まった。通せんぼをするように、その場で着座し、見送りのために両手を突いている。行く手をさえぎられた藤子以下は、足止めをくらって、やむなくおんなたちに倣った。

後ろに従うのは、嗣子のみだ。

嫌な予感がした。

「ここからが新御殿でございます」

瀧山に案内されて三十畳あまりの大部屋へ入るや、和宮は面食らった。

でっぷりと肥えた三十路前の寡婦《かふ》は、ふてぶてしい顔つきで脇息《きょうそく》にひじを置き、上座のしいとねにどっしりと坐《ざ》していた。和宮を呼んでも来るまいと見越し、御台所の部屋で待ちかまえていたわけだ。

会釈ひとつしない。おまけに、打掛なしの略装ではないか。

（やられた……）

天璋院は上段の間のやや左手にあり、瀧山が上座の右手を塞ぐように、その手前に座った。

「な、内親王さまを下座《しもざ》につかせるおつもりであらしゃいまするか？」

きんきん声を震わせる嗣子など相手にせず、天璋院がじろりと和宮をにらみつけてきた。すさまじい目力《めぢから》に射《い》すくめられ、和宮はおぼえず視線を畳へ落とした。

兄帝のお顔が脳裏に浮かんだ。

和宮は輿入れ前で、まだ嫁でさえないのだ。せめて対等でなければ、皇室の名誉にかかわる。

上段の間へ向かって足を踏み出そうとすると、

「お待ちなされ」

ど、す、の利いたがらがら声がひびきわたる。

「嫁が姑に挨拶をしにきたのに、上座に座ることがありますか」

和宮は顔を上げて、きっと見やった。

天璋院は大きな目を剝《む》き、下座で平伏しろとばかりに目で合図した。十歳ほど年長なだけだが、貫禄《かんろく》はたっぷりだ。

気圧《けお》されて、和宮は声も出せなかった。嗣子も同じらしい。

ちらりと右の下座へ目をやって、和宮は唖然《あぜん》とした。

い、いしとねさえ用意されていないではないか。

(なんと、無礼なおなごや)

かくもひどい屈辱を味わうのは、生まれて初めてだった。

これは、和宮ひとりに対する非礼ではない。皇家をないがしろにする所業だ。

心の臓が乱れ、どくどくと脈がはげしく打ち続ける。

(いやや、いやや)

和宮は逃げ出したくなった。

後ろを振り返ると、ちょうどふすまがぴたりと閉じられたところだった。

嗣子も、蒼白《そうはく》の表情で三方のふすまを固める奥女中たちを見ていた。

部屋の内外にいるおんな十数名は、すべて敵だ。

(ここまで、やるんか……)

もしも上座へ行こうとすれば、瀧山がゆく手を塞ぎ、周りのおんなたちは力ずくで止めに入るのではないか。大奥では今夜の笑い種《ぐさ》にされるだろう。そこまで無礼な仕打ちを受けたとなれば、皇女として、もう生きてはいけない。少なくとも嗣子は責めを負って自害するだろう。ゆえに和宮は屈する。そこまで見越して、天璋院は勝負をしかけてきたのだ。

「いつまで突っ立っておられる?」

天璋院がたたみかけてくる。剣幕に押された。すさまじい気迫だ。

これが、大奥千人のおんなたちを支配する人間の凄《すご》みなのか。

目を合わせたら、負ける。

和宮は泣きたくなった。それでもこらえて、必死で考えた。

皇女の品位を落とさず、この無礼に対抗するすべはないのか。

上座へむりやり押し通ったところで、せいぜい対等だ。いや、この押しの強いおんなを相手に渡り合う自信はとてもなかった。

有栖川宮を、そして兄帝を想った。故郷が恋しくなった。

和宮は皇女だ。皇家が武家の風下におかれてなるものか。

品格の上下は、座る場所によって決まるのではない。立ち居ふるまいで勝つのだ。

深い息をしてから、和宮は左手を差した。

「嗣子、帝《みかど》のおわす西はあちらじゃな？」

「は、はい、宮さま」

和宮は何くわぬ顔で、正面へ足を踏み出した。

天璋院の目の前で、五衣のすそを払いながら、直角に右へ向きを変える。

瀧山の前を素通りすると、くるりときびすを返し、上座に背を向けた。

そのまま下座の右手へ行き、左手を向く。

嗣子もすぐに意を察した様子で後ろに従い、部屋を一周している。

和宮は敷物もない下座に、優雅に着座した。

和宮は左手を正面にして坐し、上座の天璋院に右の横顔を見せる奇妙な構図だ。

まったく違う土俵を作れば、上下を崩せると考えた。

(これでどうや？　天璋院)

「ひょんなところでお会いしましたけど、よしなに」

和宮はあくまで左手を向いたまま、手も突かず、かすかに会釈をしてみせた。

「ほう。おもしろい」

天璋院が短くがらがら声を発した。

右目の端に入るおんなは表情も変えず、品定めするように和宮をじろじろ見ていた。

無礼ものめ！　と一喝したいが、いまやり合っても勝てる気はしなかった。

風変わりな戦いの場に、息の詰まりそうな沈黙が続く。

このような形で鉢合わせするとは思っていなかった。嗣子たちの鼻息こそ荒いが、和宮はできれば天璋院とうまくやっていきたいと考えていた。それでも、きょうの無礼は許しがたい。

やはり戦わねばなるまい。戦いはまだ、始まったばかりだ。

和宮は懐中へ手を入れ、ふきをそっと撫でてから、手鏡を取り出した。もちろん非礼に当たるが、意趣返しのためだ。

化粧を確かめるふりをして、天璋院主従の様子を鏡のなかでうかがった。

瀧山は鼻の穴を膨らませているが、天璋院は余裕しゃくしゃくの顔つきで、おもむろに脇息を動かすと、上段の間のまんなかに、でんと座りなおした。

「こんど来る御台所が、上さまにご挨拶する支度ができたようじゃ。お呼びせよ」

瀧山の合図で、奥女中たちがきびきび動き始めた。

（また、やられた……）

和宮は内心で唇を噛《か》んだ。

将軍が左手から現れれば、天璋院の前で、将軍が和宮と対面することになり、天璋院は名実ともに上座の位置を取り戻せるわけだ。当初は、上段の間に将軍と並び、和宮を下座にすえる腹積もりだったろう。ところが、和宮の対応を受けて方針を変更し、将軍もろともじぶんの下座にすえると決め、上段の間を完全に塞いだのだ。

この部屋を出て将軍に会いに行くにしても、場所がわからない。席を立って帰るくらいしか、打つ手がなさそうだった。

辺りへ目をやるが、おんなたちがふすまをがっしりと固めていた。

ぴりぴりとした緊張が部屋じゅうに走っている。

まるで天下取りの武将のように見事な統率だった。

これでは席を蹴っても、小柄な和宮など力ずくで連れ戻され、下座にむりやり座らせられかねない。

やはり和宮の負けだ。

泣きそうになるのをこらえ、頭を巡らせる。

（せめて次の戦いで、どないしたら挽回《ばんかい》できるやろ……）

かくなるうえは、天璋院をことさらに無視して、将軍との対面に徹するしかなかった。

そもそも真の政敵は、天璋院でなく、将軍だ。

もしも将軍がひょうたんでも持っていて、本当に水を浴びせてきたなら、それほどの辱めに耐えるいわれはない。ただちに無言で辞した後、公武一和を壊した責めを負い、清水邸で自害する。後のことは、伯父父子や公家たちに任せるほかなかった。

（いまここで、水かけ公方はどない出る気やろ……）

天璋院を養母とする若者は、感心にも孝行者だといい、母子で念入りに打ち合わせているはずだった。「ここ数代の公方はんは、しょうもない男ばかりであらしゃいます」と嗣子はくさしていた。「おんなにだらしないもん《者》が、よき政《まつりごと》をできるはずもあらしゃいません」と藤子も口をとがらせていた。

和宮の使命は、わが子を将軍にすることだ。でもそれは、奇跡に近い芸当だった。

天璋院はあれでも夫に尽くしたらしいが、将軍が夜、御台所の部屋へ渡ってくるのはせいぜい月に一度だったと聞く。

水かけ公方に嫌われれば、使命を果たせまい。それでも皇女として、媚《こ》びるようなまねだけは決してできなかった。ひとたび心が離れたなら、将軍の心は側室に移る。それも新たな屈辱だ。

難しい役回りだが、きょうこれから、いかに将軍と対するかは、嗣子たちと念入りに話し合い、昨夜遅くに決めてあった。

天璋院と違って、将軍の血筋は確かだ。それでも官位は和宮より低い。

皇室の権威にかんがみれば、将軍から先に手を突いてほしいが、妻としてなら先に手を突いてもいい。嫌われないために、最も望ましいのは「同時」だった。ゆったりとした動作で、呼吸を揃《そろ》えられれば、いちばんよかった。嗣子の前で、藤子と何度か試してみたものの、やはり相手の出方いかんで不自然になった。

（そやけど、それで、ええのんやろか……）

和宮はいま、思惑に反して天璋院の下座にいた。さらに将軍に対し下手に出たら、皇女としてへりくだりすぎではないか。

おまけにふすまが開け放たれたままとは、想定していなかった。

和宮の座る位置は、おそらく将軍がやってくる、ちょうど廊下の正面に当たっていた。

これでは、どうしても将軍の姿が真っ先に目に入る。ゆっくり堂々と歩いてくる将軍に対し、知らぬふりもできぬし、先に手を突かねば不自然だ。

もしも将軍がろくな挨拶もせずにふんぞり返っていたら、和宮はあらためて無礼な態度で返さねばならない。できることなら先にそれを見抜いて、手をつかずに済ませたいものだ。

（いやや、いやや……）

和宮は五衣のうえから懐のふきに触れた。

皇家の誇りを守るために、この先ずっと、こんな駆け引きをせねばならないのか。

むかしは「いやや、いやや」と言っていれば、誰かがなんとかしてくれた。

（京へ、むかしへ帰りたい）

和宮がおぼえず天を仰いだとき、軽やかな足音が廊下から聞こえてきた。

「宮様、お待たせして申し訳ございませぬ！」

正装した偉丈夫は小走りに駆けながら、和宮に向かってぺこりと頭を下げた。

「養母上《ははうえ》も、早《はよ》うお知らせくだされればよろしいものを」

若者はやんわりと天璋院をたしなめつつ、部屋へ駆け込んでくるなり、

「家茂にございまする！」

と、うやうやしく両手を突いた。

和宮はしばし呆気《あっけ》にとられた。

目の前で、将軍が深々と平伏したまま、ぴたりと静止している。

嗣子以下、おつきの女官の誰ひとりとして、予想だにしなかった展開だった。

「親子《ちかこ》でございます」

和宮はどぎまぎしながら両手を突き、考えていた段取りよりもすこしばかり深く頭を下げた。

様子をうかがうが、家茂は面を上げようとしない。

しばらくそのままになった。

「どうぞ、面《おもて》を……」

和宮が言うと、ふたりは同時にゆっくりと顔を上げた。

「宮様は、甘いものはお好きですか？」

やわらかくて、やさしそうな声だ。

「それは、まあ……」

「私はだい好きなのです。とっておきの菓子をご用意しておりました。瀧山、あのかすてらをお持ちせよ。宮様、ぜひご一緒に楽しみましょう。ざらめがたっぷりついて美味なのです」

和宮の目の前で、鼻筋の通った美男がさわやかな笑みを浮かべていた。

4

――文久二年（一八六二）二月十日

きょうの江戸は冷たい雨が降っていた。

あれよあれよという間に対面の日から二か月が過ぎ、あすは婚儀だ。

和宮はふかふかの白米をはし《箸》で口へ運ぶ。将軍家の力を誇示するためか、きょうのひるげ《昼餉》には鯛《たい》の切り身まで出て、毎日が贅沢づくしだ。

こうやって、京の者たちと水入らずで食事をするのも、これで最後だろうか。

「公方はんがお住まいの中奥《なかおく》には、絶対に立ち入ったらいけまへん。大奥の決まりを破ったら、死罪になるであらしゃいます。天璋院方は、京組をひとりでも減らそうとたくらんで、ぬれ衣を着せてくるに決まっておるであらしゃいます」

食事の間も、嗣子が大奥について京組のみなに講釈を垂れる。

二百年あまり昔に書かれた『御台所法度《はっと》』から始めて『女中法度』などをひも解き、あるいは藤子と一緒に大奥へ出向いて下調べをし、奥女中たちから聴き取りをするなどして学んできたそうだ。

「宮さまも、お錠口衆《じょうぐちしゅう》にはくれぐれもお気をつけ遊ばせ」

大奥と中奥は「お鈴《すず》廊下」でつながっており、「お錠口衆」と呼ばれるおんな二人組が、杉戸で仕切られた出入り口を昼夜見張っているらしい。

「その夜に誰と寝《やす》むかを公方はんから聞いて、お錠口衆が御年寄《おとしより》に報告するでおじゃります。お相手をする場合は、刻限までに入浴して、お召し換えもすませとかなあきまへん。御台所は多い日には五回も召し換えが必要であらしゃいます」

「えらいしんどい話やなぁ」

和宮がぐちをこぼすと、藤子だけが笑った。ほかは、みな戦いに臨むような表情だ。

家茂にはまだ側室がいないが、十一代の家斉《いえなり》などはまつりごとに見向きもせず、生涯ひたすらおんな遊びをしていたそうだ。あの家茂もそうなるのだろうか。

和宮が考えている間も、嗣子の講釈は続いていた。

「御次《おつぎ》は仏間《ぶつま》と台所を差配して、催しがあるときは歌とか踊りを披露するおんな《女衆》しであらしゃいます。毎朝、宮さまは歴代将軍の位牌《いはい》に参拝せななりませぬよって、いけず《意地悪》をされんよう、御次をはよ京組の味方につけなあきまへん。公方はんが大奥へお渡りになるときに差配する御客《おきゃく》会釈《あしらい》は――」

「嗣子。すまんけど、そんなにぎょうさんなこと、いっぺんで覚えきれへんがな」

歌とか菓子とか人形とか、好きなことならいくらでも頭に入るが、二十七もあるという複雑怪奇な大奥の職、仕組みや風習などに、和宮はほとんど関心がなかった。

「天璋院を追い出した後は、宮さまが大奥のおんな《女衆》しを束ねて、取りしきって行かれるおん身であらしゃいます」

「やりたがってるんやったら、もう天璋院に任せといたらええやないか」

和宮の口からうっかり出た言葉が、嗣子の怒りの火に油を注いだ。

「あのおなごは敵であらしゃいます！　天璋院だけは赦《ゆる》せまへん」

歯ぎしりする嗣子を、藤子が心配そうに見ていた。

初対面の日は、和宮も部屋へ戻るなりうち伏して、むせび泣いたものだった。天璋院に敗《ま》けて、悔しかったからだ。無礼な仕打ちに憤った嗣子は翌日、面会の御礼と称して届け物をした。桜にくじゃく模様の凝った掛《かけ》ふくさの下には、改めて「天璋院へ」と呼び捨てに書いた紙を差し入れてあった。屈服したのではないと、念を入れて示すためらしい。もちろん嗣子は禁中のご威光が丸つぶれだと、朝廷にもただちに通報した。

「天璋院め、ようも見え透いたうそをぬけぬけと」

皇女への非礼には兄帝も色をなされ、違約を難詰する勅使を江戸へ遣わそうとされたが、九《く》条関白《じょうかんぱく》がとりなして、京都所司代《しょしだい》へ詰問のために武家伝奏《ぶけてんそう》が遣わされるにとどまった。遠方のやりとりだから年も明け、今朝になってようやく「風邪ぎみで、病を押して面会した」と天璋院が苦しい言い訳をしてきたとの報《しら》せが届いた。目と鼻の先に住まいながら、京を介しての大仰な駆け引きはこっけいだが、政争だからしかたがない。

「あの病知らずのふてぶてしいおなごは、毎日ぴんぴんして大奥でふんぞり返っておると、かさねて文を書くであらしゃいます」

悪びれもしない天璋院の態度に、嗣子たちは目を吊《つ》り上《あ》げているが、和宮は違う思いを抱いた。あの天璋院でさえ、皇家の権威には逆らえず、申し開きをさせられたのだ。

「宮さま。いよいよあしたから、敵陣へ乗り込みます」

「こっちからも向こうのあげ足を取って、追い払えばええのであらしゃいます」

女官たちが口々にぶっそうな物言いを並べる間、和宮はお壺《つぼ》の煎《い》りどうふを味わっていた。嗣子は文句を並べるが、香ばしくて、江戸の味も悪くはない。

天璋院篤姫《あつひめ》のことを、和宮はずっと考えていた。

島津一子《かっこ》あらため篤姫は、将軍継嗣を巡る政争で、一橋慶喜《ひとつばしよしのぶ》を推す松平春嶽《まつだいらしゅんがく》らの意を受け、にわかに将軍の継室候補とされた。家格が足りず、名君と仰がれた島津斉彬《なりあきら》の娘となって養育を受け、さらに近衛《このえ》家の養女となり、輿入れまで三年もかかって大奥に入った。病弱な家定は人見知りで奇行の目立つ将軍であり、おまけに、篤姫は義母の本寿院《ほんじゅいん》からも疎《うと》まれたらしい。当の家定が慶喜をひどく嫌い、瀧山以下、大奥も反水戸派で占められ、さらに井伊直弼《いいなおすけ》が実権を握ったため、慶喜を継嗣とする密命も果たせなかった。おまけに、わずか一年半で家定に先立たれ、篤姫は二十四歳の若さで落飾したのである。

「宮さま。実成院《じつじょういん》も、本寿院もくせものであらしゃいます」

大奥には家茂の生母である実成院が三十九人の奥女中と、二の丸には先代の生母である本寿院が五十六人の奥女中とともにあった。実成院は派手好きで、毎晩のように酒を飲んで奥女中たちと騒いでいるという。他方、本寿院はかつて「もしも慶喜を継嗣とするなら、自害する」とまで口にした激しい気性の持ち主だ。このくせのあるおんな二人と、天璋院はうまく折り合いをつけながら、大奥の頂点に君臨していた。それは瀧山以下、仕える者たちの心酔したような目を見ればわかる。

「天璋院は、何を守りたいのんやろ?」

和宮が水を向けると、藤子が応じた。

「おんなの意地でしょうか」

「大奥をずっと牛耳りたいのであらしゃいます」

嗣子によると、もともと老中たちは、皇女の姑としては家格からして差し障りがあると考え、天璋院を薩摩へ里帰りさせようとした。わずか一年半の婚姻で子もできなかったから、用済みというわけだ。薩摩藩主から引き取りたいとの要望も出させたが、天璋院は突っぱねて居座り続けている。

「大奥では、さきの面会のおりに、宮さまが懐剣をお持ち遊ばしたと噂しておるそうであらしゃいます」

仕返しに手鏡を使ったことに腹を立てたらしい。根も葉もない流言とはいえ、もしも幕閣が真に受けたなら、尋常な話ではなくなる。和宮を追い落とすための手立てにも見えた。

「おまえたちは、口を開けば天璋院、天璋院とやかましいけど、もうええ。わたくしは家茂どのの妻になるのんや」

「たしかにあのお方なら、宮さまにふさわしいお方やも知れまへん」

口の悪い嗣子も、いまのところ家茂については、なにも言わなかった。

家茂だけは想像とまったく違っていた。

一緒に食べたかすてらは、嚙むたびにざらめの音がざくざくして、美味だった。

家茂は天璋院がかすてら作りが上手なのだと明かし、養母を話題に引き入れながら、場を和ませた。

——宮様、お代わりをなさいますか?

たずねてきた家茂に「ぜひにも」と応じると、「たくさんご用意いたせ」と瀧山に言い、みやげにまで持たせてくれた。

藤子が仕入れてきた噂によると、家茂は対面後、「僭越《せんえつ》ながら、可愛らしき女性《にょしょう》であった」と家臣に漏らしていたという。それを聞いたとき、和宮は真っ赤になったものだ。

近ごろ「いやや、いやや」と言わなくなったのは、大奥に入るのがそれほどいやでもなくなったからだと思う。

「嗣子、わたくしは駕籠《かご》でもええ」

江戸到着から三か月、御風違いの折り合いにつき、嗣子と実梁たちは、大奥を代表する瀧山や幕閣との間で、延々と話し合いをかさねてきたが、男子禁制は大奥不変の法度《はっと》であり、これからも女陸尺が駕籠を担ぐといって瀧山が譲らず、押し問答になっていた。

「そんな弱気なことを。新しいおんな主は宮さまであらしゃいます。大奥の決まりをひとつずつ京風にお変え遊ばされませ」

和宮も最初はそのつもりだった。でも、それでいいのだろうか。

「郷に入っては郷に従えとも言うやないか。いつまでもいがみ合《お》うてたら、前には進めへん」

もっともらしく言ってみるが、本当の理由は、家茂に悪く思われたくないからだった。

「この件は、皇家の誇りにかかわる一大事。たとえ宮さまと申されまいても、ご勝手にお譲りになっては困るであらしゃいます」

嗣子とのやりとりに嫌気がさして外へ目をやると、いつしか小雨も止み、薄灰色の空から、かすかな薄日が射《さ》していた。

「あしたは、晴れそうやなぁ」

婚儀は、幕府の威信にかけて、世にも盛大な挙式となるだろう。

すでに譜代大名たちは江戸入りを済ませており、ご祝儀のために諸大名が大挙押し寄せてくる。幕府も朝廷も負けられないから、江戸風と京風が入り乱れながら、身分を競うような婚礼となるはずだった。肩ひじの張る重たい儀式になるが、あのかすてらの若者に会えると思うと、心が浮き立ってくる。

もしかしたら、江戸でしあわせになれるのだろうか。

有栖川宮のきまじめな顔が浮かび、和宮の胸の奥が軋《きし》んだ。

5

——文久二年（一八六二）六月

どんよりと曇った梅雨空《つゆ》でも心が弾むのは、もうすぐ家茂がやってきて、夕餉《ゆうげ》をともにするからだ。大奥の決まりに従い、入浴も召し換えも済ませてあった。和宮は白い単衣《ひとえ》の下着にやはり白い袷《あわせ》の打掛姿で、部屋には紫檀《したん》を焚《た》きしめてある。

（家茂さまは、白がお好きやから……）

きらびやかな華燭《かしょく》の典《てん》が行われてから、四か月近くがあっという間に過ぎた。

御台所といっても、朝夕の総触れと墓参をのぞけば、将軍は気の向いた時にだけ新御殿へ現れ、ずっと放っておかれるものだと聞いていた。

でも、違った。

和宮は家茂と毎晩のように食事をともにする。お酒もすこし入り、ほろ酔いになって西向きの蔦《つた》の間《ま》で楽しく話した。家茂は和宮について知りたがり、京組のおんなたちの同席も快く許したから、話がはずんだ。奥泊まりする日はいつも御台所の寝所だった。古参のお伽坊主《おとぎぼうず》によると、非常にめずらしいそうだ。家茂は表で忙しかろうに、仕事の合間にもたびたび和宮の顔を見に来た。召し換えをする暇もないから、あさ以外は家茂も着流し姿で、「そのまま、そのまま」と和宮に言い、一緒にいる時間を楽しんだ。

(りりしいお姿やったなぁ)

ある日、乗馬が得意な家茂は、ぜひ和宮に見てほしいと言ってきた。

和宮が吹上御庭《ふきあげおにわ》の高台から様子を眺めていると、家茂が馬を飛ばしてきた。あっという間にそばまで乗りつけ、自ら手折《たお》った石竹《せきちく》の赤い花を手渡してくれた。その夜、和宮が見事な馬術を心からほめそやすと、家茂はとても嬉《うれ》しそうで、翌日には金魚を買ってきてくれた。以来、一緒にえさをやり、成長を楽しんできた。将軍つきお中﨟《ちゅうろう》から藤子が仕入れてきた話では、家茂はその金魚を選ぶのに、半刻《はんとき》(約一時間)もかけたという。

正室も側室も、空いた時間はかるた取りや稽古事などで過ごすのがふつうだが、家茂から「宮様のお好きなことをなさいませ」と言われたから、和宮はいつも家茂のことを考えていた。非の打ち所が見つからない夫だ。じぶんも家茂にふさわしい妻になりたい。なにをすれば家茂が喜ぶか。それればかり思案していた。

家茂がだい好きになった。

思い返してみると、有栖川宮に抱いていた気持ちとはぜんぜん違う。和宮は年長の幼なじみに甘えていただけだったのだ。

（こちらに、はようお出ましにならへんやろか……）

あふれる想いを得意な歌に託して贈ったところ、京で詠んだ歌も合わせて染筆《せんぴつ》し、じぶんに欲しいと家茂が言い出したので、もちろん喜んで応じた。

それにしても、なぜあれほどにやさしく、気遣いのある家茂が「水かけ事件」などを起こしたのだろう。あの温厚な若者がとつぜん発作でも起こして乱心してしまうのだろうか。いや、きっとその家臣がとんでもない無礼を働いたのだ。そうとしか、考えられなかった。


「宮さま！　またまた、嗣子さんが怒っておるであらしゃいます」

藤子があわただしく駆け込んできた。

将軍と御台所は仲睦まじいのに、天璋院との対立は深まるばかりだ。

大奥には日常の起居、交際、服飾そのほかあらゆる事柄に長年の慣例があり、いちいち京風と違っていた。和宮の呼称からして違う。朝廷側は「宮さま」と呼ぶよう強く求めたが、幕府側は「御台さま」の呼称を勝手に決めた。だから、大奥では「御台さま」と大声を張り上げるおんなたちと、対抗して「宮さま」と叫ぶ京組に分かれた。天璋院つきの奥女中は増員されて九十一人となったが、いずれの呼称を使うかで、敵味方がわかるわけだ。家茂は気遣って「宮様」と呼ぶし、和宮はもうどちらでもいいと考えていたが、朝廷側もこだわり続けていた。始終ぶつかってばかりだから、おんなたちはいがみ合い、天璋院方は新参者の和宮と京組に対して常に冷たく接した。

「また呼称の話で、揉めてんのか？」

「いえ、天璋院の新手のいやがらせやとか……」

勅使の大原重徳《おおはらしげとみ》が京を発し、そろそろ江戸に着く。和宮あての勅書が嗣子に手渡されるはずなのだが、男子禁制の大奥では男女が面会できる場所を作れないという。何度も嗣子が交渉を重ねたが、先例を盾に瀧山はがんとして応じなかった。

「その件やったら、先に家茂さまのお耳に入ってたわ」

伝奏《てんそう》屋敷を重徳の宿所とし、そこで受け取れるように手配してくれたのである。勅書は実物でなく、和宮が写した書を将軍に見せよとの求めが朝廷からあった。うるさい儀軌《ぎき》だ。

「家茂さまのためにも、くれぐれも事を荒立てんようにな」

「はい。ほんまにええ人であらしゃいますから」

家茂は京組にも親しく接し、気くばりを絶やさないから、みなに好かれていた。藤子などは家茂にじかに声をかけられると、首筋までまっ赤になった。

「藤子。この金魚、元気がないと思わへんか？」

ひるげの後、えさにかつおぶし《鰹節》をやったときから、鉢のなかを泳ぐ二匹の金魚の動きがにぶくなったような気がした。

藤子が水面に顔を近づけると、橋姫のやせ顔が金魚鉢の中でだるまのように太く見えた。

「そういえば、すこし……」

「死んでしもたら、どないしよう？」

いつしか和宮は、二匹の金魚をじぶんと家茂になぞらえていた。だから子でも生まれて、金魚がもっと増えればいいのにと願っていた。

「人形とちご《違》て、金魚はそんなに長生きしまへんし……」

二人で金魚鉢を覗《のぞ》き込んでいると、廊下から鈴が聞こえ、にわかにあわただしくなった。

「宮さま、公方さまのお成りにあらしゃいます」

嗣子が駆け込んできた。お錠口衆から報せがあったという。

いつもより半刻も早いが、いままでに何度もあって、慣れっこになった。

「藤子、金魚を池に戻しといて」

広い中庭には小さな池があり、ほかにも、こい《鯉》やかめ《亀》が暮らしている。

和宮は部屋の上座から下り、入り口に座って家茂を待った。

嗣子は上座で待つようにとうるさいが、だい好きな夫を下座に引きすえるなど思いもよらなかった。家茂も上座を遠慮するから、いつも上座が空いて対等になる。

「宮様に差し上げたい品が届いたもので」

家茂が笑顔で現れたとき、庭で藤子の悲鳴が聞こえた。

急いで縁側へ向かうと、藤子が池の端でへたり込んでいる。

見ると、金魚が二匹、水面にぷかりと並んで浮かんでいた。

和宮はおぼえず目を背けた。生きているうちはいいが、こういうのは苦手だ。

「申し訳ございません。大事な金魚を死なせてしまいまいた」

藤子があわてて平伏しながら、何度も頭を下げた。

「宮様たちが大切に世話してくださったから、この金魚たちもしあわせだったはず。庭にお墓を立てて、弔いましょう」

家茂は藤子を立ち上がらせながら、憐《あわ》れむように池を見ていた。

「よきお考えと存じます」

ふたりは松の木の下を選び、奥女中たちが用意したくわ《鍬》で、小さな穴を掘った。

藤子が死んだ金魚を鉢へ入れて、ふたりに手渡してきた。

和宮がためらっていると、家茂の手がさっと伸び、てのひらに死んだ魚をそっと乗せた。穴のなかへ寝かせてやる。

ふたりで土をかけ、白い石を墓標に置いた。

手水鉢《ちょうずばち》で手を洗ってから、並んでこうべを垂れ、目をつむり、だまって手を合わせた。

(ありがとう。これからも、わたくしたちを見守ってたもれ)

和宮が目を開けると、家茂はまだまぶたを閉じていた。

(ほんまにやさしい人や。この人とやったら、一生やっていける)

目を開けた家茂は、いたわるように小さな墓石を撫でた。

「生きとし生けるものとは、必ず別れが来ます。私は宮様に、悲しみも一緒に差し上げてしまったのかも知れません」

「でも、この金魚たちは、わたくしたちによろこびも与えてくれました」

ふたりそろって立ち上がり、なんとはなく空を見上げた。

いつのまにか、空はうそのように晴れわたり、宵の明星が輝いていた。

「私は一番星のような将軍でありたいと願っています」

意味をつかみかねて隣を見ると、家茂が精悍《せいかん》な表情をしていた。いつも表にいるときはこのようにりりしい顔つきをしているのだろう。

「この国はいま、落日のときにあり、闇夜へ向かっている気がします。太陽や月のように明るくなくてもいい。それでも真っ先に暗い夜で輝いて、人々に希望を示したいのです」

変わったことを言う将軍だ。でも、家茂らしい。

「ああ、そうでござった、宮様。いつもいただく染筆の詠歌のお礼に、差し上げたいものが」

家茂はやわらかく笑うと、懐から小さな薄い木箱を取り出した。

「まあ、なんでしょう」

受け取ってふたを開けると、べっこう《鼈甲》のかんざしが入っていた。

「わぁ」と、おぼえず声が出た。

扇型で、白ぼたんの蒔絵《まきえ》が施されている。そういえば半月ほど前、お気に入りのかんざしが折れてしまったと話したのを、覚えていてくれたのだ。

「いつも気にかけてくださって、ありがとう存じます」

いますぐにでも髪に着けたいと思った。

「宮様は喜び上手ですから。お顔を見ると、しあわせな心地がします」

まったく同じだ。家茂が喜ぶと、和宮も嬉しくてたまらない。

「奥へ渡ると言うと、家臣からまたかと冷やかされるのですが、おみやげがあれば堂々とお目にかかれますゆえ」

同じ話ではないか。和宮は泣きそうになった。

「おみやげがなくても、上さまとお会いできることが、わたくしにはなによりの喜びでございます」

たまらなくなって、すがりついた。

何かですこしふくらんだ家茂の胸元から、あん《餡》のような甘い香りがした。家茂は頻繁に好物の菓子を献上されるのだが、それが美味だと和宮に持ってきてくれる。今回はどんな菓子だろう。

和宮はしあわせだった。

6

——文久二年（一八六二）十月

御小座敷《おこざしき》で、和宮は天井を見つめていた。とっくに目は覚めているが、大奥のしきたりで起きる時間がきちんと定められている。

夏から秋にかけ、和宮は目が腫《は》れたり、足を痛めたり、吹き出物が出たりと、さんざん体調をくずした。きょうは寒気までして、頭も痛い。弱い体がうらめしいが、家茂が見舞いに来てくれるのが嬉しかった。

昨夜亥《い》の刻《こく》、夫婦で一緒に「御手かちん」という猪子《いのこ》もちを食しながら、たくさん話をした。玄猪《げんちょ》の日は新穀で搗《つ》いたもちを食べて、その年の収穫を祝う。多産ないのしし《猪》にあやかって、子宝を願う慣習だ。甘いもの好きの家茂が言い出した趣向である。

「お目覚めになってもよろしゅうございます」

お伽坊主《とぎぼうず》がふすまごしに声をかけてきた。剃髪《ていはつ》した五十すぎのおんなは袈裟《けさ》がけした僧形《そうぎょう》である。男と見まがう風貌で、中奥とも行き来できる身分だ。寝所の世話もし、家茂への言伝《ことづて》も快く引き受けてくれた。嗣子はまだ信用するなと言うのだが。

やがてふすまが開き、交替で控えている御台所つきお中﨟たちが現れた。

「六《む》ツ半時《はんどき》おめざめ、おめでとうございます！」

廊下から元気な声が聞こえてきた。

大奥の各部屋に、御台所の起床を知らせに回る。長年受け継がれてきた大仰な風習だ。

うがいをし、おんなたちに顔をぬか袋で洗ってもらった後は、入浴である。

寒気を覚えたが、たくましい御末《おすえ》が運んできたかけ湯を浴びた。

奥女中たちが、座ったままの和宮の体をぬか袋で洗ってゆく。

湯あみがすむと、おんなたちが髪をくしで梳《す》かし始める。

「ますますごきげんよろしゅう！」

おんなたちの唱和が、重い頭にずんとひびく。

不調を悟られないよう、何食わぬ顔で立ち上がった。

次は朝餉《あさげ》だ。御中居《おなかい》が膳立ててくれた料理は贅沢で、お気に入りの落とし卵のみそ汁、香りのよいさわさわ豆腐《どうふ》のつゆと続く。

食欲がなく、わずかしか手を付けられずに食べ終わると、身支度だ。

毎朝、歴代将軍の位牌が安置してある大奥の仏間へ参拝するために、中奥から将軍が正装してやってくる。正室は打掛に着がえて出迎える決まりだ。

鈴が鳴り、いつものように家茂が笑顔でやってきた。夫の顔を見るだけで、体の不調も和らぐ。

仏間では、ふたり並んで静かに合掌する。

ひとつのことを夫婦で行うこの静かな時間も、和宮は好きだった。

参拝が終わると、あさの総触れだ。

正室はもちろん、お目見え以上の奥女中たちが着飾って御小座敷と上《かみ》お鈴廊下に勢ぞろいし、挨拶をする。

「ではまた、宮様」

お鈴廊下で、家茂は必ずほほえみながら声をかけてくれた。

表へ行く家茂とは、これでしばしのお別れだ。

和宮は廊下の端に家茂の姿が消えてしまうまで、見送る。

きょうの家茂は、いつもより早足だった。

京がひどく荒れているらしい。攘夷が叫ばれ、暗殺が横行していると聞いた。

先に勅使の大原重徳が江戸へ来た目的は、慶喜と春嶽を重職につけるほか、国事を議するべく将軍の上洛を求めるためだった。家茂は政を老中任せにせず、しっかりと話を聞き、自ら考えてよき政をしようとしていた。だから多忙を極めている。

新御殿の御休息の間まで戻るなり、和宮はぐったりとして座り込んだ。家茂に心配はかけまいと気を張り詰めていたせいか、だるさがどっと襲ってきた。

「宮さま！　とてもええお話を仕入れてきまいた」

藤子があわただしく部屋へ飛び込んできた。

京組の女官が来ると、天璋院がつけたお中臈たちはいそいそと部屋を後にする。本当はよく話してわかり合うほうがいいのだが、まだまだ信用ならないからと、嗣子が決めたひとまずの決まりだった。

「あの受け口の御客会釈から聞いたんであらしゃいます」

将軍が大奥へ渡る際にもろもろの差配をする三十代の奥女中とはよく顔を合わせた。物腰も柔らかく、藤子と話が合うらしかった。

「公方さまの水かけには、深いわけがあったそうであらしゃいます」

家茂の師は戸川安清《とがわやすずみ》という旗本で、書の達人ながら、いかんせん高齢だった。戸川は侍講《じこう》の直前に尿意を催したのだが、江戸城内はだだっ広く、はばかりに行けば刻限に遅れてしまう。戸川はがまんして将軍の御前に出たものの、ふとしたはずみに失禁してしまった。とんでもない粗相《そそう》である。

「ほな、家茂さまはその者を救うために……」

藤子が目を潤ませながら、うんうんとうなずく。

「ほんまにおやさしいお方であらしゃいます」

厳罰を覚悟していた戸川に、事情を察した家茂はいきなり水を浴びせかけた。「明日また来るように」と言い捨てたのは、「恥と思って自死などせぬように」との戒めだった。大切な師を守るために、じぶんに悪評が立つことを家茂はいとわなかった。その心を知り、戸川は涙していたのだ。将軍の奇行に驚き慌てた側近たちは、滂沱《ぼうだ》と涙する戸川から聞いて真相を知った。家臣の名誉を守るために家茂は他言を禁じたのだが、あらぬ悪評に憤慨した戸川本人が最近になって事情を明かしたため、仔細《しさい》がわかったという。

「夫を心からお慕いできるとは、わたくしは、なんとしあわせなんやろ」

おぼえず和宮は涙した。藤子がもらい泣きしている。

「藤子、おまえの占いはやっぱり当たらへんかった。末吉どころか、この婚姻は大大吉やった」

「占いが外れて、ようございました」

二人が顔を見合わせながら泣き笑いしたとき、ふすまの向こうからこほんという嗣子の咳払いが聞こえてきた。

嗣子はぴしゃりと音を立てて、後ろ手にふすまを閉めた。

「宮さまにお話があるであらしゃいます。誰も盗み聞きをしいひんようにな」

言葉にとげ《棘》がある。頼りになる才女で、朝廷のためにと奮闘してくれるが、行きすぎではないかと和宮は感じていた。

「また、何かあったんか？」

嗣子のやつれ顔は、怒気を含んでいる。

「あの手この手で、天璋院がじゃま《邪魔》をしてくるであらしゃいます」

大奥における対立は、ひどくなる一方だった。

和宮は御台所用に用意された衣服や調度でなく、都から持参した京風のものを使った。それが降嫁の条件だったからだ。諸行事における進退の作法や結髪、服装も細かく違うが、そのたびに天璋院の遣いとして瀧山が現れ、いちいち文句をつけてくる。京風だからと説明しても、ここは江戸じゃと押し問答になるわけだ。上から下まで、御風違いを巡って、毎日いさかいが絶えなかった。ある日は「指を差されて笑いものにされまいたので、こっちから笑い返してやりまいた」

と、藤子も口をとがらせていたものだ。

「お治《はる》とお信《のぶ》の笹湯《ささゆ》の件で、瀧山が表を通じてねじこんで参りました。宮さまの呼称で、こっちが勝ちそうやから、やり返してきたのであらしゃいます」

江戸でははしかが大流行し、万を超える人々が亡くなっており、ついに大奥でも罹《かか》る者が出た。笹湯ははしかを治すために、酒を入れた湯を浴びるならわしなのだが、京と江戸では手順が違う。

和宮はさらに体のだるさを覚えた。

ひさしぶりに、いやや、いややと言いたくなる。

「二人は京組であらしゃいます。ここで先例を作ってしもたら、万が一、宮さまがお罹り遊ばしたときも、江戸風でやると言い張りかねまへん」

皇家の誇りがあるから、いたずらに譲ることはできない。だからといって、相手にむりやり譲らせるのも間違いだ。時をかけて互いの違いを認め合い、共存を図ってゆけばいいと、和宮は長い目で物を考えるようになっていた。和宮の呼称は今後も続くことだから譲らないとしても、笹湯ははしかが流行している間の一時的な儀礼だし、急ぎだから、風儀にこだわるべきでない。

「宮さま、死んでしもうた金魚であらしゃいますけど」

と、藤子が言いにくそうに声を落とした。

「前の日に天璋院が差し入れてきたかつおぶし《鰹節》に毒が入ってたんやと、御末《おすえ》が言うとりました」

えさのぼうふら《棒振》が苦手や、と和宮がお中臈に漏らしていたのを聞きつけ、天璋院が贈ってきたかつおぶしだ。

「ただの偶然や。なんで姑が嫁夫婦のかわいがってる金魚を殺さなあかんのんえ?」

「おふたりが仲睦まじいのを、ねたんでおるんであらしゃいます」

嗣子が強い語調で言い切った。

「わたくしはいつまで、闇のなかで暮らせばええのであらしゃいますか」

朝廷では典侍の高位にありながら、嗣子は八畳間を一室与えられているだけだった。おまけに闇夜のように暗い部屋で、手紙を書くにも縁《えん》座敷まで出ねばならないと激高していた。嗣子は対立をおおげさに京へ告げ口しているらしく、それが天璋院の耳にも入り、さらに対立を煽《あお》り立てていた。

「わたくしからも京に文を書いた。呼称については、向こうが折れるしかないやろ」

あの天璋院とじかにやり合う自信はまだなかった。孝心の厚い家茂に、嫁と姑がいがみ合う姿を見せたくなかった。御風違いや京組の待遇の改善を朝廷に求めているが、おそろしく迂遠《うえん》で、時を要した。

「用なしの先代の後家には出て行ってもらうのが、大奥の決まりごとであらしゃいます」

嗣子が鼻の穴をふくらませる。

天璋院は「嫁が来て姑を追い出すとは、奇体なことよ」とうそぶいて、いつまでも二の丸へ移ろうとしなかった。家茂への未練だ、和宮への嫉妬だと嗣子たちは言うのだが、本当だろうか。慶喜を推していたはずの天璋院が、てのひらを返したように家茂を盛り立てている理由は簡単だった。和宮と同じく、家茂に惚《ほ》れ込んだからだ。

「御祐筆《ごゆうひつ》はもうお味方であらしゃいます」

嗣子はお治とお信を引き連れてあちこちへ出向き、大奥に残りたいのか、それとも天璋院とともに出てゆくのか、二つに一つとおんなたちに迫っているという。揉めるはずだ。

「御切手書《おきってかき》も寝返らせまいた。将軍つきのほうがねらい目であらしゃいます」

和宮も最近ようやく覚えたが、大奥と外部の出入り口を日がな監視するお役目だ。最初のころは京風を嗤《わら》っていたのに、教えを乞いに来たらしい。大奥のおんな主はあくまで御台所だから、いずれ勝負がつくと見て、長い物に巻かれたほうがいいと考えたのだろう。

「人間はころころ変わってしまうのんやなぁ。天璋院さまも気の毒なもんや。せっかく大奥に居場所を見つけられたのに」

姑の態度は一貫して無礼で傲慢だが、変わったのは和宮のほうだ。

「天璋院さまがねこを飼い始めたんは、先代が他界されてからやそうな」

法外なえさ代は無駄遣いに違いないが、愛する夫を失ったさびしさを、ねこでまぎらわせているのだ。想像もしたくないが、もしも家茂を失ったなら、和宮も心にぽっかりと大きな穴が空くだろう。

「敵に情けは無用にございます」

家茂の養母はやっぱり「敵」なのか。頭がくらくらしてきた。

「わたくしは徳川のおんなになったんや。家茂さまのためやったら、屈辱でも耐えられる」

「宮さまへの非礼は、天朝に対する非礼。近ごろの宮さまはどうかなさっておいでであらしゃいます。宮さまは帝の御妹君におわします」

「それはそうやけど、大樹公の正室でもあるのんえ」

「宮さま、お気を確かに。なんのために下向されたのであらしゃいますか?」

体が熱い。

ずっとがまんしてきたが、はしかをうつされたようだ。

「戦うつもりで江戸へ来たけど、いまは違う。家茂さまがだい好きになってしもたんや」

高熱のせいで、意識が定かでないが、じぶんの気持ちをすなおに口にした。

「宮さま、どないなされまいた？　ひどいお熱！」

あわてた様子の藤子が金切り声を上げている。

まだ、生きたい。いま、和宮はしあわせなのだ。

二人がじぶんに、なにか話しかけていた——。

7

——文久三年（一八六三）二月

ゆうげの後、御小座敷《おこざしき》でふたりきりになった。

あす、夫は上洛の途に就《つ》く。家茂は帝より要望のあった安政の大獄の大赦を行い、処刑された吉田松陰《よしだしょういん》、橋本左内なる藩士たちの罪も赦免した。上洛は国内の融和を図り、将軍が帝に拝謁して公武一和の気運をさらに高め、幕府の勢威を回復するためだ。

（夫婦《めおと》になって、まだ二年目やのに……）

和宮の目から勝手に涙があふれ出てきた。

「宮様、一日も早く戻りまする」

やさしい言葉に、おぼえずすがりついた。

和宮にとって、いちばんしあわせな場所は、夫の腕のなかだ。

「あしたは、きちんとお見送りをいたします。そやけど、いまは……」

甘えたかった。だい好きな人の子を産みたかった。

和宮と藤子が続けてはしかで寝込んだ後、家茂も罹った。見舞いに来たときに、うつしてしまったのだ。家茂が病臥《びょうが》すると、こんどは和宮がつきっきりで看病した。天璋院に止められたのに、家茂は和宮を見舞い続けたのだと、後でお伽坊主から聞いた。そのとき、家茂が亡くなったら、じぶんはもう生きてはいけないと気づいた。

これほどに思われて、その愛に応えないおんながいるだろうか。

「宮様の詠まれた歌を、二人の母に自慢しました。私は何とすばらしい女性を妻にしたのかと」

和宮の背を家茂がやさしく撫でている。

家茂に贈った歌は、いまの和宮の気持ちをそのまま歌ったものだ。

〽　惜しまじな　君と民との　ためならば　身は武蔵野《むさしの》の　露と消ゆとも

世間はこの歌にある「君」が兄帝を指すと解するだろう。もちろん間違っていないが、夫も含まれていることを、捧《ささ》げられた当人の家茂は知っていた。

「京はひどく騒がしいとか。家茂さまに万が一のことあらば、わたくしもあの世へお供いたします」

いまの京は、攘夷を叫ぶ長州藩が力を持ち、幕府に近い九条関白が辞職へ追い込まれた。自らを「志士」と呼ぶ浪士たちが「天誅《てんちゅう》」と称して要人たちを殺《あや》めている。昨年、治安を守るため、新たに京都守護職が置かれ、会津藩が大役を担うこととなった。さらに、将軍警固のために手練《てだ》れの浪士を募集したところ、小石川伝通院《こいしかわでんづういん》に二百名ばかり集まったそうだが、和宮は心配でならなかった。

家茂はそっと身を離し、すぐ間近で和宮を見た。

「宮様は御台所でござる。もしも私の身になにかあったときは、おんな大将として、どうか徳川と江戸の民をお守りくだされ」

「……わたくし、が？」

皇女が徳川家を守るのか。ふたりはまだ二十歳にもなっていなかった。人生も半分以上残っているから、家茂が亡くなった後のことなど考えもしなかった。

「いかにも。天璋院様もお力を貸してくださるはず」

和宮は徳川家茂の妻として、かくも信頼されているのだ。

「たしかに承りまいてございまする」

しっかりと夫の目を見ながら答えた。

いい、はしかのときは心配したが、若い家茂が病で死ぬはずもない。将軍はきちんと警固がされるから、だいじょうぶだ。

「そやけど、家茂さまがおられへん間、さびしゅうて、どないしてたらええのんやろ……」

この一年、人生の大半を占めていた夫があすからいなくなるのだ。数か月は戻れないという。

本当に耐えられるだろうか。

「幼かった私は、望んで将軍になったわけではありません。でも、天命により将軍となった以上、与えられた役目をまっとうするつもりです」

家茂は数え四歳にして紀伊藩主となり、十三歳で将軍継嗣と目されたものの、別段の野心など抱いていなかった。慶喜を擁立すべく動いていた一門の松平春嶽も、いまでは家茂を強く支持し、新たに政事総裁職《せいじそうさいしょく》に就任した。家茂と和宮が仲睦まじい間柄であれば公武一和を実現しうると、春嶽は説いているらしい。

「帝とご一緒に、外患に悩むこの国をひとつにまとめて、民をしあわせにしたい。そのためなら、なんでもするつもりです」

これほど立派な夫に嫁ぐことになろうとは、想像だにしなかった。和宮は徳川家御台所として、若き将軍を誇りに思った。

耳元でやさしいささやきがした。

「宮様は人形をお好きでしたね？」

またなにかくれるのかと思いながら「はい」と応じると、家茂がためらいがちに口を開いた。

「恥ずかしくて秘密にしていましたが、私には幼いころから大切にしている人形がいるのです。ひとりきりのときは、いまでもよく話しかけます」

もう魂が入った気がして、とても捨てられないという。和宮と同じだ。

家茂は懐のなかからふくさを取り出して、開いた。

「這子《ほうこ》といいます。預かってくださいませんか」

這《は》い這い人形は、絹で作られた小さなぬいぐるみで、凶事を払う。亡き父の形見らしい。

「そやけど、とても大切な……」

「だからこそです。長旅でなくしてしまうのが嫌なので。這子も一人きりでいるより、宮様のそばにいるほうがしあわせですから」

御台所と違い、将軍は公の場に顔を出し続ける役回りだ。とても這子を連れてはいけまい。わらべみたいだと馬鹿にされるのも嫌なのだろう。

「這子どのを家茂さまだと思って、大切にいたします」

和宮は藤子を呼び、部屋へ文箱を取りに行かせた。ふきを紹介すると、家茂は「生きているみたいですね」と、嬉しそうにそっと抱き上げた。

まさか天下の将軍と、人形で心を通じ合わせるとは思わなかった。

這子がいれば、さびしさもすこしだけまぎれそうだ。

文箱のなかにふたりをそっと並べた。新たな友を得て、ふきがとてもしあわせそうに見えた。

8

——文久三年（一八六三）十一月

昼下がりの新御殿は火鉢でしっかりと温《ぬく》められている。でも、和宮の心はまるで外の木枯らしにさらされている気がした。

「宮様をまたおひとりにするのは、はなはだ心苦しゅうござる。されど、どうかおわかりくだされ」

畳に突かれた家茂の手に、和宮はじぶんの手を重ね合わせた。せっかく夏に帰府《きふ》したと思ったら、二度目の上洛だ。年内に江戸を発《た》つと決まったらしい。

また何か月も会えなくなる。つらくてたまらないが、和宮もすこし成長した。

「さびしゅうございます。でも、これもお役目。わたくしには這子どのがおりますゆえ」

和宮が口もとに笑みを作ると、家茂はほっとした様子でほほえみ返した。

「また宮様が涙されたら、いかがしたものかと思い悩んでおりました」

家茂とて、好んで上洛するわけではない。でも、八月十八日に政変が起こり、長州藩と攘夷派の公卿《くぎょう》たちが禁中から追放され、朝廷では公武合体派が力を持つに至った。この機に将軍が上洛して公武の融和を推し進めることを、帝も望まれたのである。

「ご無事にお戻りくだされば、なにも申すことはございませぬ」

前回の上洛に際して和宮は、伊勢《いせ》両宮はもちろん山王社《さんのうしゃ》など七か所に家茂の安泰を祈願させ、家茂の産土神《うぶすながみ》である氷川社《ひかわしゃ》には特に念入りに祈禱《きとう》を命じた。さらに、芝増上寺護国殿《しばぞうじょうじごこくでん》の黒本尊《くろほんぞん》の御札を勧請《かんじょう》して部屋の上段に置き、四方の縁座敷をぐるぐるめぐる百度参りをした。徳川家祖先の守り本尊だから、嗣子に嫌味を言われたが、なりふり構わずお百度を踏んだ。今回もするつもりだった。

「お留守は、わたくしが御台所として、しっかりとお守りいたします」

でもこの日、和宮は朝廷に文を書いた。

将軍の御用がすみ次第、すみやかなる帰府を、と。

「頼もしい宮様だ。必ず無事に戻って参ります」

和宮は未練を顔に出さず、家茂を中奥へ見送ると、傍らの藤子に早口で命じた。

「嗣子に大事な話がある。おまえもつき合いなされ」

やがて現れた嗣子はいつものように不機嫌そうな顔つきだった。

近ごろは衝突してばかりだ。ともに江戸へ来てから二年ほどになるが、髪に白いものが交じるのを見て、すまないと思った。

「きのうの夜、大典侍《おおすけ》と長橋局《ながはしのつぼね》からもろた文を読みまいた。じぶんを罷免《ひめん》しろて願い出たそうやな？」

嗣子がだまってうなずくと、その傍らで藤子が飛びあがった。

「天璋院さまの一件やろ。思うところを聞かせてんか」

嗣子はためらいを見せたが、静かに口を開いた。

「いまさら、なにを申し上げても。すべて、済んだことにあらしゃいます」

六月半ばに家茂が帰府してまもなく、天璋院は「大奥を出て二の丸へ移る」と言い出した。嗣子は勝利にほくそ笑み、藤子たち京組も快哉《かいさい》を叫んだが、和宮は家茂の悩みを察し、沈んだ様子を見て、心を痛めていた。事情を確かめたところ、天璋院の無礼なふるまいは禁中でたびたび話題にのぼっていた。まだ新御殿に居座り、和宮は召使いの部屋に住んでいるという流言が京でささやかれるにいたって、節介焼きの公卿、野宮定功《ののみやさだいさ》が京にいる老中に善処を要望し、これが兄帝の思し召しであると伝わって、天璋院がつむじを曲げたらしいとわかった。嗣子の打ってきた手が、ついに功を奏したわけである。

嗣子にしてみれば大手柄のはずだが、和宮は天璋院のもとを訪れ、転居を思いとどまるよう頭を下げて頼んだ。ところが「もう決めたことじゃ」と応じなかったため、兄帝に文を送った。その結果、大典侍と長橋局から天璋院へ本丸にとどまるようにと達しがあり、転居を見合わせることとなった。嗣子は和宮の裏切りに呆然《ぼうぜん》としていた。

「大奥で起こるいざこざの数々。宮さま、もうわたくしの手には負えまへん」

和宮の御用は江戸方が務め、京風は無視される。嗣子以下は大奥でいまだによそ者扱いだ。なにを誰がやるか、どの御風でやるかで、大奥内は毎日のように揉めていた。嗣子は、朝廷のご威光を守るために獅子《しし》奮迅《ふんじん》の働きをしてきたのに、和宮が家茂に惚れ込んで、江戸風でよいなどと後ろから鉄砲を撃ってきたわけだ。見方を変えれば、和宮はじぶんの思いばかりを通し、嗣子たちの苦闘を思いやれなかったことになる。

「思い返せば、わたくしにこそ大きな不行き届きがあった。いろいろあっても、おまえがいれば何とかしてくれるという甘えもあった。大奥の揉めごとをおまえだけに背負わせてしもうた。どうか、ゆるしてたもれ」

和宮は両手を突き、頭を下げた。

家茂と心を通い合わせるうち、自然と人に頭を下げられるようになった。

「宮さま、おやめくださいまし」

「おまえはいかなるときも、ただじぶんの不行き届きゆえとして、わたくしへの恨み言はいっさい記さなんだそうやな。それはおまえが私心やのうて、ただ天朝のためを思うていてくれたからや。そのような見上げた典侍に見捨てられてしまうんも、わたくしの不徳のいたすところや」

和宮は顔を上げて正面から嗣子を見た。

「そやけど、嗣子。姑と戦って、勝って、大奥から追い出して、その後はどないなる？　ほんまにそれが公武一和なんやろか？」

　家茂は心を痛め、江戸城のおんなたちの間には亀裂が残ったままだ。嫁と姑がいがみ合ったままで別居して、徳川家の裏方はうまく回るのか。

「宮さまは、帝か大樹公か、いずれが大事と思し召されますか？　お答えにはなれへんはず」

「簡単に答えられる」

　和宮は嗣子に向かい、堂々と応じた。

「どっちも大事や。それが公武一和やないのか。見とれ。わが夫はほんまに誠実なお人や。お会いすれば、誰もが好きになる。誰からも悪口を聞いたことがないやろ？　帝は家茂さまに一度会われて、たいそうお気に入りになられたんや」

　家茂はおくびにも出さず、和宮も最近まで知らなかったが、朝廷は、初対面の家茂を冷遇した。とくに公武一和に反対する攘夷派の公家たちは、のこのこ上洛してきた若造をやり込めて、朝廷が幕府より上なのだと骨身に沁《し》みさせてやろうと待ちかまえていた。帝の御前に伺候した日は、上段の間に公家たちがずらりと並び、中段の間に家茂を座らせて質問攻めにしたが、礼儀を失わず誠実かつ毅然と応じる若き将軍に、逆に感じ入ってしまった。家茂のことを悪く言う公家は、ただの一人もいなくなったという。

「こんどの上洛で、わたくしのだい好きなお二人は、仲睦まじい義兄弟になられるはずや。わたくしの大切な夫を、帝がないがしろになさるわけがあらへん。ほんものの公武一和をなしとげられる。嗣子、そう思わへんか？」

　二度目の今回は、家茂を精いっぱいもてなそうと、公家たちが待ちかまえていると聞いた。帝は家茂に板輿《いたごし》を与え、身内の義弟として常の御殿でともに酒を楽しみ、茶室「聴雪《ちょうせつ》」で歓待したいとお考えであるらしい。

「ほな、毎日起こる大奥の揉めごとをどうなさると？」

「細かいことは一つひとつ、時間をかけて話し合わなあかんけど、おおもとは簡単に解決できると思う」

大奥では、まず上に立つ者が変わらねば、下が変わりはしない。でも、家茂が敵地に乗り込んで公家たちの心を摑んだように、人の心は変えられるのだ。家茂が「宮様」と呼ぶように、上に立つ者が御風にこだわらず、誠実なやさしさで応じ続ければ、きっと人は変わる。だから、和宮もことさらな京言葉を控えるようにもなった。

和宮がもっと変わって、天璋院を変えるのだ。

「悪いのはわたくしや。将軍御台所が天璋院さまの信をいまだ得られへんばっかりに、要らざる揉めごとが次々と起こるのんや。まだまだ時間はかかるやろけど、公武一和で徳川家を、皇家を、この国をひとつにまとめられる御台所として、天璋院さまに認めてもらえるよう、力の限りを尽くす。そのときに初めて、大奥のいさかいは小さなもんになるはずや」

「あのお人が宮さまを認めるやなんて、とても思えまへん」

「家茂さまとお話しして、たまに天璋院さまとお目にかかって、気づいたことがある」

和宮は嗣子を見すえた。

「いつかお前がかまきりの話をしたのを覚えてるやろ？　天璋院さまこそ、かまきりや。わたくしは義母上《ははうえ》を尊敬申し上げている」

先代家定は、幼時にかかった疱瘡《ほうそう》のせいで目の周りに大きなあざがあり、人前に出たがらなかった。癇癪《かんしゃく》もちで奇矯な行動を繰り返し、乳母以外の人間に対して固く心を閉ざしていた。結局、政は老中にすっかり任せ、大奥では菓子作りにいそしんでいた。名君と呼ぶにはほど遠いが、暴君ではなかった。和宮はすばらしい夫と結ばれたが、天璋院の場合はまるで違った。じぶんを信じず、煙たがり、嫌っている夫だった。島津家から連れてきた少数の侍女を除き、周りはまさしく敵だらけだった。

とつぜん田舎からやってきた身分の低い一人の娘は、敵だらけの大奥で露骨に蔑まれ、虐げられた。それでも天璋院は夫の心を開こうとした。一緒にかすてらを焼き、まんじゅうを蒸した。煮豆やふかし芋もたくさん作った。みずから製法を学び、卵に砂糖、小豆から小麦、さつまいもまで、あちこちから選《え》りすぐりの材料を求めさせた。失敗するたび癇癪を起こす夫に寄り添い続けながら、変わり者の将軍の心を粘り強く、すこしずつ開いていった。ひたむきに夫に尽くす天璋院の姿を見て、大奥の女たちも次第に変わり始めた――。

「つまり、徳川を喰《く》ろうてしもたと？」

「そうや、いまの天璋院さまは、徳川そのものなんや。あのお人は、わたくしと朝廷から徳川を守るために命を懸けておられる。わたくしの戦いは姑を追い出すことやない。天璋院さまに認められたとき、やっとほんものの御台所になれるんや。そのときこそ、帝のご叡慮《えいりょ》である公武一和が名実ともに成る」

和宮はもう一度、嗣子に向かって頭を下げた。

「ほんまの戦いに勝てる日まで、わたくしのそばで支えてくれへんか」

大廊下のほうから、また何やら言い争うおんなたちの声が聞こえてきた。

「……最後まで、お供をさせていただきます」

嗣子がいつもの厳しい表情にほんのり笑みを浮かべると、隣で藤子が目頭をぬぐった。

9

――元治元年（一八六四）九月

江戸城から見上げる秋の月は、くっきりと澄んでいた。

よるの総触れの後、御小座敷の蔦の間の窓辺に並んで座り、ふたりでよく空を見上げる。

「このおまんじゅうに穴を開けて、そこから月をのぞくのでございます」

京から取り寄せた宮城野萩《みやぎのはぎ》のはし《箸》を使って和宮がやってみせると、家茂もじぶんのまんじゅうに穴を開け始めた。

「禁中ではおもしろい遊びをなさるものだ」

「月見の儀では、他にもお菓子をたくさんいただくのですよ。家茂さまなら、きっとお喜びになるはずです」

先だって、つれづれの菓子談義から、〈月見の儀〉の話になった。十六歳を迎える年の六月に行われる子女の成人儀礼で、よりどりみどりの菓子を月に供える。月見御用を勤めるのは虎屋だ。藤子に命じて取り寄せたものが、今日届いたのである。

「して、ほかにはどんな菓子が？」

「さようですね。水ようかんに琥珀《こはく》まんじゅう、椿《つばき》もち、ひなどり……。たしか、十《とお》以上ありました」

「それをぜんぶ、食べると？」

「まさか。食べきれませんもの」

「でも私なら、平らげてしまうかも知れませんね」

「まあ」と和宮が、まんじゅうの穴から夫をのぞくと、家茂も同じことをしていた。

ふたりは同時に声を立てて笑う。

「わたくしたちは甘い物を食べてばかりおりますわね」

「たくさん食べているせいか、ときどき歯が痛むのです」

家茂があごに手を当てている。

虫歯ほどつらい病も世に少なかろうが、家茂はいくつもあるらしい。ひどく痛むときもあるそうだが、そんなそぶりを見せたことはなかった。

「では、こよいはこのおまんじゅうで、おしまいにいたしましょう。お役目にさしさわりが出ては困りますから」

「あと二つくらいなら、よいのでは？　せっかくの月見の儀ゆえ」

「では、あとお一つだけ。まったく家茂さまは食いしん坊であらしゃいますること。わたくしみたいに」

またふたりで笑った。

世にある、しあわせというしあわせを、じぶんの身ひとつに集めてしまったように、和宮はしあわせだった。

最後のひとつを味わった後、家茂が月を見上げている。真剣な表情だ。

「京では戦が起こりました。私と帝の力で世の乱れを鎮めて、みなが笑顔で甘いものを食べられるようにしたいと願っています」

七月には勢力を挽回しようとした長州藩が京に出兵して、禁裏周辺で戦が起こり、薩摩藩や会津藩が勝ったといい、〈禁門の変〉と呼ばれている。激動の時代だが、そうでなければ、ふたりが結ばれることはありえなかった。京の話が出て、ひさしぶりに有栖川宮を想い、胸が苦しくなった。ふしあわせな人はいくらでもいる。最愛の夫とともに、みながしあわせになれる世にしたい。

「きっとおできになります。誰だって、家茂さまを好きになりますもの」

五月下旬に帰府してから、ふたりは一緒にいた。家茂はすでに二度上洛したから、これからも当分、同じはずだった。

「その後、観行院《かんぎょういん》さまのおかげんは?」

母の具合が優れなかった。家茂が気にかけて、じきじきに見舞ってくれた。大奥の医師をつけ、幕府の医局が秘蔵する大人参《おおにんじん》や熊胆《ゆうたん》を処方させてもいた。母はなにができる人でもないけれど、近くにいてくれるだけで心の支えになった。和宮の家茂自慢を聞き、娘が愛する夫と結ばれたことを心底から喜んでくれた。

「もともと体の弱いひとですから……」

和宮も同じだ。よく病気をして、家茂にも心配をかけている。

「さらに手を尽くさせましょう」

和宮が家茂の肩へ頭をもたせかけると、やさしく抱き寄せられた。

「宮さまのおかげんは？」

夏以来、和宮は何度もえずくようになった。医師が「和宮様、恐悦の御催《おんもよお》し」と見立てたため、嗣子が早々に〈ご降誕の次第〉を禁裏に尋ねた。以来、正室の懐妊だと、城中は大騒ぎになっていた。

「きっと元気なお子を産んでみせます」

和宮が下腹へ手をやると、家茂がその上にそっと手を置いた。あたたかい。

世は動乱のまっただなかでも、将軍と御台所は固い絆《きずな》で結ばれている。

ふたりできっと世に平安を取り戻せる。和宮は確信していた。

10

——元治元年（一八六四）十一月

日も暮れかけるころ、よるの総触れに向けて、大奥はいっそうにぎやかだ。

「浜御殿《はまごてん》はいかがでしたか」

天璋院が大奥の御広間へ戻るや、すぐに御年寄詰所から瀧山がやってきた。

「たまに、どうしても海のにおいを嗅ぎたくなるのじゃ」

生まれ育った薩摩の海が懐かしい。年になんども夢に見る。

「海のお話ではなく。御台所はどのような振る舞いを？」

あさから一日、浜御殿に遊んだ。

孝行者の家茂が声をかけてきたのだが、裏で和宮が和解の糸口を求めて動いているのはわかっていた。瀧山を連れて行けば話がややこしくなると考え、留守居をさせた。

「御台所にいたずらをしてやった」

天璋院は腹の底から気持ちよく笑った。

夫の家定は凡庸な人間だった。いや、それ以下だったろう。それでも最後には、天璋院を心から信じ、徳川家を託してくれた。将軍としては失格だったけれど、最後にひとつだけ、すぐれた決断をした。継嗣に家茂を選んだことだ。島津家の意向を受けて一橋慶喜を推す天璋院に対し、家定は言い切った。

――あやつはだい嫌いじゃ、と。

家定は死に際し、かすれ声で「後を頼む」と言い遺《のこ》した。天璋院なら、家茂を支え、徳川を守り抜けると信じたからだ。

天璋院の願い通り、家茂は人品すぐれ、立派な将軍となった。問題は正室だった――。

「酒《ささ》を用意させよ。おまえもつき合いなされ」

瀧山の指図で奥女中たちがきびきび動く様子を眺めながら、天璋院は和宮との出会いとこれまでを振り返った。

武家の棟梁たる徳川家のおんな主が京風だなどという話はありえない。江戸城に入ったうえは、武家風で取りしきらねば、大奥が立ち行かぬ。じぶんも相当苦労したが、ひ弱な皇女ではとうていまとめられまい。大奥の乱れは、表で政をする家茂にとって、大いなる不幸だ。

世は激動の時代に突入していた。皇女など御台所にふさわしくないと天璋院は確信し、降嫁に反対した。それでも大奥に入ってくると聞き、小娘を鷹司孝子のようにせざるをえまいと覚悟した。これからもじぶんが大奥にあって取りしきり、家茂を後ろから支えてやらねばと心に決めた。内親王だかなにか知らないが、やわな娘など、意のままに従わせられると考えていた——。

「美味じゃな」

酒がうまいのは、天璋院が大奥での役目を無事に果たし終えたと確信できたからだ。

三年前、和宮との初対面を前に、天璋院は瀧山と策を練った。

武家の惣領《そうりょう》の姑として、示しをつけねばならなかった。将軍の養母が服すれば、和宮は家茂を当然ないがしろにする。いかなる悪名をかぶろうとも、どれだけ嫌われようとも、天璋院は和宮の上に立たねばならなかった。京風がどうのと、入城の儀さえ引き延ばしてくる駆け引きに、将来を憂えた。最初が肝心だ。ゆえに天璋院は、いいいしとねも置かぬ下座に和宮を座らせると決めたのだった。

ところが、結果はどうだ。

上座に向かって真横に座る和宮の姿を見て、これは拾い物かと期待を抱いた。

清水邸に戻ってから和宮が悔しさに泣いたと伝え聞き、実は気に入りさえした。敗北の悔しさを踏み台にして、人間は大きくなるからだ。世間知らずのわがまま娘かと思えば、まだ若いだけで、意外にも芯の強いおんなやも知れぬ。だが、しょせんは皇女だ。じぶんが島津を捨てたようには、皇家を捨てられはすまい。徳川のおんなにはなれぬと考えた。ゆえに和宮が好敵手となるなら、なおさら家茂を守ってやらねばならぬと、かえって危惧を抱いた。朝廷から徳川を守るためには、天璋院が大奥を支配し続けねばならぬと改めて決心した——。

「この三年、いろいろとあったのう」

瀧山に諮りながら、大奥から和宮以下を孤立させた。朝廷からちょっかいを出してきても、のらりくらりとかわした。これで心を病むようであれば、中の丸に押し込んで、すぐに側室を用意しようと考えていた。

ところが、事態は二人のまったく予想しない展開を見せた。

家茂と和宮が仲睦まじいのだ。それも、ありえないほどに。

とはいえ男女の仲など、ささやかなきっかけで醒《さ》めるものだ。嗣子というやり手の典侍と渡り合いながら、御風違いで、ことあるごとに波風を立たせ、和宮の自滅を待った。いっとき、嗣子たちが暇を取りたいと御所に願い出たそうだが、京組の結束は破れず、さらに強くなった。将軍と御台所の仲も、周りが羨むほどに深まってゆくばかりだった。

それだけではない。和宮は皇女の誇りをかなぐり捨てて、天璋院に頭を下げてきた。二の丸への転居を差し止めるよう、帝に文を書いたのには驚いた。

和宮の懐妊はぬかよろこびで、ただの病だった。

ひどく落胆して寝込んだ話も聞こえてきたが、それでも和宮は毅然と大奥での勤めを果たし続けた。のみならず、側室を持つよう家茂に話をしてほしいと、天璋院に申し入れてきた。見かけによらず、たくましい皇女だった。正直に言えば、気に入った。

「それで、天璋院さま。浜御殿で御台所をこらしめたのでございますか？」

「いや、そんな真似をする者がいたら、このわたしが赦さぬ」

潮入りの池を眺めようと中島のお茶屋へ入ったとき、天璋院は奥女中に命じてひとつのわな《罠》をしかけた。池に面した広縁《ひろえん》の踏み石の上に、女物の草履を二つだけ置き、家茂の草履を地べたへ置かせておいたのである。最後に、和宮が本物かどうかを試したかったたからだ。

三人で茶を喫した後、天璋院は池を見ようとふたりを誘った。

じぶんは草履を履いて、なに食わぬ顔で先に下りた。

すぐに、天璋院の期待を超えるできごとが起こった。

——上さま、お待ちを。

和宮は裸足《はだし》で冷たい地面へぴょんと跳び降りた。じぶんの草履をさっと払いのけると、家茂の草履を踏み台に置いて、お辞儀をした。それは、あまりにも自然な所作だった。

成長した皇女の姿を間近に見て、天璋院は涙しそうになった。

皇室で育った世間知らずの娘が、風習のまったく違う異郷の大奥へ来て、どれだけ苦労を重ねたろう。じぶんもよそから来たから、よくわかる。身分が低かった天璋院と違い、和宮は高貴であるがゆえに、数々の無礼になん倍もの屈辱を感じたはずだった。

この三年で、和宮はすっかり立派な武家の妻となっていた。

将軍と御台所が、夫婦として心の底から愛し合っている。

徳川二百五十年の歴史のなかで、ありえない話だった。家茂の愛とやさしさが生んだ奇跡だ。

天璋院は確信した。

この御台所なら、若き将軍とともに、この時代を渡ってゆける。

家茂と徳川家を安心して和宮に委ね、天璋院は大奥を去ればいい。

——宮さま。冬なのに、きょうはまことによき日和《ひより》でございますね。

天璋院は家茂とならんで池畔へ来た和宮に、ていねいな口調で語りかけた。本当は、さしていい天気だったわけでもない。

和宮が驚き顔でじぶんを見ていた。

それは、姑が初めて心から信頼して、大切な嫁に対してかけた言葉だった。

——はい。わたくしは江戸をだい好きになりまいてございます。

家茂がやさしくほほえみながら二人を見ていた。

天璋院は心から夫を愛そうとし、その愛をようやく得たのもつかの間、結ばれて二年も経たぬうちに先立たれた。血の繋がりもないけれど、このふたりには、しあわせになってほしいと、心から願った——。

けげんそうに見る瀧山に向かい、天璋院は声を立てて笑った。

「瀧山、二の丸へ移る支度をなされ。大奥はこれより、御台さまに任せる」

「負けた……と?」

「いいや、違う。徳川が時代と運命に勝ったのじゃ」

「されど、御台所は皇女にございます。好き放題にさせれば——」

「この国が栄える」

瀧山の話をさえぎってから、天璋院は干した盃《さかずき》を突き出した。

「もうひとり、上さまから自慢の家臣を紹介された。勝海舟《かつかいしゅう》と申す。調子のいい法螺《ほら》吹《ふ》きなれど、上さまにほれ込んでおる。なにかの役に立つじゃろう」

勝は貧乏旗本ながら、家茂に取り立てられて軍艦奉行になった。アメリカにも渡った四十過ぎの男で、もうひとり小栗忠順《おぐりただまさ》という切れ者と競わせながら、日本という舟の舵取《かじと》りを任せたいと家茂は言っていた。幕臣にも優れた人材がぞろぞろいる。

「いまに見ておれ。あのおふたりの下で、徳川は再興を果たす。最強の徳川家になる」

天璋院は盃をひと呑《の》みで空け、もういちど笑うつもりが、おぼえず涙ぐんだ。

11

――慶応元年（一八六五）五月

江戸の空には、夏の到来を思わせる白い雲が浮かんでいた。

臥所《ふしど》のわきに家茂が座り、和宮の熱っぽい手をにぎってくれている。

和宮はまた体調をくずして寝《やす》んでいた。共白髪《ともしらが》と言うけれど、きっと和宮は長生きできまい。じぶんの死後、家茂にはしあわせになってほしいと思った。

夫婦になって三年余りが経《た》ち、いまでは言葉を交わさなくても、心が通じ合う。

「ご人徳をもって民を撫育《ぶいく》されることこそ、公方さまのお務め。お留守の間、わたくしが御台所として江戸をしかとお守りいたします」

家茂はきょう、三度目の上洛の途に就《つ》く。

幕府は勅命を得て長州征伐の兵を起こし、昨年十一月に降伏させたが、再び長州藩が武備を整えて倒幕を掲げたため、再度の長征を行うこととなったのである。

「宮さま。おみやげには、なにを持ち帰って進ぜましょうか」

これから出陣なのに、家茂はほほえみを絶やさなかった。

妻に対してだけではない。家臣たちに接するときも同様だ。勝海舟なる腹心を浜御殿で紹介されたが、海千山千の幕臣さえ、家茂に心服する様子はほほえましかった。

いまさらながら、和宮は家茂の将軍としての偉大さがわかってきた。

知れば知るほど、好きになる。それが、和宮が運命で結ばれた夫、徳川家茂だ。

異国の脅威に備えるべく、家茂は身の回りから旧弊を着実に改めてきた。

城中では、格式を重んじ長袴《ながばかま》を引きずって歩いていたのを、動きやすい羽織袴でよいと言い渡した。将軍が率先せねば誰もできまいと、みずから進んで身に着けた。月代《さかやき》も変えて、総髪にした。歴代の将軍は老中たちに政を任せきりだったが、家茂は寄合に臨席してよく聞き、自らも意見した。見識のある外様大名を御座の間へ呼び、親しく話しもした。勝からの進言による神戸海軍操練所の建設も、小栗忠順の献策による横須賀製鉄所の建設も、反対にかかわらず自ら決断した。

家茂は型破りの将軍だった。前例を壊し続けている。

品川や目黒で鷹狩《たかがり》をするにも、増上寺や寛永寺《かんえいじ》、日光東照宮へ詣《もう》でるにも、かねて道中は、将軍の姿を見てはならぬと外出を禁じる触れが出されてきた。ところが家茂は家光以来、二百二十九年ぶりの上洛に際し、なにも禁じなかったから、行く先々で大勢の見物人が街道の左右にあふれ返った。家茂は堂々と馬に乗り、あるいは杖《つえ》を突いて橋を渡ったと聞く。

徳川家茂は歴代でもっとも偉大な将軍になる。徳川将軍は十四代が一番だと、世人に言わせたい。そうしてみせる。それが御台所の務めだ。

和宮が誇りに思う夫は、妻だけのものではない。みなが家茂を必要としているのだ。だから、こんどは泣き言などいっさい漏らさず、毅然と江戸城から送り出そうと決意していた。

ふたりとも、まだ二十歳だ。これからも人生は続く。

「都はまだ荒れておるとか。おみやげなどはご遠慮申し上げます。家茂さまがご無事にお帰りくださること以外、わたくしはなにも望みません」

じっと答えを待っていた家茂が、さわやかに笑った。

「難しいお顔をして長らくお考えになった結論が、それでござるか」

「はい。でも、本当の気持ちでございますから」

「私は、宮様の喜ぶお顔を見たいのでござる。こたびは長うなるやも知れませぬゆえ」

和宮の嬉しそうな顔を想像しながら品を考えるのが、楽しいらしい。

特に欲しいものも思い浮かばなかったが、以前、和宮が京から持ってきた西陣織《にしじんおり》の色打掛《いろうちかけ》を羽織ったとき、目を細めていた家茂を思い出した。

「それでは、凱旋《がいせん》のおみやげに、家茂さまがよいと思われる西陣織を」

「承知いたした。宮様の姿を思い浮かべながら、じぶんの目で選びましょう」

「楽しみにいたしております。とにかくご無事でお帰りを」

これを最後に戦も終わり、日本に平安が訪れてほしいと心から願った。

「宮様、お体をいとわれませ。お見送りには及びませぬ。観行院さまにも、くれぐれもご自愛なさるようお伝えくだされ」

家茂はいとおしそうに和宮の髪をやさしく撫でると、いつものほほえみを口もとに浮かべて立ち上がった。

績もないまま、作りかけのガラクタを残して帰国するわけか。あれほど自信満々だったくせに、苦悩して周りに当たり散らす夫を、マリーは軽蔑し、結婚を後悔しているに違いなかった。

この半月ほど、マリーの挙動がおかしかった。

謝る気はないが、声くらい掛けておくか。

（自棄《やけ》でも起こされた日には、私の未来がなくなるからな）

ド・モンモラン子爵は、愛娘《まなむすめ》を死なせた男を仇敵《きゅうてき》とみなすに決まっていた。

ヴェルニーは食べかけのパンを投げ捨てるように皿へ置くと、食堂を出た。

頭がズキズキする。ひどい近眼のせいか子供の頃から頭痛持ちで、おまけに眼炎もよく患った。悪いことは束になってやってくるらしく、体調も優れない。

ふらつくように階段を上がってゆく。

紆余曲折《うよきょくせつ》はあったものの、横須賀製鉄所は完成に近づきつつあった。

近場の天城山《あまぎさん》で採れる白土を使って、耐火レンガの製造にも成功した。製法は、かつてヴェルニーがブレスト海軍工廠で習得した技術をそのまま用い、カシの型枠は長さも幅もほぼ同じにした。フランス人用の住居、詰所、見張り所、組立所から製帆所まで建設し、校舎も馬小屋も建てた。いずれの建築物も、木の骨組に赤レンガの壁を組み合わせた「木骨レンガ造り」だ。レンガは火に強いし、耐震を考慮して日本人が経験豊富で扱いやすい木材がよいと考えた。

いよいよ第1ドックの開削も始め、ヨコスカが少し愛《いと》おしくなってきた矢先、横須賀製鉄所計画は挫折しようとしていた。

（オグリ、君は今、どこで何をしている？）

小栗は常に約束を守った。いかなる時も、ヴェルニーを支え続けた。

この間、ヴェルニーは小栗と緊密に連携しながら、フランス人技術者たちとともに、計画通り事業を進めてきた。本国から有能な医師も派遣されてきた。よいパン屋もできた。フランス料理も食べられるようになった。良質な水源地も見つかった。片言でも、横須賀にはフランス語が飛び交い、仏日の職人たちも喧嘩《けんか》をしなくなり、仕事も捗《はかど》るようになってきた。ヴェルニーのキジ撃ちも習慣になった。まだ実現していないのは、運動会くらいだ。

(どんな言い訳を並べたところで、稼働させなければ失敗だ。帰国すれば、極東の事業で下手を打った二流技師に成り下がるわけか)

小栗は正しく評価してくれようが、そんなものは腹の足しにもならない。いや、幕府が消滅して役人でなくなったのだから、きっと小栗はもう横須賀から手を引いたのだ。

ヴェルニーは妻の部屋のドアの前に立った。

ためらいながらノブに手をかけた時、中からすすり泣きが聞こえてきた。

これから没落する夫が、自分を信頼しない妻にどんな言葉をかければよいのだ?

何を言ったとて、今の彼女は心を開きはすまい。

無性に、あの不愛想な顔を見たくなった。

以前の小栗は、工事の進捗が気になるらしく、時間を見つけてはふらりと現れた。御役御免になった時などは「思わぬ時間ができた」と言って数日間逗留《とうりゅう》し、二人で製鉄所についてじっくりと語り合ったものだ。いつしか、小栗と会うのがヴェルニーの楽しみになっていた。

(私とオグリはよく似ている)

二人は頑固者の皮肉屋だが、仕事はきちんとやる。

ヴェルニーは裕福なブルジョワの家に生まれ、最高度の教育を受けた。ナポレオン三世は嫌いでも、祖国のために自分の才能を使いたいと高い志を抱いてきた。だから、わかる。小栗には「高貴ゆえの責任《ノブレス・オブリージュ》」に似た魂の匂いを感じるのだ。言葉は通じないのに、魂を通わせ合っている。

小栗こそはまさしく異国で得た初めての畏友《いゆう》と言ってよかった。

ノブから手を離し、ヴェルニーは海の見える北東の書斎へ向かった。

外の雨はますます激しくなっていた。

昼下がりなのに、明かりが欲しいほど、部屋の中は薄暗い。

いつもの窓辺に立った。

小栗が来た時は、たいてい横須賀の全景を見渡せるこの部屋で話をした。

（君も、ヨコスカを見捨てたんだね？）

もう何カ月も顔を合わせていないが、無理もなかった。日本は政変と激動のさなかにあるのだ。

小栗はヴェルニーに開陳した通りの政策を次々と実現していた。だが、フランスで外務大臣が交代し、イギリスの横槍《よこやり》も入って日本重視の政策が変更された結果、六〇〇万メキシコドルの借款の約束を反故《ほご》にされた。やむなく小栗は、懸案の関税率改訂と借款実現のために、外国奉行となった栗本をフランスへ派遣していた。

ヴェルニーの視界の端に、一隻の小型蒸気船が映った。湾に入ってくる。

（ヨコスカ丸だ！）

小栗だと確信した。この大雨に打たれながら、前触れもなく荒海を渡ってくる人間など、他にいるはずがない。

ヴェルニーは部屋を飛び出し、階段を駆け下りた。

傘を広げるのももどかしい。強い雨脚の中、港へ下ってゆく。

近視でも、なぜか小栗だけはそれとわかった。ただ立っているだけでも醸し出す独特の雰囲気があるからだ。

日本人たちが「ナガムネ《長棟》」と呼ぶ製綱所を回り込み、船着き場へ着くと、編み笠をかぶった小栗がちょうど下船してくるところだった。

突然の来訪に役人たちが慌てているが、よくあることだ。

「久しぶりだね、オグリ。ひどい雨だから、今日は君が来るんじゃないかと思っていたんだよ。君の辛口と皮肉を聞かないと、私も寂しくてね。君はまたお役御免になったのかい？」

今日のヴェルニーは、自分でも持て余すほど饒舌《じょうぜつ》だった。

間に立つ訳官の塩田三郎《しおださぶろう》は、栗本の渡仏《とふつ》後に横須賀へ来たサムライである。まだ二五歳ながら、なかなか有能で、そつなく流暢《りゅうちょう》に訳してくれる言葉の職人だった。

「ああ、幕府の役職はすべて解かれたよ」

小栗があっさりと言う。いつもと変わらない不愛想に、ヴェルニーはむしろ安堵《あんど》を覚えた。

「ところで、ヴェルニー。オランダから来た機械を見せてくれないか？」

「ああ、スチームハンマーなら、官庁舎の裏にある」

完成間近の錬鉄所《れんてつじょ》へ案内すると、小栗は漆黒の門型スチームハンマーを見上げた。

「大きいな。三メートルはあるか」

日本人は「シャク《尺》」など独自の単位を用いていたが、小栗は率先して「メートル」を使い、部下たちに命じて、取引業者にもメートル法で発注させていた。

「プレス容量は三トンだ。幕府さえしっかりしてくれれば、当初の約束どおり一年以内に稼働できるんだがね。君の失職はいつもの話だけど、どうせまた何かに登用されるんだろう？」

江戸では「小栗様の御役替《おやくが》え七〇回」と揶揄《やゆ》されていると聞いた。

「神のみぞ知るといったところだ」

日本語をほとんど知らないのに、今では通訳を聞く前から、小栗の言葉をだいたい理解できた。

「神頼みとは君らしくないね、オグリ。日本はこれから、どうなるんだい？」

製鉄所の中核ともいえる大型工作機械を見上げたまま、小栗は黙っていた。

「君の自慢の洋式陸軍がなぜ負けた？　東洋最強の幕府海軍は何をやっていたんだ？」

旧幕府軍は小栗の肝いりで三兵に編成され、フランス軍事顧問団の伝習を受け、強力な軍隊に鍛え直されているはずだった。

「拙者も洋式陸軍も、幕府海軍も、先の負け戦には参加していない」

「それなら、これから勝つわけだね？」

「戦えば、勝てる。だが、公方《くぼう》様は降伏するとお決めになった。拙者は主君のご命令に従うのみだ」

主戦論を強硬に唱えた小栗は大君に疎まれ、陸軍奉行並と勘定奉行を罷免されて無役《むやく》になった。

これから、各地に分散している所領のうち、特にゆかりの深い上州の権田村《ごんだむら》という山奥に帰って住むつもりだという。

「待ってくれ。ヨコスカはどうなる？」

「製鉄所については心配ない」

「だけど君はいないんだろう？　君なしで、誰が製鉄所を作るって言うんだ？」

小栗はスチームハンマーから、傍らのヴェルニーに視線を移した。

「君だ。横須賀にはムッシュー・ヴェルニーがいる」

「冗談はやめてくれ。私はただのお雇い外国人だ。契約を切られたら、おしまいさ。君は、完成間近のヨコスカを見捨てるつもりなのか？」

小栗はゆっくりとかぶりを振った。

「拙者は幕閣に身を置きながら、幕府がもう長くはあるまいと覚悟していた。それでも、この国の未来のために、一日も早い横須賀製鉄所の完成が必要だと確信していた」

小栗はスチームハンマーの黒光りする巨大な脚をそっと撫《な》でた。

「たとえ幕府が滅びようとも、日本の命運に限りはない。徳川二六〇年で建てた家を明け渡すとき、土蔵付きにしておけば、幕府はまだしも栄誉を残せるというものだ」

「土蔵を作るって、もう間に合わないだろう？」

来月にも新政府軍が箱根を越え、江戸へ進撃してくるという。

小栗が黒々とした軀体《くたい》を拳で軽くと、鈍い音がした。

「敵にも必ず人がいる。建設はしばし中断せざるをえまいが、ここまで作り上げた製鉄所を壊すほど、日本人は愚かではない」

小栗がヴェルニーの尻を叩いて完成を急がせたのは、たとえ日本の政権が変わっても、もう後戻りさせぬようにするためか。もしも日本がこの巨大施設を完成させず、稼働させぬまま廃墟《はいきょ》とするのなら、アジアの一等国には未来永劫《えいごう》なれまい。

「だけど、君がいないと、作れる気がしないね」

小栗がいなければ、とてもここまで来られなかった。

「いかなる立場であろうと、この命ある限り、拙者は君の力になる」

ヴェルニーは小栗と見つめ合った。

「拙者を信じてくれ、ヴェルニー。君は、一人ではない」

何と無私で、澄んだ目をしているのだろう。

この世に小栗がいる限り、製鉄所完成の望みは決して断たれていない。

考えてみれば、日本が小栗ほどの人物を使わずに放っておくはずがなかった。

小栗が自分を信じろと言っている。

全幅の信頼を寄せる友の言葉ではないか。安心して信じ、仕事に邁進《まいしん》すればいいのだ。

「わかったよ、オグリ。あいにくの雨だが、新しく完成した施設を案内したい。君の願いは、ヨコスカで着実に実現しつつあるんだ」

雨のふりしきる中、組立所《くみたてじょ》から始めて旋盤所《せんばんじょ》、製帆所《せいはんしょ》、鋳造所《ちゅうぞうしょ》などを内覧させると、小栗は何をいつ頃どれほど作れるか、材料をどこで調達するか、費用はいかほどか、人員は足りるかなどと微に入り細に入り、容赦なく質問をぶつけてきた。打てば響くようなヴェルニーの答えに、小栗はさも満足そうにうなずくが、なるほどと考えさせられる指摘も多い。

最後に、小栗の求めで、校舎として使う予定の建物へ向かった。工場に比べれば小ぶりな木骨レンガ造りの洋館である。取り立てて説明する必要もないと思い、案内していなかった。

木のいい匂いがする教室に入った。さしあたり二〇組の机と椅子が並べてある。規模は小さくなったが、ヴェルニーの母校を範としていた。

「ここで、日本の若者たちが技術を学ぶのだな?」

小栗のしかめっ面が緩んでいた。初めて見る表情かも知れない。

「そうだ。製鉄所が稼働を始めたら、午前は授業、午後は実習に充てる」

本格的な養成に向けて、体制は着々と整いつつあった。

「セ・シ・ボン」

小栗はヴェルニーの口癖を覚え、たまに真似《まね》をした。おどけているわけでもなく、訳官を介する手間を省く意図だ。

「いずれ、貴国へ留学できるか」

「むろんだ。優秀な学生がいて、ちゃんと金を工面してくれればの話だがね」

やや沈黙があってから、小栗の震え声がした。

「拙者は間違っていなかった。君に頼んで、よかった」

傍らを見た瞬間、ヴェルニーの全身を衝撃が駆け抜けた。

(オグリ……)

あの小栗が指先で目頭をぬぐっている。

幕府と自分の未来は真っ暗だというのに、まさか、うれし涙か。

まだ一人の生徒もいない教室で、ヴェルニーの魂が雄叫《おたけ》びを上げた。

（そうだ。私たちは二人三脚で、新たな東洋史を作る、世紀の偉大な事業をやってきたのだ）

どうしても、何としてもヨコスカを完成させたかった。

小栗が愛おしそうにフランス製の机を撫でている。

この製鉄所が完成して軌道に乗ったら、小栗と共にパリやリヨン、シェルブールや故郷のオブナを巡りたいと思った。小栗なら、仏日の深い絆《きずな》を作れる。想像するだけで楽しくなってきた。

教室を出ながら、ヴェルニーは問うてみた。

「君はいずれ、新政府の役人になって戻ってくるんだろう？」

小栗は首を傾げた。

「拙者は一生涯、徳川の家臣だ。他に仕えることはない。だが、もしも主君が天下の一角を占めるなら、日本の殖産興業を担いたい」

小栗の見立てでは、いったん新政府が江戸を占領して政権が変わった後も、混乱は続く。内部で功を競い、相争ってほころびが生じた時、大君が再び立つなら、小栗も臣として従う。その日は来ないかも知れないし、意外に早く来るかも知れない。

校舎の玄関から出ると、いつの間にか雨は上がっていた。

横須賀の曇り空を、小栗と並んで見上げた。

雲は明るい灰色をしていた。あの雲の上には、間違いなく青空が広がっている。

「ヴェルニー、これからは幕府でなく、日本のためにこの製鉄所を完成させてくれ。東洋一の造船技術で、西洋列強に伍《ご》する海軍を作りたいのだ。ここ横須賀から、新しい日本を創る」

小栗は口元に微笑みを浮かべ、ヴェルニーの魂に向かって語りかけていた。

「任せたまえ。フランス、いや世界一の仕事をして見せるさ」

塩田が訳し始める前に、二人はもう口を開いていた。

互いに相手の国語を話せないだけで、おおよそ意味は通じた。塩田の通訳で、念のために内容を確かめるような不思議な感覚だ。

「世が落ち着くまでは、権田村で茶畑でも作って産業を起こすつもりだ。人も育てて、優秀な弟子たちを横須賀へ送ろう。フランスでも通用するように鍛え上げてもらいたい」

「わかった。君はその村でも忙しくなりそうだな」

「向こうで落ち着いたら、文を書く。困り事があれば、相談してくれ」

ヴェルニーはふと楽しいことを思いついて、小栗の肩を叩いた。

「オグリ、今夜は一緒に飲み明かさないか？　二、三日、私の宿舎に泊まっていきたまえ。新政府とどう交渉するか、君のいない間、どうやってヨコスカを回してゆくか、知恵が欲しい。どうせ暇なんだろう？　去年見つかった面白い化石も見せたいんだ。大昔に生息していたゾウじゃないかって言う者もいるがね」

ヴェルニーは酒もタバコもあまりたしなまないが、友となら、別だ。塩田もフランス語の勉強を兼ねて快く付き合ってくれるだろう。

「セ・シ・ボン」

小栗がはにかむような笑みを見せた。

雨上がりのぬかるんだ道を、水たまりを避けながら歩いた。

製鉄所建設はこれからも、綱渡りの連続だ。今夜相談するが、小栗なしでどうやって壁を乗り越えてゆくか、これからのヴェルニーは仕事だけで手一杯だろう。妻のむくれた顔がよぎって一瞬暗い気持ちになったが、なるようになると根拠もなく楽観した。以前に聞いた話では、小栗は子に恵まれず、齢《とし》の離れた従妹を養女として後継ぎの養子を迎えたそうだが、夫婦仲は睦《むつ》まじいのだろうか。

「ヨコスカの仕事が一段落したら、ゴンダ村を訪ねてもいいか？」

「いつでも歓迎だ。屋敷を建てて、君を待っている」

官舎へ向かう長い坂の途中、小栗が突然、立ち止まった。

慌てた様子で、小袖の袂を何度もまさぐっている。

「どうしたんだ、オグリ？」

初めて会った時、浜辺で小栗が落としたネジを捜していたのを思い出した。

「まさか、また落としたのか？」

小栗が青い顔で頷《うなず》き、すばやく踵《きびす》を返した。

「面目ない。捜して参る」

「あんな小さな物を持ち歩くからだよ。どこで落としたか、心当たりはないのか？」

「君に会うまでは、確かに持っていた」

「日本一の知恵者も、ネジが一本外れているらしいね。私も探そう。シオダも手伝ってくれ」

三人で眼を皿のようにして地面を捜していると、職人たちが声をかけてきた。

小栗と歩いた施設を最初から辿《たど》るうち、次第に人数が増えて、二〇人ほどになった。

ぞろぞろと皆で徹底的に探したが、どうしても見つからない。

見落としはないはずだが、小栗は怖い顔で血眼になっているし、諦めるつもりはなさそうだった。

最後の校舎にもなければ、残っている人員を総動員して探すしかなかろう。

（ネジが見つかれば、ヨコスカ製鉄所を完成できる）

無意味な願掛けをしながら、ヴェルニーが教室へ入った時、机の下でキラリと何かが光ったように見えた。

「オグリ、あったぞ！」

ヴェルニーは覚えず叫んだ。フランス製の机の脚元から、小さなネジを拾い上げる。

差し出されてきた掌に乗せてやると、小栗はしっかりとネジを握り締めながら、はにかむような笑みを浮かべていた。

「セ・シ・ボン。メルシーボクー《本当にありがとう》」

「これまで私がヨコスカで成し遂げた中で、最も偉大な事業かも知れないね、オグリ」

柄にもなくおどけると、安堵した様子の皆が声を立てて笑った。

官舎へ向から坂道を改めて上る途中、小栗が思いついたようにヴェルニーを見た。

「明日は灯台を作る場所を探しに参ろう」

諸外国と結んだ条約で、日本は灯台の設置を約束していた。幕府が消滅しても、日本が国際法上の義務を果たすためには不可欠の施設だ。

たとえすべての役職を解かれても、小栗は在野でヴェルニーに力を貸してくれる。幕府が滅びても、この頼もしい男がいる限り、すでに灯《とも》された製鉄所建設の明かりが消えることはない。最後まで作り上げてみせる。

ヴェルニーは高揚して、小栗と肩を組んだ。

サムライたちは不慣れでも、横須賀の岸辺にはフランス文化が芽吹き始めている。

小栗は恥ずかしげな表情に無骨な笑みを浮かべながら、ヴェルニーの肩へ手を回してきた。


——一八六八年（慶応四年・明治元年）八月

5

身を焼かれるような真夏の日差しも、建物の陰に入ればやりすごせた。今日はさいわい海風もあって、まだしも涼しいほうだ。

横須賀製鉄所の広場には、数百名の職員が集まっていた。熱い歓声が飛び交う。

日本人が活躍した相撲の後、今は袋脚《ふくろあし》だ。両足を布袋に入れてピョンピョン飛ぶ一〇〇メートル競走に皆が熱狂している。

カエルのように必死で飛ぶ姿がこっけいで、時々観衆から笑いが起こった。

「首長《しゅちょう》、これから製鉄所の人間はますます増えて、一〇〇〇人を超すんだ。親睦は仕事の質を高めて、心の病も防いでくれる。運動会は絆を作る妙薬だよ」

日本初の運動会を切り盛りするのは、常駐の医官リュドヴィク・サヴァティエだった。

昨年、小栗に談判して、年俸五〇〇〇メキシコドルで雇い入れた本国の海軍一等医官である。

ヴェルニーより七つ年長の医師は、職員だけでなく横須賀村の住人も快く診療したから、大いに感謝された。絵に描いたように誠実で義理堅い紳士は、植物学にも造詣が深く、日本に来たもう一つの大事な目的は植物研究だった。

「その絆をちゃんと使えればいいんだがね」

ずいぶん遅れたヴェルニーの応答は、はたして競技の応援に声を嗄《か》らすサヴァティエに聞こえたかどうか。

この春、新政府軍が箱根を越えると、旧幕府から使者が来て、今後は安全を保証できないため、横須賀のフランス人は全員横浜へ退去されたいと勧告してきた。

もしも愚かな暴徒が旧幕府の施設と見て製鉄所に火を放ち、破壊などすれば、取り返しがつかない。自分たちの命も危なかったが、ヴェルニーは動かなかった。朝廷中心の新政府が攘夷《じょうい》から開国へ転換すると宣言したと聞き、フランス人があえて製鉄所にとどまれば、外交問題を避けるために、むしろ手を出しにくくなるだろうと踏んだからだ。

――フランス政府が引き受けた事業を、本国の許可なく中断できない。

かくヴェルニーは応じ、万一の際の脱出のため通報艇を横須賀港に停泊させて、製鉄所に踏みとどまった。危険な賭けだったが、何としても製鉄所を守りたかった。

それから半月後、江戸城は無血開城され、名実ともに徳川幕府は消滅した。その後、今に至るも東北で内戦が続いているそうだが、仔細《しさい》はわからない。

四月、新政府から製鉄所を引き渡すよう通告してきた。見知らぬ役人が次々とやってきたが、ここでヴェルニーは勝負に出た。

一八六五年の起工から今年三月までに掛かった土木工事費、機械購入費、諸施設建設費、人件費等として約一五〇万八〇〇〇メキシコドルを計上、完成までさらに八三万メキシコドル余りを要すると報告しつつ、製鉄所はフランス政府の担保に入っていると、約定書を突き付けたのである。

すでに事業は完成まで三分の二以上の道のりを歩んでおり、引き返すのは大損だ、おまけにフランスに取られてしまうぞと威嚇したわけだ。

小栗と最後の夜に打ち合わせた筋書きだった。

新政府内では、事業の中止やフランス人の解雇も議論されたそうだが、ヴェルニーは本国大使を動かし、自らも建設の意義を熱心に説いた。日本の進むべき未来を描きながら、小栗が常々語っていた内容だ。

結果、新政府はイギリスとも相談の上、横浜のオリエンタルバンクから多額の借入れをし、フランスとヴェルニーに事業の続行を改めて依頼してきた。ただし、新政府は経費の節減を要求し、今後はいちいち両者協議の上で経済的事項を決することになった。

当面の危機は脱したものの、依然として綱渡りで予断を許さない状況が続く。

(新政府に、ヨコスカの価値を本当にわかっている奴がいるのか)

政府内には建設反対派も多いらしく、無駄使いなど粗探しをしているから揚げ足を取られないようにと、新政府の役人からも忠告を受けていた。失敗は許されない。すさまじい重圧がヴェルニーの双肩にのしかかってくる。今になって、幕府側に小栗がいたことのありがたみが、身に沁《し》みてわかった。

「これなら、運動会は毎年やってもいいね」

サヴァティエの声と周囲の声援で、ヴェルニーはわれに返った。

この種目最後のレースに、声援が飛ぶ。

ちょんまげ和服の日本人三人と制服のフランス人二人が真剣な表情で競い合っていた。

あえて両国人を混合し、五つの組に分けて参加させている。海軍らしく綱渡り、帆柱《ほばしら》登りも盛り上がった。途中、夕立ちに見舞われたが、むしろ涼しくなって心地よかった。

「マリーはどうしたのかね？」

レースが終わると、今ごろ気づいたようにサヴァティエが辺りを見回した。

「最初だけ顔を出したよ。この蒸し暑さが気に食わないそうだ。何も真夏に運動会などやらなくていいだろうと言っていた。同感だね」

マリーの気晴らしになるかと期待したが、「暑くて気分が悪いから」と言い、早々に宿舎へ引き上げていった。お祭り騒ぎに参加する気分ではないのだろう。

ヴェルニーは渇きを覚えて、水筒の水を口に含んだ。

小栗と一緒に森を歩き回って見つけた、走水《はしりみず》という水源地の良質な水だ。地名に「水」がある場所は期待できると小栗は言ったが、その通りだった。あの時に飲んだ清水の味が忘れられない。

（オグリ、君が羨ましいよ）

小栗は今ごろ、権田村でのんびり百姓と教師をやりながら、悠々自適の暮らしを送っているに違いなかった。

横須賀丸に乗る際、会釈して別れようとする小栗に向かって、ヴェルニーは右手を差し出した。

小栗はわずかに戸惑いを見せたが、すぐに胸を張って握手に応じた。ふざけて小栗の小さな手を強く握ると、逆にすごい握力で握り返された。さすがは剣術を鍛え上げたサムライだ。

ヴェルニーが軽く悲鳴を上げた時、小栗はえも言われぬ笑みを見せた。

それではまだ足りない気がして、最後は笑顔で抱擁して別れた。

あれから、もう半年以上が経つ。

どんな立場になろうと、小栗は力を貸してくれる約束だった。あの男がいるだけで、どれほど心の支えになることか。だが、小栗はあれ以来、連絡ひとつ寄越さなかった。

「がんばれ！　黒組！」

隣でサヴァティエが声を張り上げる。気楽な立場がうらやましい。

ヴェルニーはスチームハンマーに押しつぶされる悪夢を何度も見た。首長とはいえ、なぜ自分だけが、こんなに大変な思いをせねばならないのだ。

「さあ、最後は走馬競《そうばけい》。私の出番だよ」

馬を走らせながら、吊《つ》るされた輪に木製の刀を通す種目だ。日本にも似た競技があるらしい。

馬小屋から、すでに馬が曳《ひ》かれていた。

「あんまり無理をしないでくれよ。先生《ドクトゥール》もいい齢だからね」

ヴェルニーも三一になった。サヴァティエは三八だ。

仏日の腕自慢たちが走馬競で気勢を上げ、観衆が熱狂する間も、ヴェルニーは鬱々として楽しまなかった。

(これ以上の費用節減は、不可能に近い)

本国では新品でなく、あえて中古の機械を求めた。そのほうが安いし、実際に使えると判明しているからだ。新品は故障した場合、修理に時間と費用がかかる。小栗はちゃんと理解してくれたが、日本人はどうも新品が好きらしかった。

ヴェルニーは横須賀沖へ目をやった。

（やっぱり今日も、来ないのか）

フランス政府として小栗を雇い、新政府の役人たちと交渉させれば、いちばん話が早い。簡単には受けまいが、今度来たら小栗を説得しようと、真剣に考えていた。

「黒組が優勝したからじゃないが、われながら大成功の運動会だったよ。来年は一着になる」

走馬競の結果が二着で、熱血医官は悔しそうな表情だ。

サヴァティエ肝いりの運動会はけが人もなく、盛会のうち予定通りに終了した。

散会の後、フランス人技師たちからパーティーの誘いを受けたが、ヴェルニーは妻の具合が優れないからと断って、ひとり宿舎へ向かう坂道を歩いた。

足取りは重い。

すでにマリーは愚痴をこぼす材料を見つけていて、ヴェルニーは皮肉で返すのだろう。

気持ちがくさくさしてならないのは、小栗に見捨てられたように感じるからだ。手紙を塩田に翻訳させて、権田村の小栗に届けさせようかと考えたが、すぐに音を上げてＳＯＳを求めるようで、ヴェルニーの誇りが邪魔をしていた。

坂を上りきって、庭に咲くヒマワリを見やった時、ポーッと遠くで汽笛の音がした。

北へ目をやると、一隻の蒸気船が港へ入ってくる。横須賀丸のようだ。

ヴェルニーは踵を返した。坂を駆け下りる。

息も荒く岸辺に着くと、一人のサムフイが小型蒸気船から下りてきた。

務院に報告し、承認を得た。このプロジェクトは西の地下鉄2号線龍陽路駅から、東の浦東国際空港まで、沿線は花木、康橋、孫橋、黄橋、黄楼、川沙、空港などの町と事業体を経て、線路の全長が30㎞（複線）、出入り区間が約5㎞である。全線に2つの駅（龍陽路駅と浦東国際空港駅）が設置され、浦東空港の北端に総合整備基地として、運営制御センター及び相応の車両、線路構造、駆動給電システム、運行制御システム、メンテナンス部門と運営施設が設置されている。

このプロジェクトの計画実施会社である上海申通グループ有限会社は、上海市軌道交通投資融資体制改革案に基づき、国家重大プロジェクトはプロジェクト法人制を取り入れ、プロジェクト会社を設立するという要求に基づき、申能有限会社、上海国際、宝鋼グループなどの8つの企業と共同で投資し、「会社法」に基づいて上海リニアモーター交通発展有限会社を設立した。登録資本金は当初20億元だったが、後に30億元に調整された。上海リニアモーター交通発展有限会社は主に上海リニアモーター交通路線プロジェクトの投資、建設、経営と管理及び沿線、駅の総合開発を行っている。同時に機関車車両、不動産賃貸と管理、商品経営、駐車場業務、技術コンサルティングサービスと観光飲食業務を兼営している。22ヶ月の努力を経て、上海リニアモーターカーモデル運営線は2002年12月31日に正式に単線開通試験運行を実現した。プロジェクト運営開始後、投資、建設、運営、監督管理の「四つの分離」の改革要求に基づき、上海リニアモーター交通発展有限会社の下に専門の運営会社を設立し、経営を請け負わせている。

1-2 中国の高速鉄道建設の基本状況と展望

20世紀末になり、高速鉄道の優位性が徐々に世に認められるにつれて、関連専門家は世界的な高速鉄道網の建設時期が到来したと考えた。中国は1876年に最初の鉄道が登場してから20世紀末まで120年以上の歴史を持ってはいるが、残念なことに100年間余り、中国の鉄道事業はどこからどう見ても、はるかに遅れている。他の国と比較し、中国の鉄道は運行距離、輸送効率、技術水準、設備品質などの面でかなりの遅れがあり、憂慮される。同時に、改革開放以来、国民経済の持続的で急速な発展は鉄道輸送に対する巨大な需要をしばしば満たすことができず、鉄道を長期にわたって「足枷となる産業」にしただけでなく、国民経済の発展に深刻な障害をもたらした。そのため、1990年代から、中国政府は関連専門家を集めて高速鉄道技術と応用可能性の研究を正式に始めた。後から考えてみると、当時のこの決定は、中国の国情に合致するだけでなく、中国の鉄道が復興に向かう要求と選択でもあった。

先進国に比べて、中国の高速鉄道の計画と建設は着手がやや遅れたが、発展は非常に速い。2003年10月12日、長春から北京行きのT 60列車が瀋陽北駅を経由して秦瀋旅客専用線に乗り入れたことは、中国が建設した最初の高速旅客輸送鉄道線である秦瀋旅客専用線の正式開業を予告するものであり、一部の業界関係者はこのことで中国が高速鉄道時代に突入すると予言した。次の2004年、中国は時速200㎞の高速列車技術を導入し、その基礎の上で「中華の星」高速列車を設計・製造し、毎時250㎞の試験速度で中国の高速鉄道建設の重要な一歩を踏み出した。2008年末、中国初の自主知的財産権を持つ京津都市間高速鉄道が正式に運行し、時速350㎞に達したことは、中国が時速300㎞以上の高速鉄道のコア技術を完全に掌握していることを示している。2010年、時速380㎞のCRH 380 Aの営業運転は、中国が高速鉄道技術分野で世界をリードできることを示している。

2014年現在、中国にはすでに運行している高速鉄道が34本あり、運行総距離は11,683㎞である。さらに建設中の高速鉄道が34本あり、総延長距離は14,806㎞である。詳細は表1-3と表1-4を参照。

中国の高速鉄道技術の持続的成長・発展に伴い、営業運行速度は急速に向上し、旅行時間の節約、旅行条件の改善、旅行費用の軽減、さらに国際社会の人類生存のための地球環境保護意識の高まりにより、中国では高速鉄道がすさまじい勢いで発展している。また、中国は典型的な大陸性国家であり、国土面積が広く、南北5,200㎞、東西5,400㎞あり、各大都市と中規模都市、省都間の平均距離は300～1,000㎞である。従って、中国の中長距離旅客貨物輸送量の需要は巨大である。高速鉄道は便利で速い大輸送量の交通輸送方式であり、発

表1-3　すでに運行している中国高速鉄道統計表

番号	路線名称	運行距離/km	設計速度/(km/h)	着工時期	開業時期
1	秦瀋旅客専用線（秦皇島—瀋陽）	405	200～250	1999-08	2003-10
2	遂渝鉄道（遂寧—重慶）	120	200～250	2003-02	2006-04
3	京津都市間鉄道（北京—天津）	120	350	2005-07	2008-08
4	武広旅客専用線（武漢—広州）	1,068	350	2005-06	2009-12
5	鄭西旅客専用線（鄭州—西安）	485	350	2005-09	2010-02
6	滬寧都市間鉄道（上海—南京）	300	350	2008-08	2010-07
7	滬杭旅客専用線（上海—杭州）	202	350	2009-02	2010-10
8	京滬高速鉄道（北京—上海）	1,318	350	2008-04	2011-06
9	広深港旅客専用線（広州—深圳—香港）	105	350	2008-04	2011-12
10	哈大旅客専用線（ハルビン—大連）	904	350	2007-08	2012-12
11	石武旅客専用線（石家荘—武漢）	841	350	2008-10	2012-09
12	京石旅客専用線（北京—石家荘）	281	350	2008-10	2012-12
13	合寧鉄道（合肥—南京）	166	250	2005-06	2008-04
14	膠済四線（青島—済南）	170	250	2007-01	2008-12
15	石太旅客専用線（石家荘—太原）	190	250	2005-06	2009-04
16	合武鉄道（合肥—武漢）	359	250	2005-08	2009-04
17	温福鉄道（温州—福州）	298	250	2005-01	2009-09
18	福厦鉄道（福州—アモイ）	275	250	2005-09	2009-12
19	長吉都市間鉄道（長春—吉林）	96	250	2007-05	2010-12
20	海南東環鉄道（海口—三亜）	308	250	2007-09	2010-12
21	厦深鉄道（アモイ—深圳）	502	250	2007-11	2011-01
22	甬台温鉄道（寧波—台州—温州）	282	200～250	2004-12	2009-09
23	成灌鉄道（成都—都江堰）	66	200～250	2008-11	2010-05
24	昌九都市間鉄道（九江—南昌）	92	200～250	2007-06	2010-06
25	広珠都市間鉄道（広州—珠海）	142	200～250	2005-12	2010-12
26	漢宜鉄道（武漢—宜昌）	291	200～250	2008-09	2012-07
27	津秦旅客専用線（天津—秦皇島）	261	350	2008-11	2013-12
28	寧杭旅客専用線（南京—杭州）	249	350	2008-12	2013-07
29	杭甬旅客専用線（杭州—寧波）	152	350	2009-03	2013-07
30	盤営旅客専用線（盤錦—営口）	90	350	2009-05	2013-09
31	西宝旅客専用線（西安—宝鶏）	138	350	2009-11	2013-12-28
32	広西沿海南欽、欽北、欽防鉄道	259	250	2009-12	2013-12-30
33	渝利鉄道（重慶—利川）	164	200～250	2008-12	2013-12-28
34	杭長旅客専用線（杭州—長沙）	984	350	2009-12	2014-9-16
	合計	11,683	—	—	—

（2014年現在）

表1-4　建設中の中国高速鉄道統計表

番号	路線名称	運行距離/km	設計速度/(km / h)	着工時期	開業時期
3	蚌福高速鉄道（蚌埠—福州）	941	350	2009-01	建設中
8	長昆旅客専用線（長沙—昆明）	1,168	350	2010-07	建設中
9	成渝旅客専用線（成都—重慶）	308	250～350	2010-09	建設中
10	貴広鉄道（貴陽—広州）	857	250	2008-01	建設中
11	南広鉄道（南寧—広州）	577	250	2008-11	建設中
12	成綿楽都市間鉄道（成都—楽山）	323	250	2009-07	建設中
13	蘭新旅客専用線(蘭州—ウルムチ)	1,776	250	2009-11	建設中
14	大西旅客専用線（大同—西安）	678	250	2009-12	建設中
16	吉琿旅客専用線（吉林—琿春）	593	250	2010-01	建設中
17	青栄都市間鉄道（青島—栄城）	299	250	2010-03	建設中
18	瀋丹旅客専用線（瀋陽—丹東）	207	250	2010-03	建設中
19	蘭渝鉄道（蘭州—重慶）	824	200～250	2008-09	建設中
20	雲桂鉄道（昆明—南寧）	716	200～250	2009-12	建設中
21	向莆鉄道（向塘—莆田）	636	200～250	2007-11	建設中
23	湘桂鉄道（衡陽—南寧）	724	200～250	2008-12	建設中
24	寧安鉄道（南京—安慶）	257	200～250	2008-12	建設中
25	漢孝都市間鉄道（武漢—孝感）	62	200～250	2009-03	建設中
26	青連鉄道（青島—連雲港）	197	200～250	2009-01	建設中
27	丹大鉄道（丹東—大連）	292	200～250	2010-03	建設中
28	成西鉄道（成都—西安）	660	250	2011-11	建設中
29	成蘭旅客専用線（成都—蘭州）	730	200～250	2011-02	建設中
30	宝蘭旅客専用線（宝鶏—蘭州）	400	350	2012-10	建設中
31	渝万旅客専用線（重慶—万州）	245	250	2013-03	建設中
32	海南西環高速鉄道	344	200	2013-09	建設中
33	京瀋旅客専用線（北京—瀋陽）	705	350	2014-02	建設中
34	杭黄旅客専用線（杭州—黄山）	287	200～250	2014-07	建設中
	合計	14,806	—	—	—

（2014年現在）

展の潜在力は大きい。中国の高速鉄道発展計画要綱（詳細は表1-5を参照）によると、計画中の高速鉄道プロジェクトは10件、総延長距離は3,296㎞である。2020年までに、中国の高速鉄道路線の総延長距離は30,000㎞に達すると予想された。建設運営組織は科学的かつ合理的に運営し、中国沿線地域の経済建設に巨大なビジネスチャンスをもたらし、中国経済の安定した成長に貢献している。中国にはすでに高速鉄道の発展と運営の実践経験があり、高速鉄道は中国において大きな発展空間と潜在力があるため、中国は後発優位性を十分に利用し、着実に推進させ、高速鉄道のインフラに経済への持続的な推進作用を発

表1-5　建設計画中の中国高速鉄道統計

番号	路線名称	運行距離/km	設計速度/(km/h)	備考
1	西銀鉄道（西安—銀川）	600	350	建設計画中
2	武寧都市間鉄道（武漢—咸寧）	90	300～350	建設計画中
3	京唐都市間鉄道（北京—唐山）	150	350	建設計画中
4	成貴旅客専用線（成都—貴陽）	633	250	建設計画中
5	鄭徐旅客専用線（鄭州—徐州）	362	350	建設計画中
6	南三龍鉄道（南平-三平—龍岩）	227	300～350	建設計画中
7	京張都市間鉄道（北京—張家口）	174	200～250	建設計画中
8	青連鉄道（青島—贛楡）	197	200～250	建設計画中
9	運三鉄道（運城—三門峡）	83	200～250	建設計画中
10	阜鷹汕鉄道（阜陽—鷹潭—汕頭）	780	200～250	建設計画中
	合計	3,296	—	—

揮させなければならない。従って、今後は高速鉄道技術を強力に発展させるだけでなく、組織と管理の中で中国の具体的な国情、特に新型都市化の具体的な要求を十分に考慮し、中国の鉄道現代化と経済社会の調和のとれた発展を実現させなければならない。

第2節　高速鉄道の地域経済・社会発展への影響

2-1　実例

人類交通運輸業の発展史は交通輸送技術の進歩で人類の発展、社会の進歩と経済の発展を絶えず推進してきた歴史である。交通輸送の発展レベルが一定の社会経済の発展レベルに適応してこそ、経済と社会の発展をかなえ、さらに推し進めることができる。地域経済の発展と交通輸送は相互補完的なもので、交通輸送は地域経済の発展過程でずっと重要な役割を果たしてきている。鉄道は誕生後、快適性、輸送能力、運行速度などが比較的高いため、一気に人気のある交通輸送方式となった。1950年代になると、高速道路、自動車、航空業が徐々に台頭したため、人々の交通輸送に対する要求は日増しに高まり、鉄道は一時大きな競争に直面することになったが、しかし鉄道が地域経済の発展のために果たした役割はずっと取って代わられることはなかった。例えばドイツでは、1971年からICE列車（都市間を運行する特急列車）を運行しているが、ICE網には14の路線があり、全長は6,000㎞近くあり、全国80余りの大都市と中規模都市をつなぎ、さらに6路線からなる高速列車運行網がIC網と密接に結びつき、膨大な旅客輸送ネットワークを形成している。郊外（都市間）鉄道は地下鉄、軽量軌道鉄道と緊密に協力し、路線と駅を共有し、大都市の高速輸送システムを共同で構築し、人口密度の比較的大きい地域の旅客輸送の過剰問題を解決した。オーストラリアでは、鉄道旅客輸送は都市鉄道を主とし、その旅客輸送量は鉄道のない都市の50倍である。また、郊外鉄道は都市軌道交通システムの重要な構成部分であり、各国の鉄道が都市軌道交通に積極的に取り組んでいる。例えば日本では、東京の郊外鉄道だけで全長2,000㎞近くあり、1日の旅客輸送量は延べ3,500万人に達し、年間旅客輸送量は約50億人である。フランス郊外鉄道の年間旅客輸送量は5.4億人に達し、フランス国鉄の総旅客輸送量の65%を占め、交通輸送システムの中で重要な地位と役割を占めている。

中国は「中国共産党第16回全国代表大会」から地域協調発展の方針を打ち出し、西部大開発、東北老工業基地の振興、中部地区の台頭は極めて大きな成果を挙げた。これは地域発展の格差を縮小し、国内の需要を拡大し、マクロコントロールを改善し、調和のとれた社会発展を確立するのに重要な役割を果たした。このような役割は主に地域内部、地域と地域の間のつながりが絶えず深まっていることに現れ、その中で交通輸送の発展の功績は絶大である。交通輸送方式の絶え間ない革新と向上は、地域間の連係を強め、地域発展のコストを下げ、地域交流の効率を高めた。中国の高速鉄道は十数年の理論と実践の面での蓄積と探求を経て、今世紀初めから急速な発展の段階に入った。秦瀋旅客専用線と京津旅客専用線が相次いで開通したことが、中国の高速鉄道技術の応用に飛躍的な発展があったことを示している。また、京滬高速鉄道の建設は中国が高速鉄道技術の開発と移転をリードし始めたことを示している。

高速鉄道の投資は経済成長を促進する直接的な推進力であり、労働力、資本、材料、仲介サービスなどの事業を導入することは通常、地域と地方経済を刺激することになる。しかしながら、上記の行為は重要な政策的意義（例えば、包括的な経済刺激計画の一部として）を有するが、通常、プロジェクトサイクル全体とプロジェクト効果においてはごく一部を占めるだけで、短期的な性質を有するものである。中国の高速鉄道が経済成長を牽引した実例を見渡すと、高速鉄道がもたらしたのは投資の乗数効果だけではないことが分かる。高速鉄道の開通により、輸送力資源が効果的に整理統合され、鉄道の輸送力が発揮され、長期にわたって輸送エネルギーと輸送量の逼迫した矛盾を緩和し、人流、物流、資金の流れ、情報の流れなどの生産要素の流通をより加速させた。そのため、高速鉄道沿線の都市は再び国内外の投資家に歓迎され、投資家たちは次々とプロジェクトを視察し、工場に投資し、一部の「資源枯渇型都市」の開発価値も再評価され、発展の活力を取り戻した。

中国のメディアはすでに開通した高速鉄道の状況を把握した上で、高速鉄道は都市間、都市と農村間、地域間の時空距離を大幅に短縮したと見なしている。北京－天津間の列車での行程は従来の1.5～2時間から30分に、武漢－広州間は従来の11時間から3時間に、石家荘－太原間、鄭州－西安間はそれぞれ従来の6時間以上から2時間以内に、合肥－武漢間は従来の7～8時間から2時間程度に、福州－アモイ間は従来の11時間から90分に短縮された。上海－南京間は最速で73分、上海－杭州間は最速で45分で到着する。合肥市は上海市から457㎞、杭州市から405㎞、南京市から156㎞離れている。従来、列車でそれぞれ片道6～10時間、5～7時間、3～4時間かかった。高能力、高速度、高効率の鉄道輸送方法が欠けていたため、合肥周辺の大都市は過負荷運行が行われていた一方で、合肥自身の発展は相対的に遅れており、人口の流出は流入より多かった。しかし、合寧[3)]、合武[4)]高速鉄道が開業した後、合肥から南京までの運行時間は1時間に短縮され、上海までは3時間しかかからず、滬寧

3　合寧線とは、中国安徽省合肥市の合肥南駅と江蘇省南京市の南京南駅を結んでいる鉄道路線であり、滬漢蓉旅客専用線を構成する路線の1つである。2005年7月に着工され、2008年4月18日に全線開業した。

4　合武線とは、中国安徽省合肥市の合肥南駅と湖北省武漢市の漢口駅を結んでいる鉄道路線である。2008年9月17日に着工され、2008年12月31日に開業したが、当初は貨物のみの運行であった。翌2009年4月1日のダイヤ改正で新型高速列車の運行が開始された。

杭などの長江デルタの主要都市との間で「1～3時間の交通圏」が形成された。これにより、長江デルタの発展した都市の合肥への影響力と牽引効果が急速に現れ、合肥の「皖江都市帯[5]」の発展における先導的な役割をはっきりと示した。また、合寧、合武高速鉄道が開業し、従来合肥から武漢まで7～8時間かかった行程は2時間に短縮され、周辺地区との経済的つながりを大幅に強化し、「北から南へ、東から西へ」という地理的優位性が十分に証明された。合肥への流入人口は増え、合肥を拠点とする企業も増えた。合肥と南京の間に1時間のビジネス圏が形成された。南京中央デパート、新百デパート、金鷹デパートなどの商業貿易企業が次々と合肥に投資し、安徽省本土の優秀な商業貿易企業は「外に出る」ことで新しい市場を開拓した。

湖南省の「長株潭都市圏[6]」は広州と武漢の中間地点にあり、以前は「両者の狭間」と侮られていた。しかし、武広高速鉄道が開業した後、それは長沙、株州、湘潭の3都市を結ぶ最も主要な交通回廊となり、長沙から株州まで24分、長沙から湘潭まで25分で到着する。高速で便利な交通は3都市間のつながりを大幅に強化し、地域連携による効果[7]が再び拡大した。長沙市民は簡単に株州に行ってきれいで安い服を買うことができ、株州市民も快適に長沙に行っておいしい伝統料理を楽しむことができる。また、住むのに快適な株州に住んで、湘潭、常徳などで投資し、不動産を購入することもできる。湖南省は、都市群の周辺都市間の鉄道線と支線の建設をさらに加速させ、長株潭都市圏を周辺の岳陽、益陽、常徳、衡陽と娄底の5市に拡大し、「長株潭」の影響力と牽

5　一般的に皖江都市帯産業移転受入モデル区を指す。モデル区は合肥、蕪湖、馬鞍山、銅陵、安慶、池州、巣湖、雲南州、宣城9市及び六安市の金安区と舒城県を含む、59の県（市、区）である。中国で最も活力のある長江デルタ地域に隣接しているため、皖江都市帯は長江デルタ産業の移転を受け入れる「橋頭堡」とも呼ばれている。

6　長沙市を中心に、湖南省南部の株洲市・湘潭市を含む「長株潭都市圏」は人口1,600万人を超える都市圏であり、中国の製造業の中心の1つである。

7　地域経済の発展過程において、伝統的な都市間の行政分割を打破し、地域の市場、産業、インフラの一体化を促進し、地域全体の競争力を高める発展状態を達成することを指す。地域連携による効果の出現は交通運輸業の発展に伴うものである。

引効果を十分に発揮させ、「長株潭3+5」の都市群発展構造を構築し、真の意味での一体化を実現させせることを提案した。河南省鄭州市は中原に位置し、全国陸路交通の中枢であり、京広、隴海[8)]の2大鉄道幹線の合流点である。しかし、長年にわたって鉄道の通過点にすぎず、河南全省の幹線鉄道の旅客と貨物輸送量において鄭州を通過する量の割合はそれぞれ71%と85%と高く、地域内での発展は制約されてきた。鄭西高速鉄道の開業は、中原都市群の発展の大きな拠り所となった。河南省は、高速軌道交通システムを主な拠り所とし、全省範囲で鄭州都市区を核心とし、主要交通路に沿って周辺都市と連絡する空間構造を構築することを提案した。中心の鄭州から、開封、洛陽、平頂山、新郷、焦作、許昌、漠河、済源など8市に30分で到着し、1時間で周辺9市に到着し、豫北、豫西南、黄淮地区の時空距離を短縮した。

高速鉄道は地域内の他の交通方式に影響を及ぼす。特に、国内で高速鉄道の3時間行程の場合、それと平行する都市間道路の旅客輸送バスや航空会社の旅客の流れが大幅に減少し、便数の削減や運賃の引き下げ、運休、欠航などの現象が発生する。北京－天津間の高速バスの運行時間は約2時間だが、京津都市間高速鉄道では30分しかかからない。鉄道の旅客輸送量は高速鉄道が開業する前より77%増加したが、旅客輸送バスの便は7割減少し、バスに乗る旅客は75%減少した。鄭州－西安間の旅客輸送バスの運行時間は6～8時間だが、鄭西高速鉄道では2時間しかかからない。西安－鄭州間の旅客機と旅客輸送バスは基本的に運休した。合武、合寧旅客輸送専用線が開業した後、南京－武漢道路旅客輸送バスは従来の30数便/日から2～3便/日に減少し、合肥－南京道路旅客輸送量は58%減少し、合肥－上海道路旅客輸送量は80%減少した。武広高速鉄道が開通した後、海南航空は長沙－広州便を停止し、南方航空は武漢－広州便を従来の8便/日から5便/日に減便し、長沙－広州便を9便/日から4便/日に減便した。石太旅客専用線が開業した後、太原－北京間の高

8　中国江蘇省連雲港市と甘粛省蘭州市をつなぐ鉄道路線。1953年に全線開業し、全長は1,759 km。華中を東西方向に横断する重要幹線であると共に、太平洋沿岸の連雲港から大西洋沿岸のオランダロッテルダムにまで至る新ユーラシア・ランドブリッジの主要路線でもある。

速バスの旅客輸送量は60～70%減少した。太原－北京往復の旅客機は20数便/日から16便/日に減便し、搭乗率は10ポイント低下し、一部の便の搭乗率は50%未満になった。

高速鉄道は既存の輸送市場の構造を変えた。しかし、沿線の各地方政府は憂慮していないようである。交通運輸部門では、以前は鉄道の発展が遅く、能力不足により、旅客貨物主の需要を満たすことができず、鉄道が負担すべき輸送量の多くは、他の輸送方式を通じて完成せざるを得なかったため、大量の高コスト輸送資源を消費し、深刻な道路渋滞、環境汚染、交通事故などの危害をもたらしたと一般的に考えられていた。高速鉄道は交通輸送構造の調整を加速させ、各種の輸送方式がそれぞれの比較優位性を発揮することを促し、資源の節約と環境保護に有利な現代総合交通輸送システムを構築した。最終的に利益を得たのは、国民である。そのため、各地で高速鉄道の開業を輸送資源の配置を最適化し、輸送構造を調整するまたとないチャンスととらえ、新しい交通発展戦略の実施を加速させ、すでに初歩的な成果を挙げている。

高速鉄道沿線各地の道路部門は、高速鉄道と平行する長距離旅客輸送路線の運行を減らす一方で、自動車輸送の多面的で、機動的で柔軟な特徴を十分に発揮し、都市郊外、農村郷鎮[9)]、観光地などの旅客輸送市場を積極的に開拓し、道路旅客輸送のカバー範囲を拡大している。合肥、武漢、南京、鄭州、破安、太原、福州などの都市では周辺の区、県、郷、鎮への旅客輸送路線を大幅に増加し、道路旅客輸送網を放射状に延長し、都市と農村の距離をさらに縮め、中心都市の影響力を強化した。鄭西、武広高速鉄道沿線の観光資源が豊富な地域は、高速鉄道で観光を牽引し、観光で道路旅客輸送を促進し、「運行・観光結合」の道路発展戦略を実施することを提案した。確保した長距離旅客輸送能力を基に観光チャーター業務を開発し、高速鉄道と直接接続し、観光客に道路・鉄道連動の輸送サービスを提供する。福建、武漢、合肥などの都市では直接観光バスを高速鉄道の駅まで運転し、1駅で観光地に直行でき、観光客にとって極めて便利なものとなった。武漢楊春湖道路旅客輸送乗り換えセンターはビジ

9　郷鎮とは、中華人民共和国の県級市の末端自治区のことである。県級市において比較的大きいものを鎮、比較的小さいものを郷という。

ネス旅行客の流れの特徴に着目し、シャトルバスとチャーター便の性質を兼ね備えたビジネス急行便を売り出した。これは車種の小型化、輸送の高速化、経営の区域化を主な特徴とし、従来の「点と点」輸送を「点と面」輸送に拡大し、ハイエンド旅客の中短距離乗り換えのためにより周到で便利なサービスを提供するものである。

輸送市場の新しい競争情勢に直面し、道路、民間航空であれ、鉄道輸送企業であれ、改革と革新に立脚し、多くの積極的で効果的な対応措置を取っている。その1つ目は運賃を下げ、客を呼び込むことである。高速鉄道沿線の道路旅客輸送運賃は全面的に下落し、石太旅客専用線が開業した後、太原－石家荘と太原－北京の道路旅客輸送運賃は22%～38%下降した。武広高速鉄道が開業した後、より多くの客を呼び込むために、南航は武漢、長沙、広州の3つの地に「エアエクスプレス」を運行し、最低運賃を390元にした。2つ目はサービスを改善し、品質を高めることである。鉄道部門は民間航空、外国語学院、輸送学校などの専門教師を招聘し、サービスマナーから応急処理まで、高速鉄道列車の乗務員の育成を強化した。滬寧高速鉄道が開業した後、沿線各地の人々の要求を改めて満たすために、鉄道部門は1ヶ月余りで3度列車の運行案を調整した。河南省は全省で「クリーン・エネルギーを動力とする旅客輸送」プロジェクトを積極的に推進し、企業がガス車両の更新を加速させ、運営コストを下げるよう誘導した。省内の農村旅客輸送に対して「一県一網一会社[10)]」の会社化改造を実施し、企業の集約化経営レベルを高めた。

滬杭高速鉄道の開業は、杭州の民間航空の集客に打撃を与えなかったが、杭州から上海への時間を大幅に短縮し、両地の旅客が高速鉄道を利用してもっと便利に飛行機に乗れるようにした。滬杭高速鉄道は150㎞離れた上海と杭州をさらに近づけ、地域連携による効果がよりはっきりと現れた。杭州人は高速鉄道を利用して上海へ行って飛行機に乗るのを好み、上海人も高速鉄道を利用して杭州へ来て飛行機に乗るのを好むが、運賃価格がこの新しい移動方式を招いた最も主要な要因である。多くの旅客にとって、航空券の価格と優遇幅

10　一県一網一会社とは、1つの県域内で、完全な都市・農村旅客輸送路線ネットワークを構築し、1つの経営主体が法人化運営を行うことである。

は、どこで飛行機に乗るかを決める重要な要因である。南航は杭州と上海から広州へ行く便が毎日9便あり、飛行距離と飛行時間はほぼ同じだが、運賃には差がある。杭州から広州までの運賃は1,050元で、上海から広州までの運賃は1,280元である。額面だけ見れば、上海から出発すると230元高い。82元の高速鉄道の運賃を計算に入れても、杭州から出発すれば、148元節約できる。杭州発の割引航空券は、さらにお得である。運賃の優位性から言えば、北京、広州などへの国内線は杭州から出発すると少し安くなるが、しかしフライト便で言えば、上海から香港、マカオや欧米への出国の選択の余地は大きい。例えば、オランダ航空の杭州発のアムステルダム便は毎週3便しかないが、上海発のアムステルダム便とパリ便は、フランス航空、中国東方航空株式会社とのコード共有便を加えると、毎週30便に達し、杭州発の10倍になる。滬杭高速鉄道開業後の11月の前半には、オランダ航空の杭州発アムステルダム便の搭乗率は82%で、それ以前よりやや高くなったが、一部の旅客は上海発の飛行機でヨーロッパへ行くことを選んだことが窺える。

高速鉄道は鉄道貨物輸送能力を発揮し、沿線都市発展の物流需要を満たす。初歩的な統計であるが、中国は現在運行している高速鉄道の既存線に固定貨物列車を83本増やすことができ、換算して1日平均10,200車62万トン前後、年間2.3億トンの貨物輸送能力を確保することができる。そのうち、武広高速鉄道だけでも8,760万トンの貨物輸送能力を確保することができる。2010年1月から8月にかけて、全国の鉄道貨物輸送量は240,838万トンに達し、前年同期比12.8%増加し、年間輸送量は7,824万トン増加した。滬寧都市間鉄道開業後、旅客輸送の逼迫状況を効果的に緩和しただけでなく、従来の滬寧線も貨物輸送の需要を保証するために多くの輸送能力を確保していた。固定貨物列車を32本増やし、換算して1日平均3,840車23万トン前後、年間貨物輸送能力は8,395万トン増加した。それだけでなく、上海鉄道局は適時に小編成、高密度、客車化のコンテナ海路鉄道連絡輸送班列製品を発売し、すぐに鉄道との連合輸送を強く希望した地方運送会社が多かった。鉄道部門は豊富な貨物輸送製品システムの開発を始め、貨物輸送サービスの質を高め、異なるレベルの市場輸送需要を満たした。武広高速鉄道の開業は既存の京広線輸送の逼迫状況を効果的に緩和した。現在、既存の京広線は1日平均33本の貨物列車を増やすことができ、合計約3,960車となる。もともと京広線の輸送能力が逼迫していたため、焦柳と京九などの路線に調整された1日平均1,300車の貨物は、徐々に京広線に戻っている。発電用石炭、石油、鉄鋼、食糧など国の経済と国民の生活に関わる重点物資の輸送能力は大きな成長を実現した。従来、京広線は旅客と貨物が混在していたため、春節帰省ラッシュ期間中、旅客輸送を保証するため、ほとんど全線の貨物輸送が運休になった。高速鉄道開業後の最初の春節帰省ラッシュでは、既存の京広線は直通貨物列車を316本運行し、発電用石炭、石油、鉄鋼などの重点物資45万トン余りを緊急輸送し、貨物輸送量は前年同期比23%増加した。鉄道貨物輸送能力向上の恩恵を受けて、湖広[11)]地区の発電用石炭の輸送は保証され、ブレーカーを下ろして電気を制限する状況は生じなかった。

以上の実例から、中国の高速鉄道は営業時間はまだ長くないが、沿線都市の発展に明らかな変化をもたらしたことが窺える。これらの影響は高速鉄道が沿線都市の交通条件を改善し、都市間の連係を強化し、各都市の国民経済総量の成長を促進し、地域産業の発展を促進し、地域交通輸送構造を最適化し、社会資源を節約し、都市経済・社会発展の潜在力を強化するなどのいくつかの面に現れている。

近年、高速鉄道の地域経済・社会発展に対する役割の重点が移動している。京滬高速鉄道は山東省徳州市に駅を設置したため、周辺都市を徳州高速鉄道経済圏の発展に組み入れ、都市規模の配置を急速に拡大させた。徳州市に隣接する陵県はこの有利な時機をつかみ、自ら徳州の都市規模の拡張配置の中に組み入れ、高速鉄道の交通の優位性で陵県と徳州の「経済一体化」の地理的価値を高め、徳州市と共同で計画して発展し、特色ある「都市現代農業」で全県の経済社会技術の向上を牽引している。50億元を投資する中昊創業高速鉄道産業パークは四川省広漢市経済開発区で建設を開始し、全国で有名な高速鉄道製品製造基地を建設する計画である。高速鉄道は広漢経済発展の配置の新しいチャ

11　湖広とは、かつて中国に存在した行政区域である。現在の湖北・湖南両省の総称。

ンス、新しいテーマとなり、高速鉄道関連の製品研究開発プロジェクトが高速鉄道産業パーク内に定住し、高速鉄道科学技術の産業化プロセスを大幅に加速させた。滎陽市と鄭州ハイテク開発区は隣接しており、鄭西高速鉄道は河南省滎陽市から一気に鄭州市に至り、滎陽と鄭州は手の届く距離にある。滎陽は高速鉄道がもたらした都市発展の新しいチャンスをつかみ、鄭州の影響と求心力をより積極的かつ自発的に受け入れ、鄭州の都市配置に溶け込み、滎陽を鄭州市のニュータウンと「西の花園」に作り上げることに力を入れている。鄭州高速鉄道旅客輸送ステーション付近の地理的優位性は企業を誘致して進出させている。国内500強の企業、中央企業、多国籍企業などの戦略投資家は、ここで核心中堅企業を強力に育成し、支柱主導産業の構築を促進している。鄭州新区管理委員会の責任者によると、2013年上半期、鄭州新区は59件の契約プロジェクトを締結し、契約総額は521億元、実行金額は106億元に達した。新たに着工した1億元を超えるプロジェクトは57件で、そのうち10億元を超えるプロジェクトは13件であった。都市部の固定資産投資額は205.6億元で、57.1%増加した。地方財政の一般予算収入は21.3億元で、85.4%増加した。輸出総額は2.8億ドルで、105.3%増加した。

武広高速鉄道が開業した後、長沙は長株潭の「1時間経済圏」の中心都市となった。高速鉄道の旅客輸送がもたらす人流、物流、情報の流れを利用し、湖南省は1,600件余りの産業移転プロジェクトを請け負い、そのうち138件のプロジェクトに1,000万ドル以上を投資した。長沙は工事用機械、自動車産業、食品工業、材料工業の4つの千億産業集団を構築し、2012年の工業総生産額は8,000億元に達する計画である。そのため、湖南省は税収、商工業、財政、人力など多くの部門に関わる34条の優遇新政策を推進している。高速鉄道は武漢を中国の「4時間経済圏」の中心都市にした。そのため、武漢は産業構造を調整し、高速鉄道の新しいチャンスをめぐって、都市軌道交通、現代サービス業、製造業、紡績業などの産業発展の新しい配置を再計画し、高速鉄道時代の新しい発展を実現した。大量のデータによると、高速鉄道沿線はすでに中国の経済発展が最も活発で最も潜在力のある地区となっているという。高速鉄道が地域の協調発展を支え、資源配置と産業配置を最適化し、効率的な総合輸送システムを構築し、社会物流コストを低減させ、都市一体化のプロセスと経済の持続可能な発展を促進するなどの面で、大きな役割を果たすであろうということは楽観的に予見することができる。

江蘇省の徐州市は京滬高速鉄道沿線で唯一始発列車を運行した都市で、1日平均1.1万人以上の旅客を輸送している。京滬高速鉄道は徐州経済のモデルチェンジとグレードアップによりそれまで以上の人流、物流、資金の流れをもたらした。2012年上半期、徐州地区の総生産は1,960.7億元を達成し、前年同期比13.2%増加し、増加幅は全省第1位となり、そのうちハイテク産業の生産額は前年同期比65.3%増加した。2012年10月に北京と上海の沿線で調査したところ、京滬高速鉄道は蘇州と周辺地区の到達可能性を高め、地区間の通勤をより便利にし、その年、多くの新卒者が蘇州で就職し、他の場所に住んでいることが分かった。これは京滬高速鉄道沿線科学技術パークの設立に必要な条件を提供した。

高速鉄道はさらに人力資本の流動をもたらし、高速鉄道に頼る科学技術パークと沿線に新たに入居した各大企業などが中長期にわたって役割を果たす知識資本をもたらしたと言える。発展途上国として、改革開放後、中国の地域経済の発展は戦略計画の中で絶えずグレードアップされ、比較的合理的な地域区分を徐々に形成した。東部沿海と中部の一部地区の経済発展はかなりのレベルに達し、科学技術の経済成長への貢献度は次第に向上した。しかし、先進国の80%の科学技術貢献度に比べて、中国の20～30%のレベルはそれとは程遠く、西部の発展が立ち遅れた地域の差はもっと大きい。国務院総理、国家科学技術教育指導グループのリーダー李克強は国家科学技術教育指導グループの第1回全体会議[12)]で「教育と科学技術を常に全局的かつ戦略的な位置に置いて高度に重視しなければならない」と強調した。科学技術の第一生産力の役割を発揮するには、科学技術と経済社会の深い融合を促進し、革新と創業でリードしていくことが肝要である。科学技術イノベーションは地域経済の持続的な発展のキーポイントであり、溢れ出す知識は地域経済発展の動力源である。従って、地

12　2013年8月29日に行われた会議。

域の溢れ出す知識に関する研究は、中国の立ち遅れた地域が技術の追求を実現し、政府が適切な地域性科学技術、資本投入と人材流動政策を制定するように導き、地域性科学技術競争力を高め、地域協調発展を加速させ、地域経済の持続可能な成長を維持する重要な根拠となる。

高速鉄道沿線で発生した知識資本の投入を見渡すと、高速鉄道沿線の集積の特徴が、人口、投資の集積から技術、知識、人力資本の集積に転換したことが分かる。前者は投資の牽引と要素の牽引の外延的な経済成長モデルであり、後者は技術によって推進され、革新によって駆動される内包的な経済成長モデルである。そのため、高速鉄道が地域経済成長モデルの転換の中でどのような役割を果たしたのか、このような役割が発生したメカニズムは何なのかを研究することは非常に重要な意義を持っている。それは中国の高速鉄道の科学的な発展を模索する新しい理論的根拠であるだけでなく、地域経済の協調発展と持続可能な発展、地域格差の縮小を検討する新しい視点でもある。

2-2 先行研究の概観

地域経済・社会発展は主に地域経済総量の成長、経済構造のグレードアップと社会の進歩を指す。高速鉄道建設が地域経済成長に及ぼす影響という問題に関する理論研究は、多くの地域経済学の原理と理論から論拠を見つけることができる。地域経済学の観点から見れば、主に輻射理論、発展軸理論、新経済地理学理論がある。交通輸送と地域経済発展に関する理論から見れば、輸送化理論、輸送経路理論なども含む。栄朝和（1993）は、その「輸送化理論」の中で、輸送化は工業化の重要な特徴であり、工業化に伴い発生した経済プロセスでもあると考えている。これらの理論は高速鉄道の地域経済成長と社会発展を論述する原理としてすでに、かなり成熟している。

歴史上、アメリカ、西欧、日本の経済の高速成長が鉄道などの交通インフラの大規模な建設と同時代にあり、経済学者たちは鉄道交通インフラが地域経済の成長と発展を促進する重要な要素であるべきだと考えている。そして、世界銀行が2008年に発表した研究報告書では、「鉄道に代表される交通インフラは立ち遅れた地域の発展を促進する最良の方法の1つであり、成長と競争力のある都市市場との間で有効な通達性が保証できる重要な手段である」と指摘している。また、中国には「地域経済・社会発展には、交通インフラが先行する」という説もある。更に、世界範囲から見れば、発展途上国に比べ、先進国の経済社会の発展レベルはより良い交通インフラを有することと密接な関係がある。

Spiekermann & Wegener（2006）は、欧州横断輸送ネットワーク（Trans-European transport network、略称TEN）が高速鉄道を含め、欧州連合（EU）諸国の空間到達性（交通の便利さ）を効果的に高め、経済成長を促進させていることが、1人あたりのGDPの向上に表れていると考えている。日本の岡山、広島、福岡、熊本などの新幹線沿線都市は高速鉄道の建設に伴って急速に産業構造の調整を進めてきた。さらに、従来の鉄鋼、石油化学などの産業から自動車、機械設備・電力設備、家電などの加工産業と集積回路などの先端産業へと徐々に転換し、これを通して都市の産業構造の調整を促進し、地域の経済レベルを高めた。Nakamura & Ueda（1989）は上越新幹線と東北新幹線の地方沿線都市の1975年から1988年の人口変動について深く研究したことがある。それによると新幹線のある6都市と新幹線のない4都市との間では、全国平均レベルを指標にすると、新幹線のある6都市のうち、3都市の人口増加率だけは全国平均レベルを上回っているが、一方新幹線のない都市の人口増加率は全国平均レベルを下回っていることが分かった。これは都市化の過程で新幹線が他地域の人々を呼び込む力があるだけでなく、同時に沿線都市地域間での人口構造の調整も推進し、沿線都市の中で、より優位な都市に人口が集中することを示している。

Clarkは20世紀後半から登場した高速鉄道を「都市の創造者と破壊者」と呼び、Baniser & Hall（1994）は高速鉄道が「第2の鉄道時代」をスタートさせたと考え、Spiekermann & Wegener（1994）は高速鉄道がかつてない時間と空間の収縮をもたらし、「収縮した大陸」（the shrinking continent）を形成していると述べている。Blum, Haynes & Karlsson（1997）は高速鉄道が空中輸送の潜在的な代替者となる一方で、それが地理空間で区切られた各都市を結び付けることで新しい都市圏（或いは都市回廊）と経済区を形成し、その地域内の経済一体化を促進していると考えている。「回廊」内の高度な経済一体化のため、各経済体はより巨大な労働力市場と市場シェアに直面し、これによって各都市に経済成長のチャンスをもたらしている。同時に、高速鉄道と地域経済・社会発展に関する研究も地域及び都市交通資源の一体化に対する考察に進み、高速鉄道が地域交通の主要手段としてより広く受け入れられるべきだと提案した（王垚・年猛2014）。

Nakamura & Ueda（1989）、Hirota（1984）、Amano & Nakagawa（1990）、Brotchie、Sandsらは日本の新幹線の研究を通じて、高速鉄道の影響が主に観光関連の活動に集中していることを発見した。Bonnafousはフランスの、つまりヨーロッパ初の高速鉄道（TGV）の研究を通して、交流の利便性が顕著に向上したため、ローヌ－アルプ地域圏で専門サービス業に従事する企業がリヨンからパリに移転する必要はなく、一方パリの競合他社も自分のビジネス活動をリヨンに拡張する必要はないことを発見した[13)]。Andrew Holman（2010）、David Ellis（2010）はテネシー州鉄道を例に、交通需要モデルを通じて高速鉄道の建設がテネシー州にもたらす時間効果と通達効果を予測し、高速鉄道がテネシー州の経済発展を後押しすることができると論じている。

鉄道、道路などの交通インフラが地域経済の発展に与える影響について大きな論争があるように、経済学者たちは高速鉄道が空間経済に与える影響についても異なる見解を持っている。Cheshire（1995）は、高速鉄道が地理空間で区切られた各都市を結び付けることで新しい都市圏（或いは都市回廊）と経済区を形成し、その地域内の経済一体化を促進し、「回廊」内の高度な経済一体化のため、各経済体がより巨大な労働力市場と市場シェアに直面し、それによって各都市に経済成長のチャンスをもたらすと述べている。Blum, Haynes & Karlsson（1997）は高速鉄道が空中輸送の潜在的な代替者になり、高速鉄道が回廊内の市場構造と市場組織に影響を与え、回廊経済の整理統合を促進し、各都市が専門分業と貿易を通じ、その比較優位性を十分に発揮し、生産効率を高め、所得平等を促進すると考えている。Peter M. J. Pol（2003）は、高速鉄道

13　詳しくは、林暁言・陳小君（2010）を参照。

の地域経済成長に対する刺激作用が2つに分けられると述べている。1つは触媒作用である。これは高速鉄道が低成長あるいは経済転換期にある地域に新たな経済活動をもたらし、地域経済成長を引き起こすことを指す。もう1つは促進作用である。これは高速鉄道が本来すでに繁栄し発展している地域経済への促進作用を指す。しかし、Puga（2008）は高速鉄道が大都市に利益をもたらす一方で小都市が損失を被ることになり、それによって地域間の不均衡を更に激化させると考えている。

Chen & Hall（2011）は、経済学者たちが交通インフラの地域空間経済に与える影響に関して大きな相違があるのは、主に研究方法が異なるからだと述べている。交通経済学と空間経済学の分野では、常に数理モデリングの方法で地域経済の発展を予測する。しかし、新経済地理学理論の不完全競争モデルは、現地市場の拡大効果があるため、貿易コストの削減がすでに存在した核心—周辺構造を強化し、地域間の発展格差を拡大する可能性があると指摘している。それでも、これらのコスト指向と静態的な一般モデリングの方法は時間の経過に伴う動態発展の質を反映することができないので、交通インフラと地域経済の発展が遅いばかりではなく負の相関関係さえあると考える者もいる[14)]。Nakamura & Ueda（1989）、Amano & Nakagawa（1990）らは日本の新幹線の研究を通して、高速鉄道で結ばれた都市人口と経済成長率は、高速鉄道が接続していない都市よりも高いことを発見した。また、高速鉄道の影響は主に観光関連の活動に集中している。それでも、これらの研究では高速鉄道が発展地域と立ち遅れた地域にどのような影響を及ぼすかは指摘されていない。

中国国内で最も早く大規模な建設プロジェクトの地域経済への影響分析に関する研究を行ったのは、鄭友敬・明安書・鐘学義（1994）[15)]である。大規模な建設プロジェクトの地域経済への影響に関する初期段階の理論研究を行い、インデックスシステム法や投入産出分析法などを用いて、地域の超大型プロジェクトが直面する社会、経済、自然など多くの要素に対して全面的な実行可能

14 詳しくは、Hall（2009）を参照。
15 鄭友敬他編（1994）『超大型建設プロジェクトの評価—理論と方法の研究』を参照。

性分析を行っている。孟巍（2006）は大規模な高速道路建設プロジェクトの地域経済発展への促進作用の内部メカニズムを研究し、高速道路建設プロジェクトは地域交通輸送能力を高め、地域経済発展のために堅固な物質的基礎を築き、国民経済の効果的なサポートのために有力な保障を提供し、交通輸送が地域社会の経済発展の需要を満たし、地域経済構造と輸送能力の協調を促進し、それによって更に地域経済の発展を促進すると述べている。明立波・甄峰・鄭俊（2007）は国内外の大規模な交通建設プロジェクトの評価方法の発展と研究について簡潔に論述し、無錫—南通過江通路の建設構想に基づいて実例研究を行い、交通量と地域経済総量を用いて実例に即して地域経済誘導型実証研究を行った。

高速鉄道の利便性は対面コミュニケーションのチャンスを大幅に増加させ、知識創造とビジネス交流に役立ち、知識経済や商業、サービス業などの第三次産業の発展を促し、産業構造の転換を促進する。同時に、知識経済と第三次産業は高速鉄道の主なサービス対象として、その発展が高速鉄道の営業に広大な市場空間を提供する。高速鉄道がもたらす時空収縮効果が期待される空間—経済モデルに変換できるかどうかは高速鉄道の発展と経済発展の同期性に大きく依存している。胡天軍・申金昇（1999）は京滬高速鉄道の輸送の逼迫状況の緩和、移動時間の節約、経済一体化の形成、知識経済発展の促進、第三次産業と観光業の発展の推進、労働と雇用の機会の提供などの面から、京滬高速鉄道建設プロジェクトの関連地域の経済への影響について系統的な分析を行った。趙娟・林暁言（2010）は対数線形モデルとグレー予測モデルを用い、輸送状況の緩和、移動時間の節約、経済一体化、ハイテク産業発展などの視点から、京津都市間鉄道の地域経済への影響に対して定量分析を行った。白雲峰（2010）は高速鉄道が地域社会の経済発展に与える影響のメカニズムを分析することを通して、その影響には直接影響と間接影響の２つがあると述べている。具体的には沿線地区の鉄道輸送能力の向上、地域達成性の創造または改善、地域経済発展推進効果、産業構造最適化効果、雇用効果、都市化効果、環境保護効果などの７つの内容にわたり、インデックスシステム分析の構築に根拠を提供した。

林暁言・陳小君（2010）は空間連係効果、産業構造効果、雇用効果などの３

つの面から高速鉄道が地域経済に与える影響のメカニズムを分析し、グレー予測法と多元線形回帰モデルを用いて京津都市間鉄道が京津地区に与える経済影響を測定した。丁冬梅（2012）は、高速鉄道が地域経済発展に関して正のスピルオーバー効果もあれば、負のスピルオーバー効果もある、さらに高速鉄道の地域経済発展へのスピルオーバー効果のマクロ上の表現形式として、高速鉄道の地域経済効果、地域産業集積と波及効果、及び高速鉄道の都市集積効果と社会文化効果などがあると述べている。王垚・年猛（2014）は2006-2010年の中国287の地級市[16]以上の都市のデータを用い、DID（difference in difference）推定方法を採用し、高速鉄道の開通が地域経済の発展に顕著な影響を及ぼすかどうかを実証した。研究結果によると、現在の中国経済全体が減速に向かう状況下で、短期的には、高速鉄道が地域経済成長をリードする役割を果たしていないことが明らかになった。

中国国内の高速鉄道に関する地域経済発展研究は定性分析の文献が多く、研究の視点もそれぞれ異なるが、高速鉄道の中長期的な地域経済成長への促進作用はほとんど肯定されている。高速鉄道と科学技術の革新について、劉万明（2003）は高速鉄道の技術問題を強調すると同時に、経済発展への作用に言及したが、技術の進歩と経済発展を結びつけなかった。布超・林暁言（2007）は技術軌道と技術サブ軌道理論を借りて、自主革新の内包と本質を分析し、その3つの形式の関係を分析した。更に自主革新の発展法則を提出し、これに基づいて中国の高速鉄道の自主革新経路の発展法則を分析し、まとめた。程慶輝（2011）は中国の現在の国情の下で高速鉄道科学技術革新の産学研連携[17]モデル（政府関与下の協力実体モデル）が高速鉄道科学技術革新産学研協力の理想モデルであると述べ、中国の高速鉄道科学技術革新産学研連携の三重螺旋モデルを構築した。

16　地級市とは、中華人民共和国の地方行政単位である。地区、自治州、盟とともに二級行政単位を構成する。省クラスの行政単位と県クラスの行政単位の中間にある地区クラスの行政単位である。

17　産学研連携とは、企業と大学、研究開発機関が各自の価値目標を実現するために一定の組織形成や仕組みを通じて構築する研究や開発などでの協力関係のことである。

海外の研究に比べて、中国の研究はスタートが遅れたが、急速に発展している。中国の高速鉄道が続々と開通し、運行距離の増加に伴い、中国では高速鉄道に関する研究がますます多くなり、研究の視点もそれぞれ異なる。例えば、高速鉄道の地域経済・社会発展への民生意義、経済意義、社会意義、ひいては戦略的な視点からの軍事国防、科学技術などの視点の重大な関連性である。上記の研究は高速鉄道が地域経済発展を促進することには肯定的な観点を保っている（李京文，1998；胡天軍・申金昇，1999；劉万明，2003；羅鵬飛・徐逸倫・張楠楠，2004；張楠楠・徐逸倫，2005；林暁言，2007；林暁言，2010；呉昊，2009；楊維鳳，2010；周孝文，2010；劉晶，2011）。

上記の研究状況の概観を通して、以下のようなことがまとめられる。第1に、一部の現象の発生には一定の準備期間が必要であるが、高速鉄道の経済発展への影響は顕著である。第2に、高速鉄道と高速鉄道ネットワークの構築、厳密で科学的な交通と経済との調和のとれた発展の組織制度の確立は、例えば日本、ドイツ、フランスなどの先進国の経済急成長の前提条件と物質的基礎である。第3に、高速鉄道の発展は地域経済社会の一体化発展を加速させる重要な推進力であり、特に経済サイクルの低迷段階ではなおさらである。第4に、高速鉄道の中国での建設意義と価値などについては共通認識が得られており、中国の地域経済と社会発展及び空間資源の合理的な分布に積極的な影響を及ぼすであろう。第5に、高速鉄道建設が地域経済・社会発展に与える影響と果たす役割について引き続き研究し、細分化することは重大な理論的意義と現実的意義を持っている。

第2章

高速鉄道の技術的及び経済的特徴

社会が発展進歩する過程において、社会的需要の総量が確定している状況下では、高速鉄道の市場シェアは一般的にその技術的及び経済的特徴の影響を受けている。それと同時に、高速鉄道は基本的に旅客輸送に使用され、本質的には鉄道輸送である。それを考慮した上で、ここでは旅客輸送に限って、鉄道輸送、道路輸送、水路輸送、航空輸送のそれぞれの特徴をまとめる[18)]。表2-1を参照。

18　詳しくは、呉兆麟（2009）を参照。

表2-1　主要輸送手段の技術的及び経済的特徴

鉄道輸送	適応性が高い:連続性と信頼性、双方向の輸送が保証できる。 輸送能力が高い：輸送能力は列車の重さ、昼夜路線を通過する列車数によって決まる。 安全性が高い:コンピューターや自動制御などのハイテク技術の応用により、衝突事故と旅客死傷事故の発生を防止し、損害を低減する。 輸送速度が速い:通常の鉄道は60～80km/h、一部の鉄道は140～160km/h、高速鉄道は210～310km/hに達する。 エネルギー消費量が少ない：道路輸送と比べ、車輪とレール間の摩擦抵抗は自動車の車輪と地面間の摩擦抵抗より小さく、エネルギー消費量は道路輸送の10分の1である。 環境汚染が少ない。 低コスト：水路輸送やパイプ輸送より高いが、道路輸送より数倍から10数倍安い。
道路輸送	技術的性能指標が良い:動力性能の向上と燃費の低下の面で優位を占める。 機動的で柔軟性があり、「玄関から玄関への輸送」が可能で、旅客輸送量と貨物輸送量の大きさに強い適応性を持っている。 配達速度が速く、短距離輸送の場合、旅客輸送の速度は一般的に鉄道より速い。輸送距離が同じ場合、高速道路を利用した長距離バスの旅客輸送速度も、鉄道より速くなることが多い。 原始投資が少なく、回収期間が短い:アメリカの関連資料によると、道路貨物運送企業が1ドル儲けるには、0.72ドルの投資が必要であるが、鉄道では2.7ドルかかる。道路輸送の資本は年に3回回転できるが、鉄道は3-4年に1回しか回転できない。 単位輸送のコストが高く、さらに環境を汚染する。特に長距離輸送では深刻である。

水路輸送	初期の建設投資が少なく、航路の建設投資、メンテナンス及び管理費用が比較的少ない。 輸送能力が高く、天然航路を利用すると、輸送力はほとんど制限されない。内陸水路は航路の制限を受けるが、輸送条件の良い航路では、依然として、通過能力を大きく高めることができる。 単位輸送コストが低い:輸送量が大きいので、単位輸送のコストは鉄道や道路より低い。水運、特に海上輸送は最も安価な交通輸送方式であり、輸送費負担能力の低い原材料や大口の貨物の輸送に適している。 輸送距離が長い:数千海里から数万海里まで、どの港にも着くことができる。 輸送速度が遅い:1つは主機の電力と燃料のコストを節約することであり、もう1つは水運が中間輸送の一環であり、両端の港では、また他の輸送手段に依存しなければならないことである。 外部の運営条件が複雑なため、不確定条件が多くて、運営リスクが比較的大きい。内陸水路の水位と水流速度は季節による変化が大きく、一部の河段には危険な早瀬や暗礁がある。遠洋輸送の航路は長くて、異なる気候帯を通過しなければならず、海洋気象は千変万化する。同時に水運の多環節性のため、港、船舶、通信ナビゲーション、代理機構、検査機構、税関などの部門が協力しなければ、順調に運行させることができない。また、水運の管理は複雑で、国際性を有する。
航空輸送	ハイテク性 高速性:旅客の移動時間を大幅に短縮し、荷主の在庫を減らし、運営費を削減する。 機動性、柔軟性:地形の制約を受けず、空港と航路施設が保障されていれば、航路を開くことができる。ヘリコプターを使うと、機動性が更に高くなる。 安全性、快適性:単位旅客輸送取扱量または単位飛行時間で測定する。ワイドボディの飛行機を使用すれば、快適性がより発揮される。先進的な設備、行き届いた地上サービスにより、乗客のための快適な旅行環境を作り出す。 基本の建設周期が短く、投資が少ない:鉄道と道路より建設周期が短く、投資が少なく、効果が早く現れる。 輸送コストが高い:容積と積載能力が低く、単位輸送取扱量のエネルギー消費量が大きく、機械のメンテナンス及び修理のコストが比較的高いので、輸送コストが最も高くなる。

第1節　高速鉄道の技術的及び経済的特徴

歴史的な観点から見ると、高速鉄道システムの出現には3つの原因がある。第1に、従来の路線輸送能力に限りがあるという問題を克服するためには、いくつかの新しい投資及びより効果的な解決策が必要になる。これは日本の東海道新幹線とTGV南東線が現れた根本的な原因である。韓国、中国、台湾にも同様の問題がある。第2に、高速鉄道は通常路線の中でも特に遅い部分の速度を上げるために設計されており、莫大なコストと低い軌道交通技術のため、速度を上げることができない。ドイツの高速鉄道がまさにこういう状況にある。第3に、高速鉄道は遠隔地への到達可能性を高める手段であり、最も代表的な例は大阪と福岡を連結する山陽新幹線とスペイン初のAVE路線のマドリードーセビリア区間である。

1-1 速度の柔軟性

人々は高速鉄道を技術概念と見なし、最大速度で定義することに慣れている。 高速鉄道は一般的に運行速度が200km/h以上の鉄道を指し、高速運行に適したインフラ、固定設備、移動設備、完備されかつ科学的な安全保障システムと輸送組織方法などが有機的に結合した巨大なシステムエンジニアリングであり、現代ハイテクの集大成とも言える。新設路線では時速250km/hに達しなければならず、従来路線で改造・アップグレードされた高速鉄道路線は時速200km/hに達する必要があり、アップグレード路線では地勢や都市計画の影響を受けた場合、これらの影響に対応する速度が求められる。理論的には、高速鉄道サービスを提供するすべての鉄道施設を速度で定義することができる。しかし、実際には、ビジネスの速度に制限があるため、速度は最善のインジケーターではない。例えば、人口が密集している地区や、高架橋やトンネルがある場所では、高速鉄道の速度は規定の要求を満たさない。人口密集区では騒音や事故の発生率を下げなければならないからである。高架橋やトンネルがある場所では安全性を考慮し、速度を160～180km/hに抑えなければならない。

高速鉄道と普通の鉄道の工事原理は同じである。つまり、レールは非常に滑らかで硬い軌道面を提供し、列車がその上を走行する時に摩擦とエネルギー消費を最小限に抑える。しかし、従来の鉄道と高速鉄道では技術が異なる。操作システムの観点から見ると、従来の鉄道は外部（電子）信号灯と自動化された信号システムに頼っているが、高速鉄道は運転室で操作を完成することができる。中国の新しい高速鉄道はCBTC（無線式列車自動制御システム）を用いて高速鉄道の運行を制御する。CBTCの際立った利点は、列車と地上間の双方向通信を実現させることができ、しかも伝送情報量が大きく、伝送速度も速く、移動自動閉塞システムが実現しやすく、区間敷設ケーブルを大量に減らし、使い捨て投資及び日常のメンテナンス作業を減少させ、区間通過能力を大幅に向上させ、双方向運行と一方向連続発車を柔軟に組み合わせ、異なる車速、異なる輸送量、異なるタイプの牽引列車運行制御などに適応しやすいことである。

1-2 高速鉄道コストの複雑性

高速鉄道の建設には特別な技術が必要で、列車速度が250〜300km/hに達することを制限するすべての技術障害を排除しなければならない。この技術には、道路平面交差、高速度下の急停止、急カーブが含まれる。時には、新しい信号メカニズムとより強力な電力システムが必要になる。同時に、いくつかの共同開発モデルでは、貨物車や鈍行車両と一緒にレールを使用しないように、接続と専用レールを開発する必要がある。これらの共通設計の特徴はすべての高速鉄道プロジェクトに適用されるわけではなく、全く反対に高速鉄道プロジェクトによって使用される技術が異なるため、高速鉄道の建設コストも異なる。UIC（2005）によると、高速鉄道の建設には、主に次の3つのコストがかかる。1）計画と土地価格。実行可能性研究、技術設計、その他（法律と行政費、ライセンス、営業証など）を含む。総投資コストの5〜10%を占める。2）インフラ建設費。地勢準備とプラットホーム建設に関係するあらゆるコストを含む。一般的には総投資額の10%と25%を占め、特殊な場合（例えば高架橋、トンネル）には、コストは40〜50%を占める。3）上部構造のコスト。レール、信号システム、パンタグラフ、電化メカニズム、通信と安全施設を含む。総コストの5-10%を占める。いずれのプロジェクトにもこの3つのコストが含まれているが、プロジェクトによって占める割合は異なる。UIC（2006）によると、高速鉄道建設タイプは5種類に分けることができる。1）他の高速鉄道路線から分離された大きな回廊。例えばマドリードーセビリア区間AVE。2）網状で、完全な大きな回廊。例えばパリーリール区間の建設はパリーリヨン区間をフランスの高速鉄道網に完全に溶け込ませた。3）既存の回廊の微小な拡張あるいは補足。例えばマドリードートレド区間、リヨンーバランス区間。4）大型プロジェクト。例えばヨーロッパトンネル、グレートベルト・イースト橋、メキシコ海上大橋。5）従来の鉄道網に建設された小型プロジェクト。例えばドイツやイタリア。

高速鉄道が運行されるようになると、インフラの運営コストや車両の運営コストも発生する。インフラの運営コストは主にその使用とメンテナンスコストである。高速鉄道のメンテナンスコストには5つのタイプが含まれる。レールメンテナンスコスト、電力コスト、信号コスト、通信コスト、その他のコストである。これらのコストのいくつかは固定されており、技術及び安全基準に適合した操作方法を採用している。また、レールのメンテナンスは、レールの使用頻度でコストが決まる。同様に電子牽引装置やパンタグラフのコストも、通過する列車の数によって決められる。ヨーロッパの5カ国（ベルギー、フランス、イタリア、オランダ、スペイン）のコスト情報によると、全体的には、インフラとレールのメンテナンスコストは、総コストの40～67%を占め、信号コストは、高速鉄道コストの10～35%を占め、高速鉄道の単線のメンテナンスコストは、28,000～33,000ユーロ/kmの間にある。車両の運営コストは4つの主要なタイプに分けることができる。軌道切り換えと列車操作コスト（主に人件費）、すべての車両のメンテナンスコスト、及び設備、エネルギーと経営コスト。設備、エネルギーと経営コストは最終的に経営者の交通量に対する予想に依存する。他のコストは列車に採用される技術にかかっている。ヨーロッパでは、ほとんどの国が自国の交通問題を解決するために独自の技術体系を持っている。例えば、フランスはTGV Re´seauとThalysで国際サービスを提供しているが、1996年には2倍の輸送能力を持つTGV Duplexを導入した。イタリアにはETR-500とETR-480、スペインにはAVE、ドイツにはICE-1、ICE-2、ICE-3、ICE-3 Polycourant、ICE-Tの5種類がある。どの高速列車にも異なる技術特徴がある。例えば、長さ、構造、集積、重量、エネルギー、牽引、傾斜の特徴などである。車種を考慮しなければ、軌道切り換え費用はターミナル駅と途中駅の間の距離及びターミナル駅に列車が停車する時間によって決まる。1座席あたりの平均コストは53,000ユーロである。500kmの高速鉄道では、フル稼働を想定した場合、1座席あたりの運営コストとメンテナンスコストは1kmあたり41.3（500*0.0776+500*0.005）ユーロ（フランス2階建て高速鉄道）

から93ユーロ（ドイツICE-20）である[19]。

しかし、高速鉄道の建設コストや運営コストなどに影響を与えるさまざまな要因の中で、高速鉄道の建設モデルも一定の程度で重要な役割を果たしている。世界の高速鉄道には4つの開発モデルがあると考えられている[20]。1つ目は、独占開発モデルである。高速鉄道と従来の鉄道は完全に分離されている。例えば日本の新幹線。日本の従来の鉄道は狭軌で、軌間は1.067m、すでにその収容能力に達しているので、高速鉄道に適した新しい軌道を建設することが必要になる。高速鉄道の標準軌間は1.435mである。このモデルの最大のメリットは、従来の鉄道と高速鉄道の市場運営が分離していることで、1987年に日本国有鉄道（JNR）が分割民営化された際に、高速鉄道のサービスと施設を完全に民営化できるようになったことである。もちろん例外もあるが、一部の区域では従来の狭軌が残っているため、日本の新幹線は最大時速に達していない。狭軌を残しているのは従来の列車と共同で使用することができ、土地の占有コストを減らせるからである。また、東京や大阪などでも高速鉄道は速度を落として電車を待ったり、譲ったりする。2つ目は、ハイブリッド高速モデルである。高速列車は新路線でも改造・アップグレードされた従来の路線でも走行できる。例えばフランス高速鉄道TGV。このモデルの利点は鉄道建設コストを削減できることである。3つ目は、ハイブリッドの従来モデルである。普通の列車は高速鉄道の線路の上を走る。例えばスペインAVE。普通の列車と高速鉄道に適応できる技術を応用したもので、このモデルの最大の特徴は車両の購入コストとメンテナンスコストを節約し、普通の列車も一部の高速鉄道の路線でサービスを提供できるということである。4つ目は、全ハイブリッドモデルで、2つ以上の速度等級の列車を運行し、高速列車は普通の客車や快速貨物列車と同じ路線を走行する。例えば、ドイツICE、イタリア（ローマ―フィレンツェ）高速列車は、昼間にアップグレードされた従来の鉄道を使用し、夜は普通の貨車が走る。これにより、インフラのメンテナンスコストを補うことができる。

19　HSR Database, data in 2002 values
20　顔顥ほか（2012）を参照。

高速鉄道の環境コストも無視できないが、その主な要因は技術の選択と運用にある。高速鉄道のインフラ建設やサービス運営には、土地の占有、バリア効果、視覚的侵入、騒音、大気汚染、地球温暖化への影響などの環境コストが発生する。汚染と言えば、高速列車から排出される汚染ガスの量は、所定の旅行中のエネルギー消費量によって決まり、大気汚染は高速列車内の電気装置から発生する。言うまでもなく、高速鉄道は自家用車や飛行機よりも環境に優しい交通手段である。高速鉄道の初歩的なエネルギー消費はガソリン消費に換算すると、100人キロ当たり2.5リットル（自動車と飛行機はそれぞれ6リットルと7リットル）である。同様に、100人キロ当たりの二酸化炭素排出量は、飛行機が17トン、自家用車が14トン、高速列車が4トンである。省エネ・排出削減は日本の新幹線の最も重要な運営組織管理内容の1つであり、主要な手段は省エネ車両の更新である。東海道新幹線を例にとると、この路線が結ぶ日本3大都市圏の面積は日本全土の24%以上、人口は59%前後、GDPは65%前後を占めていて、間違いなく日本の交通の大動脈である。東海道新幹線は1964年の発足後、210km/hの0系車両から始まって、220km/hの100系、270km/hの300系、285km/hの700系、300km/hのN700系車両を順次更新してきた。このうち省エネ車両とは300系、700系、N700系車両を指し、第2世代車両とも呼ばれる。これらは車体軽量化、車体傾斜システム、電力再生などの技術を採用している。東海道新幹線は省エネ車両の更新により、著しい省エネ・排出削減効果を挙げている[21)]。列車の騒音は採用された技術に大きく左右される。大体において、高速鉄道で発生する騒音とは車輪とレール間の騒音である。高速列車の出す音は80～90デシベルで、これが都市部では騒音汚染とされる。計算によると、速度が280km/hで、騒音を55デシベル（この値は許容可能）に制御するためには、150mの防音壁が必要になり、この防音壁を建設するには多くのコストがかかる。例えば、パリ－リヨン線が通る近隣の町では騒音問題が起こり、住民から苦情が殺到したため、周辺住民への影響を減らすために多くの防音壁を建設することになった。

21　孫啓鵬ほか（2011）を参照。

1-3 高速鉄道環境問題の固有性

普通列車の出す騒音とは異なり、高速列車はスラグフリー軌道を採用しているため、車輪とレールの摩擦時に発生する騒音を除去できる。しかし、高速列車の出す騒音は従来の普通列車よりはるかに大きい。運行速度が速いからである。高速鉄道路線は一般的に多くの大都市と中規模都市を通過する。人口が密集した都市部では、騒音汚染は高速鉄道が都市環境に与える影響の中で、最も主要な問題であろう。表2-2は、異なる列車速度によって発生する騒音の大きさを示したものである。速度が速いほど発生する騒音が大きい。

高速鉄道沿線地区の主な鉄道騒音汚染源は列車走行騒音と列車の点検修理、整備作業及び高騒音固定設備などである。このうち、高速鉄道列車の高速走行では、空気動力性の騒音の占める割合が大きい。高速鉄道の騒音源とその特徴に照らし、騒音の防止は走行する高速列車の音響性能、都市の計画配置などの面を考慮し、音響性能に優れた高速列車を選択し、高速列車が通過する地域では住宅地、学校、病院などの敏感な機能区の建設をできるだけ避け、隔離防護バリアなどを建設する必要がある。騒音汚染の整備には主に立ち退き移転、音響バリア、緑化林帯、防音壁などの設置の措置が含まれる。高速鉄道建設時期に沿線の観測点で測定した騒音と振動データの分析によると、病院、学校、老人ホームなどのある地区の騒音データの基準超過率は100%で、住宅地の平均は70%である。高速鉄道の騒音汚染は無視できない環境問題であることが

表2-2　異なる速度条件で発生する騒音値

列車速度（km/h）	騒音値（dBA）	列車速度（km/h）	騒音値（dBA）
160	79.5	240	86
170	80	250	86.5
180	81	260	87.5
190	81.5	270	88
200	82.5	280	88.5
210	83.5	290	89
220	84.5	300	89.5
230	85.5		

測定位置：列車運行線路中心から25 m、軌道面から3.5 m上

図2-1　高速鉄道の規格による騒音比較図

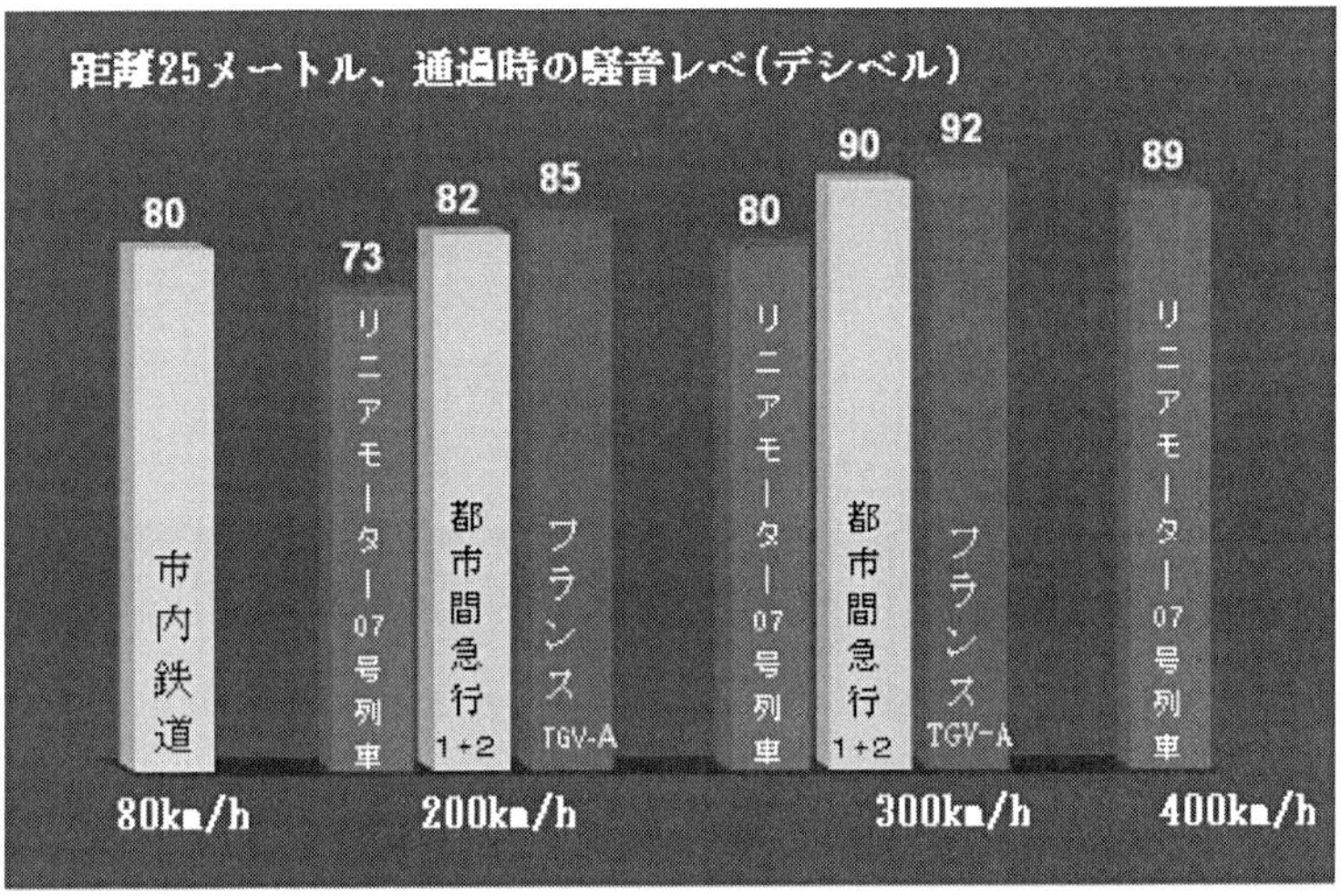

分かる。

高速鉄道の振動は住民の睡眠、休憩、学習に影響を与えるなど、人々の日常生活を妨げる。振動は人の生活に密接に関わるため、長期にわたって振動環境にいると、病気を引き起こすこともある。夜に運行しない高速鉄道は、沿線住民の睡眠状況に与える影響は相対的に小さい。人への影響に加えて、振動は精密設備や機器の正常な使用にも影響し、建物にも損害を与える。環境振動は地震や爆発衝撃荷重のように建物の倒壊をもたらすことはないが、古い建物に比較的大きな危害を及ぼし、破壊する可能性もある。振動の周波数が20～2,000 Hzであると、騒音が発生し、環境状況がさらに悪化する。

振動レベル評価基準によると、鉄道幹線の両側で1日20本以上の列車が運行する鉄道レールから30m離れた住宅地の振動レベルは80dB未満であるべきである。列車の運行速度が160km/hを超えると、15m離れた観測点で測定した振動レベルは80dBを超え、列車の速度が上がるにつれて振動レベルは徐々に拡大した。高速鉄道の運行速度は160km/hよりはるかに速く、レールから30m離れた地点では振動レベルが70～90dBであり、環境モニタリングのデータによると、基準超過率は室内が30.6%、室外が57.9%であった。

高速鉄道の環境問題には主に振動騒音や電磁波妨害などがあるが、中でも振動騒音問題がますます注目されている。高速列車の騒音は沿線の両側の住民の居住区の生活学習活動に大きな妨害と危害をもたらし、多くの機能区の騒音が標準値を超えているので、政府は騒音と振動の問題にもっと注目する必要がある。高速リニアモーター交通技術のさらなる成熟が、高速度による騒音問題の処理を可能にすることが期待される。図2-1を参照。

空港周辺の騒音汚染はさらに深刻である。空港周辺地区では、航空機の騒音レベルが75dB以上の地帯の面積は約50㎢で、空港の建物や騒音レベルが90dB以上の地帯の占める面積を含まない。騒音汚染の面では、高速鉄道は他の輸送方式に比べて騒音が小さい。例えば、フランスのTGV高速鉄道では線路から25m離れた地点で測定された騒音レベルは65dB(A)である。1日30,000台の車が通過する高速道路で発生する平均騒音レベルは75dB(A)で、高速鉄道より10dB(A)高い。空港付近の騒音はさらに高く、滑走路から300m離れた地点の騒音レベルは100dB(A)に達する。一方、運行特性やダイナミック設計の向上により、次世代の高速列車は騒音危害を低減させている。例えば、TGV第3世代列車は初代の列車より8dB(A)の騒音を低減させた。

1-4 高速鉄道市場の需要の派生とクロスオーバー

高速鉄道の需要について述べる。1970年代初期の鉄道工事が商業化運営を開始して以来、輸送の需要を満たし、収益を実現した高速鉄道は成功の典型とされている。多くの国では鉄道旅客輸送の復興の重要な要素の1つとされている。しかし、道路輸送と航空輸送との熾烈な競争のため、鉄道旅客輸送は大量の市場シェアを失ったことがある。例えばフランスとスペインでは、高速鉄道は鉄道会社の中で唯一運営コストを補うことができる業務部分である。高速鉄道の需要の推定については大きな議論がある。2005年までに日本の新幹線は累計1,500億人の旅客輸送を実現した。韓国では2004年に開通した高速鉄道路線がわずか2年で国内の航空輸送部門に深刻な打撃を与え、年間延べ4千万人の旅客を輸送した。ヨーロッパでは2005年に記録的な170億人キロに達した。1994年から2004年にかけて、交通部門は年平均15.6%成長し、近年はやや下降しているが、以前は2桁成長を続けた。価格、品質、収入などの需要駆動要因を除いて、このような成長は高速鉄道の建設に深く依存している。1994～2004年のヨーロッパの高速鉄道の発展状況の中で最もシェアが大きいのはフランスのパリ—リヨン路線で、初期は70%（その後55%に下降）で、フランスの高速鉄道はパリの中枢地帯でより急速に発展した。他の路線、特に古い路線では余り成長していない。

高速鉄道は単純にその技術特性に依存して自動的に良い市場需要を得ることができず、その交通輸送需要の派生性は依然として存在している。また、既存の鉄道よりも高いコストを考慮すると、高い運賃レベルは高速鉄道運営部門が政府政策許可条件下で強く望む所である。高速鉄道が競争で優位に立つためには、運賃だけではなく良質なサービスを向上させる総合的な方法を実現させる必要がある。さらに、総合交通輸送システムの構造最適化をリードすることによって、総合サービスの質を向上させなければならない。さらに注目すべき点は、鉄道土地総合開発の視点から、事実上、高速鉄道の発展のタイミングが、特に中国の場合、都市化の加速と密接に結びついているため、高速鉄道プロジェクトが着工されていなくても、国が認めた計画やその他の文書に入ることから、周辺土地の開発に与える影響がすでに始まっていることである。そのため、高速鉄道の需要は輸送需要側にあるだけでなく、交通施設の改善に依存して巨大な外部利益をもたらす非輸送需要側にもある。これが高速鉄道需要のクロスオーバーである。

第2節　高速鉄道の技術・経済面での比較優位性

他の交通輸送方式及び既存の鉄道と比較し、高速鉄道の技術・経済面の比較優位性は一般的に速度、輸送量、時間、安全快適、土地資源利用、省エネ・環境保護などの面に現れている。

2-1　速度の優位性

速度が速く、発車間隔が小さく、走行密度が大きいことが高速鉄道の技術面における最も主要な優位性であり、その他の優位性は基本的にこれらの優位性から派生したものである。伝統的な鉄道が既存の輸送市場の競争において次第に劣勢になってきたのは、その技術速度の向上がボトルネック、特に経済ボトルネックと安全ボトルネックに達したからであることが研究と実践によって証明された。中国は高速鉄道の大規模な建設以前に既存線を何度もスピードアップし、著しい成果を収めてきた。表2-3を参照。

表2-3　スピードアップ200 km/hグレード表

番号	路線名	スピードアップセグメント	距離/km	運行距離/km	改造工事
1	京哈線	通州-豊潤	242.4	1,106.4	電気化技術革新、特定項目技術革新
		山海関—皇姑屯	756.0		路盤補修工事
		蔡家溝—五家	108.0		特定項目技術革新
2	京滬線	周里荘—青県	112.8	694.6	電気化技術革新
		捷地—長荘	205.6		電気化技術革新
		高家営—符離集	96.8		電気化技術革新
		宿州—唐南集	82.0		電気化技術革新
		鎮江南—奔牛	102.8		電気化技術革新
		昆山—上海	94.6		電気化技術革新
3	京広線	竇店—漕河	185.8	952.8	特定項目技術革新
		元氏—邢台	136.6		特定項目技術革新
		鶴壁—衛輝	79.2		特定項目技術革新
		官亭—漯河	167.4		特定項目技術革新
		漯河—長台関	270.0		特定項目技術革新
		李家寨—陳家河	113.8		特定項目技術革新
4	广深線	新塘—紅海	43.2	43.2	電気化技術革新
5	隴海線	徐州西—鄭州東	660.8	828.4	特定項目技術革新
		咸陽—常興	167.6		電気化技術革新
6	滬昆線	白鹿塘—塘雅	244.2	1,507.0	電気化技術革新
		白龍橋—貴渓	540.4		電気化技術革新
		鷹潭—彬江	564.8		電気化技術革新
		両村—白源	47.8		電気化技術革新
		姚家洲—五里墩	109.8		電気化技術革新
7	膠済線	婁山—歴城	644.0	644.0	電気化技術革新
8	武九線	何劉—陽新	227.4	227.4	線路増設
合計			6,003.8	6,003.8	—

表2-4 1988-2011年世界各国のレール高速鉄道試験最高速度

国別	鉄道路線	列車のタイプ	列車番号	試験速度/(km/h)	試験日
イタリア	—	—	TAV	319	1988
韓国	—	—	KTX	352.4	2004
ドイツ	—	—	ICE	406.9	1988-05
日本	山陽新幹線	電気機関車	JR500	443	1996-07
中国	京滬高速鉄道	動力分散式	CRH380BL	487.3	2011-01
フランス	TGV東ヨーロッパ線	動力分散式	TGV-V150	574.8	2007-04

既存の鉄道の速度制限を克服するために、各国は高速鉄道技術の研究開発に力を入れ、試験速度の新記録をたびたび更新してきた。表2-4を参照。

高速鉄道の速度面での優位性はまだ成長し続け、高速磁気浮上交通システムの成熟、特に2002年12月31日に30㎞の上海マグレブトレインの正式開通に伴い、運行最高速度430㎞/hの高速磁気浮上式鉄道が市場に受け入れられ始めた。

2-2 輸送量の優位性

輸送量は、一定期間内に輸送機関が旅客と貨物を輸送する数量であり、輸送量と輸送総量で表される。このうち、輸送量は輸送機関が実際に輸送した旅客人数と貨物のトン数である。これに応じて、旅客輸送量と貨物輸送量とに分けられ、計量単位はそれぞれ「輸送人数」と「輸送トン数」である。輸送総量は輸送量と輸送距離を全面的に反映する輸送規模を示す指標であり、旅客輸送総量、貨物輸送総量と換算輸送総量に分けられる。旅客輸送総量は一定期間内に輸送機関が実際に輸送した旅客数にその輸送距離を乗じたものであり、輸送人キロで計算される。貨物輸送総量は一定期間内に輸送機関が実際に輸送した貨物のトン数にその輸送距離を乗じたものであり、トンキロで計算され、輸送総量、輸送機関別分担量、品目別貨物輸送量に分けることができる。換算輸送総量は、旅客輸送総量と貨物輸送総量を同一計量単位に換算した輸送総量であり、統一してトンキロに換算される。中国では、鉄道と交通運輸部直属の水運企業は、通常1人キロを1トンキロ、自動車輸送は10人キロを1トンキロ、民間航空輸送の国際線は13.33人キロを1トンキロ、国内線は13.89人キロを1トンキロとしている。ここでは主に輸送量の絶対数と輸送総量の絶対数を用いて、各種の輸送機関の輸送量を比較している。

鉄道はそれ自身の技術的特性のため、大量の旅客と貨物の輸送を担うことができ、長期にわたって、大口貨物の長距離輸送において絶対的な主役であり、休日祝祭日ピーク時の中長距離の旅客輸送においても大きな役割を果たしている。高速鉄道は、新しく興った交通輸送方式として半世紀近くにわたって採用されており、その輸送量の優位性は各国がこれを建設する際の一大要因となっている。日本やフランスなど高速鉄道の先進国から台湾や中国大陸など現代高速鉄道が急速に発展している国や地域まで、路線の選択の順序から見ると、最初の高速鉄道はどれも人口密度が高く、経済が最も発達している地域を選択している。これは高速鉄道が、主に人口密度の高い地域と長年大量の移動と物流の需要のある地域から始まっているということを十分に物語っている。

高速鉄道にとって重要な技術・経済面での比較優位性は、輸送能力が大きく、複線高速鉄道の年間輸送量が延べ1.6億人に達する点にある。特に高速鉄道は都市間で高密度で、公共交通化し、編成が柔軟な列車を運行し、その旅客数は道路、民間航空をはるかに上回っている。現在、世界各国の高速鉄道はほとんど運行間隔が4分ないし4分以下という要求を満たしている。日本の新幹線はラッシュアワーの時間帯には、運行間隔は最小で3分ぐらいに達し、列車の運行密度は基本的に旅客を待たせることなく、随時に輸送することを可能にしている。中国の京滬高速鉄道が完成した後、単方向の年間輸送旅客数は延べ8000万人に達し、旅客輸送総量は同じ路線の高速道路輸送と民間航空輸送をはるかに上回った。

2-3 時間の優位性

時間の優位性と速度の優位性には関連性があるが、両者は等しいものではない。速度の優位性は基本的に単純な技術特性の範疇に属し、時間の優位性は輸送組織と運営管理などの面における優位性を含んでいる。労働生産性の絶え間ない向上により、旅客の時間価値が増大し、旅行時間のさらなる短縮が要求されるため、速度の高い交通手段を選ぶ旅客が増えている。経済発展の前期には、このような変化は旅客が速度の低い通常鉄道と道路から高速鉄道に変え、高速鉄道の市場シェアが増加したことに現れている。経済発展のレベルが高くなった時期には、大衆はより高い移動速度を追求する経済的能力があり、一部の長距離旅客が航空機に乗り変えたため、高速鉄道の市場シェアは減少傾向にある。そのため、旅客が最も関心を持っている問題の1つとしての旅行時間は、主に移動に利用する輸送手段の走行速度によって決まる。高速鉄道は陸上で最も運行距離が長く、運行速度が速い交通輸送手段である。ここ数年、相次いで建設が始まった高速鉄道の運行時速はいずれも300km以上で、道路交通の速度をはるかに上回っている。最も速い航空輸送に比べて、高速鉄道も旅客の移動が容易で、発車間隔が短く、随時に出発可能などの優位性があり、時間における大きな競争力を示している。北京から上海までを例にとると、空港での搭乗手続きや搭乗待ち、空港往復の時間（空港は一般的に都市から比較的遠い所に建設されている）などの要因を考慮すると、航空機に乗るには合計5時間かかり、高速鉄道に比べて時間的な優位性はない。

高速鉄道は経済圏800～1,000km範囲内における孤立・分散した経済区を経済帯や経済回廊に形成させることができ、この一帯の経済社会活動の繋がりをより緊密にし、発展速度をより高めることができる。これによって生じた社会経済効果は、計り知れないほど重大である。以下、中国広西高速鉄道を例に、高速鉄道の一定の空間距離内の時間の優位性を検討してみる。

一般的に、旅行時間節約の価値は消費者が移動行為と交通手段の選択を決める重要なパラメーターであり、消費者はある交通手段の選択がもたらす旅行時間節約の価値を考慮し、その交通手段を選択するのに支払う価格との間でバランスをとる。旅行時間節約の総価値は、交通手段を選択したすべての消費者が旅行時間を節約する価値の総和である。一般的に、交通建設プロジェクトは、旅行時間節約の総価値が相応の総コストを超える場合にのみ実行可能である。

この分析方法の基本的な考え方は以下の通りである。まず消費者の長距離移動交通手段の選択に影響する効用関数と旅行時間節約の価値を決定する主な要素を分析し、道路、鉄道、民間航空の3種類の異なる交通手段を例に、それぞれの旅行時間節約の価値が市場シェアに与える影響を説明する。消費者が長距離旅行を行う際には、一般的に多くの交通手段の中から選択し、消費者の選択は多くの要素の影響を受ける。消費者は3つの要因を考慮すると仮定すると、旅行時間節約価値（VTTS)、交通費用（P_i)、消費者の交通手段に対する嗜好（Pre_i）の3つである。選択する交通手段が消費者にもたらす旅行時間節約価値が支払う交通費用を上回る場合に限り、消費者は当該交通手段を選択する。従って、消費者が第iの交通手段を選択する効用関数は、式（2-1）で表すことができる。

$$U_i = U\{VTTS_i\ (T_i, T_0, aI), P_i, Pre_i\} \qquad (2\text{-}1)$$

このうち、T_iは第iの交通手段を選択する総旅行時間である。T_0は別の交通手段を選択する総旅行時間である。$VTTS_i\ (T_i, T_0, aI)$は、「i」番目の交通手段を選択することが、他の交通手段を選択することに比べて節約した時間価値を表す。時間価値は消費者の収入レベルIの倍数aと関係があり、収入レベルが高いほど時間の経済価値も高い。節約した旅行時間の価値と収入水準との間に線形関係がある場合、$VTTS_i\ (T_i, T_0, aI) = a\ (T_0 - T_i) \times I$と仮定できる。収入レベルの高い消費者は、より速く、より高価な交通手段を選択する支払い能力がある。消費者は、異なる交通手段を選択して旅行時間を節約することによる利益$VTTS_i\ (T_i, T_0, aI)$と、その交通手段を選択して支払うコスト(P_i)とを比較し、利益を最大化できる交通手段を選択する傾向にある。

旅行時間とは、出発地から目的地までにかかる時間の総和である。航空機での総旅行時間(T_a)は3つの部分の時間から構成されており、$T_a = T_{a1} + T_{a2} + T_{a3}$である。$T_{a1}$とは、旅客が居住地から歩いたり、地下鉄あるいは車に乗ったりして空港に到着し、さらに安全検査を通過して搭乗するまでに要した移動時間のことである。T_{a2}とは、飛行（離陸、空中飛行、着陸を含む）に要した移動時間のことである。T_{a3}とは、航空機から降り、空港から目的地に到着するまでに要した移動時間のことである。鉄道での総旅行時間(T_t)も3つの部分の時間から構成されており、$T_t= T_{t1}+T_{t2}+T_{t3}$である。$T_{t1}$とは、旅客が居住地から駅に到着し、さらに乗車するまでに要した移動時間のことである。T_{t2}とは、列車が出発し、到着するまでに要した移動時間のことである。T_{t3}とは、下車し、駅から目的地に到着するまでに要した移動時間のことである。T_tで鉄道を選択する総旅行時間を表すと、$T_t= T_{t1}+T_{t2}+T_{t3}$となる。両者の総旅行時間差（列車利用－航空機利用）は、$(T_t-T_a)=(T_{t1}-T_{a1})+(T_{t2}-T_{a2})+(T_{t3}-T_{a3})$である。このうち、$(T_{t1}-T_{a1})$は、旅客が居住地から駅到着と空港到着、安全検査と搭乗時間の差を示し、一般的に$T_{t1}<T_{a1}$となる。それは一般的に都心の居住地から鉄道の駅までより、居住地から空港までの距離の方が長いからである。次に、$(T_{t2}-T_{a2})$は、同じ都市間の鉄道での移動時間と航空機での旅行時間の差を示し、一般的に$T_{t2}>T_{a2}$となる。それは航空機の時速より列車の時速の方が明らかに遅いからである。次に、$(T_{t3}-T_{a3})$は、旅客が駅または空港を出て目的地に到着するまでの時間差を示し、一般的に$T_{t3}<T_{a3}$となる。航空機や列車での旅行時間を考慮しなければ、旅客が鉄道を利用し、節約できる旅行時間は$\triangle t$で表すことができ、$\triangle t = (T_{a1}-T_{t1}) + (T_{a3}-T_{t3})$である。Sで両都市間の距離を表す場合、旅客が両都市間で鉄道または民間航空を利用した旅行時間はそれぞれ$T_{t2}=S/V_t$、$T_{a2}=S/V_a$と表示することができる。V_aとV_tはそれぞれ航空機と列車の平均速度を表す。航空機の飛行速度は列車の運行速度よりはるかに速いが、民間航空または鉄道での総旅行時間は等しい可能性があり、すなわち、$\triangle t +S/V_a=S/V_t$である。この式から、両者の等しい総旅行時間に対応する距離S^*を式（2-2）のように算出することができる。

$$S^* = (\triangle t\times V_t\times V_a) / (V_a-V_t) \qquad (2\text{-}2)$$

旅行時間節約の価値と交通手段選択の視点から、広西交通運輸業の実際の状況を踏まえ、高速鉄道と民間航空の代表的なデータによって今後、広西高速鉄道がその経済帯内の交通運輸業の旅客輸送に与える影響を説明・推定することができる。一般的に、空港に到着し、安全検査と搭乗手続きに要する時間は、駅に到着し、乗車するのに要する時間より長いため、$(T_{a1}-T_{t1}) \fallingdotseq 1.5$時間と仮定すると、空港に行く場合は、駅に行く場合より1時間半早く出発するのが一般的となる。空港から都心までは、駅から都心までより30分多くかかると仮定すると、$(T_{a3}-T_{t3}) \fallingdotseq 0.5$時間となる。従って、両者の和は2時間、つまり、$\triangle t=2$時間である。航空機の国内平均飛行速度は約600km/h、時速300kmの高速鉄道列車の平均運行速度は225km/hに達することができ、式2-2によって、民間航空と高速鉄道それぞれの総旅行時間が等しくなる距離S*を算出することができる。

$$S^* = (\triangle t \times V_t \times V_a) / (V_a - V_t) = (2\times225\times600)/(600-225) = 720\text{km}$$

以上のデータに基づくと、都市間距離が720km未満の場合、高速鉄道利用の方が航空機利用よりも速く目的地に到着できる。都市間距離が720km以上の場合は、航空機利用の方が鉄道利用よりも速く目的地に到着できる。無論、高速鉄道の駅が都心から遠く離れている場合や、地下鉄や便利な公共交通機関が高速鉄道の駅に繋がっていない場合は、S*が著しく縮小され、高速鉄道の旅行時間節約の価値が著しく低下する。

同様に、式2-2を使えば、高速鉄道と自動車（バス）とを比較した場合、同一の旅行所要時間において、それぞれの移動距離を算出することができる。高速鉄道の運行速度は自動車より速いが、自動車は「ドアからドア」の輸送を実現させることが可能である。自動車で移動する場合は、高速鉄道で移動する場合よりも短縮できる時間を$\triangle t=1$とすると、自動車の平均走行速度V_vは100km/hであるため、自動車と高速鉄道それぞれの総旅行時間が等しくなる距離S**を算出することができる。

$$S^{**} = (\triangle t \times V_v \times V_t) / (V_t - V_v) = (1\times100\times225)/(225-100) = 180\text{km}$$

計算の結果、高速鉄道の運行速度は自動車より速いが、180km以下の移動距離では、自動車利用の方が高速鉄道利用よりも速く目的地に到着できることが明らかになった。

式2-2を使えば、高速鉄道列車と普通列車を比較した場合、同一の旅行所要時間において、それぞれの移動距離を算出することができる。高速鉄道列車の運行速度は普通列車よりも速いが、高速鉄道は一般的に大都市や中都市の大型駅や中型駅にしか設置されず、駅の数は相対的に少ない。高速鉄道より普通列車の方が駅までの時間を0.5時間節約できると仮定すると$\triangle t=0.5$となり、普通鉄道列車の平均移動速度V_oは160km/hである。式2-2によれば、普通列車と高速鉄道それぞれの総旅行時間が等しくなる距離S***を算出することができる。

$$S^{***}=(\triangle t\times V_o\times V_t)\ /\ (V_t-V_o)=(0.5\times160\times225)/(225-160)\fallingdotseq277\text{km}$$

計算の結果、高速鉄道の運行速度は普通鉄道より速いが、277km以下の移動距離では、普通鉄道の方が高速鉄道よりも速く目的地に到着できることが明らかになった。

上記の条件の下で、総旅行時間が最も短いことを考慮するだけで、高速鉄道は277kmから720kmの中距離の範囲内で、民間航空、自動車、普通列車より速く目的地に到着することができ、旅行時間節約の価値が高い。広西の高速鉄道を例にとると、広西で現在建設されている高速鉄道は、ほとんどが720km未満のものであり、貴広高速鉄道[22]（857km）と湘桂高速鉄道[23]（1,013km）だけが720kmを超えている。無論、以上のいくつかのパラメーターが変化するにつれて、高速鉄道が競争優位性を持つ範囲も変化し、より遠い範囲で民間航空と競合できるかもしれない。

22　貴広高速鉄道とは、中国貴州省貴陽市から、広西チワン族自治区桂林市を経て、広東省広州市を結ぶ高速鉄道路線である。別名、貴広旅客専用線。
23　湘桂高速鉄道とは、中国湖南省衡陽市から、広西チワン族自治区桂林市、南寧市を経由して、憑祥市に至る高速鉄道である。

2-4　敷地の優位性

生態学の観点から見ると、交通輸送は土地の占有をできるだけ小さくしなければならない。従って、1つの輸送手段は他の輸送手段と輸送力が同じであり、敷地が少ない場合、この輸送手段は土地資源利用の比較優位性を有することになる。限られた土地を最も有効に利用する様々な方法の中で、高速鉄道は間違いなく明らかな比較優位性を持っている。

（1）道路との比較。同じ数の旅客を運ぶのに、高速鉄道に必要なインフラの敷地面積は道路に必要な面積の25%にすぎない。フランスのTGV高速鉄道の路盤の幅は14m前後であるが、同じ輸送力の高速道路は28m（4車線）から35m（6車線）で、TGV高速鉄道1本の敷地面積は双方向4車線の高速道路1本の50%にすぎない。

（2）航空との比較。航空輸送のインフラは空港、離着陸滑走路、旅客ターミナル、格納庫、サービスビル、無線レーダー装置及び空港に入る専用線などがあり、大量の土地を占めている。また、大量の土地が強い騒音の影響で価値が低下している。例えば、騒音影響の結果、住民の宅地範囲の総面積が制限されている。同時に、空港建設に必要な土地には一定の面積、平坦度の要求がある。また、一部の都市の空港は都市から遠いため、都市から空港までの高速道路やその他の補助施設を建設する必要がある。高速鉄道が建設されると、レールは土地価値の低い住民の少ない地域に敷設され、既存の鉄道用地を占用できる区間もある。高速鉄道は都市間を直接繋ぐことができ、便利なうえ敷地を相対的に減らすことができる。また、郊外鉄道沿線地域は個人別荘やリゾート開発に利用できる。通貨で示された用地評価によると、ロシアのサンクトペテルブルクとモスクワ付近に2つの空港を建設すると、両都市間に高速鉄道を建設するより3.8倍高い。ロンドン付近の新空港建設に必要な土地が確保できなかったことが、グレートブリテン島にイギリス海峡のトンネルを建設した原因の1つであることも指摘すべきである。また、パリ付近のドゴール空港は3,000km^{2}の面積を占めており、パリ市内面積の1/3になっている。パリ－リヨン高速鉄道の総敷地面積は2,400km²にすぎない[24]。

高速磁気浮上交通技術の敷地面での優位性は技術的に認められ、ドイツの高速磁気浮上列車とその都市間急行ICEのデータで比較すると、ICEの敷地は14 m²/m、高速磁気浮上交通は12m²/m、高架建設の高速磁気浮上交通の敷地は2m²/mにすぎない。

2-5 省エネの優位性

交通運輸部門はエネルギー消費の大口部門であり、エネルギー消費基準は交通輸送手段の優劣を測定する重要な技術指標である。先進国（例えばドイツ）では、交通に使われるエネルギー消費が全国の最終エネルギー消費に占める割合で30%を超え、かつ上昇傾向にある。このうち、自家用自動車と航空機のエネルギー消費は交通運輸業全体の70～74%を占め、エネルギー消費の大口部門となっている。鉄道はエネルギー消費が最も低い陸上交通手段である。また、1次エネルギー資源は埋蔵量が限られているため、社会の発展のために再生エネルギー、太陽エネルギーと原子力などの新エネルギーの使用を提唱している。現在の技術レベルでは、自動車と航空機はエネルギーとして使い捨て鉱物油（ガソリン、ディーゼル油、航空石炭油）しか使用できない。しかし、鉄道エネルギーは電気を主とする（高速鉄道は電力で駆動される）ため、原子力、水力エネルギー、その他の再生エネルギーなどの異なるエネルギーを使用することも可能である。そのため、乗客の流れを、敷地面積が小さく、エネルギー消費が低く、2次エネルギーと再生エネルギーを十分に利用できる鉄道と高速鉄道に導くことは、各国の交通政策の発展にとって、不可欠な傾向となっている。各国のエネルギー消費指標における各交通手段の比較は表2-5[25]のようになる。

林暁言（2010）は省エネ指標を2つ立てている。第1は、各交通手段の旅客輸送と貨物輸送のエネルギー消費係数である。第2は、仮に単一の交通手段によって社会全体の年間旅客・貨物輸送を完成させた場合の総エネルギー消費量

24　郭文軍・曽学貴（2000）を参照。
25　林暁言（2010）を参照。

表2-5　20世紀90年代先進国交通輸送手段エネルギー消費対比　単位：%

国別	運輸部門のエネルギー消費全体に占める割合	輸送手段				
		鉄道	道路	水路	航空	海運
アメリカ	34.8	2.0	76.7	1.0	14.3	9.0
カナダ	27.4	5.1	80.3	4.6	10	—
イギリス	30.6	2.4	79.5	2.8	15.3	—
フランス	28.2	2.0	81.7	0.1	9.	6.7
ドイツ	25.2	3.5	84.1	1.2	8.0	3.0
イタリア	30.1	1.9	84.2	1.1	5.9	6.9
日本	13.8	2.8	51.5	15.2	29.2	1.3

である。エネルギー消費係数はさらに旅客輸送エネルギー消費係数と貨物輸送エネルギー消費係数とに分けられる。旅客輸送エネルギー消費係数は各交通手段が単位旅客輸送総量を完成するために消費したエネルギー数値を指し、貨物輸送エネルギー消費係数は各交通手段が単位貨物輸送総量を完成するために消費したエネルギー数値を指す。仮に単一の交通手段によって社会全体の年間旅客・貨物輸送を完成させた場合の総エネルギー消費量指標の計算式は以下の通りである。

各交通手段の旅客輸送総エネルギー消費量＝年間旅客輸送総量×各交通手段旅客輸送エネルギー消費係数

各交通手段の貨物輸送総エネルギー消費量＝年間貨物輸送総量×各交通手段貨物輸送エネルギー消費係数

比較と計算の結果を表2-6と表2-7に示す。

表2-6と表2-7からは、鉄道の旅客輸送エネルギー消費係数と貨物輸送エネルギー消費係数が他の交通手段よりはるかに低く、仮に社会全体の輸送量が単一の手段で完成し、鉄道のエネルギー消費の優位性がより際立っていることが読み取れる。高速鉄道のエネルギー消費は普通の鉄道よりも低いため、省エネの面でより明らかな優位性を持っている。中国の鉄道エネルギー消費は国家交通運輸業の総消費量のうち18%を占めるにすぎず、換算輸送総量は50%以上に達している。高速鉄道は電力機関車牽引を採用しており、石油などの液体燃料を採用する交通輸送手段に比べて省エネのメリットが大きい。道路、航空

表2-6　2007年中国の各輸送手段のエネルギー消費係数及び年間輸送総量を完成するためのエネルギー消費量

輸送手段	総燃費（トン）	貨物輸送エネルギー消費係数（kg／万トンキロ）	旅客輸送エネルギー消費係数（kg／万人キロ）
鉄道	7,629,274	24.6	24.6
道路	97,079,140	776.3	77.63
航空	l1,298,913	3,093.1	237.92
水路	7,723,515	120	40

注）総燃費＝旅客輸送エネルギー消費係数×その年の旅客輸送総量＋貨物輸送エネルギー消費係数×その年の貨物輸送総量

表2-7　2007年中国の単一輸送手段の社会全体年間輸送総量を完成するための総エネルギー消費量

	鉄道	道路	水路	航空
旅客輸送	379	1,197	864	3,677
貨物輸送	1,781	56,219	8,690	224,500
合計	2,160	57,416	9,554	228,177

注）パイプライン輸送は貨物輸送しかないため、省略する。

輸送に比べて、中長距離輸送の中で最も節約の特徴を持つ交通手段である。高速鉄道の人キロ当たりの燃料消費は自動車の1/3であり、中距離旅客航空機の1/5である。そのため、高速鉄道の単位消費電力が最も低く、かつ使用する電力が2次エネルギーであり、ガソリンを使用する自動車や航空機よりも優勢である。無接触技術を採用している高速磁気浮上システムはより経済的である。同じ速度では、リニアモーターカーが消費するエネルギーは、非常に「省エネ」な高速レールよりもさらに20%～30%も節約される。同じ距離を走る場合、乗用車が消費するエネルギーはリニアモーターカーの3倍であり、飛行機はその5倍である。ドイツの実験データによると、都市間急行の運行速度が125 km/hから185 km/hに上昇した時、そのエネルギー消費は29ワット時間/トンキロから51ワット時間/トンキロに上昇した。一方、高速リニアモーターカーの運行速度が200km/h、300km/h、400km/hの場合、エネルギー消費指標はそれぞれ22ワット時間/トンキロ、34ワット時間/トンキロ、52ワット時間/トンキロである。

2-6 排出量の優位性

OECD（経済協力開発機構）は中国での調査期間中、自動車の排気ガスが中国の都市大気汚染の元凶になっていることを発見した。例えば、北京の暖かい季節には、92%の一酸化炭素（CO）、94%の炭化水素（HC）、68%の窒素酸化物（NO）は自動車の排気ガスによるものである。同様に、広州と上海では、平均80%を超える二酸化炭素（CO_2）、140%の窒素酸化物（NO）は自動車の排気ガスからであり、その次は航空機から排出されるものであり、列車からの排出量は相対的に少ない。

指標は大気汚染物質の年間1人当たりの排出量とGDP1000ドル当たりの排出量の2種類に分けられる。大気汚染物質は炭素酸化物、窒素酸化物、硫黄酸化物の3種類に分けられる。各種交通手段による大気汚染物質排出係数の統計に基づいて指標を立て、対応するデータから総排出量に占める汚染物質別排出量の割合を計算すると、表2-8を得ることができる。

表2-8　1999年～2004年3種類の交通手段の指標別汚染物質排出量比較

		鉄道			道路			航空		
		COx	NOx	SOx	COx	NOx	SOx	COx	NOx	SOx
中国	年間1人当たりの排出量(kg/cap)	0.031	0.53	4.02	1.76	6.12	9.25	1.81	2.63	4.02
	GDP1000ドル当たりの排出量(kg/l000 USD GDP)	0.005	0.10	0.67	0.30	1.18	1.55	0.31	0.48	0.67
アメリカ	年間1人当たりの排出量(kg/cap)	0.170	3.69	l1.49	9.62	42.11	26.43	9.90	18.08	11.49
	GDP1000ドル当たりの排出量(kg/l000 USD GDP)	0.005	0.10	0.33	0.26	1.18	0.75	0.27	0.5l	0.33
OECD	年間1人当たりの排出量(kg/cap)	0.096	1.98	6.45	5.43	22.6	14.86	5.58	9.72	6.47
	GDP1000ドル当たりの排出量(kg/l000 USD GDP)	0.004	0.08	0.26	0.22	0.92	0.60	0.22	0.40	0.26

注）本表のデータは汚染物質排出係数表と汚染物質排出量表（付録参照）により総合的に計量したものである。kg/capは年間1人当たりの排出量であり、排出量単位はkgである。kg/1000 USD GDPはGDP1000ドル当たりの年間平均排出量である。経済協力開発機構の数値は機構内平均排出量（1999～2004）である。
出所：林暁言（2010）「省エネ環境保護の視点に基づく交通手段優の位性に関する研究」

表2-8は各交通手段の年間1人当たりの大気汚染物質排出量と、GDP1,000ドル当たりの大気汚染物質排出量を反映したものである。中国鉄道の炭素酸化物、窒素酸化物、硫黄酸化物の年間1人当たりの排出量指標の結果は、それぞれ0.031、0.53、4.02 kg/capであり、GDP1,000ドル当たりの大気汚染物質排出量指標の結果はそれぞれ0.005、0.10、0.67kgであった。中国の交通手段の汚染物質排出比較では、航空と道路の炭素酸化物排出量は、それぞれ鉄道の58倍と55倍であり、窒素酸化物はそれぞれ鉄道の4.96倍と11.5倍であり、硫黄酸化物はそれぞれ鉄道の1倍と2.3倍である。航空と道路の炭素酸化物排出量のGDP換算値は、それぞれ鉄道の62倍と60倍であり、窒素酸化物はそれぞれ鉄道の4.8倍と11.8倍であり、硫黄酸化物はそれぞれ鉄道の1倍と2.31倍である。アメリカの3種類の交通手段の比較の中で、航空と道路の年間1人当たりの排出量指標において、炭素酸化物排出量は鉄道の58倍と57倍であり、窒素酸化物排出量は鉄道の5倍と11.5倍であり、硫黄酸化物排出量は鉄道の1倍と2.3倍である。航空と道路のGDP1,000ドルあたりの大気汚染物質排出量指標において、炭素酸化物排出量は鉄道の54倍と52倍であり、窒素酸化物排出量は鉄道の5倍と12倍であり、硫黄酸化物排出量は鉄道の1倍と2.27倍である。経済協力開発機構（OECD）の国家平均レベル3種類の交通手段の比較では、航空と道路の年間1人当たりの排出量指標において、炭素酸化物排出量は鉄道の58倍と57倍であり、窒素酸化物排出量は鉄道の4.9倍と11倍であり、硫黄酸化物排出量は鉄道の1.003倍と2.3倍である。航空と道路のGDP1,000ドル当たりの大気汚染物質排出量指標において、炭素酸化物排出量は鉄道の5倍と11.5倍であり、硫黄酸化物排出量は鉄道の1倍と2.3倍である。

高速鉄道はハイテク技術を採用し、相応の環境保護措置を取っているため、普通鉄道の倍以上の速度で運行する場合でも、普通鉄道の環境保護要求に達することができ、一部の環境保護指標は普通鉄道よりも優れている。日本の新幹線の資料によると、1人当たりの二酸化炭素排出量は、自動車と航空機はそれぞれ高速鉄道の5.5倍と6.3倍である。高速鉄道の大半は電力牽引方式を採用しているために、粉塵、油煙、その他の排気ガスの排出を基本的に除去し、機関車の大気汚染ゼロ排出を実現し、沿線都市の大気汚染問題は軽減した。一方、

二酸化炭素の排出おける排出

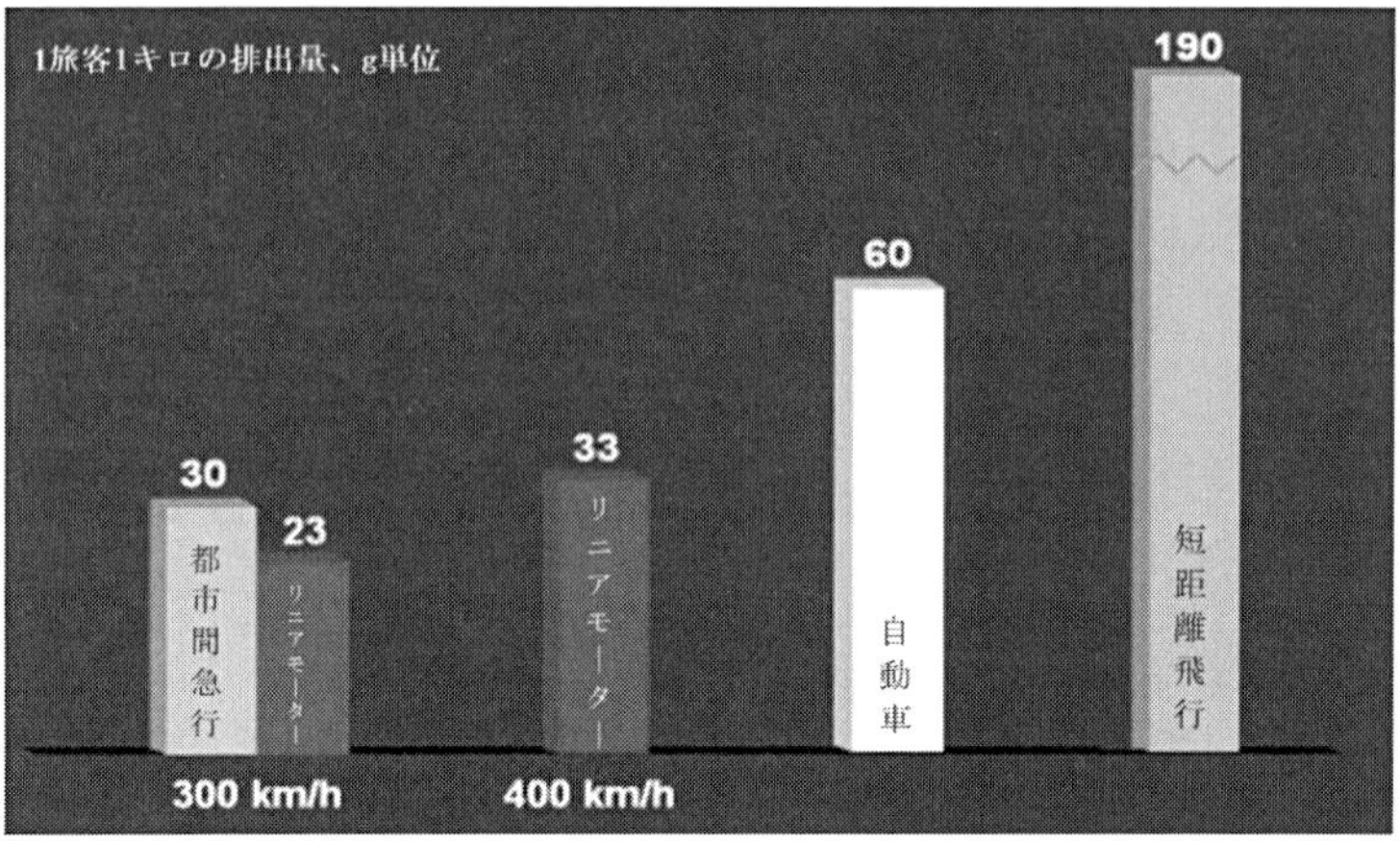

図2-2　高速磁気浮上交通と都市間急行及びその他の交通手段における排出削減の優位性

大型ジェット旅客機は、1時間の飛行で計算すると、空気中に排出される廃棄物の平均は二酸化炭素46.8t、水蒸気18t、一酸化炭素635kg、一酸化窒素630kg、硬質粒子2.2kgである。また、航空機が1時間飛行するには、航空ガソリン約15tと空気625tが必要である。航空輸送は1旅客1キロで計算すると、単位有害排出物は平均386gであり、高速電気鉄道輸送の類似指標より642倍大きい。ドイツのデータによると、高速磁気浮上交通は都市間急行よりも排出削減の優位性がある。図2-2を参照。

汚染対策費用の観点から、国際鉄道連盟の1991年作成のヨーロッパ17カ国の交通環境対策費用統計資料を見ると、航空機、自動車、列車の3輸送手段において、それら自身のエネルギーと材料消費を除いて、環境保護に費やした追加の社会輸送コストは2,094億ヨーロッパ通貨単位（ECU）で、これらの国の年間国内総生産の31.54%に相当する。廖弘（2006）の各種輸送モデルによる環境汚染対策にかかる費用（億ECU）及び割合を表2-9に示す。

表2-9 各種輸送モデルによる環境汚染対策にかかる費用の比較

輸送手段 指標	自動車	航空機	高速鉄道
費用（億ECU）	1942	124	28
割合	92%	6%	1.7%

2-7 安全性と快適性の優位性

安全性と快適性に関して、旅客たちの生活の質が向上するにつれ、旅の快適性がますます強く要求されるようになった。それは旅客たちが長時間の旅の疲れに耐えられず、乗車条件がよく、移動時間が短い交通手段を選ぶ傾向として現れた。経済発展の前期に、陸上輸送における変化は、快適性のやや劣る普通列車や一般道路の自動車から高速鉄道列車へと移り始め、高速鉄道の市場シェアの高まりとして現れた。経済発展レベルが高くなり、道路による旅行は乗用車利用が中心となり、快適性が増した。同時に、経済的に余裕のある人々は所要時間がさらに短く、快適性も比較的高い航空機を利用するようになった。そのため、高速鉄道の市場シェアは減少傾向に転じた。

人々が移動手段を選ぶ際、安全性は最も重要な要素である。高速鉄道は事故防止のために一般道や普通鉄道との交差をなくし、全路線の完全な高架・立体交差化を実現させ、自動化運行し、一連の完備した安全保障措置を加えたため、その安全性は他の交通輸送手段よりはるかに高い。すでに高速鉄道を建設した国の統計データによると、いくつかの主要な高速鉄道を持つ国では、高速鉄道の事故率と人員死傷率が他の現代交通輸送手段をはるかに下回っている。日本の高速鉄道の統計データによると、東海道新幹線は高密度、大輸送量、高精度の安全運行システムを採用し、新幹線が完成した1964年から2014年までの50年間に延べ56億人の旅客を輸送した[26)]にもかかわらず、旅客輸送死亡率ゼロの安全記録を保持している。このような記録は道路輸送と航空輸送にとって想像できない神話である。そのため、高速鉄道は世界で最も安全な輸送手段と

26　東海道新幹線開業50周年記念サイト http://shinkansen50.jp/ を参照。

呼ばれている。

　また、人々の生活レベルの向上に伴い、快適性も交通手段を選ぶ際の重要な要素となっている。高速鉄道の路線列車は走行が穏やかで、震動や揺れが小さく、旅客が享受できる活動空間が自動車や民間航空よりずっと大きい。さらに先進的な施設やそろった設備が高速鉄道の快適性を大幅に高めている。

第3章

高速鉄道と地域の交通体系

第1節　高速鉄道と輸送体系最適化のメカニズム

1-1　交通輸送体系最適化とその目標

広義に解釈すれば、最適化とはシステムを可能な限り効果的かつ完璧にすることである。狭義に解釈すれば、手段と方法のことである。つまり、多くのプランから目標を達成するための最良の手段と方法を見つけることである。数学的定義の視点からすれば、最適化とは、特定の制約条件の下で目的関数を最大化または最小化することである。したがって、交通体系の最適化とは、様々な交通モードの成長率の不均衡な分布によって示される交通体系の比例関係の変化を指すだけでなく、交通体系全体における主要交通モードの置き換えも指すものである。

交通輸送体系の最適化は、1950年代後半のアメリカ・シカゴ都市圏交通調査（CATS）の「輸送手段分担率」の観点から始まった。この観点の中心的な内容は、都市交通の円滑な流れを確保するために、場面、目的、時間によって、各種輸送手段の利用が適切なバランスに達するようにすることである。旅客輸送システムの最適化に関する研究及び旅客輸送システムの最適化は正に以下のような総合的な目標を追求する。旅客の輸送ニーズをより完全に満たし、旅客輸送システムのサービス品質と効率を高め、輸送費、資源消費、環境汚染を最小化することを目標とする。交通輸送体系を最適化するには、それぞれの輸送手段の長所と短所を十分に考慮し、各種輸送手段を組み合わせて利用し、コストを最小化するか、または効率を最大化する。総合的な輸送システムを最適化し、輸送システムの全体的機能と包括的な経済的効果をよりよく発揮する必要がある。各種の輸送手段にはそれぞれの特徴や機能があり、どの輸送手段を優先すべきかは状況によって異なる。

交通輸送体系に関する伝統的な研究は、主に交通手段選択モデルの研究である。交通手段選択の基本単位によって、主に集計モデル（各人の交通行動をゾーンに応じて統計処理、分析し、ゾーンを分析の単位としてモデルを構築する）と非集計モデル（実際に交通行動を行った個人を分析の単位として、調査から得られたデータをゾーン単位で集計せずに、直接モデル化する）に分かれる。集計モデルは早期に開発されたもので、操作は比較的簡単であるが、計算は正確ではない。集計モデルの欠点を補うために、非集計モデルの研究が1960年代初頭に開始された。1970年代に入ってから、マサチューセッツ工科大学（MIT）のMcFaddenらの理論的研究が大きく進歩した。それによって、アメリカのManheim、Ben-Akiva、Lermanらの研究チームは、非集計モデルの研究を実用化段階へと進ませた。現在、非集計モデルの各種研究はまだ続いている。邵亜明・張秀媛（2003）によると、集計モデルと非集計モデルにはいずれも、利用者個人の利益のみを考慮し、社会全体の利益を十分に考慮していないという欠点がある。

「4段階推定法[27)]」が中国に導入された後、多くの専門家が次々と交通手段選択モデルの研究を行った。既存の研究は、一般的に単一の輸送手段の最適化を

27　4段階推定法は1950年代にアメリカで開発された交通需要予測手法であり、将来の交通量を予測するための最も標準的な方法である。4段階推定法は4つの推定段階によって構成される。(1) 発生・集中交通量の推定。対象地域をいくつかのゾーンに分け、それぞれのゾーンで将来どれくらいの交通量が発生し、また他のゾーンから集中してくるかを推定する。(2) 分布交通量の推定。(1) の推定値を基にして、将来におけるそれぞれのゾーン相互間を移動する交通量（分布交通量）を推定する。(3) 交通機関別交通量の推定。(2) で推定した分布交通量が、鉄道、バス、自動車などの各交通機関をどのような割合で利用するかを推定する。(4) 配分交通量の推定。一般に、A市とB市の間には、道路だけをとっても複数の経路があって、自動車OD交通量は複数の経路に分れる。そこで (3) で求めた各交通機関ごとの交通量が、このように各路線に分れる量（配分交通量）を推定する。

目的としており、複数の輸送手段で構成される総合的な交通輸送体系の最適化モデルに関する研究はまだ模索段階にある。中国では、各種の輸送手段が各部署にそれぞれ管理されているため、輸送計画を作成するときは、輸送ネットワーク全体の計画を考慮するのではなく、通常、自分の業界の立場から独自の計画を立て、他の輸送手段を競合相手とする。例えば、鉄道、道路、水上及び航空はすべて、独自の業界ネットワーク計画を持っている。一般的に言えば、1つの輸送ルートで単一の輸送手段の最適化のみを実現しても、輸送ルート全体の最適化を達成することはできない。輸送ルートは通常自然に形成された大都市圏や市場の集まりであるからこそ、輸送ニーズが必然的に航空、道路、鉄道などの複数の輸送手段によって満たされる。したがって、輸送ルート体系の最適化はさまざまな輸送手段の利点と効果的な組み合わせを統合的に考慮する必要がある。各種輸送手段にはそれぞれ独立した輸送ネットワークがあるが、単一の各輸送ネットワークの最適化の研究を行うことは可能である。しかし、これは交通輸送体系の最適化の焦点ではない。交通輸送体系の最適化の焦点は、各種の輸送手段が独自の利点を生かし、互いに補完し、競合し、協調的発展を推進し、輸送ネットワーク全体の最適化を実現することにある。

1-2 輸送需要と技術サポート二重駆動の高速鉄道最適化輸送体系のメカニズム

人類交通運輸業の発展の歴史上、各種の交通手段は同時に現れたのではなく、人類活動の範囲の拡大、科学技術文明の発展に伴って相次いで現れたものである。最も初期の交通手段は主に、天然に形成された陸上道路と水上航路に依存し、人類は社会生活の中でこれらの自然の陸上道路と水上航路を整備し、簡単な交通手段を利用して人と物の移動を実現させた。これらの簡単な交通手段には人力、畜力に頼る車両があり、人力、風力に頼る船舶もあった。その後、経済、科学技術の発展に伴い、鉄道輸送、自動車輸送、航空輸送などの新型交通手段が誕生した。これらの交通手段の誕生と発展は、いずれも深い歴史的背景を持っており、当時の輸送需要、科学技術レベルと密接に関連している。そのため、交通運輸発展史の各時期において、交通輸送の発展にはそれぞれ重視されているものがある。世界範囲内の交通運輸業の発展の重点と主導的な役割を果たす交通手段の角度から考察すると、交通運輸業全体の発展を、ある輸送手段を標識として4つの段階に分けることができる。つまり、水上段階、鉄道段階、道路・航空・パイプライン輸送段階と総合輸送段階である。

第1、水上段階。現代の意味では水上輸送には海上輸送、沿海輸送、内水面輸送の3種類が含まれている。水運は非常に長い歴史を持っており、初期の水運は主に内水面輸送と沿海輸送であった。人々は船舶、いかだ、その他の浮遊輸送工具を使用し、川、湖などの天然水道及び人工的に建設された運河に頼って人と物の空間移動を実現させていた。海上輸送の発展は、人類の科学技術文明がある程度発達した結果生まれたものである。鉄道が登場する以前には、水上輸送は輸送能力、輸送コスト、便利さなどの面で、人力、畜力を動力とする陸上輸送工具よりも優勢であった。この時期の輸送需要は主に水運で満たされていたため、資本主義国家の初期の工業はほとんど水路に沿って工場を建設し、水運の発展は工業の配置に大きな影響を与えた。航空輸送がまだ現れていない時期には、海を越える海上輸送はほとんど他の輸送手段に取って代わられることがなかった。そのため、輸送需要と技術レベルにより運輸業の発展の初期において、水上輸送が主導的な交通手段となることを決定づけた。

第2、鉄道段階。世界初の鉄道は1825年にイギリスで誕生し、交通運輸業は鉄道時代に入った。工業革命後、紡績業、採鉱業と冶金業が急速に発展し、経済の発展は新型の輸送需要を生み出した。水上輸送だけでは経済発展の需要を満たすことができず、経済の発展には、大量の物資と人員を輸送することができ、地域の制限から抜け出すことができる新型交通手段が必要となった。蒸気機関車、内燃機関車の発明・登場と関連科学技術の発展に伴い、鉄道輸送は急速に発展した。鉄道は高速で大量の旅客と貨物を輸送することができ、当時の陸上輸送をほぼ独占することができたため、陸上輸送の様相を大きく変え、工業と農業の発展に新しい、強力な交通輸送手段を提供した。同時に、鉄道の建設に伴い、工業配置は水運への依存から脱却し始め、原材料産地と消費市場とを近づけ、これらのことが工業と農業の発展を加速させた。当時、鉄道輸送は技術・経済面で優位に立っていたため、19世紀に工業が発達した欧米諸国では相次いで鉄道建設のクライマックスを迎えた。鉄道建設はその後、アジア、アフリカ、南アメリカに拡大し、鉄道輸送はこの発展段階ではほとんど独占的な地位にあった。

第3、道路・航空・パイプライン輸送段階。20世紀30年代から50年代にかけて、社会経済の発展のためには、より多元化された交通手段が社会の発展に適応する必要があり、科学技術の進歩も道路、航空、パイプライン輸送の相次ぐ発展に技術的サポートを提供してきた。自動車工業の発展、道路網の強力な建設に伴い、道路輸送は機動的で柔軟性に富み、「ドアからドア」まで輸送できるという特徴によって、陸上で鉄道と激しく競合し、特に短距離旅客輸送において大きな優位性を保っている。工業の発展と科学技術の進歩に伴い、人々の時間に対する価値観はますます強くなり、急速な交通手段を必要としている。航空技術の著しい進歩は人々のこの要求を満たした。航空輸送は速度の優位性があるため、旅客輸送の面（特に長距離旅客輸送の面）で次第に重要な地位を占めてきているだけでなく、貨物輸送の面でも大きな発展を遂げてきた。社会の発展に伴い、石油、天然ガスなどのエネルギーに対する需要はますます大きくなり、長距離の連続輸送に適したパイプライン輸送が現れた。輸送貨物の品目は限られているにもかかわらず、輸送コストが低く、輸送が便利であるため、発展が早く、今日でもますます盛んになってきている。要するに、この時期の輸送需要の変化と科学技術の発展こそが、この3つの輸送手段の役割を著しく上昇させたのである。

第4、総合輸送段階。20世紀50年代以降、人々は交通運輸業の発展過程において、鉄道、水上、道路、航空とパイプラインの5種類の輸送手段が相互に制約し合っていることを認識し始めた。その結果、各種の輸送手段の関係を統一的に計画し、総合的に考慮し、協調し、現代化された総合輸送体系を構築する必要が生じた。その重点の1つは鉄道、水上、道路、航空とパイプライン輸送の間の分業を合理的に進め、各種輸送手段それぞれの優位性を発揮させることである。現在、世界の交通輸送網の開拓速度はすでに減速しているが、交通輸送の配置を調整し、交通輸送の品質を高めることは総合輸送段階の主要な傾向となっている。要するに、交通輸送体系の最適化への需要、情報技術などのハイテク技術の発展が、総合輸送体系の発展を共に促進したのである。

交通輸送の4段階の発展の歴史を通じて、交通手段の発展は輸送需要と技術的サポートの2つの要素の共同作用の結果であることが明らかになった。従来の様々な交通手段と同様に、高速鉄道の誕生と発展には、その特有の時代背景もある。一方では、世界のエネルギー危機の顕在化、及び道路輸送の急速な発展による交通渋滞、環境汚染などの問題は日増しに厳しくなり、人々は交通運輸業の発展モデルを見直し始めた。それに伴って、高速度、大輸送量、低エネルギー消費、環境保護の重視を特徴とする新型輸送需要を生み出し、高速鉄道が持つ技術・経済面での特性はこのような輸送需要にぴったり適応し、高速鉄道の発展に広大な市場空間をもたらした。他方では、高速列車、砂利無し軌道、高速鉄道の橋やトンネル、高速鉄道牽引給電及び安全運行制御などの一連の関連技術の発展と成熟は、高速鉄道の技術上の難問を解決し、高速鉄道の一層の発展において、技術的な実行が可能であることを示した。このことから、新型輸送需要と新型技術の二重要素が高速鉄道の誕生と発展を促したことが窺える。高速鉄道が市場需要を満たし、交通技術の進歩方向に合致するという二重要素を持っているからこそ、高速鉄道は既存の輸送構造を最適化する二重因子を持っているのである。

1-3 高速鉄道の輸送体系最適化の主な経路

1つの新型交通手段の出現は、一定の輸送需要に見合う必然的な結果であり、各種の輸送手段間の競合の必然的な結果でもある。新型交通手段の誕生が、従来の交通構造に及ぼす影響は2つの面に分けられる。1つは、新型交通手段が従来の交通手段に衝撃を与えることは避けられないということである。この衝撃とは、新型交通手段が従来の輸送手段にはない技術・経済特性を持ち、一定の輸送需要を満たすことができ、新しい輸送需要を創出することができることである。もう1つは、新型交通手段が従来の交通手段と競い合い、それぞれの技術・経済優位性を発揮するのに適した地域を見つけ、比較優位性を備えてい

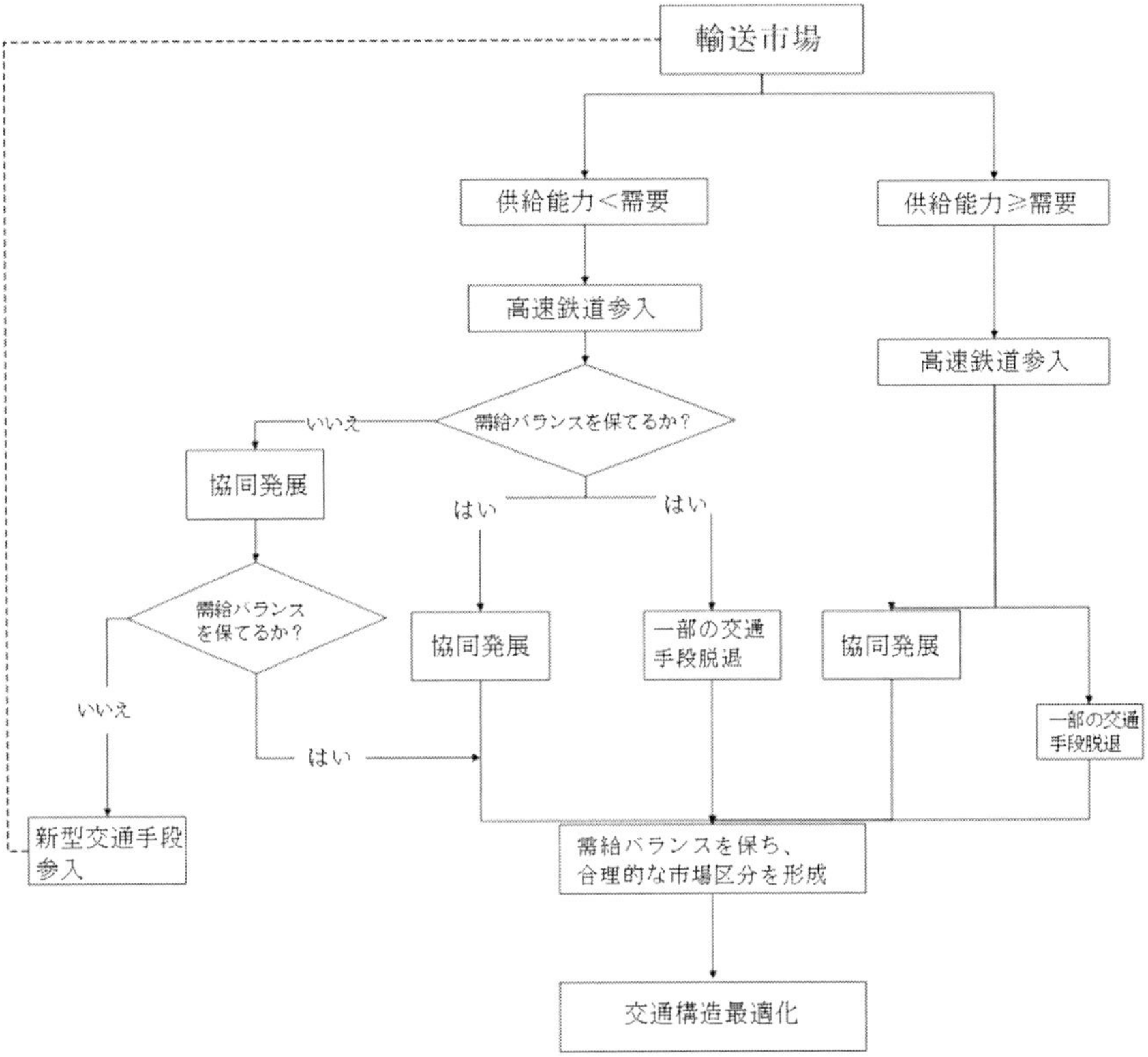

図3-1　高速鉄道最適化輸送市場構造の経路概略図

ない地域から徐々に退却し、最終的に競合の中で自らの優位性を最大限に発揮できる市場構造を形成し、相互の関係が競合から協力に向かい、最終的に交通輸送体系全体の最適化を促すということである。図3-1を参照。

第2節　高速鉄道の地域における各交通手段への影響

高速鉄道は新型交通輸送手段として、導入された地域は通常、比較的に成熟した交通輸送体系を持っている。交通運輸業界のネットワーク経済属性は、その順調な運営が既存のネットワークとの有効な組み込みに基づいて構築されることを大前提としている。このように、新たに参入した高速鉄道は、既存の交通ネットワークと競合するだけでなく、協調しなければならないこととなった。つまり、競合・協力である。

2-1 高速鉄道と地域内の各交通手段の競合・協力関係

現代の輸送体系は主に道路、水上、鉄道、航空の４種類の輸送手段から構成され、この４種類の交通手段の併存、発展の根源は、各種の交通手段が独特な技術・経済特性を持ち、異なる輸送需要を満たすことができることにある。長い間、各種の交通手段が互いに競合し、協力し合い、既存の輸送構造を形成してきた。様々な交通輸送手段間の競合・協力関係はより深いレベルまで理解することができる。

（1）交通手段間には競合関係がある。輸送需要は往々にして１つ以上の輸送手段で満たすことができ、このような輸送需要を満たすことができる輸送手段間には避けられない競合関係が存在する。一定の旅行範囲内で、これらの交通手段が提供する輸送サービスは互いに一定の代替性を持っている。外出など移動する時には、現実的な条件や実際のニーズに照らし合わせ、交通手段を選択することができる。

（2）交通手段間には協力関係がある。異なる輸送手段はそれぞれ異なる技術・経済特性を持っているため、各種の輸送手段はいずれも優位性と劣位性を持っている。輸送市場の需要は必ずしもある輸送手段の優位領域と完全に対応しているとは限らないので、各種の輸送手段が協力して多様化した輸送供給を提供し、輸送需要を満たすことが要求される。

交通輸送発展史の回顧を通じて、このような鉄道輸送力が旅客の需要より小さい輸送市場（すなわち、輸送力が未飽和の市場）にとって、地域内の従来の交通輸送体系は社会・経済発展の需要に遅れ、社会と経済のさらなる発展を制約するボトルネックとなっていることが分かった。高速鉄道はこの時期に参入し、交通輸送体系の輸送能力を高め、一定の輸送需要を満たした。このような状況下で、高速鉄道は従来の交通構造の不足を補い、他の交通手段と協力関係を構築したのである。

同時に、高速鉄道の出現は、地域内の一定の輸送需要に見合う必然的な結果であり、各種の輸送手段間の競合の必然的な結果でもある。高速鉄道の参入が地域内の従来の交通構造に及ぼす影響は2つの面に分けられる。1つは、高速鉄道が従来の交通手段に衝撃を与えることは避けられないということである。この衝撃とは、高速鉄道が従来の輸送手段にはない技術・経済特性を持ち、一定の輸送需要を満たすことができ、新しい輸送需要を創出することができることである。もう1つは、高速鉄道が従来の交通手段と競い合い、それぞれ自らの技術・経済優位性を発揮するのに適した地域を見つけ、比較優位性を備えていない地域から徐々に退却し、最終的に競合の中で自らの優位性を最大限に発揮できる市場構造を形成し、相互の関係が競合から協力に向かい、最終的に交通輸送体系全体の最適化を促すということである。

総じて言えば、地域内の鉄道、道路、水上、航空などの交通手段はすでに基本的なドッキングを実現させることができるが、地域内と対外経済貿易協力の急速な発展の需要を満たすことはできない。効率的、迅速、便利、低コストの現代物流の本質的な要求を達成させるために、高速鉄道の建設、開通、運営は適切にその先頭に立つことができる。広西高速鉄道を例にとると、その開通運営は南寧、柳州、桂林などの大中都市を中心とした都市間高速鉄道網の形成に役立ち、地域内の地級市が都市間高速列車を開通させ、地域内の「一軸四縦四横[28)]」の現代化高速鉄道輸送ネットワークの構築を促進し、さらに全地域を高速鉄道経済時代に突入させている。同時に、国際的に高速鉄道建設を通じて地域交通と経済の一体化を実現させている例も少なくない。例えば、日本の東京と横浜間の高速交通ネットワーク（ここでは主に高速鉄道と高速道路を指す）は発達

28　一軸とは湘桂鉄道。四縦とは貴陽―河池―南寧―防城港、永州―賀州―梧州―玉林―鉄山港、懐化―柳州―黎塘―欽州―防城港、黄桶―百色―龍邦鉄道。四横とは貴陽―桂林―広州、貴陽―河池―柳州―梧州―広州、昆明―百色―南寧―広州、東興―欽州―合浦―湛江鉄道。

していて、人々の生活と移動において2つの都市という概念がない。オランダのアムステルダムとハーグの両都市は、便利な道路と鉄道によってしっかりと結びついている。地域内の高速鉄道ネットワークが基本的に完成すると、その便利で快適な交通は人々の伝統的な地域観念を大きく覆し、各民族と民衆の心理文化的距離を近づけ、互いの間のアイデンティティと地域交通一体化意識を強め、同時に地域内外の観光協力発展のプロセスを力強く推進すると予想される。

国際経験の角度から分析すると、関連地域を中国-ASEAN自由貿易区内部の統一大市場に融合させるためには、多元的な交通輸送体系を完備させることが物質的な必須条件である。鉄道、特に高速鉄道の建設、発展とその他の交通手段との連結は、地域交通一体化計画にとって極めて重要である。なぜなら、地域貿易の需要は必然的に地域内の各交通手段の一体化を招き、さらに地域内の各種商品、資源、労働力の自由な流動、合理的な配置、及び統一的な内部大市場を実現させるからである。各種物資、人員の自由な流動と配置は、地域内の交通輸送体系が異なる方式の連結と組み合わせを通じて、可能な限り大きな輸送能力を提供し、可能な限り少ない輸送コストを負担することを要求する。これこそが地域交通一体化ネットワークが生み出す根本的な動力である。

要するに、高速鉄道の建設と運営は地域内の既存の交通体系を統合し、輸送体系の効率を高めただけでなく、地域内の生産要素の流通範囲を拡大し、地域の基本的な交通骨格を構築した。日本の新幹線と台湾の高速鉄道の経験を参考にすると以下のようなことが分かる。1つは、高速鉄道の建設期のインフラ整備と設備需要は大量の就業機会を創出するため、政府は企業誘致政策を制定し、高速鉄道建築と設備製造企業を誘致して工場を建設する必要があることである。高速鉄道の開通運営後、地域内の各輸送手段は自らの技術・経済優位性を発揮するのに適した地域を見つけ、最終的に競合市場の中で自らの優位性を最大限に発揮できる輸送構造を形成し、最終的に地域内の輸送体系の最適化を促進する。もう1つは、地域内を支える骨格として、高速鉄道は合理的な建設スケジュールの管理を重視し、沿線の各地域の経済発展と協調し、地域内生産要素の広範囲、長距離、大量、急速な転換構造の形成を促進しなければならないことである。

2-2 既存の鉄道の旅客輸送と貨物輸送の分業のために

高速鉄道は普通鉄道に比べて顕著な利点が多くある。例えば、乗客数が多く、輸送能力が大きく、走行速度が速く、安全性が高く、ダイヤ遵守率が高く、快適性・利便性がよく、エネルギー消費が低く、環境影響が少なく、経済効果が高いことなどである。高速鉄道は一定の特殊性を持っており、その輸送は旅客と貨物との混載を主としているため、その建設と開通は区間内の普通鉄道の旅客輸送と貨物輸送に一定程度の影響を与える。

図3-2に示すように、旅客輸送の面から見ると、高速鉄道が建設、運営されると、普通鉄道に対する比較優位性により、普通鉄道から一定の客足が分流し、普通鉄道の旅客輸送に避けられない衝撃を与える。しかし、高速鉄道の普通鉄道への影響の程度は具体的な状況によって見極める必要がある。普通鉄道に比べ、高速鉄道には顕著な優位性があるが、しかし運賃が高く、線路が少ないなどの欠点もある。一般的には、観光客とビジネスマンは移動方法として高速鉄道を選ぶ傾向があるが、一般庶民、特に農民工が移動するときは、普速列車を選ぶことが多い。また、人々は短距離旅行では、普通列車を選ぶ傾向があり、長距離旅行では高速鉄道を選ぶ傾向がある。そのため、総じて言えば、高速鉄道の建設は、その地域の普通鉄道の旅客輸送に必然的に一定の衝撃をもたらすが、一方で、普通鉄道の旅客輸送の負担をある程度軽減させ、人々の移動に新

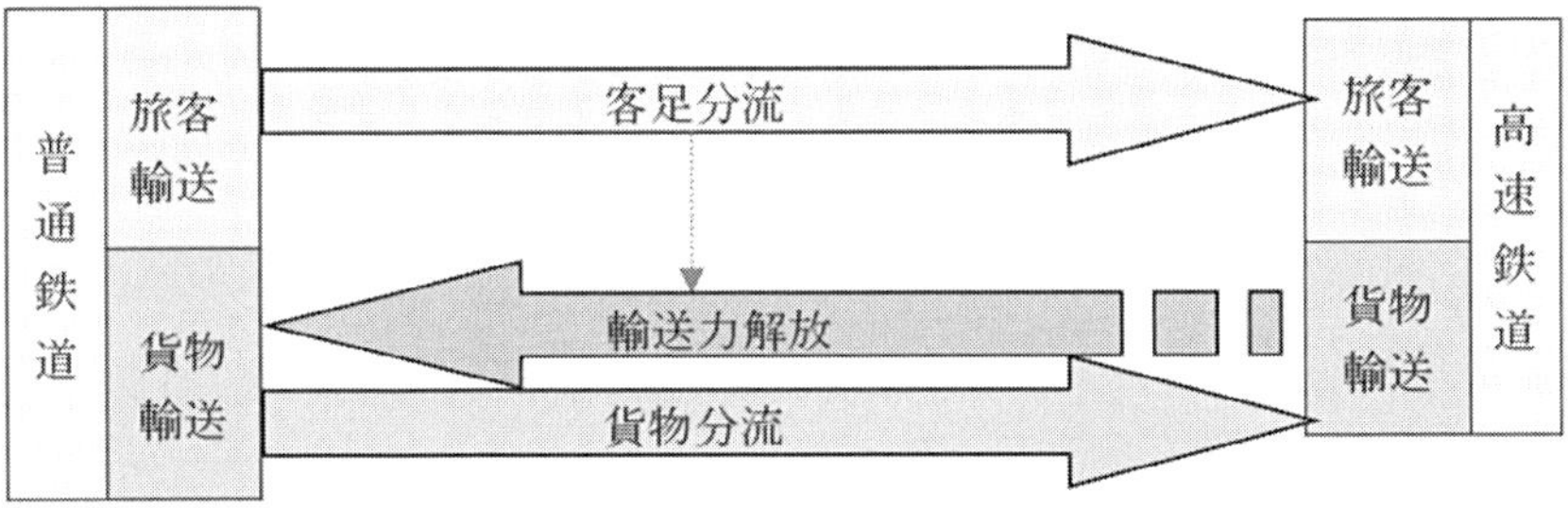

図3-2　高速鉄道と既存の鉄道の旅客・貨物輸送の概略

しい代替方式を提供している。

貨物輸送の面から見ると、高速鉄道の建設は既存の普通鉄道の貨物輸送をある程度解放し、普通鉄道の貨物輸送量を向上させている。また、高速鉄道の貨客混載の輸送手段もある程度地域内の貨物輸送量を増加させている。そのため、高速鉄道の建設と運営は地域内の貨物輸送量を増加させ、地域内とその周辺の省と市の鉄道貨物輸送レベルを大きく引き上げている。

2-3 道路輸送にもたらす衝撃

伝統的な道路と鉄道の競争の中で、道路旅客輸送は短い運行時間、快適な乗車環境、ドアからドアまでの輸送方法、柔軟な発車時刻などの利点を持ち、伝統的な鉄道輸送とは異なるサービスを提供している。また、鉄道と共同で旅客輸送と貨物輸送の責任を負っている。しかし、高速鉄道の開通とネットワークの急速な進歩に伴い、高速鉄道は人々の外出を便利にし、都市の発展を加速させると同時に、速度が速く、輸送力が大きく、安全性が高いという優位性によって道路輸送市場にかつてない巨大な挑戦をもたらした。従来の道路旅客輸送は時間、快適性の優位がなく、輸送力、環境影響、安全係数においても劣勢であった。表3-1から、高速鉄道の輸送特性と社会的コストにおける優位性は、道路輸送に比べて明らかに顕著であることが分かる。高速鉄道の建設、運営は人々の移動手段の選択意向を変えると同時に、道路の貨物輸送にも一定の衝撃をもたらしている。

経済学のランダム効用理論に基づき、旅客輸送の面から見ると、消費者は移動ツールを選択する際に「効用」の最大化を追求する。つまり旅客はいつも自分が最大の「利益」を得る手段を選択する傾向にある。移動手段の選択の肝心な影響要素は旅客の時間価値である。時間価値を体現する属性は主に安全性、経済性、迅速性、快適性、利便性とダイヤ遵守である。表3-2から分かるように、旅客が高速鉄道を選択するのは、道路利用よりも「効用」をより大きくするためであり、高速鉄道の開通は道路輸送に一定の衝撃を与えることになる。現在、全国高速鉄道の実際の運行状況から見ると、高速鉄道を運行する旅客輸

表3-1　高速鉄道輸送と道路輸送の特性比較

比較項目	高速鉄道輸送	道路輸送
ネットワークレイアウト	線路は単一方向で、主に大都市や中都市を結ぶ。	路線の配置が多様化し、各大中都市、小都市と郷鎮をつなぎ、徐々に農村に発展している。
経営モデル	国家統一経営、地域別管理。	経営主体が多様化し、規模が小さく、分散経営で、地域分割が深刻である。
輸送特性	一般的に他の輸送手段への接続が必要で、1回の輸送量が大きく、発車の回数が制限され、中・長距離の旅客・貨物輸送に適し、運賃は固定されている。	1回の輸送量が少なく、ドアからドアまでの直通輸送が多く、便が多く、中・短距離の旅客・貨物輸送に適し、機動性・柔軟性があり、配置転換しやすく、運賃は不安定である。
社会的コスト	環境、事故率、エネルギー依存の面で道路より大きな優位性がある。	原始投資が少なく、資金の回転が速く、回転量当たりの事故率が高く、環境への影響が大きく、石油依存性が高い。

表3-2　高速鉄道輸送と道路輸送の優劣比較

特性		高速鉄道	道路
旅客の感想	利便性	☆	★
	安全性	★	☆
	安定性	★	☆
	快適性	★	☆
	サービス	★	☆
	ダイヤ遵守	★	☆
	運行時間	★	☆
	運行条件	★	☆
市場運営	輸送力	★	☆
	値段	☆	★
	市場開放性	☆	★
	輸送ネットワーク	☆	★
	販売水準	☆	★
環境保護	土地占用	★	☆
	生態破壊	★	☆
	排出汚染	★	☆
	エネルギー消費	★	☆
合計		12★5☆	5★12☆

注）★は比較優位性を表し、☆は比較劣位性を表す。

送路線はすべて、航空、道路輸送全体に衝撃を与えている。多くの旅客の反応を見ると、高速鉄道での移動を熱愛する旅客が増えている。統計的数値を見ると、合寧線、合滬線[29]、合武線の高速鉄道が開通して以来、合肥から南京までの道路の旅客輸送量は58%減少し、合肥から上海までの道路の旅客輸送量も80%減少した。合肥から蘇州、無錫、常州、昆山と蘇南地区の道路旅客輸送量はいずれも異なる程度の低下があり、平均減少幅は40%前後である。合肥から武漢までの長距離バスは2009年7月に全線が運休になった。

貨物輸送の面では、価格、輸送力及びダイヤ遵守は顧客が注目する主要な指標であり、道路輸送に比べて、高速鉄道はこれらの面で比較優位性を持っているため、高速鉄道の開通と運営はある程度道路の貨物輸送に影響を与えている。また、環境保護の面から、高速鉄道の比較優位性も明らかである。

2-4 水運との多様な共同輸送

旅客輸送の面では、高速鉄道の開通と運営は水上旅客輸送にほとんど影響を及ぼさない。近年、道路網の拡大と鉄道運営の質の向上に伴い、水運の旅客輸送は次第に観光レジャーの方向に発展している。旅客が船に乗る目的は主に観光旅行である。例えば、沿道の風景を楽しんだり、船旅を体験したりすることである。しかし、高速鉄道はこの面では観光客のニーズを満たすことができない。そのため、高速鉄道が開通した後も、水上旅客輸送は基本的に影響を受けていない。

貨物輸送の面から見ると、水運の貨物は一般的に大口で、輸送期間に対する要求が低い貨物であるため、水路貨物輸送業の受ける影響は少ない。しかし、一方で、高速鉄道の開通は水路貨物輸送の発展をある程度促進した。例えば、防城港は最大の貨物輸出入港の1つとして、港での貨物の滞留状況は非常に深刻で、輸送力改善の圧力は持続的に増大している。石炭と鉄鉱石の到着量の大幅な増加に伴い、貨物堆積場の在庫量も徐々に増え、2011年9月の堆積場の

29　合滬線とは、中国安徽省合肥市から、江蘇省南京市を経て、上海市を結んでいる高速鉄道路線である。

在庫量は正常な在庫量の65%を超えたが、現在の鉄道輸送ではスムーズな貨物運搬ができず、その滞留はさらに深刻化している。高速鉄道の開通は既存鉄道の貨物輸送能力を向上させるため、貨物の滞留をある程度緩和することができ、水路貨物輸送の発展を促すことができる。

総じて言えば、海運と鉄道など多様な輸送手段の共同輸送搬出入システムの建設を推進すれば、石油、石炭、鉱石、食糧などの大口貨物とコンテナの国内外の中継輸送体系の整備に役立つ。

2-5 民間航空への直接分流

高速鉄道は民間航空に比べて、表3-3に示すように、特に価格や運搬などの面で一定の比較優位性を持っている。国内外の関連研究と高速鉄道運営の実情によると、高速鉄道が完成、開通した後、輸送量が大きく、運行密度が高く、

表3-3 高速鉄道と民間航空輸送の優劣比較

特性		高速鉄道	民間航空
旅客の感想	利便性	☆	★
	安全性	☆	★
	安定性	★	☆
	快適性	★	☆
	サービス	☆	★
	ダイヤ遵守	★	☆
	運行時間	☆	★
	運行条件	★	☆
市場運営	輸送力	★	☆
	値段	★	☆
	市場開放性	☆	★
	輸送ネットワーク	☆	★
	販売水準	☆	★
環境保護	土地占用	☆	★
	生態破壊	☆	★
	排出汚染	★	☆
	エネルギー消費	★	☆
合計		8★9☆	9★8☆

注）★は比較優位性を表し、☆は比較劣位性を表す。

快適性と利便性が高く、全天候運行ができ、運賃が比較的安いといった技術・経済優位性により、民間航空から一定の客足が分流し、航空の市場シェアを急激に低下させ、民間航空輸送に避けられない衝撃を与えた。例えば、鄭州から西安までの高速鉄道は、2010年2月6日に正式に運営を開始し、毎日7本の列車が西安、鄭州の2駅から双方向で発車し、全行程の最低運賃は240元で、西安から鄭州までの列車の最短運行時間は以前の6時間から2時間程度に短縮された[30)]。鄭州から西安までの飛行時間は1時間半前後で、空港往復、チェックイン、搭乗手続き、荷物待ちの時間を加えると、高速鉄道の運行時間を大きく上回った。鄭西高速鉄道の開通以来、従来の交通構造への影響が徐々に現れ、西安から鄭州までの航空便は2010年3月25日から全面的に欠航し、それに先立ち、河南航空が経営していた鄭州から西安までの航空便も欠航した。これは西安から鄭州までの航空便が全面的に欠航したことを意味している。海外でも有名な例がある。例えば、フランスの高速鉄道の開通によって、フランス航空会社の一部の航路はほぼ絶体絶命の窮地に追い込まれ、フランス航空はパリからブリュッセルまでの航路を放棄させられた。また、高速鉄道のある路線では、フランス航空が占める旅客のシェアも急激に低下した。パリからマルセイユまでの高速鉄道が開業した後、鉄道市場シェアは38%から60%に上昇し、パリからロンドンまでの路線では、鉄道も65%の市場シェアを獲得した。さらに、韓国のソウルから釜山まで、台湾省の台北から高雄までは、高速鉄道が完成した後、航空輸送に大きな衝撃を与えた。

高速鉄道の建設と運行は地域内の民間航空に一定の影響を及ぼし、影響の程度、範囲と様式は民間航空の具体的な状況と一定の関係がある。

まず、高速鉄道は中・短距離航空路線に大きな衝撃を与えたが、長距離航空路線への代替効果は弱い。中・短距離区間にとって、高速鉄道と民間航空の行程の時間差はあまり大きくなく、鉄道の方が運行密度が高く、天気の影響をあまり受けず、運賃が安いといった優位性を持っているため、高速鉄道の魅力は大幅に向上した。そのため、短距離区間の高速鉄道は民間航空への衝撃効果

30　鄭西高速鉄道は2010年2月6日に正式に開業した。<http://www.chinadaily.com.cn/dfpd/2010.02/07/content_9440285.htm>（2012年4月13日情報）。

と代替効果が比較的強い。したがって、高速鉄道が開業されると、速度、運賃、運行密度などの優位性によって民間航空から一部の客足が分流し、高速鉄道と民間航空、及び民間航空内部の各航空会社間の激しい競争を引き起こす。長距離区間では、高速鉄道は依然として一定の運賃と運行密度の優位性を持っているが、距離が遠ければ遠いほど鉄道旅行の疲労度が著しく増大し、民間航空の速度の優位性が明らかになるため、高速鉄道の民間航空への代替効果と衝撃効果は強くない。

次に、高速鉄道が完成した後、異なる期限内に民間航空へもたらされる競争圧力は様々である。国外の関連データと中国のこれまでの鉄道スピードアップの効果分析によれば、短期的には、高速鉄道の建設初期には一部の航空旅客が分流し、民間航空に大きな市場圧力を生むことが多い。これは主に高速鉄道が新しい輸送手段として市場に投入された後、旅客は運賃と速度の優位性に引き付けられ、同時に好奇心、探求心などの心理により試みることが多くなり、短期的に民間航空の客足が分流してくるためである。中期的に見ると、民間航空が積極的かつ効果的な対応措置を取れば、一部の忠誠心の強い旅客を維持し、同時に新しい客足を開拓し、市場シェアを徐々に正常なレベルに回復させることができる。長期的に見ると、高速鉄道の発展は各種の輸送手段間の競争を促進し、中国の旅客輸送総需要の急速な増加に伴い、民間航空が自らの発展を妨げているいくつかの根深い問題を解決するタイミングをつかむことができれば、市場シェアを再び獲得し、拡大し、鉄道との競合の中でウィンウィンを実現することができる。

最後に、高速鉄道が民間航空に与える影響は旅客輸送に限らない。高速鉄道の建設は、民間航空の旅客輸送に影響を与えるだけでなく、民間航空貨物輸送業にも一定の影響を及ぼす。地域高速鉄道が完成すると、既存路線は主に貨物輸送に用いられるため、既存路線の貨物輸送能力と輸送速度は大きく向上する。また、新設された高速鉄道路線の大部分は旅客と貨物を混載するので、航空貨物輸送の一部の貨物量が分流するに違いない。特に中・短距離では、航空貨物輸送は鉄道貨物輸送に比べて時間的優位性が弱まり、大量の一般貨物が低価格、大輸送力の鉄道に回ってくる。

第４章

高速鉄道の時間効果と時空競争力

第１節　高速鉄道の時間節約効果

1-1　時間節約効果の概念とその測定指標

社会評価において時間節約の効果に対する評価は、高速鉄道プロジェクト建設後の運営において、旅客の旅行時間の節約によりもたらされるすべての社会的効果、またそれにより、時間的な節約の側面から、高速鉄道プロジェクトと社会との相互適応性を分析し評価することである。

わが国の経済の数十年の高度発展につれて、交通運輸業も史上規模最大、発展速度最高、持続時間最長の高度成長期に入り、飛躍的な発展を遂げた。近年、わが国の１人当たりの平均所得と生活水準は絶えず上昇しつつ、人々が移動する際において交通手段のスピードの速さを追求することにより、社会的に高速鉄道の需要が高まりつつある。スピードは高速鉄道の技術レベルを図る最も重要な指標の１つであるため、諸外国は各自の車両の運行スピードを高めているのである。京滬高速鉄道（北京から上海までを結ぶ高速鉄道の略称、また、京滬高鉄と呼ぶ場合もある）は試運転において416.6キロ/時間という世界運営高速鉄道の中で最高スピードを記録した。高速鉄道の試験運転スピードはすでに500キロ/時間を超え、最高の営業運転時速は300キロ以上であり、今後はさらに速くなると予想されている。ところが、現在の乗用車の最高設計スピードは240キロ/時間であり、一般的に、最高走行スピードは200キロ/時間以下である。一般的に高速道路の最高走行スピード制限は120キロ/時間（中国の場合）である。また、飛行機の便は高速鉄道より速いが、空港にアクセスする時間とチェックインする時間を考慮に入れると、飛行機のスピードは300キロ/時間から700キロ/時間までの範囲にある。ゆえに、高速鉄道の優位性は明らかである。いくつかの交通手段を総合的に分析すると高速鉄道の便利さは明らかである。航空機に比べると、高速鉄道は安全の優位性、時間の優位性、及び価格の優位性などを備えている。また、在来線及び高速道路に比べると、高速鉄道のスピードは各駅間の走行時間を大幅に短縮できる。公共サービスのインフラストラクチャーとしての高速鉄道にとっては、それにより創造された計算可能な社会価値の大分部が移動時間の節約によって実現された。したがって、科学的・合理的に高速鉄道による移動時間の節約によってもたらされた社会効果を計算することは、高速鉄道に対する全面的な評価にとって非常に重要な意味を持っている。

時間の節約効果を測定する指標は時間価値である。移動時間とは旅客が旅行中に要する時間を指す。哲学的な意味から考えると、時間と空間は共同で物質の存在を構成する基本形式であり、物質世界にとっては無限のものである。しかしながら、経済学の観点から見れば、時間はすへての具体的なものにとって限りのあるものである。このように、時間はある種の資源として機会費用と価値を持つものと捉えられる。旅客の旅行の時間価値は一般的な意味の時間価値とは異なっている。人々は社会経済生産活動に従事する時間の中で、直接に社会のために価値を創造する。つまり、その時間はある種の生産要素として投入され、価値を生み出す。さらに、その価値は商品価値の中に現れる。

一方、旅客は旅行の過程の中で社会的な富を作り出さない。しかし、旅行の中で節約された時間は他の資源と同じように価値を生み出す。旅行の時間価値の計算は、旅行時間の減少により増加した他の活動に従事する時間価値を計算することによって得られるものである。時間価値は、時間の推移により生み出された時間効果の増加量と時間の非生産性の消耗によりもたらされた時間効果の減少量の金銭価値を指す。異なる旅客にとっては、その時間価値もそれぞれ異なるのである。

一般的には、時間価値は旅客のタイプ、旅客の所得、旅行の目的、旅行の時間、及び移動方法などの要因による影響を受ける。大都市の中で移動において節約される時間価値は小都市の中で同様に節約される時間価値と異なり、都市の間においての移動時間の節約による価値は農村地域での移動で同様に節約される時間価値と異なり、また、経済が発展している地域と経済が発展していない地域との旅行時間の節約による時間価値は一致しない。一般的に、旅客の所得が高ければ高いほど、その時間価値は高くなる。経済発展の水準が高い地域ほど、地域住民の時間価値は高くなる。仕事のための移動において節約された時間価値は、仕事以外の目的での同じ行動により節約された時間価値を上回り、緊急な時間帯の中で節約された時間価値は非緊急時の時間価値を上回り、平日における移動時間の価値は休日の時間価値を上回る。上述したように、時間価値に影響を与える要素の多様化と時間自体の複雑性により、時間価値に対する分析は抽象化、単純化、普遍化のもとで行われるべきである。

時間価値は常に国内外の研究者が関心を持つ研究テーマの1つである。旅客の時間価値を計算する際に用いられる方法には機会費用法と支払意思法がある。モデル分析においては、Logitモデルと多項Logitモデルなどが用いられる。プロジェクトの時間価値を計算する方法は一般的に、直接試算法と間接試算法の2種類に分けることができる。その中で直接試算法には、製品法、収益法、時間コスト法、収益－費用法、及び生産－費用法などが含まれている。また、間接試算法には顕示選好分析法と表明選好分析法などが含まれている。

機会費用法の測定原理は節約時間価値を労働賃金率で求めようとするもので、生産活動で得た便益から余暇活動で得た便益を引いたものである。人々の生活の営みにおける活動は主に、生産活動と余暇活動に分けることができる。したがって、相応する時間も生産時間と余暇時間から構成される。旅客の時間価値は、もし節約時間を生産活動に使うか、余暇活動に使うかという2つの目的に分ければ、その確率を乗ずることで計算されるはずである。

機会費用法を用いて時間価値を測定する方法は、計算が比較的に簡単で、操作性が優れているものの、旅行時間の延長による旅客の精神的な退屈などの計算不可能な損失を含んでいないため、旅客の支払意思の原則に反する。旅客のサンプリング調査や、旅客の交通輸送方式の選択という市場行為を調査して消費者選好を明示し、回帰分析やパラメータ推定などの方法を用いて時間価値を計測する方法は支払意思法（選好接近法）と呼ばれている。

1-1-1　時間価値測定モデル

Logitモデルは一番最初に考案された離散選択モデルで、現在は最も広く応用されるモデルである。Logitモデルは Luce（1959）がIIA特性に基づいて考案したモデルである。また、Marschark（1960）は Logitモデルと効用最大化理論との整合性を証明した。そして、Marley（1965）はモデルの形式と効用不確定項分布との関係を研究し、極値分布から Logitモデルを導くことができることを証明した。さらに、McFadden（1974）は Logitモデル形式を持つ効用モデルの不確定項が必ず極値分布にしたがうことを証明した。その後、Logitモデルは心理学、社会学、経済学、及び交通領域などの分野で幅広く応用されている。同時に、関連した離散選択モデルも拡張されたため、より完成した離散選択モデルの体系が形成された。例えば Probitモデル、NLモデル（Nest Logit model）、Mixed Logitモデルなどが挙げられる。これらのモデルの共通点は観察できる変数 χ と観察できない要素の影響を受ける合理的誤差項を反映する変数 ε を用い、意思決定を行うための根拠を提供する行為関数yの値が得られることである。

上記で設定された ε が極値を有する一様分布の独立変数であると仮定すると、交通手段の集合Jの中から任意の交通手段iを選択する個人nを反映する Logit選択確率は次のとおりである。

$$P_{ni} = \frac{e^{V_{ni}}}{\sum e^{V_{ni}}} \qquad (4\text{-}1)$$

式の中、P_{ni} は交通手段の集合Jの中から任意の交通手段iを選択する個人nの確率である。eは自然対数である。V_{ni} は個人nが交通手段iを選択したときに観測される効用である。

Logitモデルは、旅行者が決定した状況に適用される。旅行者がランダムで旅行について意思決定する場合は、うまく適用することができない。したがって、このモデルは毎回の旅行の結果を計算することはできるが、明らかな制限があるため、連続的な意思決定による旅行の結果を計算することができない。

多項Logitモデルは Logitモデルより複雑だが、柔軟性がある。これはLogitモデルの中に独立した同分散の仮定による制限を取り払っている。多項Logitモデルはランダムに旅行する場合に適用できる。計算公式は次のとおりである。

$$P_{ni} = \int L_{ni}(\beta)\mathrm{f}(\beta)\mathrm{d}\beta \qquad (4\text{-}2)$$

式の中、Lni(β) は Logitモデルの確率を表し、f(β) は密度分布式である。したがって最適な移動経路を計算することができる。

1-1-2 異なる時間価値の測定方法の説明

時間価値の測定方法は直接試算法と間接試算法の２種類に分けることができる。直接試算法には製品法、収益法、時間コスト法、収入ー費用法、生産ー費用法などがある。間接試算法には顕示選好分析法と表明選好分析法が含まれる。以下では、異なる時間価値の測定方法について説明する。

①直接試算法

第１に、製品法（生産法）を用いて時間価値を計算するには、まず、乗客の労働を生産要素の１つとみなす。乗客の旅行時間の短縮は、乗客の労働時間の増加をもたらし、結果として生産量を増加させて、国民総生産と国民所得を引き上げることができる。製品法を適用するための前提条件は次のとおりである。旅行時間短縮により生産要素が解放されて、労働時間の増加を実際の仕事に使用できる。解放された生産要素は、生産プロセスで使用できる。労働力不足は製品法を利用するための必要条件である。社会には十分な雇用あるいは労働力不足の環境が存在する。

製品法を使用する場合、旅行の時間価値は、時間単位のアウトプットに基づいて測定される。１時間の旅行の時間価値を計算するためには、国民総生産（GNP）を生産に従事する人数と１人あたり年間生産の時間数の積で割る。計算公式は次のとおりである。

$$V_P = GNP/(2000P) \tag{4-3}$$

式の中、V_pは製品法によって計算された1時間の旅行の時間価値である。GNPは1年間の国民総生産である。Pは1年間の平均労働者数である。2000は1年間の有効労働時間の平均値である（年間365日、法定就業日約250日、1日の労働時間が8時間、有効労働時間は約2000時間である）。製品法は旅行者の旅行の時間価値を企業の視点から客観的に測定するが、旅行者の好みや個人所得は考慮されていない。

第2に、収益法は、収入法または賃金法とも呼ばれる。つまり、異なる旅行者の収入の一定割合に応じて旅行時間の節約価値を計算する。この方法を使用する基本条件は次のとおりである。旅行者はその支配できる時間内に、労働時間と余暇時間の自由な組み合わせを選ぶことができる。旅行時間は旅行者の自由時間を消耗し、旅行者が他の仕事を見つけて収入を得ることを妨げる。したがって、旅行者は旅行時間を勤務時間とみなす。旅行者が旅行に節約した余暇時間を仕事に振り分けるほど、その所得は高くなる。

余暇の時間価値は社会発展の関数であるとみなすことができる。社会発展レベルが高くなるほど、余暇時間はより貴重であり、それによって人々に余暇時間をもっと大事に使うように促す。したがって、収益法は旅行時間の節約価値を過大評価していると思われる。余暇時間、長距離旅行時間の価値について、完全な賃金水準で計算することはできないが、それは一定の割合にしたがって計算することができる。

第3に、時間コスト法は、旅行者の旅行時間と旅行コストが互いに置き換えることができると仮定する。換言すれば、旅行者はより遅いがより安価な旅行方法を採用することができる。またはより速いがより高価な旅行方法を採用することができる。そのとき、時間は間接的に消費の代替物と考えられる。より遅いがより安価な旅行方法とより速いがより高価な旅行方法の間のコスト差と時間差の比率は、旅行のコスト付与価値であり、旅行時間の節約価値でもある。

その計算公式は次のとおりである。

$$V=\frac{C_2-C_1}{t_1-t_2} \qquad (4\text{-}4)$$

式の中、Vは1時間当たりの旅行の時間価値である。C_2、t_2は旅行方法2（より速いがより高価）の旅行コスト及び旅行時間である。C_1、t_1は旅行方法1（より遅いがより安価）の旅行コストと旅行時間である。上記の式は完全に適切であるとは言えないが、主に低所得の旅行者にとって、旅行時間を短縮することより旅行コストを削減することの方が重要である。この場合、低所得の旅行者はむしろ遅くて安価な交通手段を選ぶ。

第4に、収入一費用法は収入法と費用法に分けて考えることができる。収入法は労働者の収入と余暇時間だけに注目している。費用法は旅行コストと旅行時間だけに注目している。旅行時間に影響を与えるすべての要因を考慮していないため、米国の学者であるInzelsとWilliamは収入一費用法を提案した。その式は次のとおりである。

$$V=S+\frac{C_2-C_1}{t_1-t_2} \qquad (4\text{-}5)$$

式の中、Sは1時間当たりの賃金である。

収入一費用法は、余暇時間を好む乗客の新たな増収または潜在的な減収を過小評価している。一方、賃金収入を好む乗客の収入を過大評価している。

第5に、生産一費用法は、勤務時間で図った旅行者の旅行で節約された時間価値と交通手段の差異によって多く支払った価値を組み合わせる方法である。その式は次のとおりである。

$$V=\frac{GNP\times(t_1-t_2)}{2000\times N_p}+(D_1-D_2)+E-(C_2-C_1) \qquad (4\text{-}6)$$

式の中、GNPは年間の国民総生産である。D_1、D_2はそれぞれの交通手段1と交通手段2を利用した出張経費（交通費用を除く）である。Eはより遅い交通手段を選択することによって生じる損失である。2000は1人当たりの年間勤務時間である。NPは全国の総人口である。

②間接試算法

第1に、顕示選好分析法は、主に旅行者の旅行回数に対する観察統計や調査データを通じて時間価値を推計するものである。この試算方法は、実際に観察された旅行者の選択行為をよりよく説明することができる（例えば、高速で高価な交通手段と低速で安価な交通手段との間の選択）。しかし、実際の仕事では、この方法の費用が高すぎる。そして、大きな不確実性がある。たとえ1つの選択肢しかなかったとしても、旅行者が選択した旅行計画によって直接実証を行うしかない。放棄された計画を実証することができないからである。

第2に、表明選好分析法は、旅行者の行為に対するアンケート調査や直接質問、会話によって旅行者の行為価値を推計する。この方法は、顕示選好分析法の費用の高さと不透明な欠点や制限を克服することができ、広範囲で行うことができる。アンケートの回答を通して、数多くの信頼できる選択情報を得ることができる。1度の簡単な実証調査には費用があまりかからない。その結果、表明選好分析法で推計された時間の節約価値は、一般に、顕示選好分析法の試算結果を下回っているが、傾向が一致していることが明らかになった。

最後に、本節の補足として費用便益法について説明する。費用便益法は、プロジェクトの全部の費用と便益を比較することにより、プロジェクトの価値を評価する方法である。経済的意思決定の方法としての費用便益分析は、コスト分析法を政府機関の計画決定に応用し、投資決定の上でいかに最小のコストで最大の収益を獲得するかを求める。これは、社会的便益を定量化する必要がある公共事業プロジェクトの価値を評価するためによく使用される。高速鉄道について言えば、Delucchiの一連の研究アイデアを参考にしている。その旅行時間の節約の社会的価値における計算公式は次のとおりである。

$$V = PT_{d} \times (C_{hd} + C_{pd}) \quad (4\text{-}7)$$

式の中、Vは旅行時間を短縮することによって下げられた社会的コストである。すなわち、社会的便益の増加である。PT_dは総時間の節約量であり、「個人・時間」で表す。C_{hd}は単位時間当たりの機会費用である。C_{pd}は単位時間の内包コストである。

さらに、異なる仕事の旅客の単位時間の価値が異なっていることを考慮すると、費用便益分析理論に基づき、Buttonが提出した住民時間節約の社会価値の計算公式は次のとおりである。

$$V=\sum_{i=1}^{N}\sum_{j=1}^{N}\sum_{m=1}^{M}0.5\times(C_{ijam}^{0}+C_{ijam}^{1})\times(T_{ijam}^{0}-T_{ijam}^{1})\times VOT_{am} \qquad (4\text{-}8)$$

式の中、C_{ijam}^{0}、C_{ijam}^{l}はそれぞれ交通手段mの変化の前後に、aの仕事をしている旅行者が交通手段mを利用してi都市とj都市の間を移動する回数を示す。T^{0}_{ijam}とT^{1}_{ijam}はそれぞれの旅行に必要な時間を示す。そしてVOT_{am}は、aの仕事をしている乗客の単位時間価値を示す。

1-2　高速鉄道の旅客輸送時間価値の節約――京滬高速鉄道を例として

高速鉄道の主な機能の1つは、乗客の時間を節約することである。本節では京滬高速鉄道（北京から上海までの高速鉄道を指す）を例として考察する。北京から上海まで夜行列車（在来線）の乗車必要時間は約14時間であり、高速列車の乗車時間は約5時間である。つまり、夜行列車に乗るより高速列車に乗るほうが9時間の節約になる。時間価値の高い人にとって、高速鉄道は間違いなく航空機以外の第一の選択肢になる。京滬高速鉄道の総距離は1,318キロである。7つの省の主要都市に24の駅が設けられている。北京から済南、徐州、南京、上海の4都市を例として、乗り継ぎなどを考慮せず、異なる乗り物に乗る時間だけを用い、異なる交通手段の費用及び時間を比較した結果は表4-1に示すとおりである。

その中、北京から済南、徐州、南京、上海までの距離はそれぞれ431キロ、713.5キロ、1065.9キロ、1261.4キロである。100キロメートル当たりの自動車の燃料消費量として8リットルを基準とし、ガソリン1リットル当たりの

表4-1 異なる交通手段の費用及び時間

単位：元

交通手段	北京か済南まで		北京か徐州まで		北京か南京まで		北京か上海まで	
	費用	時間	費用	時間	費用	時間	費用	時間
民間航空	710.14	1時間	652.57	1時間20分	547.43	2時間	508.71	2時間10分
京滬高速鉄道	185.00	1時間32分	310.00	2時間44分	445.00	3時間39分	555.00	4時間58分
普通鉄道	73.00	5時間50分	106.00	9時間53分	150.00	14時間2分	158.00	20時間12分
長距離バス	124.00	6時間24分	250.00	10時間30分	300.00	15時間23分	340.00	18時間8分
自己運転	406.36	6時間24分	694.56	10時間30分	1031.90	15時間23分	1226.38	18時間8分

価格を7元と仮定すると、ガソリン代を計算し、高速道路の料金を加算し、自己運転で必要な費用が計算される。また、京滬高速鉄道の運賃は2等席の運賃とする。普通鉄道はKヘッド列車の普通席の運賃とする。民間航空の航空券は、2014年10月22日から28日までの1週間の平均価格である。

現在、北京・上海間における各種の交通手段の運賃率は次のとおりである。普通鉄道（在来線）は0.24元/人キロ、高速鉄道は0.40元/人キロ、長距離バスは0.25元/人キロ、自己運転は0.93元/人キロである。アンケート調査では、京滬高速鉄道に対する不満は運賃に集中している。65%の乗客が様々な程度で、京滬高速鉄道の運賃が若干高いと考えている。北京から済南までを例とすると、各交通手段の費用と時間は図4-1に示すとおりである。京滬高速鉄道の運行時間は飛行機よりわずかに長く、普通鉄道、長距離バス及び自己運転の必要な時間よりはるかに短い。

高速鉄道の発展により、地域間の距離が大幅に縮小され、わが国の地域経済の一体化の発展が促進された。京滬高速鉄道は京滬両地間の列車旅程を5時間ほどに短縮した。毎日、往復している高速列車は90便あり、300km / h及び250km / hの2種類のスピードレベルの混合走行モードを実行する。この中、G列車は1日76便が往復し、D列車は1日14便が往復し、平均16分置きに1回発車する。沿線の7つの省の主要都市に24駅が設けられている。沿線の各省と主要都市の経済や社会現状を確実に改善しただけではなく、旅行者の旅行時間を相当程度に節約した。京滬高速鉄道が経由する3つの区間、すなわち北京から徳州まで、徳州から徐州まで、徐州から上海虹橋までの高速鉄道路線の長さ及び最速の普通K列車が節約する時間は表4-2に示すとおりである。

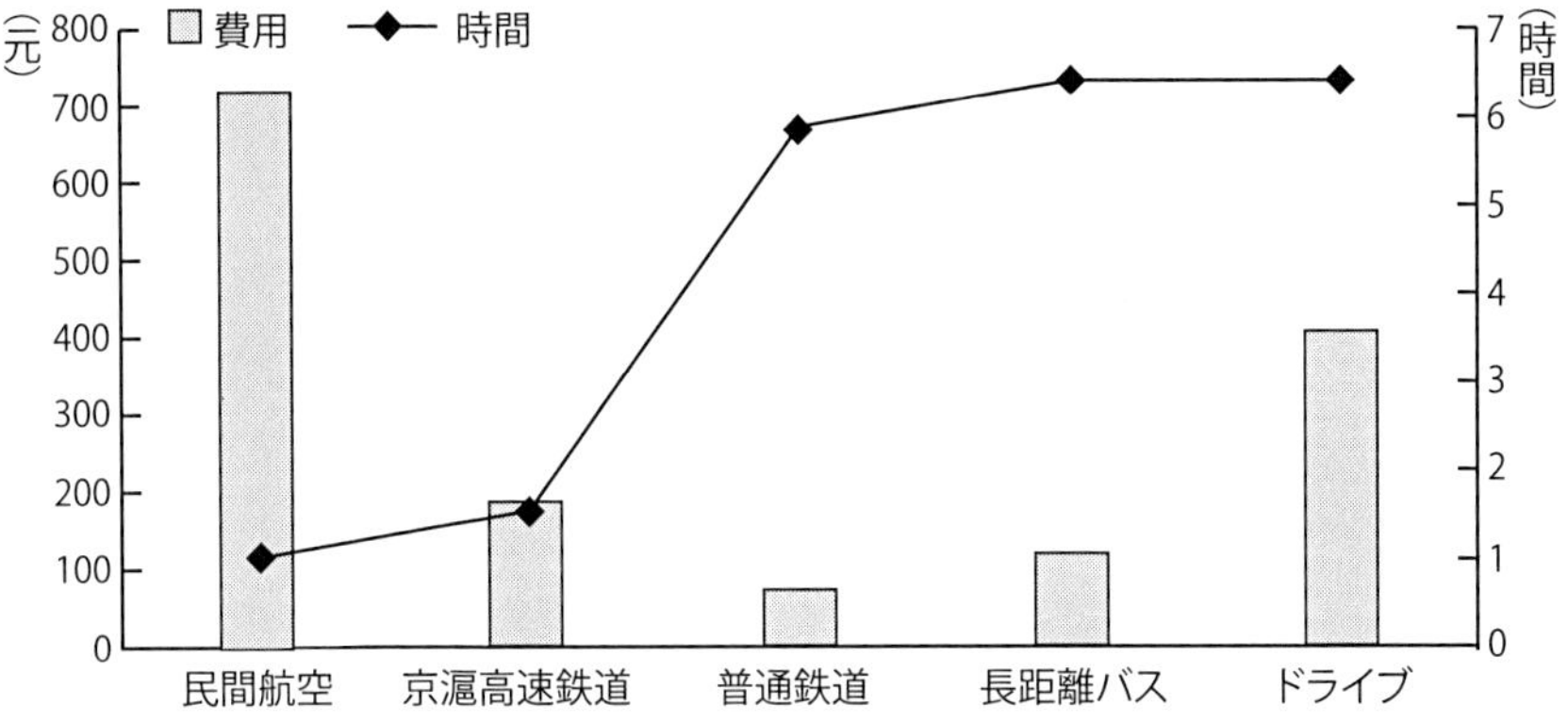

図 4-1 各交通手段の費用と時間

表4-2　主要都市間の高速鉄道の長さと節約時間

区間	北京から徳州まで	徳州から徐州まで	徐州から上海虹桥まで
距離（キロメートル）	419	301	618
節約時間（時間）	3.08	3.25	5.12
乗客輸送（千人キロメートル）	11,092,849	11,820,366	19,799,045

注：乗客輸送数は2012年9月末まで

その中、北京から徳州まで、徳州から徐州まで、徐州から上海虹橋までの旅客1人当たり100kmごとの平均節約時間は0.74、1.08、0.83時間（すなわち44分、1時間5分、50分）である。つまり、京滬高速鉄道の24駅の間において異なる駅区間で距離と走行速度などの違いにより、100km当たりの節約時間は同じではない。2012年9月末までに、京滬高速鉄道は42,712,260千人キロメートルの乗客輸送を実現した。その中、北京から徳州まで、徳州から徐州まで、徐州から上海までの3つの区間はそれぞれ11,092,849、11,820,366、19,799,045,000千人キロメートルであった。それらに各区間の1人当たり100 kmで節約された時間を掛けると、2011年6月から2012年9月まで京滬高速鉄道の3つの区間では、少なくともそれぞれ0.82億、1.28億、1.64億時間が節約されたことになる。合計で、京滬高速鉄道は少なくとも3.74億時間の旅行時間を節約し、全国民が1人当たり15分を節約したことに相当する。

旅費については、京滬高速鉄道の運賃は民間航空の1／4で、自己運転の費用の半分を下回り、長距離バスや普通鉄道の必要な費用をやや上回っている。京滬高速列車の旅客に対して行ったアンケートの結果によると、すべての乗客の中で、出張を目的とする公職者や経営者の割合は87 %となっている。また、その他の乗客の中に、帰省と旅行を目的とする人が多く存在している。したがって、ほぼすべての京滬高速鉄道の乗客にとって、旅費を削減するよりも旅行時間を短縮することが重要である。そこで、時間コスト法を利用して京滬高速鉄道が時間を節約することによってかなりの社会的便益をもたらしたかどうか判断できる。京滬高速鉄道を交通手段1とし、民間航空を交通手段2とし、時間コスト法を用いて時間単位の旅行コストを計算した結果は表4-3に示すとおりである。

北京から済南、徐州、南京までの3つの都市の乗客の時間価値がそれぞれ991元、245元、62元を下回るならば、高速鉄道の利用は航空機より多くの社会的便益をもたらす。一方、北京から上海までは、航空機は高速鉄道よりスピードが速く、価格が低いので、さらに有利になる。また、京滬高速鉄道を交通手段2とし、長距離バス、自己運転、普通列車をそれぞれ交通手段1とし、時間コスト法を用いて時間単位の旅行コストを計算した結果は表4-4に示すとおりである。

表4-4に示すように、乗客の時間価値が29元/時間より高い場合、京滬高速鉄道を選択して旅行することで、旅費を削減することができる。長距離バスと比較し、乗客の時間価値が16元/時間より高い場合、高速鉄道は旅費を削減することができる。要するに、乗客の単位時間価値が8元未満の場合、高速鉄道は自己運転より優勢を有するだけである。単位時間価値が8～16元の間である場合、高速鉄道は自己運転と一部の区間の長距離バスより優勢を有する。単位時間価値が16～26元の間である場合、普通鉄道を除き、高速鉄道は他の交通手段より旅費を削減することができる。もし乗客の単位時間価値が26～29元の間である場合、高速鉄道は一部の区間で普通鉄道より優勢を有する。その他のどの交通手段よりも乗客の旅費を削減することができる。それにより、京滬高速鉄道が住民の旅行時間を大幅に短縮していることがわかる。また、住民の旅費もある程度削減できる。具体的に、乗客の単位時間価値、高速

表4-3　時間単位の旅行価値

単位：元

交通手段	北京から済南まで	北京から徐州まで	北京から南京まで	北京から上海まで
民間航空	991	245	62	-17

表4-4　異なる交通手段の時間単位の旅行価値

単位：元

交通手段	北京から済南まで	北京から徐州まで	北京から南京まで	北京から上海まで
普通鉄道	26	29	28	26
長距離バス	13	8	12	16
自己運転	-45	-49	-50	-51

鉄道がもたらす旅費の削減、及び高速鉄道が有する絶対的優勢の路線区間などは表4-5と表4-6に示すとおりである。

表4-5及び表4-6に示すように、京滬高速鉄道は乗客の単位時間価値が26～991元の間の場合、異なる区間で絶対的優勢を有している。また、乗客の単位時間価値が26元未満、または991元以上である場合、高速鉄道は旅費の削減と社会的便益の改善における絶対的優勢を有していないが、社会的便益を改善する点においては他の交通手段より効果が顕著である。つまり、高速鉄道は住民の旅費を大幅に削減し、相当な社会的便益をもたらしている。

高速鉄道が1年以上運営された後に、旅行時間を節約することによってもたらされる社会的価値を計算するために、まず、異なる乗客グループの単位時間価値が異なることを踏まえ、京滬高速鉄道の運営時間と総乗客輸送量を前提条件として、乗客種類はアンケート調査の結果によって分類できる。したがって、プロジェクトのすべてのコストと便益を比較することによってプロジェクトの価値を評価するという費用便益法がここに適用される。このとき、高速鉄道の運営中に高速鉄道に乗る乗客は、高速鉄道という新型交通手段がない場合、普通鉄道に乗って旅行すると仮定すると、費用便益法の計算公式は次のとおりに簡略化される。

$$V=\sum_{i=1}^{N}\sum_{j=1}^{N}C_{ija}^{1}\times(T_{ija}^{0}-T_{ija}^{0})\times VOT_{am} \quad (4\text{-}9)$$

表 4-5　異なる単位時間の価値の下で高速鉄道のコストより高い交通手段

単位：元

価値	北京から済南まで	北京から徐州まで	北京から南京まで	北京から上海まで
0～8	自己運転、航空機	自己運転、航空機	自己運転、航空機	自己運転
8～12	自己運転、航空機	自己運転、航空機、長距離バス	自己運転、航空機	自己運転
12～13	自己運転、航空機	自己運転、航空機、長距離バス	自己運転、航空機、長距離バス	自己運転
13～16	自己運転、航空機、長距離バス	自己運転、航空機、長距離バス	自己運転、航空機、長距離バス	自己運転
16～26	自己運転、航空機、長距離バス	自己運転、航空機、長距離バス	自己運転、航空機、長距離バス	自己運転、長距離バス
26～28	自己運転、航空機、長距離バス、普通鉄道	自己運転、航空機、長距離バス	自己運転、航空機、長距離バス	自己運転、長距離バス、普通鉄道
28～29	自己運転、航空機、長距離バス、普通鉄道	自己運転、航空機、長距離バス	自己運転、航空機、長距離バス、普通鉄道	自己運転、長距離バス、普通鉄道
29～62	自己運転、航空機、長距離バス、普通鉄道	自己運転、航空機、長距離バス、普通鉄道	自己運転、航空機、長距離バス、普通鉄道	自己運転、長距離バス、普通鉄道
62～245	自己運転、航空機、長距離バス、普通鉄道	自己運転、航空機、長距離バス、普通鉄道	自己運転、長距離バス、普通鉄道	自己運転、長距離バス、普通鉄道
245～991	自己運転、航空機、長距離バス、普通鉄道	自己運転、長距離バス、普通鉄道	自己運転、長距離バス、普通鉄道	自己運転、長距離バス、普通鉄道
991以上	自己運転、長距離バス、普通鉄道	自己運転、長距離バス、普通鉄道	自己運転、長距離バス、普通鉄道	自己運転、長距離バス、普通鉄道

表 4-6　異なる単位時間の価値の下で高速鉄道が絶対優勢を有する路線区間

単位：元

価値	北京から済南まで	北京から徐州まで	北京から南京まで	北京から上海まで
0～26	-	-	-	-
26～28	高速鉄道	-	-	-
28～29	高速鉄道	-	高速鉄道	-
29～62	高速鉄道	高速鉄道	高速鉄道	-
62～245	高速鉄道	高速鉄道	-	-
245～991	高速鉄道	-	-	-
991以上	-	-	-	-

京滬高速鉄道の全長は1,318キロメートルで、全行程で5時間走行する。普通列車は20時間走行する必要があり、高速鉄道の走行時間より15時間長い。

つまり、各乗客は京滬高速鉄道に乗ることによって100キロ当たり最大1.16時間（すなわち、1時間10分）を節約することができる。各乗客は高速鉄道に1回乗って100キロ当たり節約できる価値が1.16×VOT_{am}となる。異なる乗客にとって、その単位時間の価値は異なり、調査によると、高速鉄道の乗客は約87％が出張する公職者や経営者である。残りの13％の乗客の目的はほとんど旅行と帰省である。したがって、上記の式は、次のとおりに簡略化することができる。

$$V = 0.87 \times 1.16 \times VOT_{a1} \times \sum C_{ija} + 0.13 \times 1.16 \times VOT_{a2} \sum C_{ija} \quad (4\text{-}10)$$

このとき、京滬高速鉄道の時間の節約価値を計算するには、異なるタイプの乗客の単位時間価値を確定するだけでよい。

一般的に、現段階でわが国の異なる地域や異なるセクターにおける経済の発展レベルが異なっているため、単位時間当たりの実現可能なGDPのレベルは、各職業グループによって異なる。したがって、京滬高速鉄道の節約価値を計算するために、京滬高速鉄道に乗って出張するグループの乗客の時間価値は、生産法に基づいて計算するのがより合理的である。しかし、現在京滬高速鉄道に乗って出張する乗客は基本的に第2及び第3次産業に従事している。表4-7に示すように、高速鉄道が経由する7つの省と都市の産業別の各地域の国内総生産及び就業人口によって推計すると、これらの地域における第2及び第3次産業の1人当たりの年間国内総生産は92,274元である。出張を目的として京滬高速鉄道に乗る乗客の1時間で実現可能なGDPが地方の平均GDPよりはるかに高いことを考慮し、これらの乗客の年間創造価値が京滬高速鉄道が経由する7つの省と都市の1人当たりのGDPの5倍に相当すると仮定する。1年間の有効な勤務日数は約250日で、毎日の勤務時間を8時間として計算すると、出張する乗客の時間価値は約243元/時間になる。しかし、わが国の1人当たりの年間勤務時間は、世界で最も高い水準に属し、平均は約275勤務日である。また、公務で出張する乗客の勤務時間は通常、平均よりも長い。したがって、勤務日数300日に基づいて計算すると、その時間価値は約203元/時間になる。

表 4-7　高速鉄道が経由する 7つの省と都市の産業別地域国内総生産と就業人口

地域	地域国内総生産（億元）	第一次産業	第二次産業	第三次産業	就業人口（万人）	第一次産業	第二次産業	第三次産業
北京	14113.58	124.36	3388.38	10600.84	1317.7	65.1	275.80	976.8
天津	9224.46	145.58	4840.23	4238.65	520.8	75.9	213.5	231.4
河北	20394.26	562.81	10707.68	7123.77	3790.2	1469.6	1261.1	1059.5
上海	17165.98	114.15	7218.32	9833.51	924.7	36.4	347.4	540.9
江蘇	41425.48	2540.10	21753.93	17131.45	4731.7	883.3	2141.9	1706.5
安徽	12359.32	1729.02	6436.62	4193.68	3846.7	1538.5	1132.4	1175.8
山東	39169.91	3588.28	21238.49	14343.14	5654.7	2004.4	1839.9	1810.4
合計	153852.99	10804.30	75583.65	67465.04	20786.5	6073.2	7212.0	7501.3

注：統計期間は 2011年 6月から 2012年 9月末まで

さらに、乗客が一年中働いている場合、すなわち、年間365勤務日、1日8時間で計算すると、その時間価値は約166元/時間になる。

収入法（賃金法）は旅行時間の節約価値を乗客の収入の一定割合で計算する。その利点は、乗客の単位勤務時間価値を試算できるだけでなく、その単位余暇時間価値を試算することもできることである。京滬高速鉄道の乗客のうちわずか 13 %の乗客は、出張を目的としない親戚訪問などの旅行をしている。その割合は小さく、そして旅行の目的はより分散している。したがって、全国の広い範囲で言えば、これらの乗客の時間の節約価値を収入法を用いて計算するのはより合理的である。京滬高速鉄道の昼間運転、夜間点検の特徴は、ほとんどの乗客が勤務時間帯を選んで移動することを決定づける。一方、京滬高速鉄道の割高な運賃は、この鉄道が経由する7つの省及び都市の年間収入の高い者の平均収入を基準にし、これらの乗客の時間価値を計算すべきであることを決定づける。表4-8に示すように2011年6月から2012年9月までの各地域を経由する都市の 1人当たりの年間収入は約25,000元である。したがって、全国の広い範囲で言えば、収入がより高い者の平均収入は全国の平均収入の約 3倍となる。この割合で計算し、公務で出張する乗客の時間価値と同じ計算方法を用い、それぞれ1年 250日、300日と365日の勤務日で、1日8時間として計算すると、これらの乗客の時間価値はそれぞれ約 37/時間、31/時間と26元/時間となる。

上記の単位時間価値を公式に当てはめる。京滬高速鉄道の2011年6月から

表4-8　高速鉄道が経由する７つの省及び都市の平均収入

地域	都市平均収入（元）	都市人口（万人）	都市人口総収入（万元）
北京	33,360.42	1,520.75	50,732,858.72
天津	26,942.00	931.55	25,097,820.10
河北	17,334.42	1,891.81	32,793,429.10
上海	35,738.51	2,032.89	72,652,459.59
江蘇	25,115.40	3,323.38	83,468,018.05
安徽	17,626.71	1,589.84	28,023,648.63
山東	21,736.94	3,654.38	794,35,038.80

注：統計期間は2011年6月から2012年9月末まで

表 4-9　旅行時間の節約による京滬高速鉄道が創出した社会的価値

勤務日（日）	出張を目的とする旅客の時間価値（元/時間）	他の旅客の時間価値（元/時間）	単位走行距離の時間価値（元/百キロ）	時間節約の価値（億元）
250	243	37	250.82	1071.78
300	203	31	209.54	893.15
365	166	26	171.45	734.09

2012年9月までの合計乗客輸送量は42,712,260千人キロメートルである。これに基づくと、表4-9に示すように、京滬高速鉄道が旅行時間の節約にもたらした社会的価値を計算することができる。

表4-9によると、京滬高速鉄道が運営した15ヶ月間に旅行時間を節約することによって創造した社会的価値は700億〜1000億元の間で、平均約900億元となる。

第2節　高速鉄道の時空競争力

2-1　時空競争力の概念とその測定指標

地域の時空競争力とは、特定地域の範囲の内で、その地域が他の地域を引き付けるとともに、その地域と時空の相互作用を発生させる能力を指す。地域間の相互作用の吸引力や強度が大きくなるほど、時空競争力が強くなる。逆の場合は弱くなる。地域の時空競争力は、基本的には地域の「経済実力」とその地域に到達するための時空抵抗を克服するコストによって決定される。その中でも、地域の「経済実力」は、GDP、人口密度、天然資源など地域の経済社会的資源の状況である。地域の「経済実力」が高ければ高いほど、地域に到着するコストは小さくなり、特定地域における時空競争力がより強くなり、当該地域における経済社会発展の優勢がより顕著になる。

抵抗とは、経済過程の地域空間に対するカバーとコントロールとの可能性及び動的変化を指す。自然要因と人為要因の制限と競争作用のため、経済要素のフローの動きが必然的に妨げられたり制限されたりすることは抵抗と呼ばれる。時空抵抗は、経済要素の流れの中で、物理的な距離によって生じた抵抗を指す。時空抵抗は客観的に存在する。時空抵抗を克服するコストは、主に直接にかかる金銭コストと物理的な距離を克服する時間コストの 2 つの部分から構成されている。したがって、異なる地域分割の下では、同じ地域でも異なる時空競争力を持つ可能性がある。地域の時空競争力の決定要因は図 4-2 に示すとおりである。

時空抵抗を克服するコストは、地域の時空競争力を決定するため、2 つの地域の間の物理的な距離で決められる。したがって、異なる地域分割の下では、同じ地域が異なる時空競争力を持つ可能性がある。

定義から見ると、時空競争力と引力との間には一定の関連性がある。地域経済学は、引力モデルを使ってノードの引力を計算する。引力モデルは重力モデルとも呼ばれる。それは、様々な地理的なものの間の相互作用を研究する最も簡単かつ最も重要な数学的モデルである。Reiliy は貿易地域、市場の境界、サービスエリアを考察した後、ニュートンの引力式を用いて都市間の空間的相互作用を記述した。このモデルを使って計算した結果は、しばしば実際のものと明らかな相違がある。したがって、研究者は Reiliy が提案した引力モデルを改良した。その中で、Haynes と Fotheringham が提案した調整後の引力モデルが広く使用されている。

$$I_{ij} = K \frac{P_i^{\lambda} P_j^{\alpha}}{r_{ij}^{\beta}} \qquad (4\text{-}11)$$

図 4-2　時空競争力の決定要因

式の中、Kは定数であり、方程式全体とモデル化されたオブジェクトの「比例特徴」とを一致させることができる。α、λは弾性指数で、これは、人口規模の要因が重力に与える影響を調整するために使用される。P_i、P_jは一般的に都市iとjの人口規模を表し、実際の状況に従い、他の都市規模の実力を反映させる指標として使用される。r_{ij}は都市iとjとの間の距離であり、一般にキロメートルで表す。しかし、近代的な交通手段の発展に伴い、伝統的な距離概念が変わりつつある。空間距離は、空間距離のコストを正確に反映しないことがある。したがって、2つの地域間の距離は、交通輸送の時間コストまたは金銭コストによっても測定することができる。

βは距離の摩擦作用を測定する指数である。距離因子にβを加えるのは距離と相互作用の量が比例して変化するかどうかを示すためである。交通手段や交通条件の変化はβ値に影響を与える。例えば、航空輸送では、単位距離当たりの運賃は距離の増加に伴い減少する。したがって、ここでは距離が相互作用に与える影響と路線距離の長さに反比例せず、モデル内の距離因子の相互作用に対する負の影響を低減する必要がある。地域内の交通がより発達するほど、β係数は小さくなるはずであり、距離が都市間の相互作用力に与える影響も小さくなる。$\beta \to 0$になると、距離は全く役に立たない。逆に、地域内の交通が発達しない場合、β係数はより大きくなるはずであり、距離が相互作用に与える影響も大きくなることを表す。$\beta \to \infty$になると、2つの都市の間に互いに完全に連絡がないことを示し、相互作用力はゼロになる。高速鉄道の開通がβ係数に与える影響は比較的に顕著である。高速鉄道が開通されていないとき、その地域内の交通は発達せず、距離の減衰が都市間の相互作用力に与える影響が大きくなる。高速鉄道が完成すると、距離の減衰が相互作用力に与える影響が小さくなる。

引力モデルは、空間の相互作用理論に基づいて提案された都市空間の相互作用を分析する数学モデルである。人の流れ、物の流れ、資本の流れ、情報の流れ、技術の流れは空間の相互作用の形式である。そして、都市間の空間相互作用には、補完性、仲介性、及び輸送性の3つの条件が必要である。3つの条件は緊密に結びついており不可欠である。補完性は、都市間の空間相互作用の基礎であり、都市間の空間相互作用の補完性は、2つの地域の間で物の流れ、人の流れ、商品の流れ、資本の流れ、及び情報の流れを輸送することができる。都市間の空間相互作用の間に提供または消費される第3の地域が現れるかもしれない。これにより中間機会が生まれ、様々な流れが予定していた開始点と終了点を置き換えるようになる。これにより、開始点と終了点の間の空間相互作用が中断される。輸送性は、都市空間の相互作用を実現する方法である。もし都市間に連絡通路が欠けているならば、都市は孤立的になり、都市システムを形成することができない。

高速鉄道は、都市間の物の流れ、人の流れ及び情報の流れの密度を明らかに変えた。そして、都市間の流れの密度は、実際の都市空間の相互作用の大きさを反映している。したがって、一定の範囲内で、新しい交通手段が開通する前後に隣接する都市間の相互作用の変化を計算することにより、この交通手段の沿線都市システムの発展に与える影響を分析することができる。

上記の時空競争力を紹介する際に、引力モデルが導入された。引力モデルは、2つ地域の間に高速鉄道が開通する前後の時空競争力の大きさを計算する方法の1つである。しかし、引力モデルは2つの都市の引力だけを研究する。京滬高速鉄道全線の沿線都市の時空競争力に対する役割を研究する場合、都市と都市を単純に分離して別々に計算することはできず、総合的な計量モデルが必要である。ここでは、高速鉄道が開通する前後の時空競争力を測定するために「アクセシビリティー」を使用する。

2-2 アクセシビリティーの測定

2-2-1 アクセシビリティーの理論概要

アクセシビリティー（accessibility）は簡単に言うと、1つの地域が別の地域から到達する容易さを指す。最初、Hansenが1959年に提出した概念であり、交通ネットワークにおける各ノードの相互作用の機会の大きさを表す。Goodallはアクセシビリティーを、1つの空間的な位置が他の空間的な位置に対して、物理的な距離ではなく、到達される難易度として定義する。Deichmannは、アクセシビリティーが特定の経済、社会的な機会要素及びその場所と接触もしくは相互作用する能力と考えている。現在では、アクセシビリティーは、地域の交通ネットワークが高品質かつ効率的な輸送作業を完成できるかどうか、そして完全、効率、バランス、協調という基本的な要件を達成できるかどうかを評価する総合的な評価指標とされている。

乗客、または貨物が、出発ノードから目的ノードにすぐに到達できると、2つノード間のアクセシビリティーは高いと言える。輸送の価値は、主に時間的要因によって決められる。旅行時間は、路線を選択する際に交通ネットワークのユーザーが考慮する重要な条件の1つである。また、持続可能な発展の観点から交通ネットワークのレイアウトの評価を行う指標の1つでもある。アクセシビリティーの計算公式は次のとおりに表すことができる。

$$Ai = \frac{\sum_{j=1}^{n}(T_{ij} \times M_j)}{\sum_{j=1}^{n} M_j} \tag{4-12}$$

$$T_{ij} = \sum_{k=1}^{n}(T_{ij}^{k} \times W_k)$$

式の中、A_iは交通ネットワーク内のノードiの加重平均旅行時間である。すなわち、交通ネットワーク内の各ノードからノードiへの様々な交通手段に必要な旅行時間の加重平均値である。ノードの接続性の時間優劣を表現し、その値が低いほど、アクセシビリティーは相対的に良くなる。T_{ij}は、ノードiからノードjへの加重旅行時間であり、ノード間の旅行コストを反映する。M_jは、人口、地域国内総生産（GDP）または他の設定の重みなどのノードjの経済実力であり、ノードjの吸引力を反映する。T_{ij}^kは、ノードjからノードiへの第k種類の交通手段の必要な時間である（kの値は1から4であり、それぞれ、高速道路、鉄道、水上輸送、及びおよび航空輸送の4つの交通手段を表す）。W_kは、総合交通ネットワークにおけるこの種の交通手段の重みである。

このモデルは、ノード間の通過時間の簡単な計算方法であり、その結果は説明しやすい。交通施設の建設前後の通過時間の差を計算することにより、アクセシビリティーの値の変化を得ることができる。通過時間が短くなると、アクセシビリティーは向上する。

2-2-2　アクセシビリティーと地域発展

長期的な経済発展の過程において、距離は、地域の開発と発展に対して非常に重要な役割を果たしている。これはだれでも知っている道理である。交通インフラの建設は都市のアクセシビリティーを向上させ、そして都市の発展を促進する。具体的な影響は図4-3に示すとおりである。

都市空間のアクセシビリティーの向上が都市の発展にもたらす利益について以下のいくつかの点が挙げられる。

（1）交通状況の改善と都市の地位と地域の影響力の向上

アクセシビリティーは2つの地域や1つの地域が他のすべての関連する地域と相互作用するポテンシャルエネルギーを正確に反映することができる。地域開発や発展の実践の中で、このポテンシャルエネルギーは、地域間の社会的経済関係の強さと1つの地域が他の地域に与える影響力（駆動、促進または競争、抑制）の大きさを表現する。沿線の多数の地域の交通の不便さとアクセシビリティーの悪さを改善し、外部の往来と連絡のチャンネルを開き、交通のゾーンビットの条件を変化させ、いくつかの地域の対外連絡を増加させ、その地域での戦略的地位を相対的に向上させる。1つの小範囲の地域内の各点は他の地域との間の空間距離の差はあまり大きくないかもしれないが、アクセシビリティ

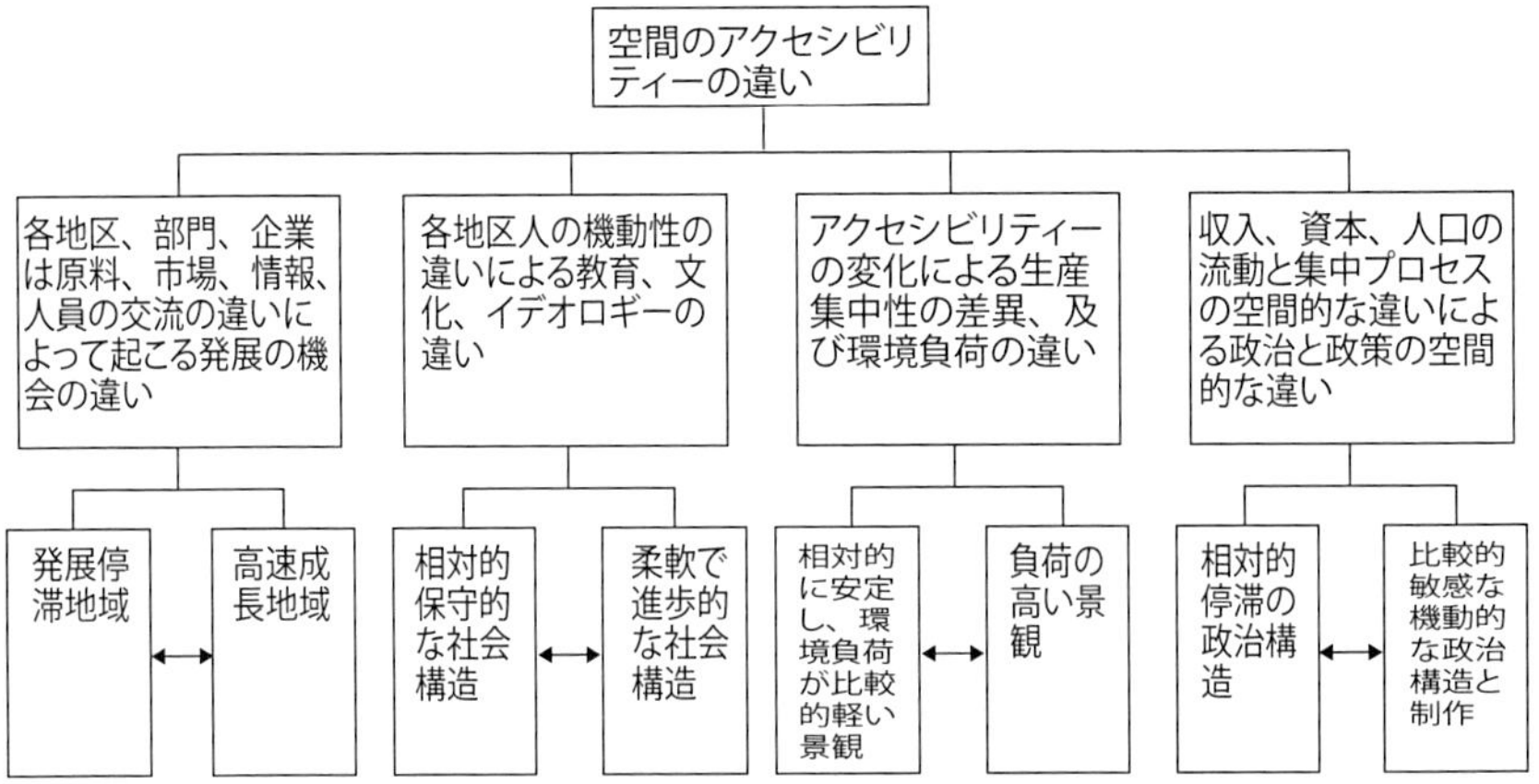

図 4-3　都市空間のアクセシビリティーと地域発展の関係

ーはかなり差があるかもしれない。アクセシビリティーは多くの社会経済主体（企業など）にとって非常に重要なものであるため、その結果、これらの主体は、地域内のアクセシビリティーがより高い交通中枢や通信センターの近くに集中している。以上のように、地域内のアクセシビリティーの違いが、一定程度でその地域内の社会経済の空間的な構造を決定する。

（2）地域の総合的アクセシビリティーの向上と地域の発展スピードと潜在力の向上

交通幹線は、鉄道関連の点状または線状インフラ（道路、空港、水路、鉄道支線、エネルギーと電気、郵便や通信など）の発展を促進することができ、地域の総合的アクセシビリティーを向上させ、投資環境を大きく変え、地域の交通と通信連絡における地位を急速に向上させる。1つの地域からの交通線路、通信線路が多ければ多いほど、またレベルが高ければ高いほど、大規模な経済活動への参加がより容易になることを示している。ノード都市の大規模な社会経済活動への参加をより容易にし、先進地域との自然距離や経済距離を短縮し、さらに発展を速める可能性を高くする。

（3）アクセシビリティーに敏感な産業の発展と都市の産業構造の調整への大きな影響

アクセシビリティーは、さまざまな産業に異なる影響を与える。現代の産業発展と国家間及び地域間の経済・技術協力の過程において、時間は非常に重要な要素である。数多くの製品の生産と市場の変化はとても速いため、企業や政府が市場動向を適時に把握し、生産と販売を科学的に組織したいと考えるならば、時間内に原料、半製品と最終製品を正確に配置しなければならない。半導体と集積回路製造、アパレル製造、自動車（部品・組立）製造、玩具製造などの生産分野と、金融業（銀行、証券取引所、保険会社など）、商業貿易業（商社、スーパーマーケット、先物市場など）、リゾート地や観光施設、高級ホテルなどの第3次産業の分野はより良いアクセシビリティーを求めている。農業生産における新鮮な製品の生産、花卉生産なども一定のアクセシビリティーを求めている。これらの産業はアクセシビリティーに敏感な産業とも呼ばれる。それらの発展は高度なアクセシビリティーに大きく依存している。また、地域の産業構造改革が成果を挙げるかどうかは、地域のアクセシビリティーの改善にある程度依存する。地域経済の構造が市場競争に適応するかどうかは、往々に新興産業の発展によって決定される。新興産業の発展は、空間的アクセシビリティーの向上にかなりの程度決定づけられている。

（4）対外連絡の強化及び接触効果と接触優勢

アクセシビリティーの向上、対外連絡の強化は、接触効果と接触優勢を生ずることに有利である。関連地域、部門、企業などを共同で異なる程度の有機的な連絡がある統一体の中に置き、沿線地域の労働地域の分業の形成と発展に寄与することができ、地域経済の一体化を促進する。大規模な輸送建設は、労働地域の分業をより広く発展させる保証である。

2-2-3　アクセシビリティーの定量分析方法

以上の分析から、アクセシビリティーの定量的研究は、各ノードの都市の交通アクセシビリティーを評価すること、及び交通インフラが都市の発展に与える影響に対しても非常に重要な位置を占めていることがわかる。アクセシビリティーに関する定量的研究の基本的な考え方は、アクセシビリティーを1つまたは複数のアクセシビリティー指標で置き換えて、アクセシビリティー指標に対して評価する。一般的には、ある区域や地域が、他の地域で経済利益を得るためにその地域との必要な経済取引をするため、克服する空間距離、使用時間及び必要費用などの指標を用いて判断する。

地域のアクセシビリティーを評価するための指標の選択については、Vickerman、LinnekerとSpence、GeertmanとVaneck、Gutierrezが、それぞれの研究と試みを行い、そしてさまざまな研究対象に対して対応する評価指数体系を提案した。それは次の3つのカテゴリーに分かれている。加重平均旅行時間（weighted average travel times）、潜在的な経済力（economic potential）、日常的なアクセシビリティー（daily accessibility）。

（1）加重平均旅行時間

加重平均旅行時間指標は、1つの評価ノード都市から各経済センターまでの時間指標であり、主に評価されるノードの空間的な位置によって決定される。経済センターの実力及び評価ノードと経済センターを結ぶ交通施設の質とも密接に関連する。指標の得点が低いほど、ノードのアクセシビリティーがより高くなり、経済センターとの連絡がより緊密になる。逆のことも当然ありえる。したがって、通常は、単一の都市の中で、都心の指標の得点は周辺地域より低い。経済圏や都市帯の大規模な地域の空間範囲で、経済センターに近いほど得点が低くなる。具体的な計算公式は次のとおりである。

$$W_i = \frac{\sum_{j=1}^{n}(T_{ij} \times M_j)}{\sum_{j=1}^{n} M_j} \tag{4-13}$$

式の中、W_iは地域内のノード都市iのアクセシビリティーを表す。T_{ij}はある交通施設とネットワークを利用して都市iから経済センター（または活動の目的地）jに到達するのにかかる時間を示す。M_jは、評価範囲内の経済センターと活動の目的地の間にある社会経済的要素の流れであり、すなわち、その経済センターの経済的実力もしくは周辺地域への放射力と吸引力を表し、GDPの合計値、総人口、社会的商品の総売上高などの指標を用いて測量することができる。nは、評価体系内の都市iを除くノード都市の総数である。加重平均旅行時間指標は、各地域の分割に重点を置いている。加重平均旅行時間と日常的なアクセシビリティーは、アクセシビリティーの変化を表す上で人々に直感的な印象を与えることができる。それは時間の長さと空間範囲の大きさで表されるからである。

（2）潜在的な経済力

潜在的な経済力指標は、主に評価ノードの経済的な位置によって決められ、得点が高いほど、そのノードのアクセシビリティーはより高くなる。逆のことも当然ありえる。得点の高低は、ノードと各経済センター、活動の目的地との空間作用に正の相関があり、またその作用の強度は経済センターの規模と実力に正の相関があり、評価ノードから経済センターまでの距離、時間もしくは費用に反比例している。その計算公式は物理学における万有引力モデルを導入しており、具体的には次のとおりである。

$$P_i = \sum_{j=1}^{n} \frac{M_j}{T_{ij}^{\alpha}} \tag{4-14}$$

式の中、P_iはノードiの潜在的な経済力の値を表し、T_{ij}及びM_jは上記と同じ意味である。αは距離摩擦係数であり、一般的に1とされる。潜在的な経済力の指標の計算公式は「重力型」に属し、計算結果には得点が距離とともに徐々に減衰する現象が存在する。潜在的な経済力の指標は地域間の相互作用に重点を置いている。潜在的な経済力の指標は経済的な観点から考えるため、経済指標を使用している。一般的に、人々は簡単な得点からアクセシビリティーの変化を知ることができない。

（3）日常的なアクセシビリティー

日常的なアクセシビリティーとは、都市iから他の地域への1日の様々な活動（オフィス、観光、住居などを含む）の程度と数量を指す。活動する人の流れあるいは物の流れの量を用いて測定することができ、日常的な最大の通行範囲によって表すこともできる。本書では後者の表示を採用する。その期間は8時間（つまり、1日の勤務時間）である。すなわち、ノード都市iから目的地までの時間制限は4時間である。日常的なアクセシビリティーのレベルの高低は、交通施設の質と完備程度に直接関係している。日常的な旅行の範囲が広いほど、その地域のアクセシビリティーの程度がより高いことを示す。日常的なアクセシビリティーは、地域に対する交通施設の直接的な影響を示すことに重点を置いている。

上記の3種類の指標は、いずれも地域のアクセシビリティーのレベルをある程度反映することができるが、互いにある程度の差異がある。したがって、3種類の指標に対して比較分析を行うことにより、各指標の含意をさらに明確にすることを促す。同時に、指標の結果もそれに対応する修正を行い、できるだけ誤差を減らし、アクセシビリティーの変化の真の状況をより正確に反映することができる。

2-2-4　京滬高速鉄道の沿線地域あるいは都市のアクセシビリティーの測定

高速鉄道の建設における根本的な変化は、ノード都市間の旅行時間である。したがって、本書では、ノード都市のアクセシビリティーを評価するために旅行時間で構成された加重平均旅行時間モデルを選択する。人口規模は主に労働市場と消費市場に重点を置いていること、また、GDPは場所の個人への吸引力の程度をよりよく反映することにかんがみ、本書では、加重平均旅行時間モデルの重みM_jとしてのGDP指標を選択する。わが国の一部の学者は、人口規模に応じて都市を分類する。中国の都市は以下の6種類に分けられる。巨大都市（1000万人以上）、超大都市（500万人以上1000万人未満）、特大都市（200万人以上500万人未満）、大都市（100万人以上200万人未満）、中等都市（50万人以上100万人未満）、小都市（50万人以下）。都市の類型を決定した後、その行政区の類別によってさらに分類する。これに基づくと、京滬高速鉄道沿線の都市レベルは表4-10に示すとおりである。

表 4-10　京滬高速鉄道沿線の都市レベル

所在する省または直轄市	都市	駅	行政区類別	人口（万人）	分類	等級
北京市	北京	北京駅	直轄市	2,018.6	巨	一
天津市	天津	天津西駅 天津南駅	直轄市	1,354.58	巨	一
河北省	廊坊	廊坊駅	地級市	424.9	特大	三
	滄州	滄州西駅	地級市	734.82	超大	三
山東省	徳州	徳州東駅	地級市	570.18	超大	三
	済南	済南西駅	地級市	604.08	超大	二
	泰安	泰安駅	地級市	557.01	超大	三
	曲阜	曲阜東駅	地級市	63.8	中	五
	滕州	滕州東駅	地級市	168.1	大	四
	棗荘	棗荘駅	地級市	391.04 滕州を含む	特大	三
安徽省	宿州	宿州東駅	地級市	642.07	超大	三
	蚌埠	蚌埠南駅	地級市	362.23	特大	三
	定遠	定遠駅	地級市	96.78	中	
	滁州	滁州駅	地級市	450.80 定遠県を含む	特大	三
江蘇省	徐州	徐州東駅	地級市	957.61	超大	二
	南京	南京南駅	地級市	629.77	超大	二
	鎮江	鎮江南駅	地級市	269.88	特大	三
	丹陽	丹陽北駅	地級市	80.82	中	五
	常州	常州北駅	地級市	359.82	特大	三
	無錫	無錫東駅	地級市	465.65	特大	三
	蘇州	蘇州北駅	地級市	633.29	超大	二
	昆山	昆山南駅	地級市	164.7	大	四
上海市	上海	上海虹橋駅	地級市	2,347.46	巨	一

アクセシビリティーの計算には、各交通手段の路線の長さと対応する交通車両の速度が必要である。京滬高速鉄道が開通した後の京滬地域における総合交通ネットワークの構成は表4-11に示すとおりである。

鉄道及び航空旅行時間は、時刻表に記載されている各便の旅行時間数を加算して平均することによって得ることができる。高速道路及び国道の走行時間は、道路の長さを設計速度で割ることによって計算することができる。これに基づき、京滬鉄道快速（HSR-K)、京滬鉄道特急（HSR-T)、京滬鉄道列車（HSR-D)、高速道路、国道、航空路線の旅行時間が得られる。

様々な交通手段の技術的・経済的特徴により、エキスパートスコアリング方

表4-11　2012年京滬通路連合交通ネットワークの構成

交通手段	路線名称	開始点と終了点	路線の長さ（キロメートル）	設計速度（キロメートル/時間）
鉄道	京滬鉄道	北京一上海	1463	120、140、160
	京滬高速鉄道	北京一上海	1318	350
高速道路	京滬高速道路	北京一上海	1262	120
	京福高速道路	北京一南京	988	80
	京津唐高速道路	北京一天津	145	120
	滬寧高速道路	南京一上海	274	120
国道	103国道	北京一天津	162	100
	104国道	北京一南京	1169	80
	105国道	北京一徳洲	355	80
	205国道	天津一南京	1088	100
	312国道	南京一上海	380	100
民間航空	北京、天津、済南、徐州、南京、無錫、上海			

表4-12　京滬通路各交通手段の重み

	重みWK											
交通手段	組み合わせ一		組み合わせ二		組み合わせ三		組み合わせ四		組み合わせ五		組み合わせ六	
HSR-K	0.1	0.08	0.14	0.1	-	-	-	-	0.33	0.22	-	-
HSR-T	0.2	0.15	0.29	0.2	0.33	0.22	-	-	-		-	-
HSR-D	0.25	0.19	0.36	0.25	0.42	0.28	0.625	0.36	0.42	0.28	-	-
高速道路	0.1	0.08	0.14	0.1	0.17	0.11	0.25	0.14	0.17	0.11	0.67	0.22
国　道	0.05	0.04	0.07	0.05	0.08	0.06	0.125	0.07	0.08	0.06	0.33	0.11
民間航空	0.3	0.23	-	-	-	-	-	0.43	-		-	-
高速鉄道	-	0.23	-	0.3	-	0.33	-	-	-	0.33	-	0.67

法を用い、それに対して重みW_kを定め、そして$\sum_{k=1}^{n} W_k = 1$とする。付表における異なる都市が持っている交通手段の違いにより、HSR-K : HSR-T : HSR-D : 高速道路 : 国道 : 民間航空 : 高速鉄道=1:2:2.5:1:0.5:3:3の比率に基づき、和が1になるように重みの調整を行う（表4-12を参照）。

各交通手段の運行時間及び表4-12の重みを用い、公式（4-1）により、京滬高速鉄道の沿線都市のアクセシビリティーを計算できる。表4-10の都市分類で順序づけると、京滬高速鉄道開通の前後の各都市のアクセシビリティーは表4-13に示すとおりである。

本書の研究対象である京滬通路が帯状分布を呈しているため、北京や上海などの通路の開始点と終了点の加重旅行時間 Tij は必ず曲阜、蚌埠、定遠などの

表4-13 京滬高速鉄道開通の前後の各都市のアクセシビリティーの比較

都市		GDP（億元）		アクセシビリティー		アクセシビリティーの向上(数値が減る)
		2008年	2011年	開通前	開通後	
一	北京	10488.03	16000.4	292.24	259.57	11.18
	天津	6354.38	11190.99	334.13	276.11	17.36
	上海	13698.15	19195.69	246.59	226.40	8.19
二	済南	3017.40	4406.29	268.22	229.66	14.38
	蘇州	7078.09	10500	265.21	235.73	11.12
	南京	3814.62	6145.52	224.18	200.49	10.57
	徐州	2118.84	3551.65	245.01	211.06	13.86
三	廊坊	1061.49	1612	341.92	273.01	20.15
	滄州	1620.16	2600	361.42	277.49	23.22
	徳州	1400.91	1950.71	329.87	268.82	18.81
	棗荘	1092.83	1561.68	302.59	234.80	22.40
	泰安	1510	2475	309.77	217.77	29.70
	宿州	511.10	802.40	267.08	220.45	17.46
	蚌埠	486.39	780.24	272.59	226.99	16.73
	滁州	520.11	850.49	266.90	219.20	17.87
四	鎮江	1491.83	2310.4	261.37	222.64	14.82
	常州	2266.32	3580.4	270.03	234.77	13.06
	無錫	4460.62	6880.15	241.20	214.29	11.16
	昆山	1500.26	2432.25	276.94	232.45	16.06
五	滕州	477.13	728.13	279.73	225.68	19.32
	曲阜	200.53	265.76	269.38	166.91	28.04
	丹陽	425.45	724.90	241.61	153.27	36.56
六	定遠	53.4	100.6	232.51	182.53	21.50

京滬通路における比較的中心地域に位置する都市より高い。これらの都市は、その地理的な位置による時間の効果が非常に大きい。異なる都市間のアクセシビリティーの絶対値を比較すれば誤解をもたらしやすい。したがって、本書では、沿線都市の京滬高速鉄道の開通前後のアクセシビリティーを比較して分析するとき、異なる都市間のアクセシビリティー指標の絶対値の水平的な比較には触れず、開通前後の各都市のアクセシビリティー増加率だけを比較する。

表 4-13によると、京滬高速鉄道が開通した後に、沿線の各都市のアクセシビリティーが様々な程度に向上していることが分かる。アクセシビリティーの計算式とアクセシビリティーの含意によると、アクセシビリティーの向上は沿線都市の旅行時間を減少しただけではなく、都市の時空競争力も高めたことが

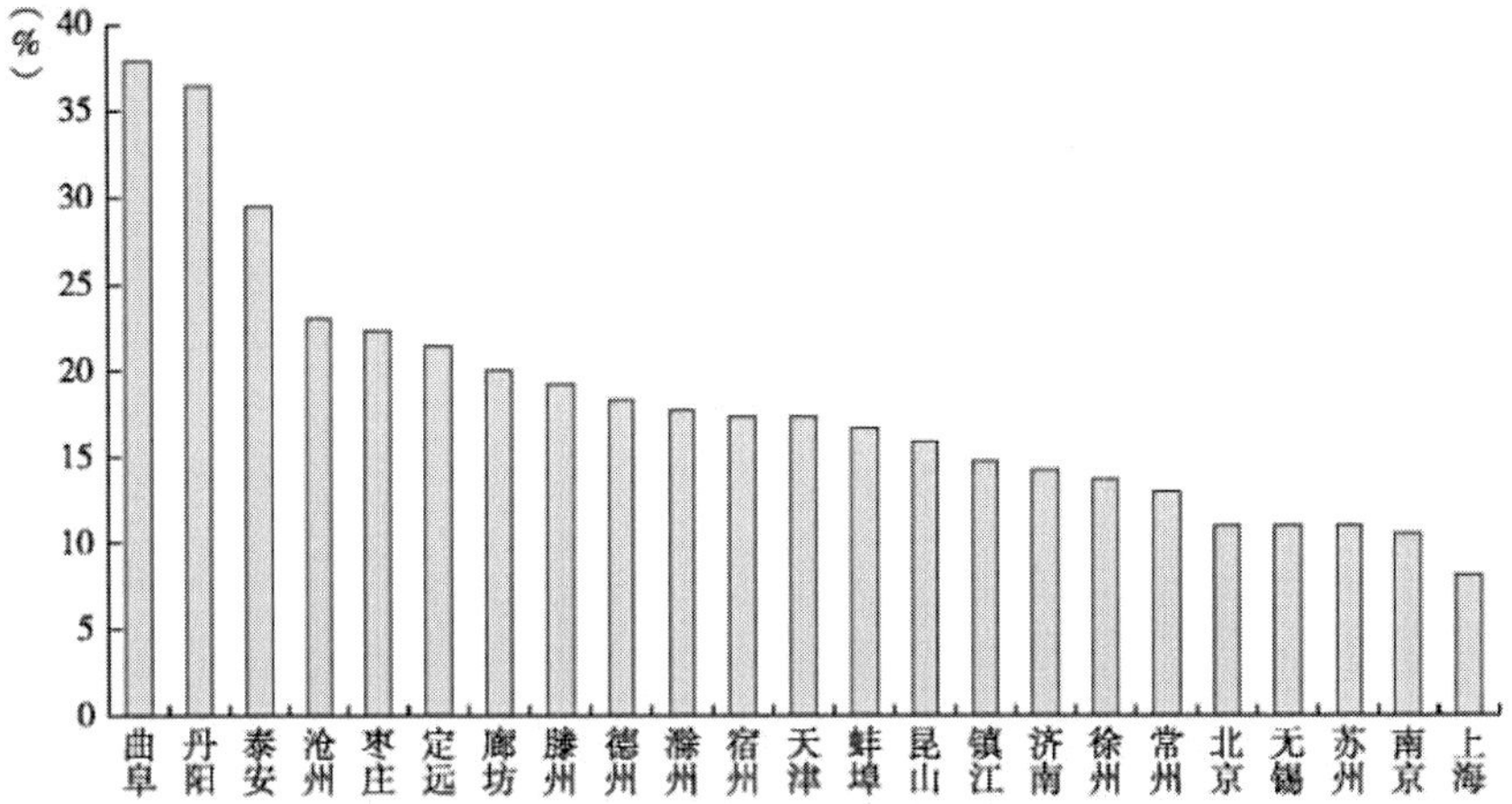

図4 -4京滬沿線各都市時空競争力の上昇幅のランキング

分かる。沿線すべての都市の時空競争力の上昇幅を降順に並べると図4 -4のようになる。

第3節　高速鉄道が沿線都市の時空競争力に与える影響

3-1　経済発展のレベルが高い都市に与える影響の不明確さ

高速鉄道が開通する前には、都市によって交通インフラと地理的な位置が異なるため、アクセシビリティーの変化も同じではない。北京、蘇州、南京、上海などの交通インフラが良く、地域資源が豊富な１級、２級都市では、京滬高速鉄道の開通がそのアクセシビリティーの向上に与える影響の幅が比較的小さい。人口が比較的少ない無錫は４級都市に分類されるが、他の３つの４級都市と比較すると経済は最も発展している。GDPはすべての都市の中で上位にランクインし、アクセシビリティーの向上も明らかではない。

表4-14 時空競争力の変化が最も小さい5つの都市

都市	北京	無錫	蘇州	南京	上海
2008年GDP（億元）	10488.03	4460.62	7078.09	3814.62	13698.15
GDPは23都市でランキング	2	5	4	6	1
GDPは同級都市でのランキング（括弧内は同級都市数）	2 (3)	1 (4)	1 (4)	2 (4)	1 (3)
時空競争力向上（%）	11.18	11.16	11.12	10.57	8.19

表4-14を見ると、GDP上位の5つの都市は時空競争力の増加が最も小さいことがわかる。天津はGDPで3位にランクされているが、北京や上海に比べて経済発展が低いため、アクセシビリティーが大幅に向上した。23の都市の全体的な向上幅と比較すると、天津はまだ中間にある。

3-2 経済基礎が貧しい資源型都市に与える影響の明確さ

他の都市のアクセシビリティーの向上は比較的明らかである。表4-15に示すように、曲阜や丹陽など5級都市の経済的に未開発の地域では、旅行時間が短縮されると同時に、高速鉄道の重要性が都市の吸引力を高めることに反映されている。歴史文化都市や儒教文化の発祥地としての曲阜は高速鉄道の沿線における観光スポットに必ず選択されるところになっている。京滬高速鉄道が開通した最初の1ヶ月間に、曲阜市を訪れた中国人及び外国人観光客の数は30%以上増加した。丹陽市は高速鉄道の開通を頼りに、積極的に投資と人材召致などを行っている。泰安は、曲阜と丹陽より比較的発達した3級都市であり、泰山の風景区というユニークな観光資源があるため、京滬高速鉄道の開通により、観光客への吸引力がさらに高まっている。

定遠県は、京滬高速鉄道の沿線に駅のある都市の1つであり、都市そのものの質が低いため、都市経済は未発達であり、その時空競争力の向上は中等程度にとどまっている。京滬高速鉄道が開通する前には、普通鉄道を除き基本的な交通手段は道路輸送だけであり、京滬高速鉄道の開通により、定遠県の住民の快速交通手段の利用が増えた。この点に関しては、アクセシビリティーの向上

表4-15 アクセシビリティーの変化の幅が最も大きい 3 つの都市

都市	曲阜	丹陽	泰安
2008年GDP（億元）	200.53	425.45	1510
GDPは23都市でランキング	22	21	13
GDPは同級都市でのランキング （括弧内は同級都市数）	3（3）	2（3）	3（8）
アクセシビリティー向上（%）	38.04	36.56	29.70

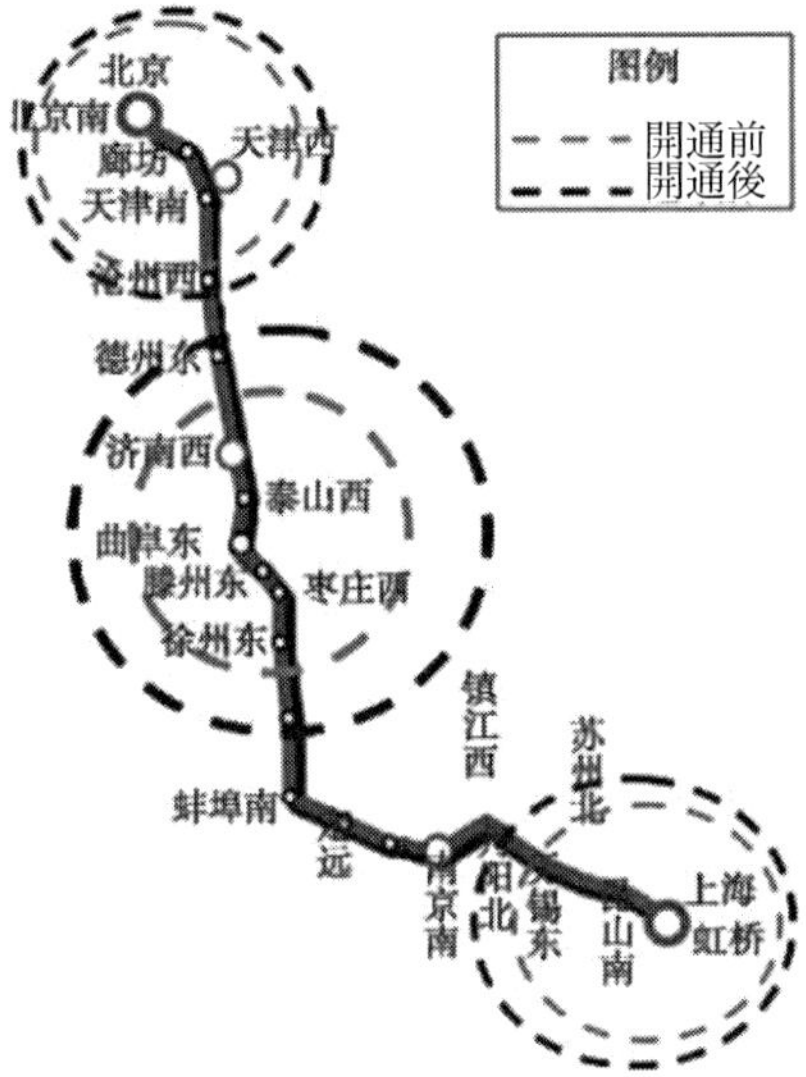

図4-5　京滬高速鉄道の開通前後の北京、上海、曲阜の１時間内の陸上交通圏の変化

だけで判断できない。

図4-5からわかるように、都市間鉄道の存在により、京滬高速鉄道の開通前には、北京から出発して1時間で滄州に接近し、上海から1時間で丹陽に接近できた。京滬高速鉄道の開通後、北京から1時間で滄州に到達し、上海から1時間で丹陽に到達できるようになったが、1時間の交通圏の半径変化は明らかではない。京滬高速鉄道の開通前には、曲阜から出発し、1時間で最も速くても済南と徐州にしか到達できなかった。京滬高速鉄道の開通後、常州と徳州に1時間で到達できるようになった。その半径の増加幅は北京と上海の半径より

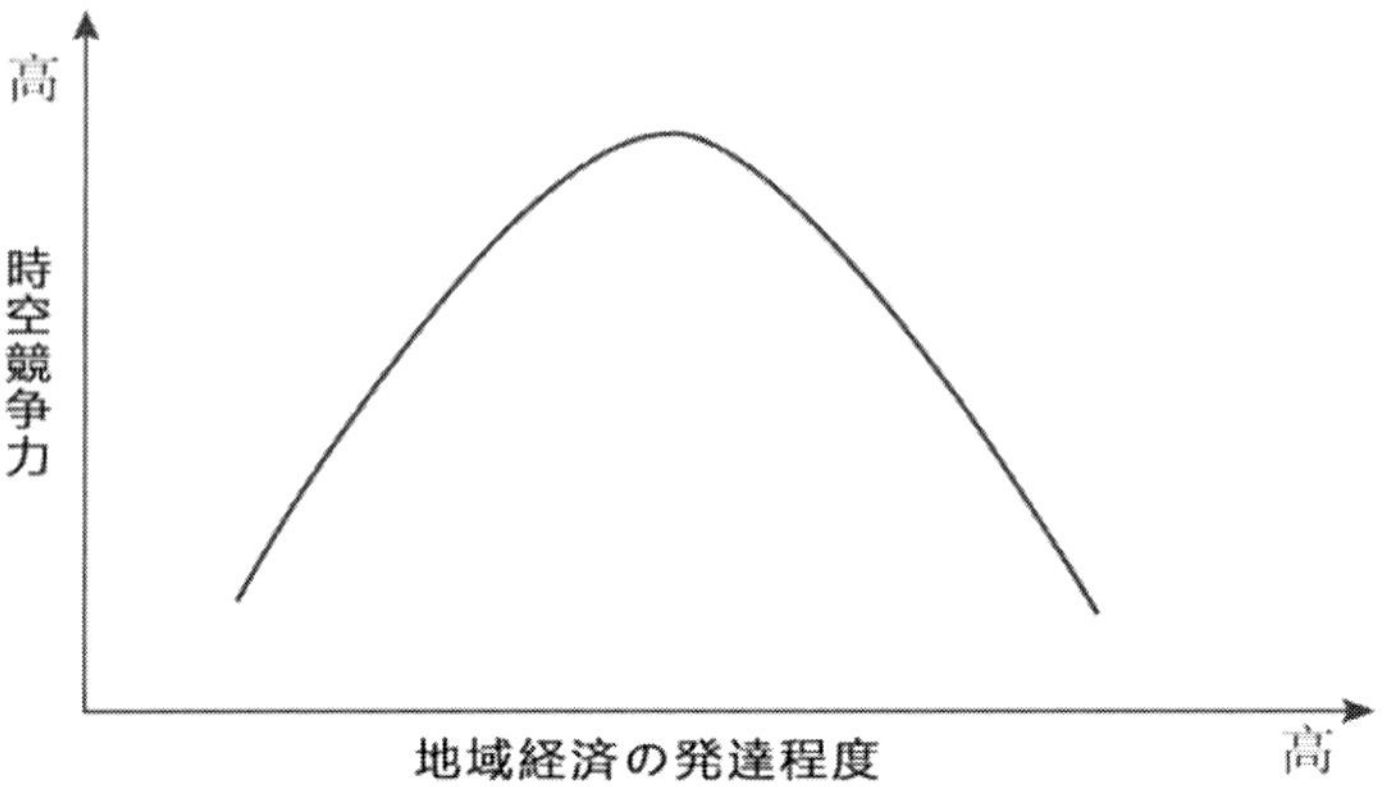

図4-6　高速鉄道がアクセシビリティーに与える影響と地域経済の発展程度の関係

はるかに大きい。したがって、京滬高速鉄道の開通は、曲阜の時空競争力に与えた影響の程度が北京と上海よりはるかに大きい。

時空競争力は、地域の経済実力という重要な要素を含んでいる。本書では、具体的に各都市のGDPとして捉えている。同時に、高速鉄道の開通前後の交通インフラの充実度も時空競争力に大きな影響を与えている。上記の京滬高速鉄道が開通する前後のアクセシビリティーの計算結果により、本書は、高速鉄道が全体的に特定の資源基礎を持つ比較的未開発の都市の時空競争力に大きな影響を与えると考えている。高速鉄道の開通前には、交通インフラがより発達し、快速の交通手段が比較的完備している大都市にとって、高速鉄道の開通はその時空競争力に与える影響がより小さい。一部の経済発展の乏しい都市では、高速列車の開通も時空競争力に与える影響がより小さくなっている。高速鉄道が、時空競争力に与える影響と地域経済の発達の関係は図4 -6に示すとおりである。

要するに、高速鉄道の開通が沿線地域に与える影響は非常に大きい。それは、沿線地域の交通輸送時間を短縮するだけでなく、人々の旅行の意欲をさらに満足させた。より重要なのは、高速鉄道が沿線都市のアクセシビリティーを向上させ、沿線の地域に対してより高品質で効率的に輸送任務を完成させ、充分、効率、平衡、調和という基本的な要求を満たしたことである。また、沿線の各都市間の経済、社会、文化などのつながりをも強化し、沿線地域の発展の空間全体性と経済全体性を強化した。さらに、沿線の「ネットワーク化」の地域構造の形成を促進し、地域経済の放射能力を増強し、地域経済の発展を促すことにより、沿線各地域の経済格差が縮小された。

第5章

高速鉄道経済ベルトと地域経済構造の最適化

第1節　高速鉄道の発展と新型経済ベルト

1-1　高速鉄道経済ベルト形成の背景と意義

鉄道は国民経済の大動脈であり、国家の重要なインフラと大衆化交通手段として、地域経済社会の発展に占める位置が高く、重要な役割を果たしている。中国経済の発展に伴い、高速かつ大規模な旅客輸送システムが必要となり、高速鉄道網の完成はその需要を満たすことになる。旧鉄道部の計画によると、2020年までに中国は旅客専用線と都市間旅客輸送システムを含む高速鉄道網を構築し、運行距離は1万6,000キロを超える見込みである。その時、中国は高速鉄道の運行距離が世界最長の国になる。

諺にもあるように「交通が滞れば、産業は興らず」、立ち遅れたインフラは地域経済の発展を妨げるボトルネックなのである。特に中国の僻地の発展にとって、特に未発達の鉄道網、悪い道路状況などが地域の貧困をもたらす最大原因となっている。しかし、中国の地域経済の急速な発展に伴って、既存の基本的な鉄道では、現代社会のビジネス的かつ高速化された輸送のニーズを満たすことができなくなっている。したがって、現代的な高速鉄道の建設は大勢の赴くところであり、高速鉄道の建設に伴って新たな「高速鉄道経済ベルト」が誕生することになるだろう。

高速鉄道は沿線地域の経済発展を促進する重要な要となる。中国の地域経済発展の範囲が拡大するにつれて、他地域との経済発展の相互依存度が高まり、生産様式の広域化、長距離化、大量化、移動の迅速化などの交換パターンが形成され始めている。高速鉄道輸送は沿線地域の経済発展の要であり、動脈のような重要な役割がますます明らかになっている。

高速鉄道は沿線地域の現代産業体系の基礎となっている。歴史的に見ると、異なるタイプの交通体系によりそれぞれの産業分野が決まり、それぞれの産業体系が形成されている。現代産業体系は革新的なサービスを指向する生産体系であり、その依存する主な資源は人材である。同時に、応用型イノベーションは物質を技術の担い手とし、交通システムは人材配置と物質資源配置を両立させている。高速鉄道は大規模な空間配置の節約方法であり、大きい空間内で頻繁に活動することができる。そのため、人材の配置と少量の物質資源の配置がより効果的になり、これによって、革新と文化を指向する産業の発展を激励し、現代産業体系はこのような交通システムの下で更に進化することができる。

高速鉄道は沿線地域の経済発展の方式を変える。高速鉄道はそのスピード、乗り心地、運行時間の確定、旅行と仕事の両立が可能で、天候の影響を受けにくく、通信の制限を受けないことによって人々の旅行に対するイメージを変え、人々の仕事に対する概念と方式を大きく変え、生産をより節約することができる。そのため、高速鉄道沿線地域の生産、消費、産業構造は低消費、低汚染、高付加価値というパターンに向かっている。沿線地域の観光産業の発展は文化レジャー産業をさらに刺激し、より大きな空間範囲で文化資源の合理的配置を実現し、経済発展の方式を変えることになる。

高速鉄道は沿線地域の交通システムに変革を引き起こす。区域内の高速鉄道が相互に連結されることに伴い、1～2時間の労働・生活圏は、将来の地域住民の生活と労働概念を変えることになる。これに基づき、人々はますますこのような交通手段に依存し、その物理的な交通網の特性を経済的な交通網の特性に変化させる。効用が高まると同時に、建設や運営コストが下がり、チケット代も下がる。これらは必然的に高速鉄道をさらに発展させ、より多くのユーザーにサービスを提供し、人々の生産と生活様式を変える基礎となるだろう。

高速鉄道の建設は「高速鉄道経済圏」の形成に役立つ。区域内の高速鉄道網の建設は、周辺地域を結ぶ鉄道網の整備に役立ち、同地域が「高速鉄道経済圏」に入ることになる。高速鉄道によって形成される経済圏は接着剤のようなもので、この地域を周辺の省・自治区、さらには国境の外の国と連結させる。

このような現実的意義に基づいて、当該の各級政府は高速鉄道交通圏建設条件下の経済・社会発展戦略の策定に努めなければならない。とりわけ、一郷、一県、一地区、一省にとらわれる閉鎖的立場と保守的思考を大胆に突破し、積極的に科学的発展観を取り入れ、前向きに思考し、先進的に計画を練り、高速鉄道建設構想がもたらす千載一遇の歴史的チャンスを生かさなければならない。地域内の各研究機関と関係者らは、高速鉄道建設が地域経済・社会発展に及ぼす現実的影響を真剣に考え、地方政府の政策決定に積極的に知恵を出すべきであり、各産業と企業経営管理者はより全面的に考え、積極的に対応し、高速鉄道建設の過程と完成後に潜む無限のビジネスチャンスを全力でつかむべきである。

1-2　高速鉄道経済ベルト形成の前提保証

「第12次五カ年計画」は中国の各地域で高速鉄道の科学的発達を実現させる重要な時期に当たるが、その建設実現には非常に大きな困難が伴っている。計画目標の実現を保証するため、発展のチャンスをつかみ、科学的に秩序ある建設を推進し、組織の指導力を着実に強化し、鉄道の資金保障を重視し、高速鉄道の持続可能な発展を実施しなければならない。

合理的な建設スケジュールを作成する。地域高速鉄道の発展「第12次五カ年計画」の建設は「重点を強調し、バランスある調和を図り、段階的に実施する」という建設原則を採用し、地域高速鉄道建設の実情と現実的な需要を結合させ、高速鉄道「第12次五カ年計画」の順調な実施を保証しなければならない。建設基準と規模を科学的に確定し、国家インフラ整備建設の手続きを厳格に履行し、秩序ある規範をもって高速鉄道の建設を推進する。発展のリズムを科学的に把握し、建設のスケジュールを合理的に調整し、スピード、品質、利益が統一された建設を実現する。国家関係部・委員会と積極的につながり、引き続き部・区の協力体制の優位性を発揮させ、中央政府、地方政府と企業の高速鉄道発展におけるそれぞれ異なる位置づけを明確にし、各方面の積極性を十分に引き出させる。各級政府部門が政府の職責を積極的に履行し、政府、市場と企業の異なる資源配置の役割を発揮し、地域の高速鉄道建設を力を合わせて推進し、「第12次五カ年計画」が効果的に遂行されることを確保しなければならない。

プロジェクトの管理を強化する。品質安全を常に第一に置く。工程建設の管理を強化し、標準化管理を手段とし、建設管理のレベルを高める。高速鉄道建設プロジェクトの資金管理を強化し、建設中のプロジェクトの工事進展と資金使用状況を正確に把握し、新規着工プロジェクトの先行作業を急ぎ、プロジェクト建設を、実行可能な建設案、信頼できる建設規模と投資計画に基づいて確立する。プロジェクト建設組織機構を健全化する。特に合弁・協力建設されたプロジェクトの高速鉄道会社機構の建設に力を注ぐべきである。合弁高速鉄道会社の管理を強化し、プロジェクト建設の順調な進行を保証し、出資者の合法的権益を保障しなければならない。

プロジェクト資金を確認する。部・区が協力して高速鉄道建設資金を投入することを堅持した上で、地域経済発展の特徴を踏まえ、高速鉄道建設の多角化投資政策の研究とメカニズムの実践を重点的に強化する。財政資金の支援、誘導、レバレッジなどの主導的な役割を十分に発揮し、中央予算内の資金、国債転貸資金、及びその他の財政的資金を積極的に獲得する。自治区、市の2級共同で高速鉄道建設資金を投入するメカニズムを確立する。地域の高速鉄道投資（グループ）有限会社の高速鉄道建設資金調達の主体的な役割を十分に発揮し、各種の有効な措置を講じ、高速鉄道建設投融資プラットフォームの信用補完・担保能力を増強し、金融機関への融資の過程において、優遇政策によってサポートする。優良資産を注入し、地域における高速鉄道建設の投融資プラットフォームの調達能力と債務返済能力を強化する。様々な方式を通じて高速鉄道建設資金を獲得し、民間資本の高速鉄道建設への参加を奨励・誘導し、高速鉄道建設計画の実行を保証する。

良好な建設環境をつくる。高速鉄道の建設、高速鉄道輸送の市場化の発展の研究と実践を強化し、多角化した高速鉄道建設の発展モデルの構築を積極的に試み、企業制を主体とする高速鉄道管理体制と運行メカニズムなどを確立し、徐々に高速鉄道の建設と輸送を市場に打ち出していく。各級の各部門は高速鉄道建設を強力に支持し、大衆に対する活動を深くきめ細かくしっかりと行い、高速鉄道建設のために良好な施工環境を作り、高速鉄道建設に対する宣伝報道活動を強化し、全区で高速鉄道建設を加速させる濃厚な雰囲気を醸成しなければならない。

つながりを強める。この計画と土地利用の総体的計画、林地保護利用計画とのつながりを強化し、高速鉄道建設の過程で自然保護区、森林公園、重点生態公益林区などの生態敏感地帯の使用をできるだけ避ける。法律・法規に基づいて土地、林地を利用し、森林資源を十分に保護し、合理的に利用する。高速鉄道プロジェクト資金の予算を十分に編成し、プロジェクトが法律・規則に基づいて林地を使用することを確保する。資料の整理を適時に行い、担当者を指定して審査の手続きを実行し、未承認の林地使用行為を防止しなければならない。

総合的な交通システムを統一的に構築する。地域の高速鉄道の建設は、航空、鉄道、道路の旅客輸送の面でのはっきりとした市場区分を撤廃する。航空はその速さと便利さによって中長距離の上流客層を運送する。鉄道は速度は遅いが運賃は低く、主に中距離の中流客層を運送する。道路はその柔軟性ゆえに短距離の旅客の輸送を主導する。このため、地域の各交通部門が相互に積極的に協力し合い、地域の高速鉄道の建設と運営に対して統一的な計画を立てる必要がある。

第2節　高速鉄道経済ベルトの基本的特徴と形成のメカニズム

2-1　高速鉄道経済ベルトの基本的特徴

高速鉄道経済ベルトは交通運輸経済ベルトのタイプの1つとして、交通経済ベルトの一般的な特徴を備えていると同時に、独自の特徴をも持っている。

第1に、高速鉄道は一般的に経済発展状況が優れた地域に建設され、比較的発達した都市を結ぶ。例えば北京・上海高速鉄道経済ベルト、北京・天津都市間高速鉄道ベルトなど。高速鉄道が建設される前に、北京・上海経済ベルトと北京・天津経済ベルトはすでにかなり整備されており、輸送網も比較的整備されてきた。高速鉄道経済ベルトは「出発点」が高く、「ゼロから建設する」というプロセスを経ることはない。また、高速鉄道が立地する地域内の輸送網も比較的整備されている。このことは、高速鉄道が既存の交通経済ベルトに「組み込まれる」ことで、既存の経済ベルトが「均衡—不均衡—均衡」の発展過程を経ることになると理解できる。従来のバランスを崩し、経済発展の総量、産業構造、経済成長方式などの面から新たな発展を遂げ、地域経済ベルトのスクリュー式の急速な発展を牽引している。

第2に、他の交通経済ベルト（一般鉄道、道路）と比べて、高速鉄道輸送は効率的、柔軟、迅速、長距離輸送の特徴があるため、地域空間構造への浸透の影響がより速く、経済ベルトの成長速度がより速い。高速鉄道の建設と運行開始によって、沿線地区の交通輸送状況が改善され、沿線地区の経済がより速く発展し、沿線経済ベルトの影響はより広範囲に及び、しかも高速鉄道による長距離輸送のために経済ベルトの影響区域が広がっている。より広い地域で省・市をまたぎ、沿線のより広い範囲での経済ベルトとなることを実現する。

第3に、高速鉄道は明らかな生命の特徴を持つ社会経済的な有機体である。交通経済ベルトの形成は、輸送ルートと経済活動が空間的に長期的に相互作用した結果であり、発展の過程で、都市、産業、社会や文化などの活動は絶えず交通システムの技術革新に頼り、明らかなエネルギーの集約と拡散傾向を示している。これにより、経済ベルトの内部構造、全体的な機能、経済力、内陸と境界線などの要素が明らかに段階的に変化する特徴を持っている。高速鉄道自身の高い技術的特徴は、都市化、産業構造のアップグレード、経済成長方式の転換などの実現に役立っている。

第4に、高速鉄道は旅客輸送が主である。新しい輸送手段として地域に加わることは、地域内の人々の観念や習慣に影響を及ぼす。人々の単位時間当たりのコミュニケーション距離が地域の文化レベルに比例することが経済学で証明されているが、これはいわゆる「視野の拡大」である。人々はより便利で迅速に外部とコミュニケーションをとることができ、これはある程度地域内の人々に外部とのコミュニケーション学習を強要して、全体的な素質を高めさせる。そして、旅客専用線開通後に相応の管理人材と技術人材が協力して管理する必要があるため、人材の加入も地域の発展潜在力を大幅に増大させる。また、高速鉄道の建設は第三次産業の発展を促進する。高速鉄道が完成すれば、旅行時間が大幅に短縮されるため、旅客数が急増し、沿線地域の飲食業、商業、観光業、サービス業などの第三次産業の発展に利益をもたらすに違いない。

第5に、高速鉄道自体がハイテク発展の産物であり、電子、情報、材料、航空、環境保護など一連のハイテク分野に関わっている。高速鉄道の建設は鉄道システム内の知識集約度を高めるだけでなく、多くの関連ハイテク産業の発展を促進し、中国産業の「高級・精密・尖端」という方向への発展を促進する。

第6に、高速鉄道経済ベルトは絶えず発展する経済システムであり、その形成は交通輸送と経済の協同発展の結果であり、交通輸送と経済活動の相互作用によって動態的に変化している。高速鉄道経済ベルトは、産業、人口、都市、情報、交通インフラなどの要素からなる非平衡状態、非線型の相互作用のオープンシステムである。内部要素の相互親和と外部システムとの物質、エネルギー、情報の頻繁な交換によって自身の存在を維持している。高速鉄道経済ベルトは絶えず自身の成長を実現し、その構造はより複雑に入り込み、機能はますます多様化し、境界はますます外側に広がっている。

2-2 高速鉄道経済ベルトの形成と発展モデル

高速鉄道経済ベルト自体が内包している空間地域統合体と社会経済有機体の基本的性質は、それが地域経済システムの発展過程の中の特定の段階にすぎないことを意味している。

高速鉄道経済ベルトは工業化と輸送化の発展に伴い次第に進化し、その発展は最終的に人口、産業、都市、情報などの要素を伴いつつ、空間的には、交通幹線に沿って大規模に凝集したり拡散したりしている。交通幹線や新しい輸送技術の建設と導入は、地域経済システムの従来のバランスのとれた均質な発展構造を破壊した。交通沿線空間に関して、その到達可能性が向上し、生産要素の集積と拡散が円滑かつ迅速になり、地域の人口、産業、都市、情報の軸方向の集約を導き、高速鉄道経済ベルトがそれに伴ってスタートした。分極効果は地域の条件に優れた中心地を、交通に頼りつつ、後方連関効果によって近隣地域の人、財、物を絶えず取り入れ、交通沿線地域の経済の中心として急速に成長させた。中心都市の経済力の増強に伴い、経済的なつながりのある地域が急速に拡大し、高速鉄道経済ベルトの非平衡化の特徴がますます明らかになり、全産業が膨張成長の段階に入った。集積が一定程度に達すると、波及効果が次第に主導的な役割を発揮し、経済の中心に勾配拡散、階層拡散、変位拡散などが起こり、絶えず近隣地域に産業や技術という要素を伝え、総合交通通路の機能完備が経済ベルトの均衡発展過程を比較的容易に実現させた。都市間の経済水準が相対的に遅れている地域では、産業、技術、資金などの生産要素を受け入れて急速にある程度発展した後、高速鉄道経済ベルト全体が成熟期に入り、原始的均衡から高級的均衡への転換が次第に完成した。成熟・拡大期を超えた高速鉄道経済ベルトには2つの傾向がある。1つは、いくつかの高速鉄道経済ベルトとの連携と混合を通じて、全体レベルが普遍的に向上した地域経済システムの中に融合することである。もう1つの傾向は、輸送技術や産業構造の相対的な遅れにより、生産要素が近隣の高速鉄道経済ベルトに集まって衰退または消滅しつつあることである。高速鉄道経済ベルトの成長に伴い現れたのは、その境界、内陸範囲、経済力、産業構造のレベル、都市人口の数、中心都市の影響力などの一連の事項の動態的な変化だけでなく、貨物の流れ、中心都市の空間の転換やシフトなどの様々な表象の特徴である。これは我々に高速鉄道経済ベルトのライフサイクルと時空間の変遷規則を明らかにするための具体的で鮮明な証左を提供している。上記の進化メカニズムに基づき、高速鉄道経済ベルトのライフサイクルは、初期の雛形期、膨張・成長期、成熟・拡大期、融合・衰退期の4段階に大別される。時間軸と空間軸の2次元で見ると、高速鉄道経済ベルトのライフサイクルの異なる段階は、次の図5-1のような進化の軌跡をたどっている。

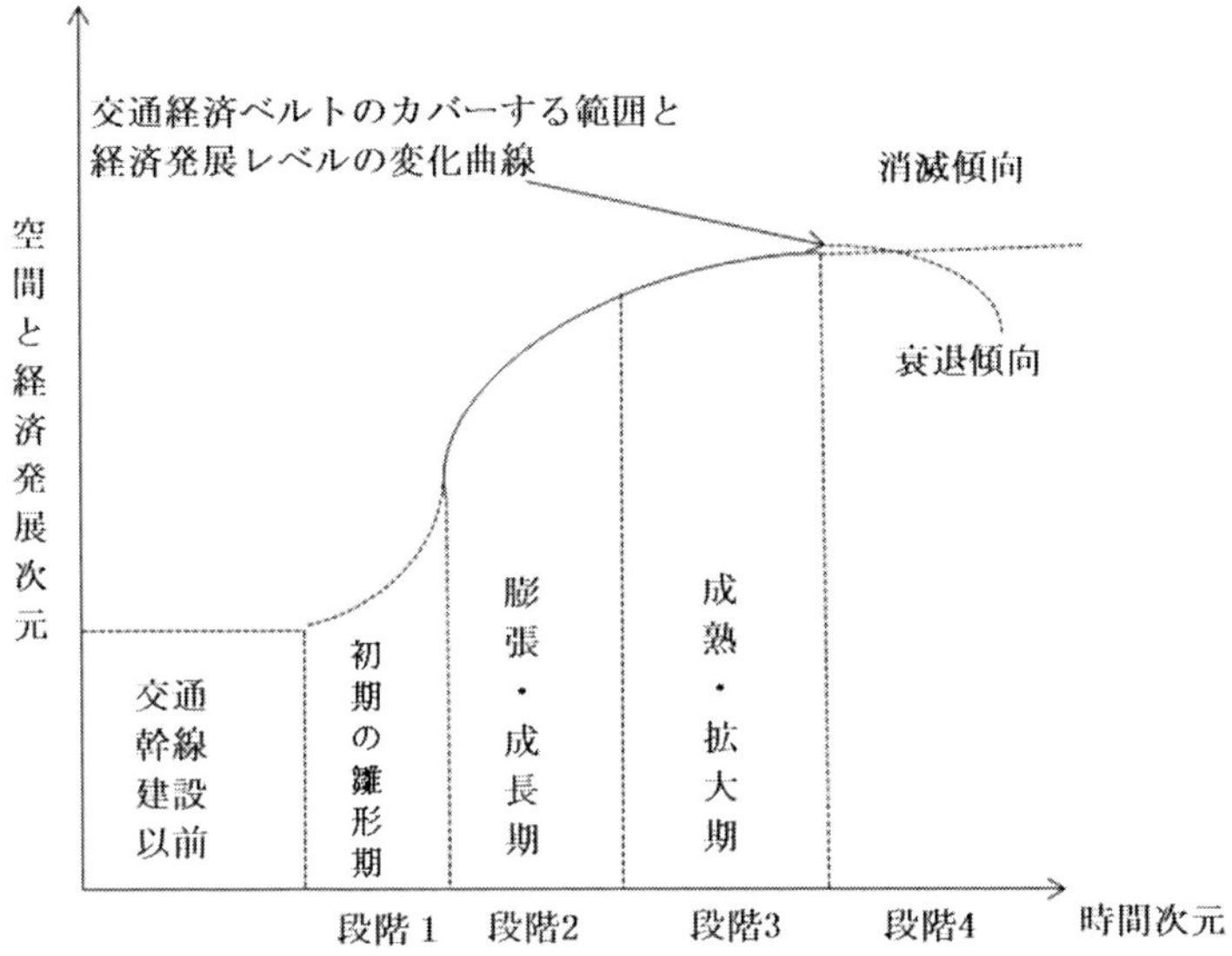

図5-1　高速鉄道経済ベルトのライフサイクルのモデル図

2-2-1　初期の雛形期

地域経済発展の初期には、各地域を結ぶ交通手段は比較的に原始的かつ単一であり、各中心地は互いに貨客交流がかなり難しく、数量が少ないために孤立、分散し、等級体系からは外れた状態にある。地域経済システムは低レベルの均衡段階にあり、空間構造も小地域範囲内の閉鎖的な循環を特徴としている。新興交通運輸方式の建設と導入に伴い、沿線地域の鉱物資源、農業副産物が急速に開発され、沿線地域の経済がそれに伴い発展し、人口が急速に増加する。立地条件の比較的優れた中心地（たとえば水陸の拠点や陸路交通アクセスポイント）は、沿線地域の農業副産物や鉱物資源の積み替えや加工によって、まず近現代工業や商業貿易業の足がかりとなり、これらの地点は新たな成長の核となり、次第に地域内経済の中心となっていった。地域内の従来の都市、人口、生産力の配置が崩れ、地域発展のアンバランスな法則により、高速鉄道経済ベルトの雛形が徐々に形成されていった。この段階では以下のようないくつかの特徴がある。①輸送方式がまだ単一である。②沿線地域の物流の多くは内外交換を主と

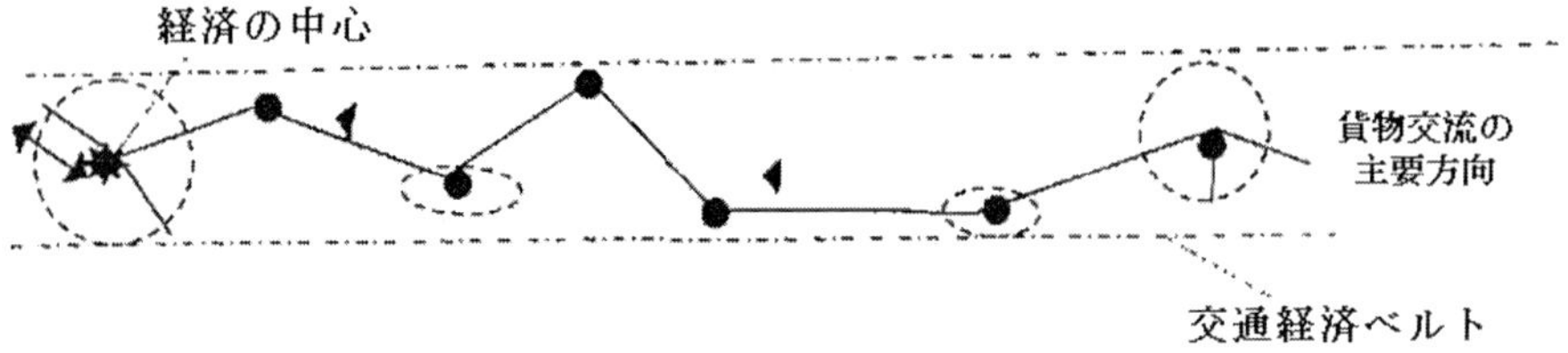

図5-2　高速鉄道経済ベルトの初期の雛形期の発展モデル

し、沿線地域の各都市間の貨物交流は比較的少なく、貨物構造は比較的単一で、輸出貨物は原料型貨物を主とする。③沿線地域の産業構造はレベルが低く、主に農業、食品、繊維、採鉱などの原始加工型産業である。④主たる中心の多くは沿線地域にあり、外部との貨客の集散や、交流の面で役割を果たし、その経済、社会、文化などが機能する範囲は一定の空間内に限られている。この段階の理想的なモデルは図5-2を参照。

2-2-2　膨張・成長期

輸送方式と輸送能力の向上に伴い、経済ベルトと外部との交流がより便利になり、それと同時に、外部市場の需給情報が沿線地域で徐々に獲得され、重視されるようになった。交通幹線に拠って、生産リンクの関連に立脚し、内部需要を満たすことを特徴とする都市間のつながりは日増しに緊密になり、地域内の産業チェーン、地域分業が次第に形成・完備され、沿線地域の産業構造が普遍的に向上し、都市の数と実力が急速に増強され、人々はますます沿線地域に集まるようになった。経済ベルト内の優れた区域という条件に恵まれ、新興技術を最初に受け入れ、産業部門が最初にモデルチェンジした都市は次第に新しい経済の主たる中心として発展している。この中心は第1段階の経済の主たる中心がさらに分極した後に形成されたものかもしれない（例えば上海・寧波・杭州高速鉄道経済ベルトの経済の主たる中心の上海のように）。または他の都市の経済力が元の経済の中心を超えた後に形成されたという可能性もある。つまり、この段階で経済の主たる中心が移転する現象が発生する可能性がある（例えば、ハルピン・大連高速鉄道経済ベルトの瀋陽が大連に取って代わって新しい経済の主たる中心にな

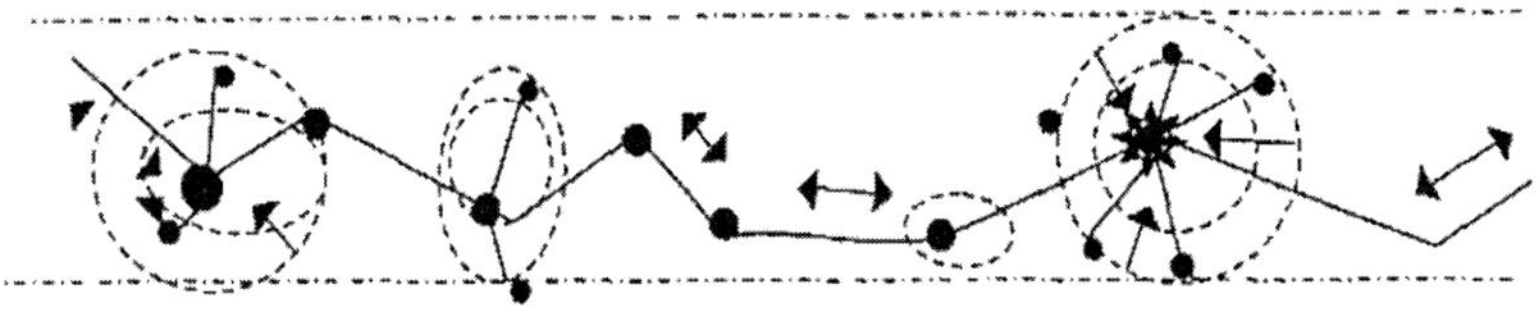

図5-3　高速鉄道経済ベルトの膨張・成長期の発展モデル

った)。成長の極と主導部門をめぐって、経済の中心の経済力は更に増強され、分極効果は更に強化され、核心一周辺の二元空間構造が日増しに明らかになる。第1段階に比べて、膨張・成長期には次のようないくつかの顕著な特徴がある。①輸送方法や輸送能力が明らかに増強され、主軸線と交差する支線が続々と出現し、経済ベルトの影響範囲が著しく拡大している。②沿線地域の物流は内外交換と内部交流が両立し、沿線の各都市間の旅客と貨物の交流が明らかに強化され、貨物種類の構造はますます複雑化し、輸出貨物種類のうち、工業製品の割合が明らかに高まり、輸入貨物は依然として工業製品を主としている。③沿線の産業構造レベルが普遍的に向上し、原料の仕上げ加工型産業が主導産業となっている。④経済の主たる中心の地位が増強され、対象範囲が明らかに広がり、その他の地域への影響は勾配拡散方式を主としている。この段階の理想的な空間モデルは図5-3を参照。

2-2-3　成熟・拡大期

交通能力と輸送方式のさらなる強化に伴い、大容量、高速の総合輸送通路が徐々に形成され、地域内外の貨客、情報交流がより便利になった。沿線産業のアップグレードと拡散のプロセスが大いに加速し、沿線都市の規模が急速に拡大し、経済ベルト内部の都市機能の分業と連携がより明確になった。各大都市のニュータウンが次々と出現し、拡散効果により大都市の郊外化過程が明らかになり、一部地域にコナーベーションが出現し始め、経済ベルトの範囲が絶えず拡大している。経済の主たる中心は貿易、金融、情報センターとしての機能とインキュベーターとしての機能がますます重要かつ強力になっており、階層拡散方式で交通路線に沿ってより遠い都市に影響を与えている。第2の段階に

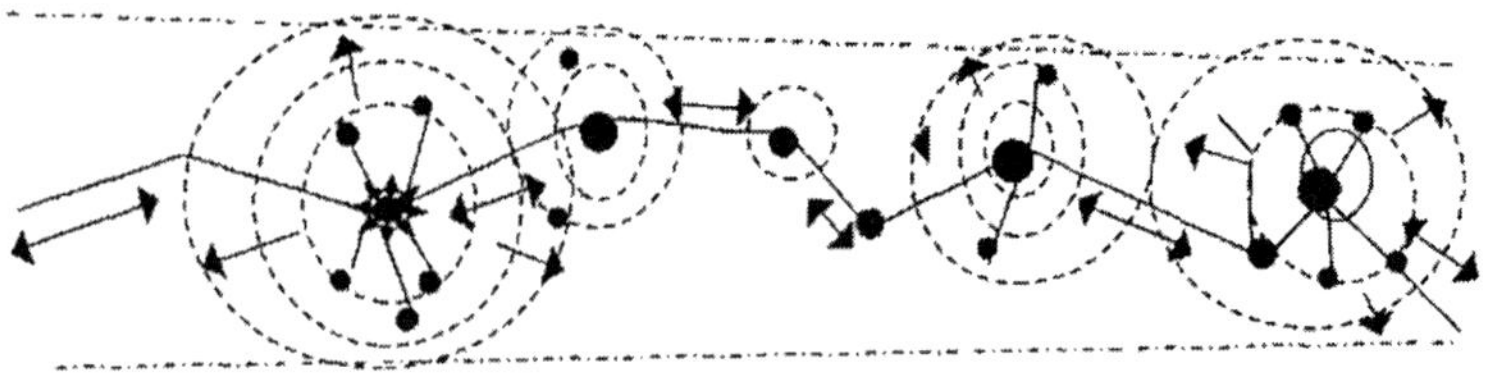

図5-4　高速鉄道経済ベルトの成熟・拡大期の発展モデル

比べて、成熟・拡大期には次のようないくつかの顕著な特徴がある。①輸送手段または輸送能力がさらに強化され、総合的な輸送通路が形成され、経済ベルトの影響範囲が拡大する。②沿線地域の物流方向と種類は更に復雑で、内外交換、内部交流を含むだけでなく、中心都市とニュータウン間の交流も含む。輸出品目の中で、工業製品の割合はすでに明らかに優勢を占め、輸入品では製品、原材料を主とする。③沿線の産業構造のアップグレードが加速し、第三次産業が主導産業となり、現地の資源の賦存量の制限を受け、経済ベルトの外部資源を利用する企業数が日ごとに増えている。④経済の中心的地位がさらに強化され、中心地の他の地区に対する影響が拡散効果を主にし、他の中心都市の地位も相応に強化され、郊外化の傾向によって都市の境界がつながり始めた。この段階の理想的な空間モデルは図5-4を参照。

2-2-4　融合・消滅期

先に述べたように、融合・消滅期には融合と消滅の2つの流れがある。融合とは、総合輸送通路の能力が更に増強され、集積と拡散効果が相まって生じ、各中心都市の経済内陸が互いに交差し、都市の境界が日増しになくなり、総合輸送通路を基幹とするコナーベーションが次第に形成され、経済ベルトの内部に大、中、小の都市間の交錯したつながりからなるバランスのとれたネットワークが形成されることである。それと同時に、隣接する高速鉄道経済ベルトの発展に伴い、各経済ベルトの間に相互のつながり、合併、融合の傾向が現れる。 多くの高速鉄道経済ベルト間の結びつきが緊密になったとき、より広い地域で均質な共同体が再建される。融合段階という過程が起こりうる前提は、地域内の交通路建設の高度な整備による流通と経済成長の均質性である。消滅とは、輸送技術の遅れにより、交通総合輸送能力が低下したり、当該経済ベルトが地域の条件、地域発展政策などの要素の影響を受けて、経済ベルトの実力が次第に萎縮し、都市建設、産業のグレードアップが次第に遅くなり、近隣の高速鉄道経済ベルトとの格差が急速に広がり、人口、資金、情報などの地域経済発展要素が次第に他の経済ベルトに移行し、当該経済ベルトの消滅を招いたりすることである。

2-3 高速鉄道経済ベルトの形成
——広西省柳州・南寧線とその延長線を例に

交通経済ベルトの役割は主に分極効果と拡散効果の2つの側面に現れている。 広西高速鉄道経済ベルトが他の経済ベルトと異なる最大の点は、広西高速鉄道経済ベルトが「無から有へ」のプロセスを経たことである。高速鉄道の建設は一般に経済発展レベルがすでに比較的高い地域（例えば、南寧、柳州）で行われる。また、地域内の交通網はすでに整備されており、高速鉄道が建設された後に既存の経済ベルトの中に組み込まれ、既存の経済ベルトは「均衡―不均衡―均衡」の発展過程を経験することになる。これは高速鉄道の建設による経済ベルトへの影響を発揮するだけでなく、高速鉄道と既存の交通方式の相互作用による経済ベルトへの影響を体現し、相互作用の影響を体現している。

広西高速鉄道経済ベルトの形成は沿線の大都市・中都市（南寧、柳州、桂林、来賓、崇左など）を頼りとし、高速鉄道の出入口とハブを成長点としている。経済ベルトの形成を分析する前に、成長点のタイプを知る必要がある。本書のこれまでの分析のように、高速鉄道が完成する前に、広西にはすでに一定規模の経済ベルトと比較的完備された輸送網があり、高速鉄道の建設は従来のバランスのとれた発展態勢を破った。出現の前後の順序から言えば、成長点は2つある。高速鉄道建設以前は、沿線の大都市・中都市（南寧、柳州、桂林、来賓、崇左など）が主な成長点であった。高速鉄道完成後は、高速鉄道の出入口とハブである都市が新たな潜在的成長点となる。高速鉄道建設が異なる成長点に与える影響は以下の通りである。元の中心点の発展を促進し、中心都市または地域の他の場所への拡散を促進する。新たな成長点をもたらし、線路ハブが新たな経済成長点となり、かつ元の成長点を超えるが、相互補完の効果を発揮する。始め、元の成長点の経済発展水準は高速鉄道により形成された新たな成長点の水準より優れているが、元の成長点が新たな成長点の発展を牽引する。その後、新たな成長点と元の成長点は互いに促進し合い、最後に、沿線の旅客量の増加に伴い、新たな成長点の発展水準が急激に上昇し、元の成長点を超え、発展を牽引する。新たな成長点をもたらすと同時に、従来の成長点の発展を制限または束縛し、既存の経済ベルトに破壊的な成長をもたらす。

広西の中心都市が影響を及ぼす範囲を経験的に判断すれば、広西高速鉄道経済ベルトには以下の地区が含まれる。南寧市南部地区（隆安県、賓陽県など）、来賓市街地、柳州市の一部（柳江県、鹿寨県）、桂林市の一部（永福県、臨桂県、霊川県、陽朔県、恭城瑶族自治県、龍勝各民族自治県、興安県、全州県）、崇左市の一部（竜州県、憑祥市）など。

北は湘桂線（湖南省の衡陽市から広西の憑祥市まで）から南は凭祥までの高速鉄道が開通した後、高速鉄道の輸送ルートを主軸とし、沿線の各都市を頼りとする高速鉄道経済ベルトが形成され、影響の及ぶ范囲は比較的広い。広西区内の南寧、柳州、桂林、梧州、北海、防城港、欽州、貴港、玉林、百色、賀州、河池、来賓、崇左など14の地級行政区を含み、総面積は23万6,700平方キロメートルで、2010年末の総人口は4,602万6,600人である。そのうち少数民族の人口は1,711万500人で、総人口の37.18%を占め、2010年に全区のGDPは11,714億3,500万元で、全国平均値（15,211億7,400万元）を0.3ポイント近く下回り、経済力と産業発展に大きな余地がある。

空間経済学では高速道路経済ベルトの境界を規定する意義が詳しく述べられており、この理論に基づいてさらに時間と運賃に基づく境界モデルが構築されている。本書ではこのモデルに基づいて広西高速鉄道経済ベルトの影響範囲を検討する。

広西高速鉄道の影響区域は入口を中心とし、かつ一定の半径の長さの影響範囲がある。半径の計測は高速鉄道経済ベルトの境界を定める鍵である。影響半

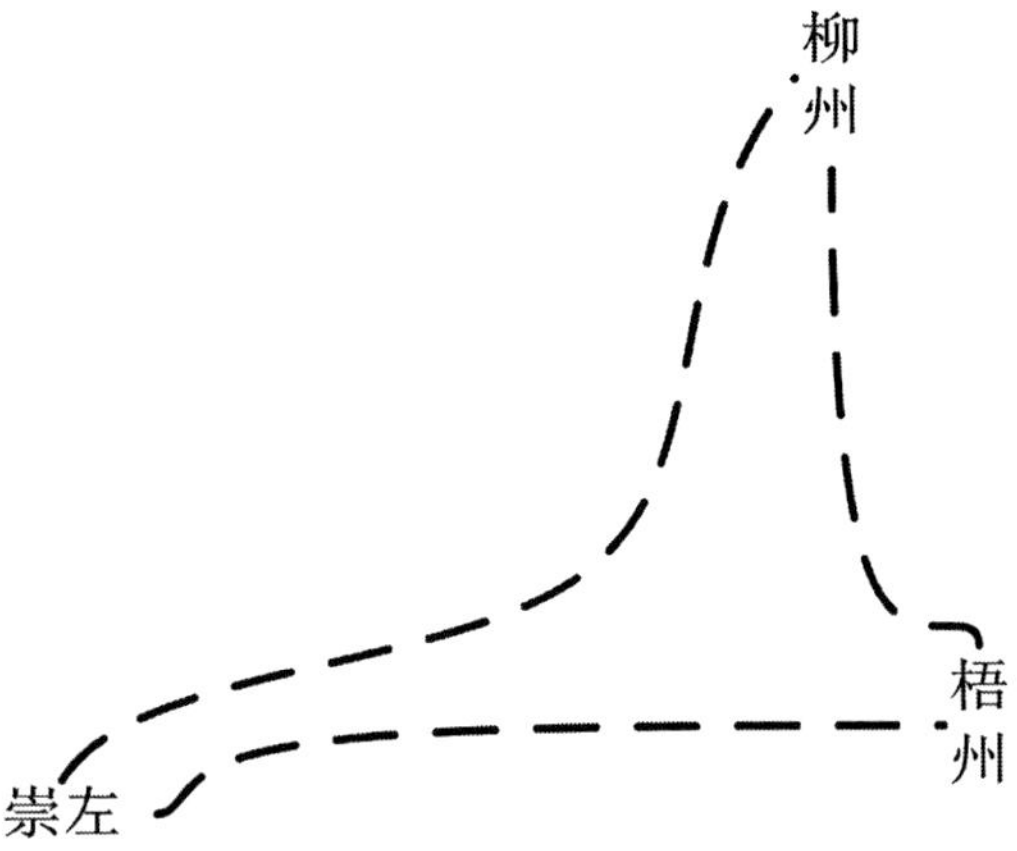

図5-5　広西高速鉄道（柳州—崇左）の沿線地域に対する影響モデル

径の決定は多要素が作用した結果であるが、高速鉄道輸送では貨物輸送は主に運賃を路線選択の根拠とし、旅客輸送は主に輸送時間を路線選択の根拠とすることで、この2つの要素は影響半径について説明できる。

図5-5に示すように、梧州、柳州、梧州—崇左はいずれも広西区内の非高速鉄道の輸送路線であり、梧州は梧州—柳州—崇左を通じて崇左と交通輸送の連携を取ることができ、高速鉄道が間接的な影響を及ぼす。梧州は梧州—崇左を通じて直接、崇左と交通輸送の連携を取ることもでき、柳州とは関係なく、柳州—崇左区間の高速鉄道は梧州に何の影響も与えない。異なる交通路線が高速鉄道に隣接する2つの出入口につながっている場合、運賃と時間を決定的変数としてある出入口の影響半径を見積もることができる。

交通路線の長さをlとすると、梧州—柳州、梧州—崇左、柳州—崇左の路線の長さはそれぞれ$l_{\text{梧州--柳州}}$、$l_{\text{梧州-崇左}}$、$l_{\text{柳州-崇左}}$である。Cを平均単位貨物輸送コストとすると、梧州—柳州、梧州—崇左、柳州—崇左路線の単位輸送コストはそれぞれ$C_{\text{梧州-柳州}}$、$C_{\text{梧州-崇左}}$、$C_{\text{柳州-崇左}}$となる。Vを平均輸送速度とすると、梧州—柳州、梧州—崇左、柳州—崇左路線の平均輸送速度は$V_{\text{梧州-柳州}}$、$V_{\text{梧州-崇左}}$、$V_{\text{柳州-崇左}}$となる。$R_{\text{柳州}}$を高速鉄道出入口柳州の影響半径とすると、運賃で決まる影響半径がRCとなり、時間で決まる影響半径がR_tとなる。梧州—柳州、梧州—崇左を梧州—柳州、崇左の最適運賃・運行時路線とし、運賃と時間に基づく高速鉄道出入口の影響半径を決定したモデルは以下の通りである。

$$optR_A = MAX(R_C, R_t)$$
$$s.t.\begin{cases} C_{\text{梧州-柳州}}R_C + C_{\text{柳州-崇左}}l_{\text{柳州-崇左}} \le C_{\text{梧州-崇左}}l_{\text{梧州-崇左}} \\ \dfrac{R_t}{V_{\text{梧州-柳州}}} + \dfrac{l_{\text{柳州-崇左}}}{V_{\text{柳州-崇左}}} \le \dfrac{l_{\text{梧州-崇左}}}{V_{\text{梧州-崇左}}} \end{cases} \quad (5\text{-}1)$$

$$optR_A = MAX(R_C, R_t)$$
$$s.t.\begin{cases} R_C \le \dfrac{C_{\text{梧州-崇左}}l_{\text{梧州-崇左}}}{C_{\text{梧州-柳州}}} - \dfrac{C_{\text{柳州-崇左}}l_{\text{柳州-崇左}}}{C_{\text{梧州-柳州}}} \\ R_t \le \dfrac{l_{\text{梧州-崇左}}V_{\text{梧州-柳州}}}{V_{\text{梧州-崇左}}} - \dfrac{l_{\text{柳州-崇左}}V_{\text{梧州-柳州}}}{V_{\text{柳州-崇左}}} \end{cases} \quad (5\text{-}2)$$

制約条件（1）輸送費の最小角度から運送費を測定し、柳州の影響半径RCを決定する。制約条件（2）輸送時間が最小になるという角度から、輸送時間により決定される柳州の影響半径R_tを測定し、目標関数は、運賃の影響半径R_Cと時間の影響半径R_tから大きい方を柳州の影響半径R_Aとして選ぶ。

単純に広西高速鉄道の隣接する２つの出入口で出入口影響半径を決めると、半径は理論的に無限大に可変するが、現実の条件下で広西高速鉄道出入口間の

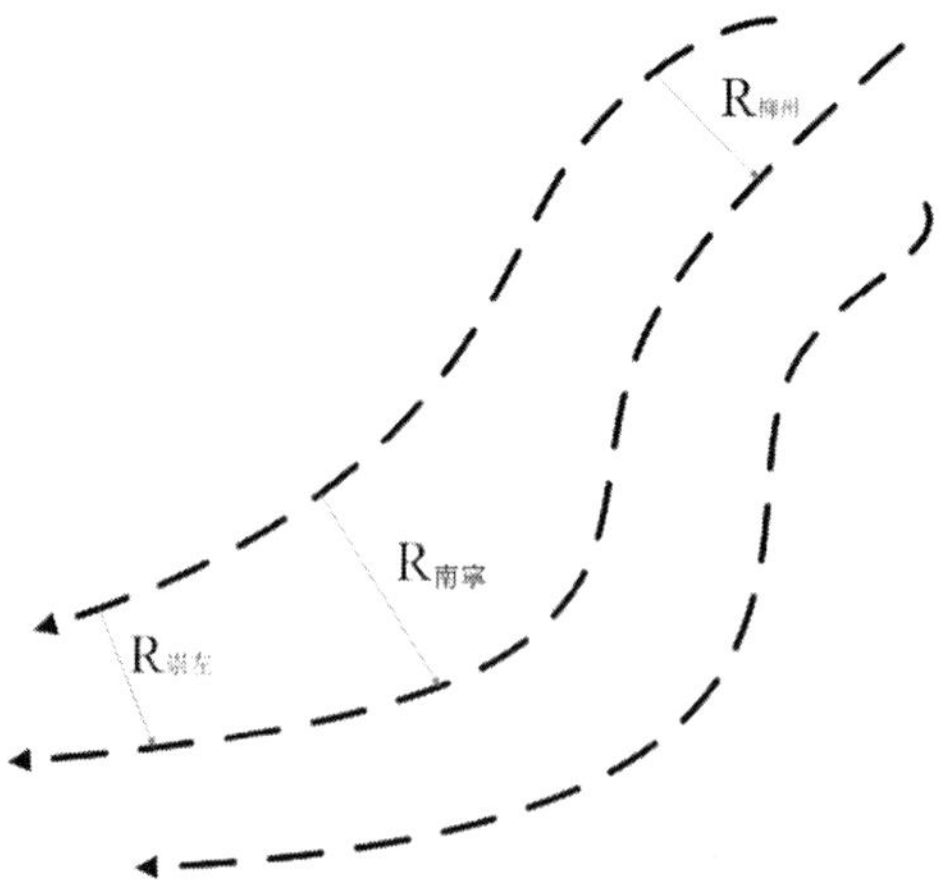

図5-6高速鉄道の影響地域の帯状形態

交通網には一定の発展限度があり、いくつかの主要な交通路線（柳州―崇左）から一定の影響半径を見積もることができる。高速鉄道の異なる出入り点に対する影響半径の計測は最終的に広西高速鉄道影響区域の帯状形態を描くことができる（図5-6を参照）。

n個の出入口の影響半径を測定した場合、広西高速鉄道経済ベルトの平均半径は以下の通りである。

$$\overline{R} = \frac{1}{n}\sum_{i=1}^{n} R_i \tag{5-3}$$

計算式の5-3で計算された広西高速鉄道の出入口影響半径の大きさは他の出入口と2つの入口の間の交通支線の状況に依存しているので、正逆方向に沿って2つの異なる出入口影響半径の序列を計算できるはずである。仮に（R_{11}, R_{12}, ..., R_{1n}）と（R_{41}, R_{42}, ..., R_{4n}）に設定する。高速鉄道は一般的に閉鎖型であり、同じ出入口の両側の交通支線の発達状況が大きく異なるため、両側の影響半径も異なる。高速鉄道の反対側の影響半径を考慮し、仮に2つの影響半径の序列のとが得られたとする。このように細かく計測すると、4つの影響半径序列が得られ、厳密な高速鉄道の平均影響半径は式5-4となる。

$$\overline{R} = \frac{1}{4n}\sum_{i=1}^{4}\sum_{j=1}^{4} R_{ij} \tag{5-4}$$

広西高速鉄道の出入口の影響半径は、周囲の交通網の発達程度や自然条件によって異なり、形成されるベルト状のエリアが不規則であることも、高速鉄道経済ベルトを体系的かつ正確に規定する難しさであることを明確にしておく必要がある。異なった方向（異なった出入口を参照）と両側の異なった交通の支線によって測定する高速鉄道の影響半径は異なるため、研究の必要に応じて選択し、高速鉄道が地域経済に与える実際の影響を反映すべきである。高速鉄道経済ベルトの空間拡張に伴い、出入口の影響半径も拡大しており、形成される高速鉄道経済ベルトの平均半径も拡大している。

高速鉄道の線路通過区域、特に線路の出発点の都市には通常ある程度の発展水準がある。また、通過区域における交通輸送路線も比較的整備されている。高速鉄道の建設は既存の資源を基礎として統合を進め、沿線地域間の経済協力を促進し、経済ベルトの形成と発展を加速させる。以下、広西高速鉄道経済ベルトの形成と発展メカニズムについて分析を行う。広西高速鉄道経済ベルトは他のタイプの交通経済ベルトと同じように、その形成と発展には1つのライフサイクルモデルがある。開始期、発展期、安定期と成熟・再建期という4つの段階である。各段階の主な発展特徴と産業類型は以下の通りである。第1段階は沿線のハイテク産業団地を主とするため、新型産業を主な特徴とする。第2段階では、ハイテク団地の発展に伴い、付属産業と施設の発展が始まり、商業貿易、物流、飲食、コンベンションなどのサービス業の発展が始まる。第3段階では、第三次産業における観光業などが発展し始める。

2-3-1　開始期（高速鉄道路線が完成するまでの時期）

（1）広西高速鉄道経済ベルト沿線の一部の地域の経済はすでに比較的発達しているか、規模が大きくなり始めている。その中で、省都都市の南寧、資源豊富な都市の柳州、桂林などを主とし、このような経済ベルト内の地域と地域の間の相互作用は主にこれらの中心都市の周辺地域に対する集積の役割を体現している。優れた地理的優位性と先天的条件に恵まれ、南寧などの中心都市は近隣地域の人材、資本、資源などを中心都市に集め、独自の発展に利用し、周辺地域への拡散作用が少ない。そのため、経済ベルト内の地域間の経済発展レベルの差が大きい。

（2）経済ベルト内の各地域の産業構造は自身の持つ優位性あるいは素質によって最適化とアップグレードを行う。例えば、観光資源を主とする桂林は、観光資源の開発と利用を主とし、産業構造は比較的単一である。経済が比較的発達している都市であり、経済ベルトの中心都市である南寧は主に第三次産業に偏っているが、経済ベルト内の他の都市は自身の特徴に基づいて優位産業を発展させ、産業を多様化させることができる。これはすべて高速鉄道路線の通過区域の沿線地区の特徴によるものである。

（3）経済ベルト内の空間的なつながり。高速鉄道沿線の地域は交通環境が

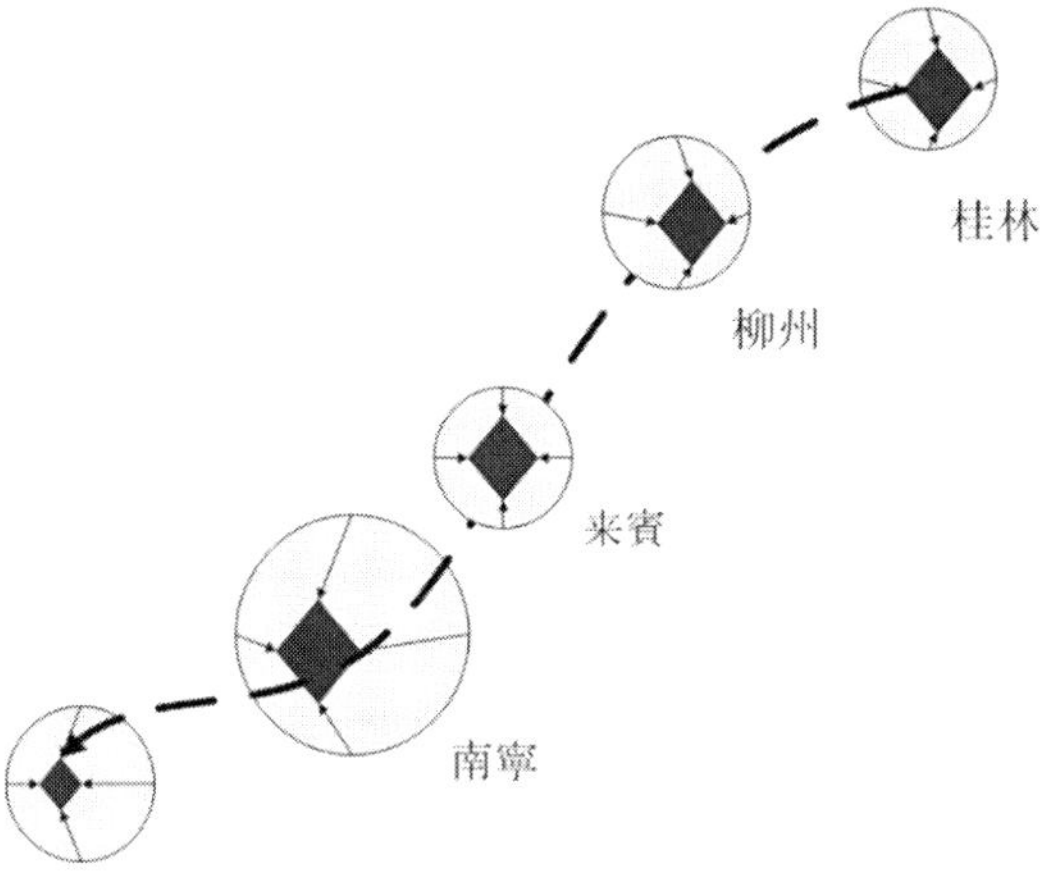

図5-7　開始期の広西高速鉄道経済ベルト

発達しているため、開始期における都市や地域間の連絡はあっても頻度が低い。また空間的なつながりも単一な人員、貨物の流通を主としており、経済ベルト自体の産業構造に影響を及ぼすことはない（図5-7を参照）。

（4）鉄道の規模と域内経済ベルトの社会発展には一定の差がある。第1に、道路網の規模が不十分で、技術設備のレベルが低い。区内の道路網の密度は136キロ/万平方キロメートルで、全国第20位に位置している。このうち、鉄道複線率と電化率はそれぞれ14%と24%で、全国平均の41%、47%をはるかに下回っている。第2に、区内の主な通路が少なく、主な出入り通路の輸送能力が深刻に不足している。例えば、湘桂線、黔桂線、南昆線はいずれも道路網的制限があり、輸送能力が著しく不足しているため、港と鉄道間の実際の通行能力は需要の60%しか満たしていない。

2-3-2　発展期（高速鉄道路線が完成された後、安定した旅客数がまだ形成されていない時期）

（1）高速鉄道が完成した後、輸送力の段階的な向上に伴い、従来の経済ベルト内の中心都市（図5-8の南寧）や地域の集積の役割がより明らかになり、沿線地域間のアクセス性が大幅に改善され、より多くの優位な資源が経済ベルト

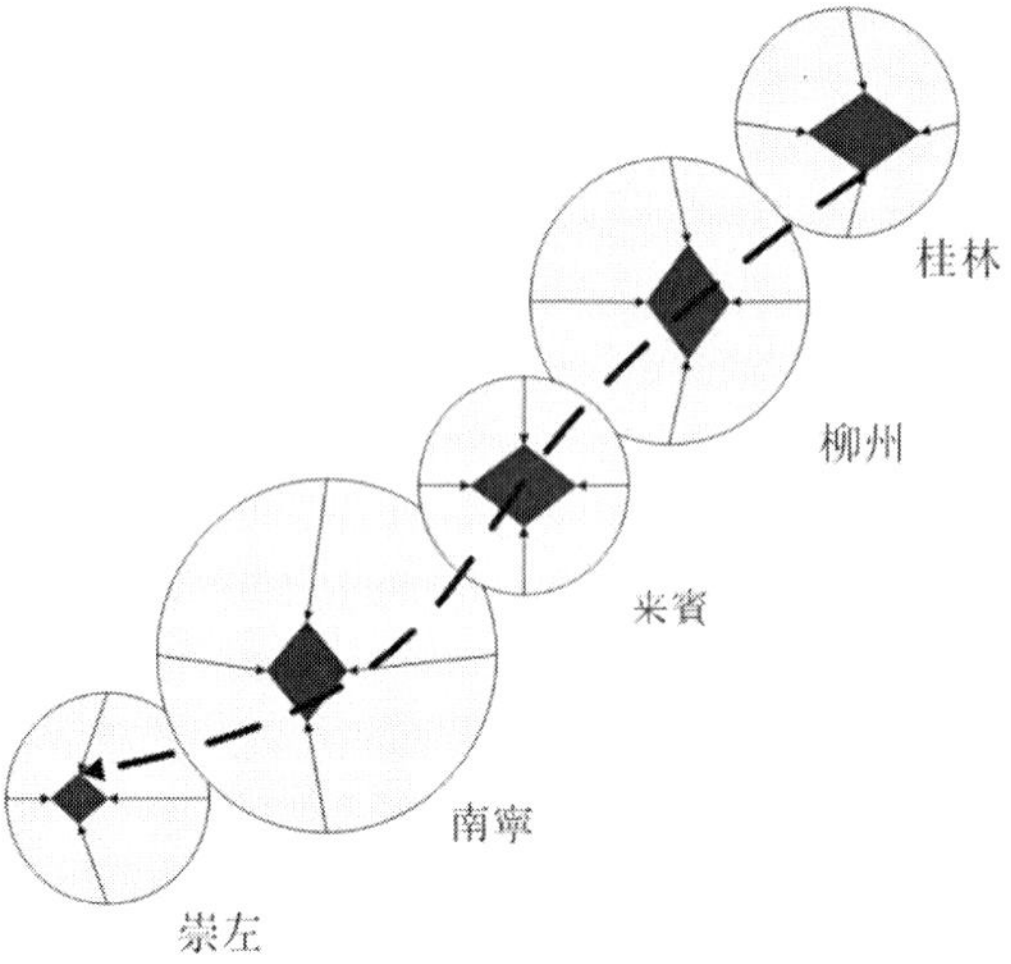

図5-8　発展期の広西高速鉄道経済ベルト

の中心都市に集積される。また、中心都市に集まると同時に、周辺地域への拡散作用も生じ始めている。産業構造区分は経済帯で段階的に区分され、地域によって優位な産業が形成されている。一般的には中心都市が第三次産業を発展させることを主としており、従来の第二次産業は南寧付近にある小さな都市や地域へと移行する。第一次産業は経済ベルトの周縁部で発展する。このため、経済ベルト内の産業構造の分業が進み、沿線の主要都市の数と人口が急速に増加する。

(2) 経済ベルト内の都市の空間距離を短縮し、ベルト内の往来を強化し、特に人材交流が盛んになることで、知識と技術の交流が多くなる。高速鉄道自体がハイテク産業であり、沿線のハイテクの発展も牽引する。これは沿線地域における新たな経済成長点の形成に役立ち、特に知識集約型の工業団地とハイテク産業団地の建設（例えば、柳州など）、沿線地域の産業構造のアップグレードの促進に役立つ。

(3) 空間距離が短くなり、経済圏の範囲も拡大し、エリアごとにより広い市場空間を提供し、自身の優位産業の力を集中的に発揮し、各地域間の協力と優位補完を強化し、経済ベルト内の都市または各地域間の産業分業をより明確にする。同時に、従来の経済ベルト内の比較的閉鎖的な「圏」という概念は弱まっている。

（4）周辺の旅客輸送量に対する吸引力を生み出す。広西高速鉄道の速さ、便利さ、快適さは地域内の旅客市場に大きな衝撃を与え、従来の旅客市場を再区分する。なぜなら、一方で高速鉄道は沿線地域に新たな客流の源を形成し、沿線地域の知識密集型と技術密集型産業の出現、発展と人材の大量流動を牽引しているからである。高速鉄道の建設によって、沿線の観光資源（桂林）が開発され、観光業の発展も高速鉄道の大きな客源となっている。また一方、広西高速鉄道の開通は、その明らかな比較優位性によって、特に航空機からの旅客を高速鉄道に引き込むだろう。

2-3-3 安定期（旅客輸送量が安定してから）

（1）経済ベルト内の集積と拡散作用が交互に現れ、前段階に比べ、広西高速鉄道の経済ベルト内の拡散作用がより顕著になり、影響の範囲が増大して深く発展すると同時に、高速鉄道の介入により、南寧をはじめ中心都市を集積点とする経済ベルトの影響範囲がより広くなってくる。伝統的な貿易交流のほか、高速鉄道経済ベルトは技術交流と協力により多く体現されるだろう。同時に、経済ベルト内の各都市と地域も産業構造区域の区分をほぼ完了しており、経済格差は引き続き縮小し、都市の規模は引き続き急速に拡大していく。

（2）人材と技術によって建設された広西高速鉄道経済ベルトの発展は次第に成熟してくる。ベルト内関連産業の配置は次々と整っていくが、高速鉄道経済ベルト内は主に第二次、第三次産業を中心とする。同時に、この段階で経済ベルト周辺のインフラ建設と付帯サービス業も完備される。

（3）広西高速鉄道の経済ベルト内の一部の都市の役割分担とつながりがより明確になり、各都市のニュータウンが次々と出現し、拡散効果によって南寧のような省都都市の近郊地区化の過程が明らかになり、経済ベルト内の一部地域のコナーベーションも出現し始め、経済ベルトの範囲が深化・拡大し続ける。この段階で、周辺地域の南寧などの中心都市への人口集積が徐々に減少し、産業移転に伴い、人口が次第に南寧のニュータウンや郊外へ拡散し、南寧のような中心都市の人口ストレスも減少する。省都の南寧の機能はサービス型に移行し、経済ベルト内金融、情報、貿易センターとして、南寧がサービスを提供する専門性と実力は更に強くなる。経済ベルト内の経済が急速に発展することで、南寧にこの機能、すなわち経済ベルトの「心臓」としての機能を担うことが求められている。同時に、ベルト内産業分業の更なる明確化は、南寧の機能を強化する。

高速鉄道のベルト内輸送市場での位置はほぼ確定している。ベルト内の様々な輸送方式の間で市場の再分配が完了し、それぞれの安定した旅客を獲得し、自らの優位性を発揮し、経済ベルト内で良好な協力関係を形成する。

2-3-4 成熟・再建期（周辺・沿線に新しい路線が入った場合）

この段階の広西高速鉄道経済ベルトでは、従来の都市や地域の境界がますますなくなり、ベルト内に高速鉄道をメインストリートとするコナーベーションが形成される。コナーベーションまたは高速鉄道経済ベルト内では異なる規模の都市が交錯してつながり、その中で産業構造が錯綜し、各区域間に明確な分業があり、経済ベルトの各都市または地域の経済発展にはそれぞれ長所と特徴があり、経済格差が減少し、集積の効果がなくなり、人口は経済ベルト全体に均一に分布する。同時に、経済ベルトの発展により、従来の高速鉄道路線の輸送量はその発展の需要を満たすことができず、新しい輸送方式の参入が必要となる。この時、従来の経済ベルト内部のバランスが崩れ、ベルト内資源が再統合され、経済ベルトの発展に新たな活力をもたらし、経済ベルトの開始期、発展期、安定期などの各段階を再経験する。この時、広西には高速鉄道経済ベルトを基礎とするより高いレベルの経済ベルトが形成される。

現在、世界経済の中心が大西洋地域から環太平洋地域に移行している大きな背景の下で、21世紀のアジア太平洋経済圏は世界経済活動が最も活発な地域になるが、広西はアジア太平洋経済圏の核心的地位にあり、地の利に恵まれている（広西は北部湾に臨み、香港・マカオと東南アジアに隣接し、輸出入貿易と臨海型工業基地を発展させる優位性を持っている）。このような経済発展の情勢に順応し、広西の地の利を十分に活用するために、高速鉄道は広西がアジア太平洋経済圏の中核になる過程で重要な役割を果たすべきである。同時に、広西高速鉄道の建設は広西の地の利を明らかな経済優位性に転化させることができる。広西は中国の西南経済圏と東南アジア経済圏がドッキングする位置にあり、7億人以上を対象とする大市場では、その地域優位性と経済優位性が非常に顕著である。しかし、長年にわたり、このような立地の優位性が経済的成果に転化していない主な原因は、外部からの推進力としての効率的な交通網のサポートの欠如であり、高速鉄道の建設とその経済ベルトの形成はこの欠点を補うのに役立つだろう。広西高速鉄道の建設と運営は地域内外の交通条件を変え、交通の便を強化するため、地域内外の都市間の流通性が強化され、地域全体の物質と人材の交流がより便利になり、同時に多くの時間も節約される。特にここ十数年来、国が広西に与えた優遇政策を把握し、高速鉄道を頼りにする旅行、物流及び対外貿易を広西の経済支柱と成長点として発展させなければならない。

要するに、高速鉄道経済ベルトは発達した地域から未発達の地域への産業移転の結果であるため、新たな「高速鉄道経済ベルト」が発達した地域と未発達の地域を結ぶ高速鉄道沿線地域に出現する可能性が高い。上記の事例分析によると、高速鉄道の建設と運営は以下のいくつかの面で経済ベルトの形成を促進できることが分かる。

時間・距離の短縮。現在の武漢・広州高速鉄道の運行速度で試算すると、武漢から広州までの距離は1,069キロである。高速鉄道の時速が300キロ/時間であれば、その直通走行時間は3時間30分程度である。もし多駅停車モードを採用すると、その走行時間は約3時間50分程度で、時速280キロ/時である。

輸送コストの低下。運賃水準から見ると、高速鉄道の運賃価格は表5-1を参照することができ、基本的には0.45-0.5元/キロを下回らなければならない。

表5-1　開通済み高速鉄道の運賃

	運行距離（km）	二等席運賃（元）	運賃（元/公里）
京津都市間鉄道	120	55	0.46
武広高速鉄道	1069	465	0.43
京滬高速鉄道	1318	555	0.42
京広高速鉄道	2298	862	0.38

一方、航空の基準運賃は0.75元/キロであるが、25%の上乗せが許されており、輸送距離の差を考慮すると、高速鉄道価格は全体的に航空運賃の5-6割引程度に相当するため、航空券自体の割引を考慮した上、わが国の航空券価格も高速鉄道の1.5倍に相当するのである（日本の新幹線とほぼ同じ）。したがって、高速鉄道の開通は人々の外出コストを大幅に低減させる。また、同じ距離では、高速鉄道の快適さも競争力を持っている。

技術知識の普及を促進する。高速鉄道は基本的に経済が最も発達している都市を結んでおり、これらの都市は知識と技術の集積地であり、高速鉄道網の建設はこれらの都市の影響力を大幅に増強し、沿線都市の産業構造のアップグレードと経済の発展を牽引する。

「売ってから作る」という発展モデルを生む可能性がある。高速鉄道のおかげで、「売ってから作る」という発展モデルはより実行可能になった。つまり、経済の発達した地域はマーケティングと研究開発に力を注ぎ、経済の未発達地域は生産に重点を置いているということである。

特色のある観光都市の発展のチャンス。観光客の増加は独特の資源を持つ都市をはじめとする沿線観光都市に新たな発展のチャンスをもたらす。

貨物輸送能力を解放する。高速鉄道が完成した後、条件のある路線ではすでに貨客分離が実施されている。関連資料の研究によると、1編成の客車を運休すると、2編成の貨車の運送能力が解放される。単一の鉄道で言えば、貨物分離による貨物輸送能力の向上は80～200%程度に達している。

貨物輸送コストが下がる。高速鉄道網が完成した後、既存の鉄道輸送能力が徐々に解放されるにつれ、鉄道はその低コストの優位性で、一部の道路長距離貨物輸送に代わる。これは高速鉄道沿線の物流コストを下げ、産業移転の発生に有利である。

全体的に言えば、高速鉄道の建設は従来の経済ベルトの人口密度と経済密度のピーク値を薄める。そうすると沿線都市の吸引半径が次第に増大し、沿線地域や都市の経済発展水準の格差が次第に縮小し、経済ベルトの範囲内で資源配置がよりよく行われるようになる。

第6章

高速鉄道の発展モデルと政策

高速鉄道の出現は、航空や高速道路などの交通手段に競争と影響をもたらした。短距離旅客輸送では、高速鉄道が航空よりも優位に立っている。高速鉄道の建設とコスト回収は、人口規模と経済発展の水準と密接に関係している。高速鉄道の国民経済への牽引作用と国土計画に与える影響は甚大である。ここ数年来、中国の高速鉄道は目覚ましく発展し、旅客輸送量は年々増加し、人々の旅行により多くの選択肢と利便性を提供している。高速鉄道の建設投資、生産運営と管理は従来と大きく異なっている。高速鉄道の発展モデルと政策の選択を研究することは、鉄道交通輸送網の優位性と効率性を発揮し、高速鉄道事業及びその他の関連産業の発展を促進するために重要な意義を持っている。

第1節　高速鉄道政策の役割

自然独占の属性を持つネットワーク型基幹産業として、鉄道及び高速鉄道の発展には国の政策が必要だという共通認識が形成されている。しかし、政策の選択と政策の役割については意見が分かれており、関連する研究も不十分である。理論研究では、馮華・薛鵬（2011）は中央政府と地方政府が高速鉄道への補助金を支給することを主張し、中央政府が補助金支給に力を入れ、地方政府が補助金制度をより完全なものにし、政府の支持を通じて高速鉄道教育と高速鉄道科学研究により良い革新環境を与え、融資政策を更に加速させ、改革・革新を更に推進させなければならないと提案した。田振清・梁衡義（2010）は先進国の公共事業計画を分析し、価格上限モデルに基づくメニュー式補助金支給方法を研究した。支給方法はパレート最適に基づき、政府、企業、旅客三者のWin - Win - Winな関係を目指す政府公共財政補助金計算モデルに立脚する。王緝憲（2011）は、高速鉄道が地域空間と都市の発展に影響を与えるメカニズムから出発し、都市間における高速鉄道の時空間役割は、多層的な輸送システムの一段階であるべきだという観点を示し、政策決定者とその研究者に政策的な枠組みを提供している。また、高速鉄道の経済効果を研究する学者もおり、理論研究の面で高速鉄道の経済効果と社会効果の分析を行っている。一部の学者は、海外の先進的な成果を参考にし、高速鉄道プロジェクトには十分な経済効果が必要であり、高い維持と運営コストを補うために多額の資金が必要であると考え、中央政府と地方政府が高速鉄道への補助金制度を完備する必要があると主張している。

実証研究では、高速鉄道政策が経済に与える影響について、李建東（2012）は日本、韓国、フランスの高速鉄道を研究し、高速鉄道の登場が各都市にどのような影響を与えるかをまとめ、都市と地域の経済成長における高速鉄道の役割をケーススタディで分析し、最後に中国の地域経済計画に有利な高速鉄道発展政策をまとめた。そこでは、高速鉄道網の拡大を中心に沿線都市の建設を促進し、沿線の不動産業界と文化教育業界の成長を加速させ、大企業の中都市・小都市への進出、中都市・小都市と大都市との関連の強化などを計画すべきだと述べている。高速鉄道への投資資本が膨大であるため、投融資の段階で合理的な計画が進められなければ、国家財政に巨大な負担をかけることになる。呉玲・林暁言（2001）は、台湾省の高速鉄道が民間資本を誘致した経験と建設体制を分析し、プロジェクトの立法、プロジェクト計画・管理を専任で担当する機関の設立、分割入札と一括請負の工事管理制度の実施など、中国の高速鉄道の投融資に政策的な提案を行った。Toshiji Takatsu（2007）は日本高速鉄道の成功経験と発展の歴史に基づき、日本高速鉄道発展の各段階の戦略目標と実際の政策効果をまとめた。同時に、高速鉄道の建設を国家空間戦略に引き上げ、高速鉄道網により観光業と経済集積を促進する態勢作り、日帰り旅行圏のプランニング、運行速度と利便性の向上、高速鉄道の速度と性能の最適化、リニアモーターカーの発展、多様な鉄道サービスの提供などによって高速鉄道が経済をさらに促進させるという将来展望を示した。

高速鉄道政策が地域計画に与える影響について、葉斌・湯晋（2010）はヨーロッパの高速鉄道統合計画の体系構造を分析し、公共政策の視点からヨーロッパの高速鉄道の統合計画が鉄道交通の復興を推進し、環境にやさしい交通を奨励し、欧州一体化プロセスを加速し、都市空間構造を最適化し、国土空間開発を調和させるといった面での公共政策の方向性を述べた。また、中国の高速鉄道計画は高速鉄道統合計画の新しいメカニズムについて積極的に研究・模索し、高速鉄道統合計画の公共政策属性を高度に重視し、高速鉄道統合計画の地域統一問題、都市圏構造最適化問題と環境保護問題などに重点を置くべきだと提案した。姜雅（2009）は日本の国土計画プロセスについて深く研究し、発生から形成までの７段階の変遷原因と歴史を説明した。その中で、高速鉄道は「第２次全国総合開発計画」という戦略目標（すなわち都市資源の過密化、配置の不均衡、農村人口の流出を解決すること）と「第３次全国総合開発計画」という戦略目標（すなわち資源集約型産業から技術と労働集約型産業への転換）を推進する役割を果たし、高速鉄道のマクロ的な国土計画政策に対する効果を体現している。侯明明（2008）は世界の主要な高速鉄道が地域発展に及ぼす作用効果、主要な影響面と高速鉄道ハブが地域発展にもたらす触媒効果を分析し、地域発展と総合交通ハブ建設が高速鉄道の影響により発展した経験を概括的にまとめ、中国は都市及び交通施設と高速鉄道ハブの関連を強化し、交通体系を統合すべきであり、そして高速鉄道総合交通ハブ建設を地域開発と結び付けて地域の総合発展を促進しなければならないと提案した。王蘭（2011）は高速鉄道が都市空間に及ぼす影響について研究した。駅周辺、地域、都市の３つの空間レベルから、交通施設が都市に及ぼす影響について研究し、高速鉄道の発展が都市空間構造に及ぼす影響の分析枠組みを提示した。さらに、北京・上海高速鉄道をケースとして初歩的な実証分析を行い、最後に、駅周辺地区計画の政策的原則を提出した。つまり、駅周辺地区発展計画の適正規模と機能の位置付けのいくつかの要素に対する評価が必要である。例えば、駅と開発済み地区の関係、駅と都市中心の距離、高速鉄道と他の交通機関との接続の便利さなどについて、駅周辺地区の計画設計において土地の多様な利用開発を推進し、地域の人気と活力を高め、都市自身の発展段階に適した特徴を明確にし、それによって高速鉄道駅周辺地区の位置付けを行わなければならない。

第2節　中国高速鉄道発展モデルの選択と政策

2-1　高速鉄道の発展における二重属性位置付け

2-1-1　産業属性

高速鉄道は国家の重要なインフラと交通手段として、国民経済と社会生活に重要な役割を果たしている。産業の視点から見ると、高速鉄道は高速列車の運行とサービスを核心とし、高速鉄道技術の研究開発、旅客専用線プロジェクトの建設、機関車車両装備の製造、現代通信と信号技術、製品デザインとサービスなどの多くの重要部分を含む戦略的産業である。高速鉄道が注目され、国の戦略的産業として認められている理由の1つは、高速鉄道の発展が世界で最も先進的で現代的な鉄道輸送技術に支えられているからである。2つ目の理由は、高速鉄道が先進的な輸送手段として、中国社会の発展、都市化プロセスの加速、地域経済の発展に重大な役割を果たしていることである。一方、中国の基本的な国情から見ると、中国は新型工業化時代のポスト輸送化の時期にあり、交通運輸業は国民の経済発展水準を決める重要なインフラである。中国は国土面積が広く、人口が多く、資源分布と経済発展水準の不均衡な構造で、鉄道輸送を総合的な交通輸送の中核的な力としているため、高速鉄道の発展は必然的な選択となる。それは高速鉄道の急速な発展が地域間の要素流動や物流などの生産コストと取引コストを大幅に低減し、より多くの雇用と投資の機会を創出し、都市化と工業化のプロセスを効果的に推進し、地域の産業配置と産業構造の調整とアップグレードを最適化し、地域経済の均衡発展に積極的な役割を果たすからである。3つ目の理由は、高速鉄道の建設と運営をめぐって、巨大なハイテク産業のクラスターが集められることである。新世代高速鉄道の部品数は10万余りに達するが、独立してサブシステム化されたものは260余りで、機械、材料、電子、電気、冶金、化学工業などの多くの産業に関連し、国内の10余りの機関車車両装備製造中堅企業を核心とし、関連企業の資源を統合し、数百社の企業が共同で参与する高速列車技術装備製造産業チェーンを構成している。4つ目の理由は、高速鉄道産業は環境効果が高く、グリーン産業であるという特徴があることである。上記のように、高速鉄道の発展は中国の戦略的産業技術のハードルが高く、総合的効果が高く、市場の潜在力が大きく、牽引係数が大きいという特徴を持つだけでなく、現在の世界的な産業構造の変革とグリーン経済、省エネ経済の発展特徴と発展傾向も体現している。

2-1-2 企業属性

市場競争の観点から見ると、高速鉄道は高速輸送サービスの供給者として、市場経済の法則に従わなければならない。しかし、市場経済の激しい競争に巻き込まれている高速鉄道の輸送企業が、どのように市場で競争するのだろうか。例外なく、それは自ら輸送市場にサービス製品を販売し、自らの輸送という製品で市場の競争に参加することに頼っている。そのため、高速鉄道はブランド製品として、中国鉄道企業の経済力と核心的競争力を測る重要な標識となっており、中国鉄道の強力な現代化の新しいイメージを形作る重要な標識でもある。これは、高速鉄道が登場した後、鉄道の市場シェアが長年低下していた状況を逆転させたことからも明らかである。高速鉄道輸送ブランドは他のサービス製品と同じように、企業市場の細分化を経てターゲット市場を確定した後、適切な具体的な製品をデザインして生産し、旅客の心の中に印象付け、特に旅客が購入して自ら体験してから、プライス以上の価値を得て、鉄道の当該輸送ブランド製品、特に有名ブランド品に信頼感を持つようになる。このように、その後、旅客に同じような輸送の必要が生じれば、自然にこの鉄道ブランド製品が最初に思い浮かび、先入観を持っていることで再購入につながっていくのである。特に、このように確立された旅行者の嗜好は、口コミを通じて鉄道ブランドや有名ブランド品に対する旅行者の評判を大きく拡大させ、より多くの鉄道ブランド、特に有名ブランド品への忠誠心を起こさせることができる。口コミは、鉄道企業の信用、信頼性、依存性、経営方法、サービスなどの情報を、ある人、ある旅客、または実際にはどんな人でも別の人に伝えることができる。確かに、この核分裂式の口コミ反応は、高速鉄道企業のイメージと輸送企業の市場占有率に大きな影響を及ぼす。そのため、高速鉄道輸送のような旅客との接触面が広く、利用者数が多いサービスを提供する企業は、ブランドを創立して良質なサービスを提供し、旅客の中に良好な評判を確立し、それによって旅客に良好な企業と輸送という製品のイメージと優れた位置付けを確立し、旅客の嗜好を強化し、旅客の忠誠心を高め、高速鉄道輸送市場を更に安定させ発展させなければならない。

2-2 産業属性における循環経済の発展モデル

2-2-1 基本的内包

学界と業界では一般的に、交通運輸業は資源利用と環境保護の重点領域であり、交通運輸送業の循環経済発展も経済社会循環経済発展の重要な内容であると考えられている。まさにレーニンが述べたように、輸送は我々の経済全体の主要な基礎であり、交通運輸業の循環経済能力の向上も経済社会の循環経済発展能力建設の重要な側面である。

高速鉄道の循環経済発展は、環境資源の積載許容内で交通生産要素を効率的に配置し、経済社会発展の交通輸送に対する需要に適応し、高速鉄道の需給バランスと生産バランスを実現する循環過程である。この定義から見ると、それは高速鉄道の循環経済発展の本質的な理念の継承を体現している。すなわち、高速鉄道の循環経済発展は需要と供給のバランスを実現する必要があり、経済社会の需要の変化に伴って供給能力とサービス水準を絶えず調整し、輸送サービスの現在の発展の需要を満たし、同時に、生産のバランスを実現し、過度に発展させず、資源や環境の積載能力を超えず、将来の世代の発展のために空間を残し、将来の世代の発展のニーズを満たす必要がある。具体的には以下の点に現れている。

第１に、高速鉄道の循環経済発展は、運行能力とサービス品質の面で人々の日々増大する移動サービスに対する様々な需要を満たすことができなければばならない。すなわち、必ず発展し、インフラの総量、輸送車両設備の規模の面で適度な成長を維持するとともに、発展方式の面で絶えず最適化し、輸送要素の最適配置を実現する必要がある。

第2に、高速鉄道がダブルバランスの発展を実現する循環過程は必ず動態的な循環過程であり、絶えず最適化、最適解あるいは準最適解を求める循環過程である。この循環過程も経済社会発展のニーズに絶えず適応する過程である。したがって、高速鉄道の循環経済発展は必然的にその先導性、基礎性とサービス性の機能を考慮し、経済社会発展段階との関連性を重視し、適度に先行発展しなければならない。

第3に、高速鉄道はバランスのとれた生産循環を実現する過程で、必然的に大量のエネルギー資源を消費し、環境にマイナス影響を及ぼす。循環経済発展とは、高速鉄道と資源環境の負荷能力との関係を科学的かつ合理的にバランスよく整え、適度に発展し、グリーンに発展することであり、成長ばかりを追求することではない。

第4に、高速鉄道の循環経済発展は世代間の公平に関わるものであり、長期的な発展を見据えたものであり、決して短期的な行為ではないため、計画と配置の面、サービス能力とレベルの供給の面で長期的な発展の需要を満たすことを考慮しなければならず、配慮に欠けた行為を避けるべきである。

第5に、高速鉄道の持続的な発展は他の輸送方式との調和関係を考慮しなければならず、完備した総合輸送体系の下での持続的な発展でなければならず、それでこそ交通資源の総合的な利用を促進し、資源と環境負荷の要求を満たしながら交通輸送の需要に適応することができるのである。

第6に、高速鉄道の循環経済発展モデルは生産モデルであり、また消費モデルでもあるため、高速鉄道の循環経済発展モデルの選択は生産要素の配置に注目するだけでなく、移動需要に対する管理を強調し、人々の移動方式を変え、経済・行政科学技術などの手段を利用して移動消費を導き、グリーン移動と低炭素移動を提唱しなければならない。

以上のように、高速鉄道は技術進歩と資金供給の支援の下、社会に高速鉄道インフラと高速鉄道輸送サービスを提供し、経済、社会発展の人流と物流に対する要求を満たし、経済、社会システム間の「需給バランス」を実現しなければならない。同時に、高速鉄道は生産と運営において様々な資源を消費し、環境に外部性のマイナス影響を及ぼすため、高速鉄道と環境、資源体系間の「生産バランス」をどのように実現するかが高速鉄道の循環経済発展を実現する重要な基礎となる。

2-2-2 保障メカニズム

循環経済下での中国の高速鉄道発展の基本的な内包に基づき、我々は産業発展に存在する問題について検討し、関連措置を策定して中国の高速鉄道産業の循環発展を促進する必要がある。

第1に、資源の利用効率を高める。高速鉄道の各プロジェクトには数百億から数千億の資金が投入され、その大部分は初期のインフラ建設に使われる。建設状況ごとに資源投入基準を制定し、上下変動の制限を加えることで、効率的に資源利用率を高め、資源の浪費を抑え、資源の節約利用に大きな役割を果たすことができる。同時に、科学技術革新の成果を積極的に利用し、既存の応用技術を適用して仕事の効率と資源の利用率を高める。人的資源の投入を節約する。科学技術の進歩も新材料、新エネルギーの利用を可能にし、新材料、新エネルギーの利用を強化し、経済効果が低く、環境への影響が大きい物資とエネルギーを淘汰する。また、高速鉄道網の計画、配置、建設を統一し、重複建設と資源の浪費を避けることも重視する必要がある。

第2に、収益力を強化する。まず、高速鉄道の現行の融資ルートを広げ、地方と社会資本、その他の利用可能な資金の参入を促進する政策を制定し、地方政府、社会投資家、及びその他の投資主体の積極性を最大限に発揮すべきである。 また、高速鉄道の収入を保証するために適正な運賃を制定すると同時に、人々に受け入れられ、十分な客足を集め、高速鉄道の輸送量を確保する必要がある。

第3に、合理的な発展速度を確定する。まず、高速鉄道の急速な発展がもたらした問題に対し、高速鉄道の発展計画を合理的に策定し、高速鉄道の建設を秩序ある形で推進しなければならない。次に、管理理念を転換し、管理体制を革新する。政府の監督を干渉にならないようにし、業界内の管理を科学的で効率的なものにし、国有資産出資者の代表職能を十分に発揮させなければならない。高速鉄道産業の法律法規と政策体系を完全なものにし、科学的で合理的なプロジェクト組織方式を確定し、高速鉄道産業の管理に規律と根拠があるようにする。 同時に、輸送組織、路線と駅の配置、機構体制と財務管理の面で伝統的な管理モデルを打ち破るように努力する。

第4に、技術革新を加速させる。まず、鉄道の自主革新能力の重要性と緊急性を認識し、良好な科学技術政策環境を確立し、さらに高速鉄道産業の良好かつ迅速な科学技術発展方向を確保する必要がある。次に、技術の成果化を加速する。高速鉄道の科学技術成果の転化メカニズムを革新し、市場の方向付けを行い、企業、大学と科学研究機関が広範囲にわたって参与し、「産、学、研、用」という4つの要を連合する新しいメカニズムを確立する。同時に、投融資、技術移転と拡散など、科学技術成果の転化の他の方面のメカニズムの建設を強化する。

第5に、人材育成を強化する。人材は高速鉄道生産力の発展を推進する重要な力であるため、完璧な人材激励メカニズムが必要であり、物質と精神激励の結合、激励と制約の結合、及び必要に応じて適時に激励することなどを基本原則として、様々な激励手段を採用し、激励メカニズムの合理性と実効性を確保し、人材チームを創設して経済発展の需要を満たさなければならない。

2-3 企業属性におけるブランド建設の発展モデル

2-3-1 基本的内包

高速鉄道ブランド建設の認識については、いくつかの見方がある。1つは列車番号をブランドとすることである。もう1つは実体的な面から見ることで、例えば「和諧号」のように鉄道輸送のブランドを高級列車、高級駅、高級路線に分けることである。これらの見方は一理あるが、議論の余地がある。前者の見方のように、列車番号をブランドと見なすことは、高速鉄道輸送という製品がまだ一般的に命名されていない現在の状況では、一時的に代用することができる。しかし、列車番号がブランドと同じではないことを理解する必要がある。これは非常に直観的だが、輸送という製品の輸送という機能をとらえているだけだからである。後者の見方は、「和諧号」列車の実体をブランドと考えても、製品自体あるいは製品の名称を重視しているだけである。以上の2つの見方の欠点はブランド概念の発展を無視していることである。ブランド概念はすでに1つの狭い製品概念から現代の全体的な製品概念に発展している。

生産力の発展、特に科学技術の時代の大きな発展に伴い、人々の生活水準が大きく向上し、輸送という製品に対する需要レベルも向上した。以前は走りさえすればよかったものが、走り方まで求められるようになり、人々の発展と享受の要求を満たすことが求められるようになった。このように、旅客は輸送という製品に移動という物質的需要を満たすだけでなく、精神的需要を満たすことも要求し、輸送という製品の安価さだけでなく、文化的な味わいを求めるようになったのである。したがって、高速鉄道は安全性、経済性、快速、定時運行などを実現するだけでなく、快適さ、心のこもったサービスなどを提供し、旅行者にとって退屈で疲れる乗車過程を、列車文化の中で薫陶を受け、精神的尊重を受け、楽しさを享受し、心理的に愉快さと美しさを享受する過程に転換させなければならない。つまり、高速鉄道輸送という製品には、移動という核心的製品だけでなく、移動過程でより多くの付加価値を提供することが求められる。これはまた、今日の旅客が輸送という製品を評価し、購入する際の主要な参考要素となっている。移動という核心的な製品を提供するとき、様々な輸送方式とその製品には強い代替性があるので、旅客がどの輸送方式のどの製品を購入するかは、最終的にその製品に対する付加価値の評価、信頼性、満足度によって決まる。したがって、高速鉄道ブランドとは、高速鉄道輸送全体の製品のブランドであり、高速鉄道輸送企業が購入者に提供する全体的な利益を反映し、旅客の安全、定時運行、快速などの基本的な利益需要を満たすことや、移動過程での快適さ、文化的薫陶を享受するといった高水準の需要が含まれている。移動過程の基本的な需要は高速鉄道ブランドの基礎であるが、高速鉄道ブランドの核心は、同質製品と比較して、それよりも多くの審美的価値、感情的価値、知的価値、社会的価値などの精神面の価値を旅客に提供することにある。

2-3-2　建設と維持措置

現在、中国の高速鉄道は、企業のブランド建設のステップを歩み出し、良い成績を収めている。しかし、中国の高速鉄道ブランド建設と運営は総体的にまだ模索段階にあるため、中国の高速鉄道ブランド建設の道に道路標識を提供するための相応の保障措置を講じる必要がある。

第1に、高速鉄道ブランドの位置付け。中国の高速鉄道ブランドの位置付けは、高速鉄道企業が市場と製品の位置付けに基づき、高速鉄道ブランドの文化的な方向性と個性の違いに対する商業的な決定であり、それはターゲット市場と関係のあるブランドイメージを確立する過程と結果でもある。一般的に、高速鉄道ブランドの位置付けは次のような措置をとることができる。まず輸送市場環境と競合他社の優位性と弱点を分析し、競合ブランドの旅客の心の中に占める大体の位置を発見する。次に、差異を見つけるには、高速鉄道と競合他社との区別の核心的な概念と価値を見つけることである。再び、差異の拠り所を探す必要があり、しかも旅客に提示し証明しなければならない。最後に、鮮明なブランドの優位性と特徴を集中的に旅客に宣伝する。このような正確なブランドの位置付けこそが、高速鉄道にブランドの核心的価値を見出し、大きなブランド効果を発揮させることができると言える。

第2に、高速鉄道ブランドの形成と流通。高速鉄道ブランドの形成と流通の過程で、まずブランド理念を練り上げる必要がある。ブランド理念は高速鉄道と他の輸送方式との差異を体現し、旅客に異なる価値の存在を示すことができるからである。次に、ブランド価値を形成する。ブランド価値は高速鉄道が旅客にブランド全体の実力を全面的に提示するものとして、高速鉄道ブランド資産の総和を反映している。そのため、高速鉄道ブランドの価値に関わる重要な内容も、高速鉄道ブランド建設の核心的な内容となる。次は、ブランド関係を発展させる。高速鉄道ブランド関係の発展は、高速鉄道のサービス意識とサービススキルを高め、旅客のブランド体験を高めることにある。さらに、ブランドイメージをデザインする。高速鉄道ブランドは無形資産の属性に加えて、はっきりとした豊富なブランドイメージを持たなければならない。そうでなければ、旅客は高速鉄道に深い印象を持つことができない。最後に、流通ルートを広げる。高速鉄道企業が競争の激しい輸送市場で勝ち抜くためには、サービスの質、技術革新、管理などの面で優れているだけでなく、様々な効果的な方法で宣伝し、高速鉄道のイメージと実力をアピールする必要がある。

第3に、高速鉄道ブランドの維持と調整。高速鉄道のブランド維持の過程で、サービスの質はブランドの核心である。また、高速鉄道サービスの準公共性のため、それに相応する社会的責任を担い、環境とステークホルダーの責任を積極的に担うべきである。そして社会環境における高速企業の役割を果たし、高速鉄道ブランドに影響を与える重要な構成要素になるべきである。また、市場構造の変化に伴い、高速鉄道もブランドの戦略的な調整を実情に応じて行う必要があり、これはブランドの延長として体現することができる。このようなブランドの延長は高速鉄道企業が市場シェアを維持し、さらに「規模の経済」を形成するのに役立つ。もちろん、このブランドの延長は諸刃の剣でもあり、その調整過程で元のブランドイメージを損ない、高速鉄道企業の核心的競争力との関連を弱める可能性もある。

運輸市場の整備が進むにつれて、強いブランドを打ち立てることは中国の高速鉄道企業の発展方向であり、ブランド建設は高速鉄道企業の管理に欠かせない重要な構成要素となっている。国際市場であれ、国内市場であれ、高速鉄道企業が立脚して発展するためには、ブランド競争力に頼らざるをえない。ブランド建設とその維持は中国の高速鉄道企業が市場化、国際化に向かうために必要な保障であり、そのプログラム化と規範化の発展により、中国の高速鉄道企業は将来の国際国内市場競争の中の一席を占めることになる。

参考文献

英語文献

[1] Alam, J. B., Sikder, H. S., and Goulias, K. G. (2004). Role of Transportation in Regional Economic Efficiency in Bangladesh, *Transportation Research Record*, 1864(1), 112-120.

[2] Amano, K., and Nakagawa, D. (1990). *Study on urbanization impacts by new stations of high speed railway*, Dejeon City: Conference of Korean Transportation Association.

[3] Amano, K., and Fujita, M. (1970). A long run economic effect analysis of alternative transpiration facility plans-regional and national, *Journal of Regional Science*, 10(3), 297-323.

[4] Anderson, W. P., Chatterjee, L., and Lakshmanan, T. R. (2003). E-commerce, Transportation and Economic Geography, *Growth and Change*, 34(4), 415-432.

[5] Aschauer, D. A. (1989). Is government spending productive? *Journal of Monetary Economics* 23(2), 177–200.

[6] Aschauer, D. A. (1989). Does public capital crowd out private capital?, *Journal of Monetary Economics*, 24(2), 171-188.

[7] Basile, R. (2008). Regional economic growth in Europe: A semiparametric spatial dependence approach, *Regional Science*, 87 (4), 527-544.

[8] Behrens, K., and Picard, P. M. (2011). Transportation, freight rates, and economic geography, *Journal of International Economics*, 85(2), 280-291.

[9] Blum, U., Haynes, K. E., and Karlsson, C. (1997). Introduction to the special issue: The regional and urban effects of high-speed trains, *The Annals of Regional Science*, 31 (1), 1-20.

[10] Campbell, T. C. (1963). Transportation and regional economic

development, *Transportation Journal*, 3(1), 7-13.

[11] Castelli, L., Pesenti, R., and Ukovich, W. (2004). Scheduling multimodal transportation systems, *European Journal of Operational Research*, 155(3), 603-615.

[12] Chang, J. S., and Lee, J. (2008). Accessibility analysis of Korean high-speed rail: A case study of the Seoul metropolitan area, *Transport Reviews*, 28(1), 87-103.

[13] Chen, C. L., and Hall, P. (2008). The impacts of high-speed trains on British economic geography: a study of the UK's InterCity 125/225 and its effects, *Journal of Transport Geography*, 19(4), 689-704.

[14] Chen, C. L. (2012). Reshaping Chinese space-economy through high-speed trains: opportunities and challenges, *Journal of Transport Geography*, 22, 312-316.

[15] Cheshire, P. (1995). A new phase of urban development in Western Europe? The evidence for the 1980s, *Urban Studies*, 1995, 32(7), 1045-1063.

[16] Couto, A., and Graham, D. J. (2008). The impact of high-speed technology on railway demand, *Transportation*, 35(1), 111-128.

[17] Dodgson, J. S. (1974). Motorway investment, industrial transport costs, and sub-regional growth: A case study of the M62, *Regional Studies*, 8, 75-91.

[18] Donelson, A. (2003). Regional economic development: Analysis and planning strategy (Advances in Spatial Science) (Book), *Papers in Regional Science*, 82(3), 419-420.

[19] Ellickson, B., and Zame, W. R. (2006). A competitive model of economic geography, *Studies in Economic Theory*, 25(1), 131-147.

[20] Ellis, D. (2010). *Relationship between transportation and the economy*. BeiJing: JiaoTong University.

[21] Fujita, M., and Mori, T. (2005). Frontiers of the new economic

geography, *Papers in Regional Science*, 84(3), 377-405.
[22] Fujita, M., and Thisse, J. (2009). New economic geography: An appraisal on the occasion of Paul Krugman's 2008 Nobel Prize in economic sciences, *Regional Science and Urban Economics*, 39(2), 109-119.
[23] Gand, H. (1987). Comparative environmental impacts of different modes, *Transportation*, 14(2), 139.
[24] Gines de Rus, and Inglada, V. (1997). Cost-benefit analysis of the high-speed train in Spain, *The Annals of Regional Science*, 31(2), 175-188.
[25] Givoni, M. (2006). Development and impact of the modern high-speed train: A review, *Transport Reviews*, 26(5), 593-611.
[26] Griffin, A., and Hauser, J. R. (1993). The voice of the custome, *Marketing Science*, 12(1), 1-27.
[27] Hall, P. (2009b). Investment-spatially targeted or spatially blind?, *Town and Country Planning*, 78, 298–300.
[28] Hall, P., and Banister, D. (1994). The second railway age, *Built Environment*, 19(3/4), 157-162.
[29] Hansen, H. K. (2012). Key concepts in economic geography, *European Planning Studies*, 20(5), 893-894.
[30] Haynes, K. E. (1997). Labor markets and regional transportation improvements: the case of high-speed trains, *The Annals of Regional Science*, 31(1), 57-76.
[31] Herrendorf, B., Schmitz, J. A., and Teixeira, A. (2012). The role of transportation in U.S. economic development: 1840–1860, *International Economic Review*, 53(3), 693-716.
[32] Hirota, R. (1984). *Present situation and effects of the Shinkansen*, Paris: International Seminar on High-speed Trains, (11), 15.
[33] Holman, A. (2010). In conversation with David Ellis, *British Journal of*

Learning Disabilities, 38(2), 83–85.

[34] Jensen, R. C., West, G. R., and Hewingst, G. J. D. (1988). The study of regional economic structure using input-output tables, *Regional Studies*, 22(3), 209-220.

[35] Kim, T. J., Ham, H., and Boyce, D. E. (2002). Economic impact of transportation network changes: Implementation of a combined transportation network and impact-output model, *Papers in Regional Science*, 81(2), 223-246.

[36] Kobayashi, K., and Okumura, M. (1997). The growth of city systems with high-speed railway systems, *The Annals of Regional Science*, 31(1), 39-56.

[37] Krugman, P. (1980). Scale Economics, Product Differentiation, and the Pattern of Trade, *The American Economic Review*, 70(5), 950-959.

[38] Laird, P. (1998). Rail freight efficiency and competitiveness in Australia, *Transport Reviews*, 18(3), 241-256.

[39] Liu, Y. M. (2004). Exploring of Chinese high-speed railways, *Engineering Sciences*, 2(1), 7-14.

[40] Loverodge, S. (2004). A typology and assessment of multi-sector regional economic impact models, *Regional Studies*, 38(3), 305-317.

[41] Lozano, A., and Storchi, G. (2001). Shortest viable path algorithm inmultimodal networks, *Transportation Research A*, 35(3), 225-241.

[42] Lozano, A., and Storchi, G. (2002). Shortest viable hyperpath in multimodal networks, *Transportation Research Part B*, 36(10), 853-874.

[43] Mahady, F. X., and Lahr, M. L. (2008). Endogenous regional economic growth through transportation investment, *Transportation Research Record*, 2067, 110-119.

[44] Man, J. Y. (1998). Transportation infrastructure and regional

economic development in China, *International Journal of Public Administration*, 21(9), 1307-1321.

[45] Martin, F. (1997). Justifying a high-speed rail project: Social value vs. regional growth, *The Annals of Regional Science*, 31(2), 155-174.

[46] Martin, J. C., and Reggiani, A. (2007). Recent methodological developments to measure spatial interaction: Synthetic accessibility indices applied to high-speed train investments, *Transport Reviews*, 27(5), 551-571.

[47] Martin, R., and Sunley, P. (1996). Paul. Krugman's geographical economics and its implications for regional development theory: A critical assessment, *Economic Geography*, 72(3), 259-289.

[48] Martin, R., and Sunley, P. (2011). The new economic geography and policy relevance, *Journal of Economic Geography*, 11(2), 357-369.

[49] McCann, P. (2009). Regional economic development: Analysis and planning strategy, *Papers in Regional Science*, 88(3), 696-697.

[50] McCann, P. (2011). International business and economic geography: knowledge, time and transactions costs, *Journal of Economic Geography*, 11(2), 309-317.

[51] Melvin, J. R. (1985). The regional economic consequences of tariffs and domestic transportation costs, *The Canadian Journal of Economics*, 18(2), 237-257.

[52] Mori, T. (2012). Increasing returns in transportation and the formation of hubs, *Journal of Economic Geography*, 12(4), 877-897.

[53] Nakamura, H., and Ueda, T. (1989). The Impacts of Shinkansen on regional development, *Proceedings of WC*, 3, 95-109.

[54] Peterson, R. A., and Wilson, W. R. (1992). Measuring consumer satisfaction: Fact and artifact, *Journal of the Academy of Marketing Science*, 20(1), 61-71.

[55] Pol, P. M. J. (2003). *The economic impact of the high-speed train on*

urban regions, ERSA conference papers, European Regional Science Association.

[56] Polasek, W., Schwarzbauer, W., and Sellner, R. (2009). Aggregate and Regional Economic Effects of New Railway Infrastructure, *Review of Economic Analysis*, 2(1), 73-85.

[57] Preston, J., and Wall, G. (2008). The ex-ante and ex-post economic and aocial impacts of the introduction of high-speed trains in South East England, *Planning Practice and Research*, 23(3), 403-422.

[58] Puga, D. (2008). Agglomeration and cross-border infrastructure, *EIB Papers*, 13(2): 102-124.

[59] Román, C., and Martín, J. C. (2011). Special issue on new frontiers in accessibility modelling: The effect of access time on modal competition for interurban trips: The case of the Madrid-Barcelona corridor in Spain, *Networks and Spatial Economics*, 11(4), 661-675.

[60] Sasaki, K., Ohashi, T., and Ando, A. (1997). High-speed rail transit impact on regional systems:does the Shinkansen contribute to dispersion?, *The Annals of Regional Science*, 31(1), 77-98.

[61] Schmutzler, A. (1999).The new economic geography, *Journal of Economic Surveys*, 13(4), 355-379.

[62] Simmie, J. (1998). Technology and economic development: The dynamics of local regional and national competitiveness, *Regional Studies*, 32 (5):484-485.

[63] Spiekermann, K., and Wegener, M. (1994). The shrinking continent: new time-space maps of Europe, *Environment and Planning B*, 21 (6), 653-653.

[64] Spiekermann,K., and Wegener, M. (2006). Accessibility and spatial development in Europe, *Scienze Regionali*, 5(2), 15-46.

[65] Takatsu, T. (2007). The History and Future of High-speed Railway in Japan, *Japan Railway& Transport Review*, 48, 6-21.

[66] Thomas, M. D. (1962). Regional economic growth and industrial development, *Papers in Regional Science*, 10(1), 61-75.

[67] UIC. (2005). *Estimation des Resourceset des Activite´s Economiques Lie´ es a la Grande Vitesse*, Paris: Prepared by CENIT(Center for Innovationin Transport, Universitat Politecnica de Catalunya).

[68] UIC. (2006). *Railway time-series data 1970–2004*, Paris: UIC Publications.

[69] UK Department for Transport (2006). Transport, Wider Economic Benefits, and Impacts on GDP. http://www.dft.gov.uk/pgr/economics/rdg/webia/transportwidereconomicbenefi3137

[70] Utsunomiya, M., and Hodota, K. (2011). Financial lessons from Asian experience in constructing and operating high speed train networks, *Transportation*, 38 (5), 753-764.

[71] Vickerman, R. (1997). High-speed rail in Europe: experience and issues for future development, *The Annals of Regional Science*, 31(1), 21-38.

[72] Wickens, A. H. (1983). Research and development on high speed railways-achievement and prospects, *Trancsport Reviews*, 3(1), 77-112.

[73] Walburn, D., and Saublens, C. (2011). Regional economic development policy in Europe: Where next?, *Local Economy*, 26(6-7), 473-485.

中国語文献

[1] 安虎森（2004）『地域経済学通論』経済科学出版社

[2] ポール・クルーグマン（2000）『発展、地理学と経済理論』北京大学出版社

[3] 白雲峰（2010）『高速鉄道が地域社会経済発展に与える影響に関する研

究』北京交通大学修士学位論文
[4] 布超・林暁言（2007）「技術軌道理論に基づく高速鉄道の自主革新進化経路の研究」『科学の科学と科学の技術管理』28-10: 52-57
[5] 程慶輝（2011）『高速鉄道科学技術革新の産学研一体化モデル研究』中南大学博士学位論文
[6] 曹燦明・陳建軍（2012）「高速鉄道旅客輸送サービスの品質、旅客満足度と忠誠度分析」『鉄道学報』01: 1-6
[7] 曹彪「武広高速鉄道が地域物流に与える影響」『中国水運』4: 40
[8] 車驥沖（2011）「高速鉄道が商業不動産価格に与える影響とその成因分析」『中国不動産　金融』11: 10-14
[9] 陳有孝・林暁言・劉雲輝（2005）「都市軌道交通建設が地価に与える影響の評価モデル及び実証研究」北京交通大学学報（社会科学版）9: 7-13
[10] 陳有孝・林暁言（2006）「国土開発型鉄道投資の効果評価指標システムの重み決定方法に関する研究」北京交通大学学報（社会科学版）4: 8-14
[11] 鄧岩（2009）「未来の京滬高速鉄道と京滬空中快速線の競合について」『航空輸送ビジネス』3
[12] 丁冬梅（2012）『高速鉄道が沿線地域の経済発展に与える影響に関する研究』北京交通大学修士学位論文
[13] 樊樺（2009）「高速鉄道建設が民間航空の発展に与える影響の予測分析について」『中国民間航空』4: 17-18
[14] 范秀成（1999）「サービス品質管理ー相互作用過程と相互作用品質」『南開管理評論』1: 8-12.23
[15] 馮華・薛鵬（2011）「中国高速鉄道の総合効果と支持政策に関する分析」『広東社会科学』3: 12-19
[16] 国家発展改革委員会（2008）「中長期鉄道網計画」
[17] 国金証券（2010）「高速鉄道特別テーマ分析報告書」
[18] 姜雅（2009）「持続可能な発展を遂げる日本国土計画」『中国国土資源報』11-20003

[19] 郭文軍・曾学貴（2000）「高速鉄道が交通輸送の持続可能な発展の実現にもたらす重要な意義について」『中国鉄道』3: 25-27. 31
[20] 郭雪萌（2006）「京滬高速鉄道建設が中国の経済発展に与える影響について」『総合輸送』8: 37-41
[21] 韓保花（2009）「フランスの高速鉄道技術装備の輸出と中国鉄道が参考にできること」『中国鉄道』12: 71-74
[22] 何華武（2006）「急速に発展する中国高速鉄道」『学術動態』3: 2-7
[23] 胡思継（2006）『総合輸送工学』北方交通大学出版社
[24] 胡思濤（2011）「高速鉄道競争下の道路旅客輸送発展戦略に関する研究」『総合輸送』2: 76-79
[25] 黄民・張建平編（2007）『海外交通輸送の発展戦略と啓示』中国経済出版社
[26] 黄向栄・李引珍（2006）「総合輸送システムの旅客輸送構造の合理的な配置モデルとアルゴリズムについて」『鉄道輸送と経済』29-5: 80-84
[27] 黄世玲（1988）『交通輸送学』人民交通出版社
[28] 侯明明（2008）『高速鉄道影響下の総合交通中枢建設と地域発展研究』同済大学修士学位論文
[29] 胡天軍・申金昇（1999）「京滬高速鉄道が沿線経済発展に与える影響に関する分析」『経済地理』19-5: 101-104
[30] 胡葉平・張超（2002）「京滬高速鉄道の潜在市場の調査と分析」『鉄道輸送と経済』24(1): 21-25
[31] 韓彪（1999）「日本の国鉄民営化とその啓示について」『深圳大学学報』（社会科学版）2: 27-34
[32] 蒋秀蘭ほか（2009）「高速鉄道が京津冀都市圏の経済発展に与える影響について」『中国鉄道』8: 14. 16-37
[33] 姫東朝・宋筆鋒・喩天翔（2007）「ファジー階層分析法に基づく政策決定方法と応用」『火力と指揮制御』32-11: 38-41
[34] 江波・陳森発（2007）「総合交通輸送システムにおけるサブシステム間の協調分析」『総合輸送』6: 8-11

［35］蒋仁才・栄朝和・李雪松（1996）「先進国の輸送規制緩和原因の理論分析」『経済学者』6: 80-84
［36］康平（2010）「中国高速鉄道時代の新しい選択」『中国青年報』<http://finance.qq.com/a/20100818/002065.html>（参照 2010-08-18）
［37］ケネス・バートン（1993）『輸送経済学』商務印書館
［38］郎茂祥（1996）「中国の高速鉄道建設の社会経済効果分析」『上海鉄道科学技術』1: 5-6
［39］李京文（1996）「京滬高速鉄道の建設は経済発展の客観的な要求」『中国鉄道』8: 10
［40］李京文（1998）「京滬高速鉄道建設が沿線地域の経済発展に与える影響」『中国鉄道』10: 44-50
［41］李建東（2012）「高速鉄道が沿線地域の経済産業に与える影響」『協力経済と科学技術』09: 8-10
［42］李平華・陸玉麒（2005）「都市の到達可能性研究の理論と方法評価」『都市問題』1: 69-74
［43］李学偉・韓宝明（2008）『高速鉄道概論』北京交通大学出版社
［44］李世斌（2007）「世界高速鉄道発展の動向」『鉄道技術監督』1: 35-37
［45］李旭宏・田鋒・顧政華（2002）「都市道路網の需給分析技術について」『交通運輸工学学報』02: 88-90
［46］梁燕（2007）「顧客満足度研究論評」『北京工商大学学報』（社会科学版）02:75-80
［47］梁雪松・王河江・邱虹（2010）「観光空間の地理的優位性転換の発展のチャンスについての再検討――武広高速鉄道と鄭西高速鉄道の視点に基づいて」『西安財経学院学報』03: 26-31
［48］廖弘（2006）「高速鉄道の技術・経済優位性に関する分析」『理論学習と探索』1: 42
［49］廖穎林（2008）「顧客満足度トラップに基づく市場細分化方法の研究」『統計と情報フォーラム』11: 5-10

［50］廖鎮（2007）『鉄道旅客輸送市場の調査理論及び応用研究』北京交通大学修士学位論文
［51］林暁言（2014）『技術経済学』清華大学出版社・北京交通大学出版社
［52］林暁言（2014）「地域品質と高速鉄道の社会効果――高速鉄道建設のタイミングに関する研究」ワーキングペーパー
［53］林暁言・陳有孝（2006）『インフラ投資効果の定量評価』清華大学出版社・北京交通大学出版社
［54］林暁言（2007）「高速鉄道総括制御の重要な経済影響について」『中国鉄道』4: 45-47
［55］林暁言・卜偉（2012）『高速鉄道のサービス品質と市場競争』社会科学文献出版社
［56］林暁言・陳小君・白雲峰・韓信美（2010）「京津都市間高速鉄道が地域経済に与える影響の定量分析」『鉄道経済研究』5: 5-11
［57］林暁言（2010）「省エネ環境保護の視点における交通方式の比較優位性に関する研究」『総合輸送』6
［58］劉国臻（2007）「アメリカの土地発展権制度及び中国への啓示について」『法学評論』3: 140-146
［59］劉国臻（2008）「イギリスの土地発展権制度及び中国への啓示について」『法学評論』4: 141-146
［60］劉航（2004）『都市再開発の視点から見る鉄道駅地区の改造と再開発』天津大学修士学位論文
［61］劉晶（2011）『階層分析法に基づく顧客満足度モデルとその改善に関する研究』上海交通大学修士学位論文
［62］劉洪営（2003）『都市旅客輸送交通構造の評価、設計と最適化に関する研究』長安大学修士学位論文
［63］劉万明（2003）『高速鉄道の主要技術経済問題に関する研究』西南交通大学出版社
［64］陸大道（2002）「『点―軸』空間構造システムの形成メカニズムについての分析」『地理科学』1: 1-6

[65] 羅鵬飛・徐逸倫・張楠楠（2004）「高速鉄道が地域の到達可能性に与える影響に関する研究――滬寧地区を例に」『経済地理』03: 407-411
[66] 毛保華・曽会欣・袁振洲（1999）『交通計画モデル及びその運用』鉄道出版社
[67] 孟徳友・陳文峰・陸玉麒（2011）「高速鉄道建設が中国省間の到達可能性の空間構造に与える影響について」『地域研究と開発』04: 6-10
[68] 孟巍（2006）『高速道路が地域経済に与える影響の分析と評価方法に関する研究』長沙理工大学修士学位論文
[69] 孟宇（2008）「時代のチャンスをつかむための優位性の統合―フランス高速鉄道駅地区の総合開発の実践経験に関する分析」2008年中国都市計画年会論文集
[70] 明立波・甄峰・鄭俊（2007）「無錫―南通過江通道建設構想及び地域経済に与える影響の評価について」『人文地理』22（04）: 105-109
[71] 南剣飛・熊志堅（2002）「顧客満足度評価システムの構築について」『国際標準化と品質管理』6: 23-25
[72] 南敬林（2002）「京滬鉄道旅客行為時間価値研究」『鉄道経済研究』3: 36-38
[73] 欧晋徳（2008）「高速鉄道が台湾の経済発展に与える影響」Taiwan High Speed Rail Corporation
[74] 平野衛・伊東誠・本多均ほか（2001）「京滬高速鉄道建設プロジェクトの経済効果に関する研究」『中国鉄道』1: 34-38
[75] 平野衛（2001）「京滬高速鉄道を建設する意義」『中国鉄道』3: 38-40
[76] 銭仲侯編（1999）『高速鉄道概論』中国鉄道出版社
[77] 強麗霞・顔穎（2007）「高速鉄道旅客輸送網の旅客輸送マネジメントとマーケティング管理戦略研究」『中国鉄道』5: 60-62
[78] 栄朝和（1993）『輸送化』中国社会科学出版社
[79] 栄朝和（1995）「交通輸送の経済時空推移と構造変化におけるマクロ作用について」『地理学報』1-6: 394-402
[80] 栄朝和・柴為群（1996）「フォーゲルの鉄道と経済成長関係理論に関す

る評論」『北方交通大学学報』3: 274-278
[81] 栄朝和（2001）「鉄道の規模の経済と範囲の経済に関する検討」『鉄道経済研究』4: 5-8
[82] 栄朝和（2002）「輸送製品の特性から見る鉄道再編の方向」『北方交通大学学報』（社会科学版）1（1）: 13-18
[83] 栄朝和（2006）「中国の鉄道発展に関する８つの問題」『総合輸送』Z1: 47-51
[84] 栄朝和（2006）「交通輸送資源に基づく輸送経済分析の重視について」『北京交通大学学報』（社会科学版）4: 1-7
[85] 栄朝和ほか（2009）『鉄道経済問題の探究』２経済科学出版社: 87
[86] 邵亜明・張秀媛（2003）「中国鉄道快速旅客輸送空間分布の方法研究」『鉄道輸送企業改革と発展学術研究論文集』
[87] 世界銀行駐中国代表処（2014）『中国高速鉄道の地域経済影響分析』
[88] 施衛東・孫霄凌（2008）「京滬高速鉄道建設が両地及び沿線のクリエーティブ産業発展に与える影響について」『経済と管理研究』10: 80-84
[89] 施祖麟（2007）『地域経済発展：理論と実証』社会科学文献出版社
[90] 孫啓鵬・馮雪松・辺凱（2011）「日本高速鉄道運営組織管理の参考にできることと思考」『交通運輸システム工学と情報』10: 5
[91] 孫翔・田銀生（2010）「日韓高速鉄道旅客輸送駅の建設特徴及び参考にできること」『プランナー』1: 82-85
[92] 孫永福（2008）『京九鉄道の経済社会発展に果たす重要な役割に関する研究』経済管理出版社
[93] 孫章・楊耀（2005）「都市間軌道交通と都市発展」『軌道交通』12:38-41
[94] 唐暁芬（2003）「サービス品質指数」『アジア品質ネットワーク、中国品質協会、第１回アジア品質ネットワーク大会及び第17回アジア品質シンポジウム――第１回中国品質学術フォーラム論文集』（第１巻）: 8
[95] 田振清・梁衡義（2010）「北京都市軌道交通資産管理モデルの研究」『総合輸送』07: 27-30
[96] 鉄道部経済計画研究院「鉄道発展の回顧と展望」『鉄道経済研究』3

[97] 鉄道部第三測量設計院『京津都市間実行可能性研究報告』
[98] 陶希東（2010）「高速鉄道時代の中国大都市圏発展戦略再建研究」『現代都市研究』6
[99] 王海湘（2006）『鉄道旅客輸送サービス品質評価システムの研究』中南大学修士学位論文
[100] 王慧敏（2010）「クリエーティブ産業の上海の経験及び天津に与える啓示」『中国国民党革命委員会天津市委員会、民革組織が天津市の「難題を解き、転換を促し、レベルを上げる」ために貢献するシンポジウム材料』中国国民党革命委員会天津市委員会: 8
[101] 王炎燦（2009）「高速鉄道が沿線地域の観光産業集積に与える影響に関する研究」西南交通大学修士学位論文
[102] 王楊堃（2011）「高速鉄道が中国の関連産業の発展に与える影響に関する分析」『総合輸送』8: 47-50
[103] 王蘭（2011）「高速鉄道が都市空間に与える影響の研究枠組み及び実証研究」『プランナー』07: 13-19
[104] 王令朝（2009）「国外高速鉄道及びその標準化理念の総説」『鉄道技術監督』8: 1-3, 8
[105] 王緝憲（2011）「高速鉄道が都市と地域の発展に影響するメカニズム」『国際都市計画』06: 1-5
[106] 王学民（2007）「主成分分析と因子分析応用の注目すべき問題」『統計と政策決定』11: 142-143
[107] 王穎（1999）「高速道路が輸送通路に与える影響に関する研究」長安大学修士学位論文
[108] 王垚・年猛（2014）「高速鉄道は地域経済の発展を牽引しているか？」『上海経済研究』002: 82-91
[109] 汶嬋・陳瑛・張暉（2010）「地価関数に基づく軌道交通が沿線不動産価格に与える影響」『江南大学学報』（自然科学版）01: 81-85
[110] 呉玲・林暁言（2001）「台湾高速鉄道の融資及び建設体制の啓示」『鉄道経済研究』05: 45-47

[111] 呉強（2006)「日本高速鉄道視察報告」『鉄道経済研究』2: 19-24
[112] 呉兆麟（2009)『総合交通輸送計画』清華大学出版社
[113] 呉昊（2009)「京津都市間鉄道の経済・社会発展に果たす役割」『鉄道経済研究』4: 15-19
[114] 許暁峰・么培基（1996)『高速鉄道経済分析』中国鉄道出版社
[115] 楊浩・趙鵬（2001)『交通輸送の持続可能な発展』中国鉄道出版社
[116] 楊維鳳（2011)「京滬高速鉄道が中国の地域経済発展に与える影響」『生態経済』7: 61-64
[117] 楊維鳳（2010)「京滬高速鉄道が中国の地域空間構造に与える影響の分析」『北京社会科学』6: 38-43
[118] 葉斌・湯晋（2010)「公共政策の視点から見るヨーロッパ高速鉄道統合計画」『国際都市計画』02: 97-100
[119] 葉霞飛・蔡蔚（2002)「都市軌道交通開発利益還元方法の基礎研究」『鉄道学報』01: 97-103
[120] 于濤（2007)「高速鉄道建設の内外部経済研究」『鉄道輸送と経済』1: 4-6
[121] 許芳（2006)「顧客満足度指標システムをいかに構築するか」『ビジネス時代』13: 25-26
[122] 張春（2008)『中国の鉄道用地管理制度の変遷と改革研究』北京交通大学修士学位論文
[123] 張明・劉曦・黄翔（2011)「中国の観光産業が『高速鉄道時代』に対応するための戦略の探求」『中国の商業貿易』8: 149-150
[124] 張琦（1999)「Cantor五分集の次元数について」『内モンゴル教育学院学報』02: 4-5
[125] 張文嘗（2002)『交通経済帯』科学出版社
[126] 張振軍（2009)「高速鉄道と航空は競争から連結に向かっている」『中国ブランドと偽造防止』12: 38-41
[127] 張楠楠・徐逸倫（2005)「高速鉄道が沿線地域の発展に与える影響に関する研究」『地域研究と開発』24(3): 32-36

[128] 張鵬・花恋（2001）「道路物流予測におけるグレーモデル予測技術の応用」『交通企業管理』12: 74-75
[129] 張瑩・薛東前（2010）「鄭西高速鉄道開通後の観光統合連動発展のSWOT分析」『経済学者』04: 210+212
[130] 趙丹（2013）「ロンドン国王十字駅改造」『都市建築』3
[131] 趙非（2000）「高速鉄道の旅客サービスシステム――高速鉄道その7」『ハイテク』6: 15-17
[132] 趙娟・林暁言（2010）「京津都市間鉄道の地域経済影響評価」『鉄道輸送と経済』1: 11-15
[133] 鄭国華（2001）「輸送競争が輸送市場に与える影響効果の重視」『長沙鉄道学院学報』19(1): 41-46
[134] 鄭新立（1997）『新経済成長帯――京九鉄道沿線地域の経済発展構想』中国計画出版社
[135] 鄭友敬（1994）「中国地域経済発展の現状分析と趨勢展望――華南経済圏の発展と経験の分析を兼ねて」『中国科学技術産業』12: 15-16
[136] 鄭友敬編（1994）『超大型建設プロジェクトの評価――理論と方法の研究』社会科学文献出版社
[137] 中国民間航空局プロジェクトチーム「高速鉄道が民間航空の発展に与える影響と政策提案（続）」『中国民間航空』9: 40-44
[138] 中国訪日高速鉄道視察団（1994）「日本の高速鉄道の発展」『世界の鉄道』2: 1-4
[139] 中村英夫・厲国権（2003）「日本の鉄道輸送の変革と社会経済効果」『中国鉄道』8: 63-65
[140] 中西健一（1985）『戦後の日本国有鉄道論』東洋経済新報社: 6-9
[141] 周渓召・王正（1996）「大都市の旅客輸送交通の発展方向について」『総合輸送』12: 34-38
[142] 周孝文（2010）「高速鉄道が地域経済の協調発展に与える促進作用」『鉄道経済研究』06: 19-22
[143] 顔穎・崔艶萍（2012）「国外の高速鉄道列車の運行特徴と理念」『中国鉄

道』09: 88
[144] 祝爾娟（2008）『新しい位置づけの下での京津協力発展研究』中国経済出版社
[145] 朱沆・汪純孝・岑成徳・謝礼珊（1999）「サービス品質属性の実証研究」『商業研究』06 :82-85
[146] 朱士鵬・徐兵・毛蒋興（2010）「広西都市システム空間構造フラクタル研究」『熱帯地理』02: 178-182

著者紹介
林暁言（Lin Xiaoyan）（りんぎょうげん）
1976年、中国山東省生まれ。現在、北京交通大学経済管理学院経済学科教授。北京市哲学社会科学北京交通発展研究基地主任、北京交通大学中国技術経済研究センター副主任、中国技術経済学会交通技術経済委員会主任、中国鉄道協会経済委員会事務局長。国家高技術研究発展計画重点特定プロジェクト「高速リニア交通技術」総合チーム元専門家。

訳者紹介
范碧琳（Fan Bilin）（はんへきりん）
1981年、中国山東省生まれ。2016年九州大学大学院比較社会文化学府博士後期課程終了、博士（比較社会文化）。現在、青島大学外国語学部日本語学科講師。

中国高速鉄道と経済・社会発展の新構造

発行日　初版第 1 刷　2024 年 11 月 30 日

著　者　林暁言
訳　者　范碧琳

装　幀　臼井新太郎

発行所　株式会社 三元社
〒 113-0033　東京都文京区本郷 1-28-36　鳳明ビル
電話／ 03-5803-4155　FAX ／ 03-5803-4156
http//www.sangensha.co.jp

印刷
製本　モリモト印刷株式会社

コード　ISBN978-4-88303-601-1

printed in Japan